13
thirteen
와타리 와타루 지음
퐁칸⑧ 일러스트

Contents

역시 내 청춘 러브코메디는 잘못됐다.13

My youth romantic comedy is wrong as I expected.

등장인물 【character】

thirteen

히키가야 하치만………… 주인공. 고2. 성격이 삐뚤어졌다.

유키노시타 유키노………… 봉사부 부장. 완벽주의자.

유이가하마 유이………… 하치만과 같은 반. 주위의 눈치를 보는 경향이 있다.

토츠카 사이카………… 테니스부원. 무진장 귀엽지만 남자.

카와사키 사키………… 하치만과 같은 반. 약간 불량스러워 보인다.

하야마 하야토………… 하치만과 같은 반. 인기인. 축구부.

미우라 유미코………… 하치만과 같은 반. F반 여학생들의 정점에 군림한다.

에비나 히나………… 하치만과 같은 반. 미우라 그룹이지만 부녀자.

잇시키 이로하………… 축구부 매니저. 1학년으로 학생회장에 당선.

자이모쿠자 요시테루………… 오타쿠. 라이트노벨 작가 지망생.

오리모토 카오리………… 하치만과 중학교 동창. 카이힌 마쿠하리 종합고등학교 학생.

히라츠카 시즈카………… 국어 교사. 생활 지도 담당.

유키노시타 하루노………… 유키노의 언니. 대학생.

히키가야 코마치………… 하치만의 여동생. 중학교 3학년.

일본판 오리지널 디자인
numata rina

interlude…

수없이.

수없이 뒤돌아본다.

거리가 생겨나고, 시간이 흘러.

돌이킬 수 없을 만큼 멀어진 후에야.

그제야 비로소 무엇이 옳았던 걸까 하고 뒤돌아본다.

잘못되었음을 알면서도, 그럼에도 이것 말고는 답이 없었노라고. 마치 타이르듯이.

수없이.

수없이 뒤돌아본다.

밝아오는 새벽녘에.

비이슬 맺히는 한낮에.

싸락눈 흩날리는 해질녘에.

어슴푸레한 달빛 일렁이는 심야에.

답을 찾아야 할 장소와 기회는 늘 거기에 있었고, 그때마다 최적의 해답을 도출하려고 노력해왔다.

그러나 결코 정답을 찾으려고 하지는 않았다.

아마도, 십중팔구, 틀림없이.

이것이 최선일 거라고.

어정쩡한 회색의, 정확하지도 어긋나지도 않는 선택을 해왔다.

다가서지도 멀어지지도 상처입지도 않고, 잘잘못도 진위도 불확실하게.

하고 싶은 말을 하지 못하는 게 아니라, 무슨 말을 하고 싶은지조차 알지 못했다.

그런 나에게 무슨 말을 할 권리가 있었으랴.

그러니 하다못해.

이번만큼은 그저 올바르고 싶었다.

과오를, 잘못을 용납하고 싶지는 않다.

이제 더 이상, 틀려서는 안 되니까.

1

가슴속 깊이 히라츠카 시즈카는 그 옛날을 그리워한다.

수없이, 수없이 뒤돌아본다.

그래도 내딛는 발걸음을 멈추지는 않았다.

고동치는 심장을 따라 거친 숨을 고르지도, 흘러내리는 땀을 닦지도 않고.

그러지 않으면 사소한 몸짓 하나를 핑계 삼아 멈춰서버리고 말 것 같았다. 그럼에도 시선은 미련을 버리지 못하고 자꾸만 뒤를 향하니 골치 아픈 노릇이다.

헤어질 때 보았던 한 줄기 눈물이 머릿속을 떠나지 않았다.

아스팔트에는 여전히 아침에 내린 비의 흔적이 남아 있었고, 그 모양은 뺨을 타고 흘러내리던 궤적을 닮았다. 달려가는 발은 차마 물웅덩이를 박차지 못해 부자연스럽고 꼴사나운 스텝을 밟았고, 그때마다 발길을 돌리고픈 충동이 밀려들었다.

하지만 되돌아간다 한들 내가 무엇을 할 수 있을까. 뭐라고 말하면 좋을까.

아니, 십중팔구 모범 답안에 해당하는 것이 내 안에 존재한다는 사실은 안다. 다만 내가 그 답을 선택하는 것을, 그에 맞추어 행동하는 것을 용납할 수가 없을 뿐이다.

설령 그것이 세간의 보편적이고 표준적인 답이라 할지라도 나의, 우리의 해답이라는 생각은 들지 않았다.

태양은 서서히 그 고도를 낮추어 점차 붉은 빛깔로 변해갔다.

길가에는 주택과 고층 맨션, 저층 아파트 단지와 쇼핑센터가 늘어서 있었다. 그 밑으로 길게 드리운 그림자는 언젠가 서쪽에 웅크린 황혼의 어둠과 하나가 될 테지. 그 속으로 빨려 들어가지 않도록 하염없이 달렸다.

단단히 땅을 디디는 발과 달리 사고는 끊임없이 공회전을 거듭했다.

흘러내린 한 줄기 눈물의 의미를 생각하고 또 생각해, 수많은 이유를 쥐어짜낸다. 그리고는 그중 어느 것에도 답을 내놓지 않고 그대로 내버려둔다.

늘 그렇게 해왔으니까.

똑바로 뻗은 길은 바다로 이어졌다.

거센 찬바람이 코트와 머플러 틈새로 파고들었다. 달아오른 뺨을 찌르는 냉기에 얼굴이 얼얼하게 땅기는 느낌이 여실히 전해져왔다.

아직도 추위는 가실 줄 모르는데, 이마에는 땀이 진득하게 배어나왔다. 목에 휘감긴 머플러를 풀어 헤쳐도 몸속 어딘가가 조여드는 감각까지 떨쳐낼 수는 없었다.

가슴속에 맺힌 응어리를 거친 숨결과 함께 토해냈다

마음은 급하고 애간장이 타서 견딜 수가 없건만, 마치 뒤에서 누가 잡아끌기라도 하는 것처럼 버스 정류장 두 개를 지나칠 무렵에는 걸음이 느려지기 시작했다.

다행히 빨간불이 들어온 틈을 타 두 손으로 무릎을 짚고 심호흡을 했다.

달려온 만큼 도망쳐왔지만, 멈춘 순간 따라잡힌다.

눈물의 의미, 말의 가치. 그 전부가 질문이고, 하나같이 나를 몰아세웠다.

이번에도 잘못한 게 분명하다고 확신하고 말았다.

노려보듯 정면을 응시하자, 교체시기를 깜빡한 것처럼 낡아빠진 보행자용 신호기가 눈에 들어왔다.

죽은피처럼 거무죽죽한 붉은색이 돌연 꺼졌다.

또다시 달려야만 한다.

아아인지 후아인지 모를 깊은 한숨을 통곡처럼 토해내고, 몸을 일으켜 한 발짝 내딛었다.

나아가라고 말하는 시그널은 어둡게 가라앉은 녹색을 띠었다.

× × ×

저 멀리서 울려 퍼지는 운동부원들의 구령, 금속 배트의 타격음, 저음만 들려오는 유포니움, 녹슨 자전거 브레이크, 바람에 흔들리는 함석지붕.

주변은 방과 후의 소리들로 가득했다.

하지만 가장 가까이에서 들려오는 것은 헐떡이는 내 숨소리다. 그 소리를 애써 눌러 죽이고, 가늘게 억누른 숨결을 조용히 마저 토해냈다.

건물 안으로 들어서자 밖에서 나던 소리는 전부 희미해져, 다른 세계에 발을 들여놓은 기분이 들었다. 차갑고 고요한 공기가 넘실거려, 그 피막에 닿을 때마다 살아 숨 쉬던 학교의 소음이 빨려 들어가는 것처럼 느껴졌다.

언제부터인가 복도 형광등을 번갈아 하나씩만 켜놓기 시작했고, 결과적으로 땅거미가 질수록 주위가 어두컴컴해졌다. 그래서 한 발짝씩 걸음을 옮길 때마다 점점 기분이 가라앉았다. 바꿔 말하면 냉정을 되찾기 시작했다고 해도 좋을지 모른다.

냉각된 머릿속을 슬픈 음성으로 자아낸 다정한 말이 스쳐갔다.

그 통화를 끝내자마자 부리나케 달려왔고, 그 사이에도 온갖 상념이 빙글빙글 소용돌이쳤다.

말로 한 것과 말로 하지 않은 것.

명확한 형태를 부여했다고 믿었던 것은 여전히 모호하게 남아 있건만, 건드리지 않고 그대로 덮어두었던 것은 구태여 확인할 필요조차 없이 똑똑히 깨닫고 만다.

그런 판국이니 내가 입 밖에 낸 말에 어느 정도의 가치가 있을지는 미지수다. 그럼에도 히라츠카 선생님이 굳이 말로 할 것을 고집한 까닭은 분명 이것이 마지막이기 때문이겠지.

그렇게 조금씩 머지않아 찾아올 이별을 실감하며, 서서히 물들어가는 저녁 하늘을 창밖으로 바라보았다.

교무실로 가는 복도는 마주치는 사람 하나 없이 적막하기만 했다.

내 호흡도 이미 안정되어, 귓가를 스치는 소리라고는 발소리와 맥박소리 뿐이었다. 양쪽 다 일정한 리듬을 새겨왔으련만, 문으로 다가감에 따라 한쪽은 느려지고 한쪽은 빨라져갔다.

코트를 벗은 다음, 들고 있던 머플러와 함께 둘둘 말았다. 문 앞에 서자, 노크를 하려고 뻗은 손이 힘없이 아래로 처졌다.

아무래도 심리적으로 위축된 모양이다. 그 사실을 자각하자, 자조적인 한숨이 흘러나왔다.

그렇다고 계속 볼썽사납게 우두커니 서 있을 수도 없는 노릇이다.

그 사람은.

히라츠카 선생님은 조만간 내 앞에서 떠나갈 사람이다.

나는 그 사실을 까맣게 몰랐고, 그래서 결국 아무것도 보여주지 못했다.

다만 못난 모습을 보여주어서는 안 된다는 사실만은 분명했다.

마지막으로 딱 한 번 심호흡을 하고 망설임을 떨쳐버렸다. 다시 팔을 들어 힘차게 노크하고, 곧바로 손잡이를 잡았다.

학년말을 앞둔 분주함 탓인지, 교무실에서는 몇몇 교사들이 이리저리 동분서주하는 중이었다. 그 속에서 내 시선은 지극히 자연스럽게 단 한 지점으로 쏠렸다.

여기 올 때면 매번 가장 먼저 눈길을 보냈던 곳.

그곳에 히라츠카 선생님이 있었다.

서류를 정리하는 중인지, 출입문을 등진 채 단아하게 책상에 앉아 있었다.

반듯하게 편 등과 이따금 찰랑이는 긴 흑발, 뭉친 근육을 풀듯 빙글 돌리는 가냘픈 어깨.

성실하게 일하는 모습은 거의 본 적이 없어서인지 그 모습은 아무리 보아도 질리지 않았고, 또 방해하기도 미안해 말을 걸기가 껄끄러웠다. 아니, 그건 약간 거짓말이다. 정확히는 상당 부분 거짓말이라고 해야겠지.

단순히 이런 시간을, 줄곧 변함없이 이어져온 시간을 끝내버리기가 아쉬웠기에 나는 침묵을 지켰다.

누군가를 잃는다는 것은 눈에 비치는 광경, 지극히 당연하게 여겨왔던 풍경마저도 사라져가는 것임을 새삼 깨달았다.

그래서 조금이나마 오래 보고픈 마음에 발소리를 죽이고, 살금살금 한 발짝씩 천천히 걸음을 내딛었다. 평소에는 어떤 식으로 말을 걸었더라? 하고 생각하며.

그러나 내가 입을 열기도 전에 선생님이 먼저 말을 걸어왔다.

"미안한데 조금만 기다려주겠나?"

따로 확인하지 않고도 내가 도착했음을 알아차린 모양이다. 시선조차 주지 않고 그렇게 말한 히라츠카 선생님이 교무실 안쪽을 척 가리켰다. 그곳은 우리가 종종 대화를 나누었던 접객용 공간이었다.

히라츠카 선생님의 차분한 음성에서는 평소와 다름없는 분위기가 느껴졌다. 교사와 학생 간의 올바른 거리가 느껴졌고, 어른과 아이의 명확한 경계가 존재했다.

그래서 나도 딱 한 마디, 짧은 대답을 하는 데 그쳤다.

"네."

"음."

히라츠카 선생님도 여전히 서류에 시선을 고정한 채로 대답했다. 아주 간결하게. 의미 없는 대화는 그것으로 완결되었다.

다른 말을 덧붙이지 않고 곧바로 걸음을 옮겨, 어렴풋하게 담배 잔향이 감도는 칸막이 안쪽 공간으로 들어갔다.

둘둘 말아서 들고 온 코트와 머플러를 살며시 옆에 내려놓고, 예전처럼 가죽 소파에 앉았다. 가운데 자리에 깊숙이 몸을 묻자 세월이 깃든 스프링이 삐거덕 소리를 냈다.

그 냄새와 소리가 불현듯 내 기억을 자극했다.

프롬 이야기가 나오기 직전, 그전까지는 단 한 번도 손댄 적 없었던 부실 열쇠를 이례적으로 가지러 왔던 날. 그날도 지금처럼 이곳에서 히라츠카 선생님과 이야기를 나누었다. 그때 떠나려던 나를 불러 세운 히라츠카 선생님이 지었던 표정. 그것은 쓸쓸함이라 이름 붙여야 할 감정이 아니었을까. 지금에 와서야 그런 생각이 들었다.

다정하지만 슬픈 눈빛. 나는 히라츠카 선생님의 그런 눈빛을 그때 처음 보았다.

그날 히라츠카 선생님이 말하려다 만 것은 틀림없이 전근 이야기였으리라. 어쩌면 훨씬 오래 전부터 털어놓으려 했는지도 모른다. 실제로 짚이는 구석이 없지는 않았다.

하지만 당시의 나는 전근 따위 상상해본 적도 없었다.

애초에 선생님의 근속연수도 모르거니와, 공립학교에서 시행되는 전근이라는 시스템을 크게 의식해본 적도 없었던 내가 그 점에 생각이 미칠 리 만무하다. 그러니 이제 와서 후회해봐야 소용없는 일이다.

누가 뭐래도 초중고를 합쳐 10년 가까이 교사와는 인연이 없다시피 한 학창시절을 보내온 몸 아닌가. 그야 물론 원한 한두 가지쯤…… 아니, 탈탈 털어보면 대여섯 가지쯤은 있기야 하다. 하지만 그것도 전부 과거사가 되어버린 지금은 비교적 초연해져, 오로지 절대 용서 못한다는 심플한 감정만이 남은 상태다. 원한이 너무 깊은 거 아냐?

그러니 아마도 이번이 처음이라고 봐야겠지. 은사라 부르기에 손색이 없는 사람이 내 앞에서 떠나가는 경험을 하는 것은.

그 사실이 좀처럼 실감나지 않아서, 어딘가 남의 일 같은 느낌이 들었다. 아니, 더 정확히는 애써 관조적인 태도를 고수하려고 노력해왔다. 그렇게 함으로써 평정을 유지해왔다는 자각은 있었다. 그나저나 평정(平靜)이라는 단어의 히라츠카 시즈카(平塚静)스러움은 경이로운 수준. 그렇게 속으로 시답잖은 너스레를 떤 다음, 피식 소리 죽여 웃었다.

잠 한숨 안 자고 말똥말똥 소파에 앉아 기다렸다.

칸막이가 시야를 가로막아 히라츠카 선생님이 뭘 하는 중인지는 알 수 없었다. 격리된 공간은 무겁고 답답한 정적으로 가득해서 살짝 조바심이 났다.

그래도 중간중간 교직원들이 내는 소리와 요란하게 울리는 전화벨 덕분에 느리기는 할지언정 확실하게 시간이 흘러가고 있음이 느껴졌다. 유리창 너머로 보이는 하늘도 아까보다 어둑어둑했다.

멍하니 창밖을 내다보는데 똑똑 소리가 들려왔다.

시선을 돌리자, 얇은 칸막이벽을 두드리는 히라츠카 선생님이 보였다.

"미안하다, 많이 기다렸지?"

"어, 아뇨……."

기분 탓인지 엷은 미소가 쓸쓸한 인상을 풍겨, 왜 이리 늦었느냐는 불평도 딴죽 거는 농담도 나오지 않았다. 뭔가 센스 있는 말을 건넸더라면 좋았을 테지만, 도저히 그럴 만한 분위기가 아니었다.

교무실에는 분명 갖가지 소리가 흘러넘쳤으련만, 히라츠카 선생님을 둘러싼 공기가 고체처럼 응고되어 모든 잡음을 차단하는 느낌이었다. 심지어 내 맞은편에 앉은 순간에도 가죽 소파가 살짝 꺼지는 소리밖에 나지 않았다.

"그럼 뭐부터 이야기할까……?"

그렇게 운을 떼기는 했지만 뒤따라야 할 말은 나오지 않았다. 그 대신인지 선생님이 낯익은 달짝지근한 캔 커피를 탁자에 올려놓더니, 내 앞으로 쓱 밀어주었다.

하지만 딱히 갈증이 나는 것도 아니었기에 가볍게 고개를 저었다. 그러자 히라츠카 선생님이 다른 손에 쥐고 있던 블랙커피 캔을 내밀었다.

번번이 거절할 수도 없는 노릇이라, 마지못해 익숙한 캔 쪽으로 손을 뻗으며 답례의 표시로 살짝 고개를 숙여 보였다.

냉장고에서 꺼내왔는지 캔 커피는 무척 차가워, 손을 대자 표면에 맺힌 이슬이 피부를 타고 흘러내렸다. 온기를 불어넣듯 캔을 움켜쥐고 히라츠카 선생님이 말문을 열기를 잠자코 기다렸다.

그러나 내 귀에 들려온 것은 말이 아니라 톡톡, 규칙적인 리듬이었다.

히라츠카 선생님은 손가락에 담배를 끼우고 생각을 정리하듯, 또는 뜸을 들이듯 필터 부분을 밑으로 해서 테이블을 톡톡 쳤다. 그게 담뱃잎을 갈무리하기 위한 행동임을 머리로는 알지만, 지금 이 순간에는 뭔가 다른 것을 갈무리하는 동작처럼 느껴지기도 했다.

이윽고 히라츠카 선생님이 담배에 불을 붙였다.

연기가 하늘하늘 피어오르며 독한 타르 냄새가 코를 찔렀다.

내 주변에 흡연자는 거의 없다. 그러나 곧 이 냄새를 맡을 일도 없어지는 셈이다. 그리고 이 냄새를 맡을 때마다 선생님을 떠올리겠지. 언젠가 잊어버릴 때까지.

한순간 뇌리를 스쳐간 그 상념을 연기처럼 흩어버리듯 나는 입을 열었다.

"글쎄요, 일단은 프롬 이야기……겠지요?"

애초에 나는 그 이야기를 들으러 도로 여기까지 뛰어왔을 터였다. 그런데 마치 그것 말고도 무언가 들어야 할 이야기가 있다는 듯한 뉘앙스가 되어버렸다.

히라츠카 선생님도 그 사실을 눈치챘으련만, 그런 내색조차 하지 않고 고개만 살짝 끄덕여 보였다.

"그래……."

잠시 말을 끊고 연기를 후 뱉어내더니, 아직도 한참 남은 담배를 재떨이에 꾹 짓눌러 껐다. 새빨갛게 타오르던 불씨가 사그라지자, 희디흰 재도 생생한 갈색 잎도 하나로 뒤엉켜 검댕에 뒤범벅이 되고 말았다. 재떨이 안을 지그시 응시하는데, 히라츠카 선생님이 무거운 입을 열고 나직하게 한숨을 쉬었다.

"결론부터 이야기하면, 학교 측에서는 중지하는 방향으로 검토 중이다."

"검토라고요?"

"그래. 최종 결정은 보류된 상태지만, 학교 측의 입장이 크게 달라지는 일은 아마 없을 거다. 따라서 운영진에게는 자숙을 요구하게 되겠지."

불필요한 감정을 배제하려는 의도인지 히라츠카 선생님은 담담하게 설명했다. 그 말투가 그야말로 번복의 여지가 없는 사실을 이야기하는 것처럼 느껴져, 충동적으로 끼어들고 말았다.

"자숙이라니…… 말이 자숙이지, 실질적으로는 중지잖아요?"

히라츠카 선생님이 난처한 기색으로 얼굴을 긁적이더니 엉뚱한 방향을 보며 대답했다.

"학교 측도…… 그리고 학부모 측도 미묘한 입장이라서 말이다. 아무래도 비공식적으로나마 승인했던 체면상, 무턱대고 중지시키기는 힘든 거겠지. ……그래서 간접적인 형태로 자숙을 요청하는 거다."

말을 마친 선생님이 흘끗 내 쪽을 곁눈질했다.

"하지만 지난번에는……."

"음."

대답하는 히라츠카 선생님의 표정은 씁쓸했다. 그 얼굴을 본 순간, 그 점을 물고 늘어져본들 별 의미가 없다는 사실을 깨달았다. 이런 식의 대화는 유키노시타와 이미 나누었을 터였다. 그러니 내가 확인해야 할 것은 따로 있다.

"선생님의 개인적인 의견과 학교 전체의 견해가 다른 거군요."

"그래. 나는 어디까지나 관계자의 양해를 얻을 수 있도록 계속 추가 협의를 해나가야 한다는 입장이다. 그 점은 학교 측이 대응 방안을 검토할 때도 분명히 전달했고. 하지만……."

히라츠카 선생님은 말끝을 흐렸지만, 끝까지 듣지 않아도 그 후의 상황은 대충 짐작이 갔다.

홍보용 영상 촬영을 겸한 실험적인 취지의 프롬 리허설 장면을 SNS로 접하고, 위험 요소로 간주한 일부 학부형이 있었다. 그들을 대표 또는 대신하여 유키노시타의 어머니가 학부모회 이사 자격으로 학교에 프롬 중지를 요청하러 찾아온 것이 며칠 전의 일이다.

프롬의 본고장인 해외에서도 음주와 불건전한 이성 관계가 문제시된 바 있다는 사례를 들어 반대 의사를 표명해왔다.

십중팔구 이 시점에서 학교 측은 중지하기로 마음을 먹었을 테지.

"……하긴 실제로 쳐들어오기까지 하면 아무래도 자숙하는 쪽으로 가닥이 잡히기 마련이죠."

"그렇지. 내 개인적인 재량의 범위를 넘어서면 아랫사람이 하는 말은 한낱 참고의견에 불과하니까. 월급쟁이의 비애인 셈이다."

히라츠카 선생님이 피식, 자조적인 미소를 지었기에 나도 어깨를 으쓱하며 두어 번 고개를 끄덕여 보였다.

참으로 옳으신 말씀이다. 선생님뿐만 아니라 나를 포함한 졸업생과 재학생 같은 아랫것들의 의사 역시 참작 대상이 아니다.

그리고 이곳저곳을 배려한 결과 약자로 하여금 공격의 창끝을 거두게 하고, 물의를 일으키지 않는 형태로 사태를 수습하려 든다.

자숙이라는 완곡한 표현을 사용한 것은 실로 영리한 대처다. 진심으로 그렇게 생각한다.

"역시 일이란 할 짓이 못 되는군요."

"천만에. 출세하면 즐거워서 못 견딜 거다. 뭐든지 마음대로 할 수 있잖나?"

익살을 떨듯 빈정거림이 섞인 농담을 주고받으며 웃어 보였다. 정확히는 웃을 수밖에 없었다. 그 시니컬한 유머가 어떤 의미로는 정곡을 찌른 셈이었기 때문이다. 실제로 아랫것인 우리는 현재 높으신 양반들의 변덕에 마구 휘둘리는 중이니까.

유키노시타의 어머니는 이번 일에서 일종의 권력자이자 권위자로 군림하는 입장이다.

그런 인물이 학교로 찾아온 것도 모자라, 윗사람을 만날 의향까지 내비쳤다.

그러한 어필이, 가시적인 행동이 수반되면 논의의 실체야 어찌됐든 문제는 표면화될 수밖에 없다.

진의가 무엇이든 주변 사람이 관찰할 수 있는 것은 그 행동뿐이다.

만약 유키노시타의 어머니와 학교 윗선의 대화가 단순한 『상담』이나 『문의』에 그친다 한들, 일정 이상의 지위와 사회적 입지를 갖춘 인물이 친히 납실 경우 그 자체를 일종의 압력으로 받아들여 비위를 맞추려 할 가능성이 크다.

가령 높으신 분들 간의 대화가 사사로운 잡담에 불과할지라도 외부에 공개되지 않는 밀실에서 나눈 담소는 억측을 낳기 마련이며, 알아서 상대의 의중을 헤아리는 분위기가 조성된다 해도 이상할 게 없다.

실제로 우리는 일상적으로 그러한 행동을 취하곤 한다. 분위기 파악 좀 하라는 말이 그 대표적인 예시로, 불확실한 정보에서 명문화되지 않은 사항을 멋대로 유추해내고 심지어 그러한 행위를 미덕으로 간주하기까지 한다.

분위기 파악과 의중 가늠은 평화적이며 또한 폐쇄적인 조정법이다. 특히 학교나 이웃, 직장처럼 어떤 의미에서는 닫힌 공동체의 경우, 이런 식의 고맥락 협상 기술은 필수라 해도 과언이 아니다.

근데 진짜 분위기 파악을 너무 강요하는 거 아냐? 연락처는 남자가 먼저 물어봐야 한다든가, 라인을 보내거나 만날 약속을 잡는 건 남자가 할 일이라든가, 더 나아가서는 세 번째 데이트에서 고백하면 받아주겠다는 분위기를 풍긴다든가. 무슨 스○리트 파이터의 대기 군인이냐고. 장기에프 상대로는 완전 극강이라서 속수무책입니다만? 솔직히 장기에프가 아니어도 위험할 지경이고 말이야. 게다가 친구 관계에서도 이런 식의 개별적인 룰은 존재하기 마련이다. 『걔 우리랑 좀 안 맞지 않아?』라든가 『나쁜 애는 아닌데 말이야』라는 이야기가 나오기 시작하면 곧이어 하부 요시하루[#1] 빰치는 수읽기가 시작되어, 순식간에 누군가를 왕따(ハブ, 하부)시키는 방향으로 흘러간다. 이런 눈치싸움에서 밀리면 장기도 바둑도 아닌 고스톱에서 독박에 피박, 쌍박이나 쓰는 신세로 전락하고 만다.

각 공동체마다 독자적인 룰이 존재하는 이상, 그 미세한 신호를 놓치지 않도록 주의하고 주변 분위기에 동화되어 위화감 없이 집단 속으로 녹아들 수 있어야만 한다. 실제로 그렇게

#1 하부 요시하루 장기 기사. 기전 타이틀 일곱 개를 석권하여 하부 7관왕으로 불림.

녹아드는데 실패한 나는 유치원을 시작으로 초중고와 동아리, 학원, 아르바이트까지 참가하는 족족 따돌림을 당한 끝에 왕따(ハブ, 하부) 7관왕이라는 위업을 달성했을 정도다. 게다가 대학에 가서도 한 번 더 기회가 있으니까 8관왕도 꿈이 아니라궃! 뭐야, 이거 장기 이야기였어?

좌우간 이처럼 분위기 파악에는 이골이 난 몸이다. 실제 파악 능력은 제쳐두고, 그 중요성만큼은 뼈저리게 실감한 바 있다.

그러므로 학교 측이 내린 결정에 이의는 없다. 이런 대처를 관료적이라고 낙인찍기는 쉽지만, 막상 당사자가 되면 나도 같은 판단을 내릴 것 같은 기분이 든다. 왜냐, 대세를 거스르려면 엄청나게 성가시거든!

"옳거니……."

무심코 천장을 바라보자 납득과 낙담이 뒤섞인 목소리가 흘러나왔다. 표정에서 지친 기색이 엿보였는지, 히라츠카 선생님이 손대지 않은 캔 커피를 이쪽으로 쓱 밀어주었다. 그 배려에 감사하다고 꾸벅 고개를 숙여 보이고 고마운 마음으로 받아들었다.

캔 꼭지를 손톱으로 까득까득 긁으며 생각을 정리했다.

이 상황에서 학교 측의 결정을 뒤엎기란 불가능에 가깝다.

문제는 문제시하지 않는 한 문제가 되지 않는다. 그러나 일단 문제가 되었다면 그 시점에서 강자의 의향을 따르는 게 성가신 일을 처리하는 지름길이다.

몰지각하다거나 부적절하다고 비판받으면 『쳇, 시끄럽구만.

반성하는 중입니다』[#2]라는 면피용 사과를 하고 자숙 분위기를 조성한 다음, 세상의 관심이 잦아들 때까지 납작 엎드려 지내는 게 상책이다. 요즘 세간의 압력이 여간 거세야 말이지, 어쩔 수 없지. 정치적 올바름(Political correctness), 즉 PC함이라는 보구는 실로 강력하다. 이러다가 『단어 사냥』[#3]이라는 표현마저도 수렵 민족에 대한 차별과 편견을 조장한다는 이유로 단어 사냥의 대상이 되어버리는 거 아냐? 아님 말고.

다만 이런 경우, 현실에 문제를 제기하고 개선을 요구하는 행위가 잘못되었다는 뜻은 아니다. 반드시 시정되어야 할 부분을 지적하는 경우도 많을 테지. 그러한 노력에 힘입어 보다 살기 좋은 사회로 거듭날 가능성도 크다. 배려 자체에 문제가 있다는 이야기는 절대 아니다.

문제는 공개적으로 목소리를 내지는 않는 자칭 성인군자와 선량한 일반시민 여러분의 존재다.

그들의 사고 패턴은 지독하게 획일적이다. 논란이 되었으니 나쁜 일이다. 문제가 되었으니 심각한 일이다. 비난하는 사람이 있으니 위험한 일이다. 그렇게 문제의 배경과 본질에 관심을 기울이는 대신에 피상적인 선입견만으로 멀리하다가, 급기야 잘못된 일이니 그만두라며 벌떼처럼 몰려들어 소리 높여 정의의 찬가를 불러댄다. 무책임하게 돌팔매질을 해대고 화형대에 세워, 사죄해도 용서해주지 않는다.

#2 쳇, 시끄럽구만. 반성하는 중입니다 일본 스노보드 국가대표 코쿠보 카즈히로가 기자회견에서 한 망언.

#3 단어 사냥 차별어라는 이유로 특정한 단어의 사용을 규제하려 드는 풍조를 비판하는 말.

이러는 나도 공전절후 전대미문 천지개벽 이래 최고의 성인군자이므로, 당연히 위험한 곳에는 얼씬도 하지 않거니와 오얏나무 밑에서 갓을 고쳐 쓰지도 않는다.

PC함과 몰지각, 부적절이라는 말은 그 자체가 대의명분으로 작용해, 시끄러운 소수와 조용한 다수를 한데 뭉친 무사안일한 다수파를 형성해버린다.

다수파가 강한 것은 세상의 섭리다. 전쟁은 숫자, 숫자는 힘, 힘은 곧 파워. 파워는 위대하다. 파워가 있으면 웬만한 일은 다 해낼 수 있고, 어지간한 적은 박살을 내버릴 수 있다. 요컨대 파워의 원천인 근육이야말로 최고다. 근력운동이 최강의 솔루션이다.[#4] 알겠나? 아뇨.

알게 된 점은 현재 프롬이 대단히 어려운 상황에 직면했다는 사실이다.

아직까지는 학생회 관계자와 일부 학부모회 회원들, 그리고 학교 측에서만 아는 사실이지만, 프롬에 대한 부정적인 의견과 자숙 요청이 학생과 학부모들에게 널리 알려지면 프롬 반대파가 득세할 것은 자명한 이치다.

이대로 가만히 보고만 있다가는 판세를 뒤집을 수 없게 되어버린다. 그렇다고 뭔가 효과적인 대책이 있는 것도 아니다.

"완전히 외통수에 몰렸잖아……?"

입꼬리에서 지친 웃음이 피식 새어나왔다.

그러다가 문득 히라츠카 선생님과 눈이 마주쳤다. 그 눈빛

#4 근력운동이 최강의 솔루션이다 일본에서 히트한 책 제목.

에는 희미한 미열이 감돌아, 내가 뭔가 반응을 보이기를 묵묵히 기다리고 있었던 눈치였다. 무릎에 팔꿈치를 괸 채 끼고 있던 손깍지를 풀고, 히라츠카 선생님이 천천히 입을 열었다.

"넌 역시 프롬을 열 생각이구나."

전화상으로도 들었던 이야기가 다시 나오는 바람에 그만 말문이 막혀버리고 말았다.

히라츠카 선생님의 말투는 한없이 부드러웠고, 나무라는 기색이라고는 전혀 없었다. 그럼에도 선뜻 대답하지 못한 까닭은 나 역시 프롬에 관여하는 게 정말로 옳은지 여전히 판단이 서지 않는 상태였기 때문이다. 말 나온 김에 털어놓자면, 통화할 때 내뱉은 망언이 다소 낯 뜨겁게 느껴진 탓도 있었다. 하지만 이미 말해버린 이상, 이제 와서 부정할 수도 없는 노릇이다.

그래서 중력에 굴복하듯 고개를 끄덕였다. 어쩌면 반쯤 고개를 떨구는 동작처럼 보였을지도 모른다.

"그게 잘하는 일인지는 모르겠지만요……."

살짝 돌린 입에서 어정쩡한 말이 흘러나왔다. 뇌리에서 명멸하는 단어 때문에 목소리에 힘이 들어가지 않았다.

공동 의존.

유키노시타 하루노가 언급한 그 단어는 나와 그녀의 관계성을 더없이 정확하게 짚어낸 것처럼 느껴졌다. 부정하려 해도 반증할 만한 근거가 내 수중에는 없었다.

목소리가 수그러들자, 시선도 저절로 아래를 향했다.

소파 밑부분의 리놀륨 바닥에는 거뭇거뭇하고 못생긴 둥근 얼룩이 여럿 새겨져 있었다. 오랫동안 사용하면서 생겨난 상처들이겠지. 보수한 흔적도 없었다. 일그러진 생채기 속으로 밑바닥의 콘크리트가 드러나 보이는 것처럼 느껴졌다.

멍하니 그 광경을 바라보는데, 히라츠카 선생님이 긴 다리를 바꿔 꼬는 모습이 시야 한구석에 잡혔다.

"그래. 유키노시타는 네 개입을 원하지는 않는다."

고개를 들자, 히라츠카 선생님의 진지한 눈빛이 나를 마주했다.

그 지적대로 유키노시타 유키노는 내 도움을 거부했다. 유키노시타의 독백은 당시 동석했던 히라츠카 선생님도 들었다. 방금 한 말은 그 사실이 반영된 것일 테지. 아니면 처음에 내게 프롬 중지 사실을 알리려 하지 않았던 점으로 미루어볼 때, 그 일과는 별개로 유키노시타의 의향을 들었을 가능성도 있다. 나는 모르는 속사정을 히라츠카 선생님은 아는지도 모른다.

그렇게 생각하자 경솔하게 파고들기가 망설여져, 히죽 어색한 미소를 지어 보이는 게 고작이었다.

평소에는 쓰지 않는 입가의 근육이 씰룩 움직여, 이게 바로 쓴웃음이로구나 하고 깨달았다.

솔직히 말해서 무조건 성가신 사태로 발전할 게 확실하고, 지금부터 유키노시타와 주고받을 무익한 대화를 떠올리면 우울하기 짝이 없는 데다 이상적인 결말로 이어질 리 없다는 사실도 익히 알고 있다. 그럼에도 나는 개입할 수밖에 없다고 멋대로 결론을 내려버렸다. 그랬기에 그저 어설픈 미소만 짓고 만 거겠지.

그렇게 어중간한 쓴웃음에도 히라츠카 선생님은 내게 부드러운 눈길을 보내며 입가에 희미한 미소를 머금어주었다.

"……그래도 해볼 작정이구나."

"뭐 거부당하는 데는 이골이 났으니까요."

여태까지도 그랬다. 언제나 쓸데없는 짓만 해왔다. 그 못된 버릇이 이제 와서 고쳐질 리 만무하다.

내 대답에 히라츠카 선생님은 놀란 기색으로 두세 번 눈을 깜빡였다. 그리고 못 참겠다는 듯 고개를 슬쩍 돌리고 웃음을 터뜨렸다.

그 모습이 지나치게 즐거워 보여 가벼운 항의의 시선을 보내자, 히라츠카 선생님이 나직하게 헛기침을 하며 웃음을 거두었다.

"아, 미안하다. 실은 조금 기뻐서 그랬다."

도중에 말을 끊은 히라츠카 선생님이 난감한 표정으로 눈꼬리를 내리며 다시 입을 열었다.

"다만 유키노시타도 뭔가를 바꿔보려고 발버둥치는 중이니까 말이야. 그쪽을 응원하고 싶은 마음도 있다. 그러니 안이하게 도움을 주는 게 옳은지는 알 수 없어. 방해가 될지도 모른다. 특히나 지금처럼 생각이 복잡할 때는 더욱 그렇지."

아래를 향했던 히라츠카 선생님의 시선이 힐끗 나를 곁눈질했다. 하고 싶은 말이 있는 듯한 표정에서는 유키노시타를 배려하는 마음이 엿보였다.

“의존 운운하는 이야기라면, 생각이 복잡하다기보다는…… 잘못 생각하고 있다는 느낌도 들지만요.”

“으음……. 나도 의존이라는 표현이 옳다고는 생각하지 않지만, 이런 문제는 본인의 주관이 중요하게 작용하니까. 선입견이 있으면 무슨 말을 하든 통하지 않는 경우가 많다.”

“아…… 하긴 그렇죠.”

그런 타입의 완고함은 겪어본 적이 있다. 더 정확히 말하면 그런 완고함을 지적당한 경험이 있다.

제아무리 자신을 어르고 달래며 솜사탕처럼 애매모호한 나날을 보낸다 한들 어디선가는 그냥 넘어가지 못하고, 갖은 말을 동원해도 속여 넘기지 못해 끝까지 파고들고야 만다. 그야말로 자의식 과잉으로 느껴질 정도의 괴물 같은 결벽증이다. 그 자의식의 괴물은 지금도 변함없이 내 가슴속에 도사린 채, 한 발짝 떨어진 어둠속에서 지그시 나를 관찰하는 느낌이 든다.

그러므로 알고 있다. 사람의 자기 인식은 그리 쉽게 바뀌지 않는다는 사실을. 그 점은 유키노시타도 마찬가지겠지. 의존한다는 말의 진위 여부는 둘째 치고, 최소한 유키노시타는 그렇게 인식하고 있다. 따라서 아무리 그 사실을 부정해도 십중팔구 납득하지는 못하겠지.

“게다가 하루노가 한 말이 완전히 틀린 것도 아니다. 유키노시타에게는 중요한 일이니까. 그 아이가 자기 자신에게 부여한 시련인지도 모르지."

"시련……이요?"

일상적인 대화에서는 자주 쓰이지 않는 단어가 나와 앵무새처럼 되뇌자, 히라츠카 선생님이 살짝 고개를 끄덕이며 말했다.

"그래. 아니면 통과의례라고 해도 되겠지."

그리고 탁자 위에 놓여 있던 담배를 집어 들더니 불을 붙였다. 아까보다 길게 빨아들이고는 가느다란 연기를 천천히 토해낸다.

"과장된 표현 같나?"

"……아뇨."

보일락 말락 고개를 저었다.

"그런 건 실제로 있다고 생각하니까요."

"그래, 종종 있지. 그 내용은 뭐가 되든 상관없다. 음악일 수도 있고, 만화 투고나 스포츠일 수도 있겠지. 대회나 오디션처럼 일단락을 지어야 할 타이밍이란 게 있다. 입시나 취직, 또는 서른 전까지는…… 같은 것도 마찬가지라고 볼 수 있겠지. 그렇게 나 자신과 마주해야 하는 시기가 언젠가 찾아오기 마련이다."

히라츠카 선생님의 음성에서는 그 옛날을 추억하는 듯한 아련함이 묻어났다.

"선생님도 그랬나요?"

"그럼, 물론이지."

싱긋 미소 지은 히라츠카 선생님이 다시 담배를 입에 물었다. 그리고 연기를 살짝 내뱉더니, 그 연기가 눈에 들어갔는지 눈초리가 약간 가늘어졌다.

"하고 싶은 일도, 되고 싶은 나도 많았단다. 반대로 하기 싫은 일도, 되기 싫은 나도 많았고. 그럴 때마다 열심히 선택하고 도전해서 실패하고 포기하고, 또다시 새로운 선택을 하고…… 그 과정의 반복이었지. 지금도 마찬가지다."

느릿하게 자아내는 말들은 흐르는 연기처럼 쓸쓸하게 일렁였다.

그 말이 암시하는 선생님의 과거를 나는 알지 못한다. 다만 완성된 존재처럼 보이는 히라츠카 선생님조차도 지금에 이르기까지 무수한 증명을 시도해왔다는 뜻임은 분명하다.

그러니 그런 식의 전환점은 틀림없이 존재하는 거겠지.

나 혼자서도 살아갈 수 있다는 근거, 자신, 성과를 우리는 항상 갈구한다. 아무도 보증해주지 않을 뿐더러, 설령 보증해준다 한들 내가 그 사실을 믿지 못하면 의미가 없다. 그런 까닭에 스스로의 힘으로 자기 자신을 증명하려고 애쓰는 것일테지.

유키노시타 유키노의 결의에, 결단에, 인생에 안이하게 도움을 주는 게 과연 옳은가. 유키노시타 하루노는 그날 내게 그렇게 물은 셈이었다.

선택도 도전도 실패도 체념도, 원래는 오롯이 유키노시타

본인에게 귀속되어야 마땅하다. 그 과정에 타인이 개입해도 되는가. 그 답은 아직 찾지 못했다. 어떤 자격과 어느 정도의 친분이 있어야 그러한 월권이 용납되는 걸까.

히라츠카 선생님이 탁, 소리 내어 재를 털더니 너울거리는 흰 연기 너머로 나를 응시했다.

"그 사실을 이해한다는 전제하에 묻겠는데, 너는 앞으로 유키노시타에게 어떤 식으로 관여할 작정이지?"

내 안의 갈등을 히라츠카 선생님이 그대로 질문으로 바꾸었다.

분명 이것이 마지막 확인이다.

그래서 신중하게 생각했다. 그 대답에 거짓이 있어서는 안 된다고 믿기에.

"……적어도 관여하지 않는다는 선택지는 없다고 생각합니다."

그때 전화로 들려준 대답은 지금도 변함없었다.

다만 그 이야기를 다시 할 마음은 없었다. 결의도 선언도 그렇게 값싸거나 가볍지 않으니까.

애초에 굳이 생각해볼 필요도 없는 질문이다. 나는 이미 결정했다. 결론만이 내 앞에 존재할 뿐이다.

유키노시타의 의사가 어떠하든 내 행동과는 상관없다. 이유 따위, 그 단 한마디면 족하다.

여태까지도 그렇게 살아왔다. 내가 아는 방식은 몇 안 되고, 선택할 수 있는 수단은 언제나 하나뿐이었다. 그것 말고는 똑바로 해낸 역사가 없다. 잘못하지 않으려고 애를 쓰면

쓸수록 엉키고 꼬이고 뒤틀려, 결국 모조리 그르치고 만다.

그러니 최소한 이것만큼은, 내가 해낼 수 있는 방식으로.

무서울 만큼 진지한 표정으로 히라츠카 선생님이 나를 가만히 응시했다. 그 눈동자를 똑바로 마주보았다. 별로 큰 눈도 아닌 데다가 눈빛은 썩어서 탁하고 흐리멍덩하지만, 결코 시선을 피하지는 않았다.

이윽고 히라츠카 선생님의 입꼬리가 서서히 올라가는가 싶더니, 후훗 미소 지었다.

"그렇군."

웃음기 어린 눈에서는 다정함이 묻어났다. 만족스런 기색으로 고개를 끄덕이는 모습이 조금 뜻밖이어서 그만 어안이 벙벙해지고 말았다. 방금 전까지 풍겼던 위압감이 무색하리만큼 부드러운 분위기였기에 나도 그만 긴장이 풀려, 얼떨결에 하지 않아도 될 말까지 내뱉고 말았다.

"그렇군……? 엉? 그게 다예요?"

"충분하다. 너를 믿으니까."

말이 떨어지기가 무섭게 히라츠카 선생님이 사뭇 당연하다는 투로 대답했다. 심지어 이쪽은 쳐다보지도 않고서.

"어…… 저기, 감사합니다."

저렇게까지 대놓고 말하면 쑥스러워하기도 힘들다. 고개를 끄덕이는 척하며 슬그머니 시선을 돌리고 웅얼웅얼 어눌한 목소리로 겨우 대꾸하고 나자, 그제야 뺨이 화륵 달아오르는 느낌이 들었다.

빨개진 내 얼굴을 보았는지 히라츠카 선생님이 피식 웃었다.

"잘 들어라, 히키가야. 단순히 프롬을 거드는 것만이 유키노시타를 돕는 길은 아니야. 관건은 관여하는 방식이란다. 그 점은 너도 알고 있겠지?"

선생님의 말에 나는 고개를 끄덕였다.

그 지적처럼 대뜸 프롬을 거들겠다고 해본들 유키노시타가 수긍할 리 없다. 고로 접근 방식을 고심해볼 필요가 있다. 게다가 프롬의 성공 자체에는 유키노시타의 주체성과 독립성이 보장되어야만 한다.

그동안 누누이 들어온 이야기지만, 물고기를 잡아주는 게 아니라 잡는 방법을 알려주는 것이 진정으로 상대방을 돕는 길이다. 결과적으로 유키노시타가 스스로 타개책을 찾아내야 한다는 소리인데, 현재로서는 그 조건을 만족할 만한 묘안이 떠오르지 않았다. 단순히 프롬의 개최 자체가 목표라면 아예 방법이 없지는 않지만, 그것이 최적의 해답이라는 생각은 들지 않았다.

고민하다가 무심결에 머리를 벅벅 긁고 말았다.

"꽤 까다롭네요……."

"글쎄, 간단하지는…… 않을지도 모르겠군. 특히 너희들 같은 경우에는 말이다."

히라츠카 선생님이 담배를 문 입술 사이로 연기를 뻐끔 내뱉고 쓴웃음을 지었다.

"그러게요. 그건 상대방이 도움을 원할 때에나 성립하는 관계 같은 느낌이고……. 이번에는 서로의 의향이 완전히 엇갈리니까 말이죠."

대답하며 손가락으로 가위표를 만들어보였다.

그러자 히라츠카 선생님이 어이없다는 듯 어깨를 으쓱했다.

"히키가야, 무슨 소리를 하는 거냐. 너희는 지금까지 뭘 해왔지?"

"글쎄요, 뭘 해왔을까요……?"

영 기억이 안 난다만……. 딱히 뭔가 대단한 일은 한 적이 없는 것 같다.

고개를 갸우뚱하자 히라츠카 선생님이 주먹을 불끈 움켜쥐는가 싶더니, 내 앞에서 그 주먹을 쉭쉭 휘두르며 섀도우 복싱을 하기 시작했다. 꺄아 무서워 날 때리려나 봐! 그래놓고 무진장 잘해주는 바람에 그 갭에 홀딱 넘어가서 완벽한 가정폭력 구도가 완성되어버리는 건가……? 바짝 쫄아서 몸을 사리는데 히라츠카 선생님이 씨익, 호전적인 미소를 지었다.

"예로부터 각자의 정의가 충돌할 때는 승부를 통해 결론을 내는 게 정석이다."

언젠가 들어본 그 대사에 무심코 탄성이 흘러나왔다.

"아, 아하……. 어쩐지 그립네요……."

"그렇지?"

히라츠카 선생님이 씨익 장난스럽게 웃었다.

그러나 그 미소도 잠시뿐.

올라간 입꼬리는 그대로건만, 눈동자만 애틋하게 흔들리며 시선이 허공을 더듬었다.

"정말, 그립구나……."

덧붙인 말은 무의식의 산물이었는지, 나를 의식하고 한 소리는 아니었다. 아마 선생님 자신의 마음속을 향해 건넨 말이었으리라.

나는 두어 번 고갯짓을 하듯 가볍게 턱을 당겼다. 흡사 수긍하는 듯한 몸짓이었지만, 마음속까지 그런 것은 아니었다. 그래서 소리 내어 대답하지는 않았다.

그 결과 싹튼 찰나의 침묵을 메우듯 히라츠카 선생님이 다시 말을 이었다.

"의견 충돌은 이미 여러 번 겪지 않았나? 하지만 그럴 때마다 너희들은 훌륭하게 극복해왔다. 너희들이 지금까지 쌓아 올린 관계를 조금 더 믿어 봐도 괜찮지 않을까 싶은데."

"……그렇겠죠."

히라츠카 선생님이 부드러운 미소와 함께 들려준 이야기를 가슴속에 새겨 넣었다.

유키노시타는 내 도움을 원하지 않는다. 하지만 전혀 관여하지 않고 지켜만 보기는 힘들다. 따라서 다른 형태로 개입할 방법을 모색할 필요가 있다. 여태까지 해온 일들을 바탕으로 생각해보니 막연하게나마 윤곽이 잡히는 느낌이 들었다.

흠흠 혼자 납득하는 나를 보고 히라츠카 선생님이 흡족하게 웃었다.

"방침이 정해졌다면 시간 끌 것 없겠지. 유키노시타는 아직 학생회실에 있을 거다. 자, 어서 다녀오도록."

"네. 아참, 마지막으로 한 가지만 더요."

몸을 일으키려다가 문득 궁금했던 점이 떠올라, 나는 엉거주춤 도로 자리에 앉았다.

"뭐지?"

히라츠카 선생님이 고개를 갸웃했다. 나이에 맞지 않게 앳된 몸짓이었다. 그 반응과는 대조적으로 내 표정은 사악하기 그지없었다. 자연스럽게 한쪽 입꼬리가 씨익 올라갔다.

"프롬은 어디까지나 자숙이죠?"

"……아까도 비슷한 질문을 받은 기억이 나는군."

투덜거리듯 히라츠카 선생님이 중얼거렸다. 그 말은 역시 유키노시타 측도 프롬을 포기하지 않았다는 뜻이다. 그리고 나처럼, 아니, 나보다 먼저 그 결론에 도달했다는 의미이기도 했다.

히라츠카 선생님은 짐짓 눈을 감고 체념한 기색으로 한숨을 쉬었다. 그리고 피우다 만 담배를 도로 입에 물더니, 엉뚱한 방향을 보며 뻐끔 연기를 피워 올렸다.

그것이 묵인을 의미하는 제스처임은 분명했다. 고마운 마음이 들었지만, 동시에 조금 염려가 되기도 했다.

"정말 괜찮으시겠어요? 우리가 일을 벌이면 선생님도 가시방석 아닌가요? 입장이 난처해지는 거 아니에요?"

뭔가 문제가 생기면 고문인 히라츠카 선생님도 책임을 면하기 어렵다. 구체적인 징계가 떨어질지는 미지수지만, 최소한 이래저래 잔소리를 듣기는 하겠지. 사회적 제재를 빙자해 정신적 린치를 가하는 것은 어느 집단에서나 종종 일어나는 일이다.

내 말에 히라츠카 선생님은 담배를 입에 문 채 살랑살랑 손사래를 치더니, 장난스럽게 한쪽 눈을 찡긋해 보였다.

"그때쯤이면 이미 여기 없을 테니까. 내가 떠난 다음에야 어찌되든 알 바 아니지."

"이야, 꼭 요즘 젊은이 같은 대사네요."

"꼭이라니, 글케 말함 섭하거든? 나 요즘 사람 맞고, 젊은이 맞거든?"

히라츠카 선생님이 탁자를 탁탁 내리치며 한껏 젊은 척하는 말투로 항의했다. 그 농담에 그만 피식 웃고 말았다. 그러자 히라츠카 선생님이 더 장난스럽게 자기 목을 손날로 톡톡 치면서 덧붙였다.

"뭔가 문제가 생기더라도 내 목이 날아갈 뿐이다. 네가 걱정할 일은 아니지. 그러니 마음껏 저질러 보도록."

"으윽…… 무진장 부담스러워……."

경솔하게 자기 밥줄을 걸지 말아줬으면 한다. 오히려 극심한 압박감에 내 수명이 초음속으로 깎여나가는 기분이니까.

"농담이다. 신경 쓰지 마라. 나야 어떻게든 될 테니까. 만약 잘리면 결혼이라도 할까? 상대는 없지만 말이야."

히라츠카 선생님은 긴 머리카락을 거칠게 쓸어 넘기며 아하하 자학적인 웃음과 더불어 그렇게 말했지만, 듣는 나는 차마 웃음이 안 나온단 말이지……. 그래도 애써 웃었다.

"걱정 마세요."

"왜? 데려가주려고?"

의아한 표정이 된 히라츠카 선생님이 말이 끝나기가 무섭게 물었다. 뭐냐고 안 데려간다고. 나 같은 놈한테는 너무 아깝잖아. 그러니까 자, 얼른! 얼른 누가 좀 데려가 달라고! 내 마음이 변하기 전에!

속으로 부르짖는 사이 말을 꺼낸 히라츠카 선생님도 허무해졌는지, 버림받은 까만 래브라도 리트리버처럼 울망울망한 눈빛이 되었다. 꺄아 난 몰라, 꼭 대형견 같아서 힐링되어버려……. 하지만 우리 집에는 고양이가 있기에, 미안하다는 분위기로 고개를 저었다.

"말썽이 생기지 않게 잘 처리할 생각이니까요. 기본적으로는."

대답은 그렇게 했지만, 별로 자신은 없었다. 그래서 막판에 슬쩍 보험을 들고 말았다.

누가 뭐래도 상황은 압도적으로 불리하다. 게다가 유키노시타와 협력 태세를 취할 수 있을지조차 불투명했다.

솔직히 불가능한 거 아냐……? 라는 생각이 들기도 하지만, 지금은 다소 배짱을 부려서라도 그렇게 선언해야 할 시점이다. 아니면 도라에몽이 안심하고 미래로 돌아가지 못하니까…….

반 이상은 허세 허풍 공수표였지만, 애써 입꼬리를 끌어올려 미소 지었다. 그러자 히라츠카 선생님이 내 눈을 가만히 응시했다.

"……믿음직한걸?"

멀어져가는 밤기차를 배웅하듯 눈을 가늘게 뜬 채 다정한 음성으로 중얼거리더니, 부드러운 미소를 머금는다. 정면으로 그런 말을 들으니 참을 수 없이 낯간지러워, 반사적으로 뒷머리를 쓸어 올리는 시늉을 하며 은근슬쩍 시선을 피했다.

나답지 않게 큰소리를 쳐버리고 말았다.

어떻게든 히라츠카 선생님에게 피해가 가지 않는 형태로 일을 마무리 지어야 한다. 또 조금 난이도가 올라가버린 느낌이 들었다.

그래도 한 줄기 광명이 비추기는 했다.

이제 내가 영리하게 처신하면 히라츠카 선생님이 비난의 표적이 되는 일은 벌어지지 않겠지. 그러면 선생님이 사직의 위기에 봉착할 리도 없다. 음, 아마도. 글쎄 뭐 괜찮지 않을까? 잘은 모른다만. 그래도 조금은 마음의 각오를 해두자고. 며느릿감이 무려 열 살 가까이 연상이라고 하면 부모님은 뭐라고 하시려나……. 그 각오였냐고.

어쨌든 이것으로 내가 해야 할 일은 정해졌다. 달리 남은 이야기도 없다. 자연스럽게 우리 둘 다 입을 다물었다.

몇 초의 침묵이 흐른 후, 마시다 만 채로 들고 있던 달달한 커피와 함께 씁쓸한 감정을 꿀꺽 삼켜버리고 곧장 몸을 일으켰다. 옆에 놓아두었던 가방과 코트, 머플러를 한꺼번에 챙겨 들고, 나머지는 전부 그 자리에 남겨두었다.

"갈게요."

"그래."

짤막한 말로 작별을 고하자, 히라츠카 선생님도 고개만 끄덕여 보였다.

이것으로 우리의 이야기는 끝났다. 끝나도 괜찮다.

그럼에도 불구하고 막 걸음을 옮기려는 찰나, 내 뒤에서 히라츠카 선생님이 말을 걸었다.

"히키가야."

돌아보지는 않았지만 그렇다고 무시하지도 못하고, 나는 발길을 멈추었다.

"……미안하다. 말 못해서."

히라츠카 선생님의 얼굴은 보이지 않는다. 하지만 슬픈 기색으로 고개를 숙이고 있으리라는 사실은 쉽게 상상이 갔다. 나도 비슷한 표정일 테니까.

입을 열자, 분명 삼켰을 터인 커피의 희미한 쓴맛이 되살아나며 달짝지근한 연유가 목구멍에 뒤엉켰다.

그것을 흘러나오려는 한숨과 함께 눌러 삼켜, 헛기침으로 바꾸었다.

"……사과 안 하셔도 되는데요."

입가에 선명한 미소를 머금은 채 어깨 너머로 흘끗 시선을 향하며, 잇달아 장황한 말을 늘어놓았다.

"어쩔 수 없잖아요. 일이라는 게 원래 그런 법이니까요. 원칙상 이야기할 수 없는 게 많다는 사실 정도는 알아요. 게다가 아직 전근이 확정된 것도 아니잖아요?"

최대한 밝은 목소리로, 평소와 다름없이. 말도 안 되는 이야기임을 뻔히 알면서도 마음에도 없는 소리를 했다. 그렇지만 히키가야 하치만은 원래 늘 밝은 인간이 아니기에, 그 말에서는 역시 어딘가 가식적이고 공허한 울림이 묻어났다.

그러자 히라츠카 선생님은 살짝 눈을 내리깔았다.

"그래. 정식 발령은 아직 나지 않았다."

직무상 공식적으로 확정되지 않는 사안에 대해서는 언급할 수 없다. 그게 규칙이다.

히라츠카 선생님의 대답은 내게도 선생님에게도 일종의 핑계였다. 하지만 확실하고 명확하게 존재하는 규칙이기도 했다.

그러므로 납득할 수밖에 없고, 그것에 토대로 타협할 수도 있다. 말하지 않은 데에는 악의도 선의도 존재하지 않으며, 그저 명확하게 제시된 규칙에 따랐을 뿐이라는 식으로 말이다. 그 점을 이해하기에 별것 아닌 일이라고, 당연한 일이라고 우리는 서로 미소를 띤 채 그 사실을 받아들였다.

"이랬다가 여기 남게 되면 내 체면이 말이 아니겠는걸?"

히라츠카 선생님은 손등으로 긴 머리카락을 쓸어 넘기며 아하하 웃었다.

"그러게요."

나도 덩달아 웃어 보였다. 그러자 아주 잠깐이나마 마음이 가벼워졌다.

하지만 그런 순간조차도 허망하기만 했다.

나 자신도 알고 있으니까.

아무리 너스레를 떨어도 웃어넘기지 못하고, 농담조차도 겉

돌고 만다. 그저 피상적인 대화를 주고받으며 얼버무리는 데 불과하다는 자각이 있었다.

그래도 이것으로 일단락이 났다.

선생님과 내 이야기는 이것으로 끝이다.

"그럼 가보겠습니다."

"그래. 힘내라."

안녕히 계시라고 살짝 고개 숙여 인사하고, 다시 걸음을 옮겼다. 그러자 뒤에서 오일 라이터 뚜껑을 여는 소리가 났다. 부싯돌이 칙 부딪치더니, 뒤이어 나직한 숨소리가 들려왔다.

히라츠카 선생님은 이대로 교무실에 머무르며 남은 업무를 처리하겠지.

나는 뒤돌아보지 않고 교무실을 나섰다.

어떻게든 잇시키 이로하에게는 확인하고 싶은 것이 있다.

바다를 마주보는 유리창에 저녁노을이 번져갔다.

한편 동쪽 창문은 옅은 먹물을 풀어 넣은 듯한 남색으로 변했고, 오렌지색 가로등이 점점이 켜져 귀갓길에 오른 학생들의 모습을 비추었다.

해가 다소 길어졌다지만 여전히 땅거미는 일찍 진다. 최종 하교 시각이 얼마 남지 않아, 바깥에서 들려오던 운동부원들의 함성소리도 이미 그친 상태였다.

교무실에서 보낸 시간은 그다지 길지 않았지만, 학교 주변 풍경을 바꾸기에는 충분한 시간이었던 모양이다. 칸막이로 둘러싸인 좁은 공간 안에 틀어박혀 있으면, 이토록 명확한 시간의 흐름조차도 깨닫지 못한다.

아주 잠깐 눈을 뗀 사이, 모든 것이 그 형태를 바꾸어간다.

바로 지금, 교무실에서 학생회실로 향하는 이 짧은 시간에도 무언가 변화하는 순간을 놓치고 마는지도 모른다.

그래서 걸음을 재촉했다.

나 말고는 아무도 없는 복도에는 대신 저녁노을이 넘실거렸다.

특별관과 신관에 비해 창문이 많은 본관은 투명한 유리벽 탓에, 밝은 빛이 넘쳐흐르는 곳치고 서늘한 인상이 강하다. 겨울철이 되면 심지어 스산하다고 해도 과언이 아닐 정도다.

차갑게 가라앉은 공기 속으로 부산한 발소리가 울려 퍼졌다.

타박타박이라고 할 만큼 경쾌하지도, 뚜벅뚜벅이라고 할 만큼 힘차지도, 쿵쾅쿵쾅이라고 할 만큼 거칠지도 않은, 그저 찰싹찰싹 약간의 습기를 머금은 발소리가 이어졌다.

서두르느라 뒤꿈치를 꺾어 대충 꿰어 신은 실내화가 자아내는 리듬은 약간 맥 빠진 느낌을 풍겼다.

그러나 결코 멈추지는 않았다.

그것만으로도 장족의 발전이다.

히라츠카 선생님과 나눈 대화가 조금이나마 내 발걸음을 가볍게 해준 모양이었다.

해야 할 일, 생각해봐야 할 점은 명확했다.

그 밖의 다른 것들은 일단 배제한다. 가슴속에 똬리를 튼 몇몇 상념은 이미 떨쳐내 버렸다. 잘라내 버렸다. 마음속 한 구석에서 줄곧 신경 쓰이던 문제는 그냥 포기해버렸다.

그 후에 남은 유일한 과제를 그저 하나의 기계로서 완수해낸다.

그것 하나만 이룰 수 있다면 다른 일들은 뒷전으로 미루어 두어도 된다. 목적을 설정한 이상, 그것을 달성하기 위해 온갖 수단을 강구한다. 그게 지금 내가 해야 할 일이다.

걸음을 옮기는 사이, 복도로 새어들던 석양이 뚝 끊겼다.

끝없이 계속될 것만 같던 유리창의 행렬을 학생회실 벽이 막아섰다.

학생회실 문은 굳게 닫혀 있어, 바깥으로는 숨소리 하나 새어나오지 않았다. 이곳에 존재하는 호흡은 오로지 내 것뿐이었다. 나직하게 숨을 고르며 마음을 가라앉혔다.

지난 며칠간 유키노시타도 잇시키도 만난 적이 없다. 유키노시타 모녀가 찾아와 프롬 중지를 요청한 그날 이후로 처음 보는 셈이다. 그 뒤로 유키노시타와 나눈 이야기라고는 제대로 된 대화라고도 할 수 없는 모호한 거절뿐이었다.

그러므로 더욱 냉정하게 이야기하기로 다짐했다. 감정적이 되면 상호 입장차의 옳고 그름을 가릴 수 없게 된다.

하긴 그 점은 걱정할 필요 없겠지. 괜찮다, 내 감정은 이미 빈사상태나 다름없어서 부정적인 감정만 가까스로 살아남았을 지경이니까. 그게 더 심각한 거 아니냐?

잘 해낼 수 있을까? 콩닥콩닥……. 괜찮아 괜찮아 할 수 있어 할 수 있어 아자아자 파이팅♡ 파이팅♡

지능지수를 5억 정도 떨어뜨리고 스스로 용기를 북돋운 다음, 잡념을 싹 떨쳐내고 학생회실 문을 두드렸다.

그러자 실내에서 인기척이 났다.

"네에~."

문 너머로 잇시키의 대답이 들려오더니 탁탁, 분주한 발소리가 이어졌다.

이내 문이 열리며 그 틈새로 황갈색 머리카락이 찰랑였다. 사뿐히 다리를 내딛자 치맛자락이 팔락 나부꼈고, 손등을 덮는 낙낙한 핑크색 카디건이 저녁노을 속으로 녹아들었다.

잇시키 이로하는 애교스럽게 고개를 살짝 기울인 채 얼굴을 내밀었지만, 내 모습을 보자마자 표정이 확 바뀌었다. 한마디로 표현하면 이걸 어째…… 라는 얼굴이었다.

"아……."

나직하게 한숨을 쉰 잇시키가 흘끗 뒤쪽을 곁눈질하더니, 일단 학생회실 밖으로 나와 등 뒤로 문을 닫았다. 그리고 변함없이 난처한 표정으로 나를 빼꼼 올려다보았다.

"결국 오셨군요……."

"그래. 유키노시타는?"

그 질문에 잇시키가 살짝 고개를 돌려 문 쪽으로 시선을 향했다. 보아하니 유키노시타는 아직 학생회실에 있는 모양이다. 안도와 긴장이 뒤섞인 숨결이 흘러나왔다.

땀도 닦을 겸 바지 주머니 쪽을 한 번 꽉 움켜쥐었다가 문고리로 손을 뻗으려 했다.

그러자 잇시키가 스슥 옆으로 이동해 나를 가로막았다. 뭐지? 꽃게 흉내인가? 그렇다면…… 하고 일부러 반대 방향으로 이동하자, 잇시키가 내 움직임에 반응해 스크린 아웃에 들어갔다. 이 철저한 대인 방어는 또 뭐냐고……. 지금의 일본 국가대표팀 수비수로 꼭 필요한 인재잖아……?

"으윽, 무진장 거치적거려……. 저기, 좀 비켜줄래?"

부탁해보았지만, 잇시키는 팔짱을 낀 채로 문 앞에 떡 버티고 서서 꼼짝도 하지 않았다.

"일단 용건을 말씀해주셔야죠. 외부인은 출입 금지예요."

잇시키가 왠지 거드름을 피우며 손가락을 까닥까닥 흔들었다. 하기는 회장님 성격이 워낙에 그렇고 그렇다 보니 여태까지는 아무 거리낌 없이 성큼성큼 드나들었지만, 그 지적대로 학생회실은 원칙적으로 외부인의 출입이 금지된 공간이다. 나 정도 경지에 오르면 거의 어디서나 외부인 취급이므로, 이렇게 타당한 반응이 돌아오면 당황하고 만다.

그나저나 이 녀석, 그렇고 그런 성격인 주제에 오늘따라 어째 빡빡하게 구는구만……. 허리에 손을 얹고 뺨을 볼록 부풀린 채 손가락을 까닥거리는 모습도 뭔가 좀 그렇고, 깜찍하고…….

그러나 앙큼 깜찍한 포즈와는 달리 문 앞을 지키고 선 모습에서는 절대 비킬 수 없다는 굳은 의지가 전해져왔다. 사실대로 이야기하지 않으면 들어가게 해주지 않겠지.

"……도와주러 왔다."

어떤 식으로 설명할까 고민했지만, 결국 가장 단적이면서 결코 틀리지는 않은 말을 골랐다.

"……."

조금 놀랐는지 잇시키가 얼빠진 표정을 지었다. 오케이, 납득하신 모양이로군. 잇시키가 넋이 나간 틈을 타 잽싸게 문 쪽으로 한 발짝 다가섰다.

"그럼 들어가마."

"안 돼요♡"

"야……."

잇시키가 또다시 옆으로 쓱 이동해 생긋 웃으며 나를 가로막았다. 뭐냐고, 네가 무슨 드래곤 퀘스트 에딘베어 성의 문지기냐.

한동안 교착상태가 이어질 줄 알았으나, 내가 물러설 기미가 없음을 알아차렸는지 잇시키의 표정이 갑자기 진지해졌다.

"선배님…… 프롬 이야기요. 듣고 오신 거죠?"

"그래, 대강은."

내 대답에 잇시키가 살짝 기울인 턱에 주먹을 괴고 조금 복잡한 표정을 지었다. 그렇게 잠시 고민하던 잇시키가 흘끗 뒤쪽을 곁눈질했다. 그리고 문에서 몇 발짝 떨어지는가 싶더니, 나를 향해 까닥까닥 손짓을 했다. 유키노시타의 귀에 들어가면 곤란한 이야기가 있다는 신호겠지.

무시하고 그냥 학생회실로 들어가 버릴까……? 그렇게 생각한 것도 잠시뿐, 내 불순한 속내를 읽었는지 잇시키가 내 재킷 소맷부리를 잡더니 성큼성큼 걸음을 옮겼다.

그 조그만 손을 뿌리칠 수도 없는 노릇이라, 고분고분 잇시키를 따라 한동안 복도를 걸었다. 모퉁이를 돌자 본관과 특별관을 잇는 공중 연결통로가 나왔다.

이 통로의 벽 쪽에는 벤치가 놓여 있어 쉬는 시간이면 여기서 노닥대는 학생들이 종종 눈에 띄지만, 하교 시각을 앞둔 지금은 인기척을 찾아볼 수 없었다. 대신 조용하고 차가운 공기와 서쪽에서 스며든 석양이 그 자리를 채웠다.

벽 쪽 벤치 근처에서 걸음을 멈춘 잇시키가 빙글 돌아서더니 마침내 내 소매를 놓아주었다. 주름을 펴듯 소맷부리를 문지르자, 은은한 온기가 남아 있는 느낌이라 어쩐지 낯간지러웠다. 그나저나 대뜸 소매를 잡는 건 자제해줬으면 한다. 왠지 무진장 쑥스러우니까.

"선배님이 마음 써주시는 건 감사하고요. 저 개인적으로는 기쁘지만요……."

유리창을 등지고 선 잇시키가 말꼬리를 흐렸다. 조금 겸연쩍은 기색으로 고개를 수그리자 그 긴 속눈썹이 아래를 향했다.

"하지만 지금은 좀 들여보내드리기 곤란하달까, 만나게 해드리기 곤란해요."

"어째서?"

벤치에 앉아서 묻자, 잇시키가 등 뒤로 손깍지를 끼더니 그대로 유리창에 기대섰다.

"솔직히 말해서 지금 선배님이 오시면 이야기가 꼬일 것 같았거든요. 좀 더 시간을 두는 게 낫지 않을까 해서요."

"아…… 음, 하긴."

잇시키의 말에 짚이는 구석이 있었다. 지난번에 언쟁을 벌인 자리에는 잇시키도 동석했다. 그 무익한 대화를 지켜봤다면 걱정하는 것도 당연하다. 나만 해도 유키노시타와의 대면을 앞두고 약간 불안한 마음이 드는 게 사실이니까. 하지만 그렇다고 물러설 수는 없는 노릇이다.

"……하지만 그 문제라면 염려할 것 없어. 대화로 잘 풀어나갈 작정이니까."

"에이~ 정녕 그리하시겠다고?"

의혹에 가득 찬 눈길이 돌아오고 말았다……. 게다가 입모양은 당장이라도 으엑 소리가 흘러나올 것처럼 삐딱한 데다 눈썹은 서로 찰싹 달라붙기 일보 직전이었다. 야, 그 지독한 불신의 표정은 뭐냐……. 잇시키의 눈빛이 껄끄러운 나머지, 나는 슬쩍 시선을 돌리고 흠흠 헛기침을 했다.

"진짜라니까 그러네……. 어떤 식으로 이야기할지 전략은 짜놨다고."

의존 이야기를 했다가는 상황이 악화될 게 불 보듯 뻔하다. 따라서 그 문제는 제쳐두고 다른 각도에서 이야기를 진행해나갈 수밖에 없다. 서로의 의중에는 차이가 있다 해도 프로젝트의 성사라는 공통 과제가 있다면 건설적인 대화를 나눌 수 있을 터였다.

그렇게 생각했건만, 잇시키 양의 표정에는 왜 변화가 없는 걸까요……?

"전략……. 으아, 전혀 믿음이 안 가~."

잇시키가 징글징글하다는 얼굴로 뼈아픈 소리를 했다.

"그야 못 믿을 만도 하다만."

여태까지 남의 신뢰를 살 만한 인생을 살아오지는 않았으니까. 자각은 충분했으므로 가볍게 어깨만 으쓱해 보였다.

그러자 잇시키는 한동안 아무 말 없이 내 얼굴을 응시하더니, 이윽고 나직한 한숨과 더불어 체념한 기색으로 어깨를 늘어뜨렸다. 어쩌면 어이없어하는 중인지도 모른다.

"하여튼 과보호라니까."

혼잣말처럼 중얼거린 잇시키가 이쪽으로 타박타박 걸어오더니, 치맛자락을 잡고 내 옆에 털썩 앉았다. 자기 허벅지에 팔꿈치를 괴자, 그 위에 얹은 턱이 살짝 올라갔다. 어깻죽지에서 찰랑이는 머리카락이 새어드는 저녁노을을 받아 반짝반짝 빛났다. 잇시키의 시선은 맞은편 창문을 넘어 아득히 먼 곳을 바라보는 듯했다.

"유키노 선배, 열심히 노력하는 중이라고 생각하거든요. 그 심정을 모르는 바는 아니라고나 할까요……."

"……뭐, 그렇지."

대답하며 나는 벤치 뒤쪽에 손바닥을 짚고, 벽에 등을 기댄 채 천장을 올려다보았다.

아마 원래는 잇시키의 대응이 올바른 거겠지. 자기 힘으로 해내고자 노력하는 사람 상대로는 지켜보는 자세가 요구되는 법이다.

"그래도…… 도와주실 거예요?"

물어오는 목소리에 다시 시선을 돌리자, 잇시키는 턱을 괸 채 고개를 돌려 내 얼굴을 빼꼼히 바라보고 있었다. 그 포즈는 몹시 영악하고 애교스러웠지만, 그 눈동자 속에는 오싹할 정도의 진지함이 서려 있었다.

"……그럴 생각이기는 해."

썩은 동태 같은 내 눈에는 진지함 따위 깃들 리 없지만, 최소한 목소리만이라도 조금이나마 엄숙하게 내려고 애썼다. 그러자 잇시키는 잠시 생각에 잠긴 기색으로 뜸을 들이더니, 나직한 목소리로 거듭 물었다.

"그래요……? 그게 유키노 선배에게 도움이 되지 않는다고 해도요?"

"어차피 여태까지도 남한테 도움이 될 만한 일은 해본 적이 없어. ……그러니 이번에도 마찬가지야."

"마찬가지……인 걸까요?"

혼란스러운 듯한 그 중얼거림에 고개를 끄덕여 보이자, 잇시키가 시선을 떨구었다. 나는 차마 고개를 떨구지는 못하고 창밖으로 시선을 향했다.

결국 항상 그런 식이다.

들려주는 말도 행동도 항상 정답하고는 거리가 멀고, 언제나 오해투성이에 실패의 연속이다. 잘못을 사과하는 것조차 똑바로 하지 못하고, 단추는 번번이 엇갈려 끼운다.

지난 일 년 동안 그런 일을 수없이 반복했고, 그렇게 세월은 흘러갔다. 깨닫고 보니 겨울은 어느새 끝을 향해 달려가고, 초봄의 세찬 바람이 창문을 뒤흔드는 계절이 찾아왔다. 찰나의 정적이 깨지자, 잇시키가 고개를 휙 치켜들었다.

"하지만 그런다고 유키노 선배가 납득할 거라는 생각은 솔직히 안 들어요."

"그러게……."

무심코 한숨을 흘리자, 잇시키가 불쑥 몸을 내밀었다.
"완강하게 거부할걸요?"
"그렇겠지……."
반사적으로 탄식하자, 잇시키가 스슥 나를 올려다보았다.
"그래도 할 거예요?"
"해야지……."
땅이 꺼지라 한숨을 쉬며 대답하자, 잇시키가 어안이 벙벙한 얼굴로 고개를 갸웃했다.
"뭐? 왜?"
"글쎄, 왜일까……."
그렇게 의외란 말인가. 아유, 이로하 얘도 참. 이제는 완전 대놓고 반말을 써버리네. 뭐 딱히 상관은 없습니다만……. 그나저나 이 분, 본인이 한 말을 까맣게 잊으신 게 아닐는지요……?
이런저런 불만을 담아 잇시키에게 게슴츠레한 시선을 보냈다.
"애초에 네가 도와달라고 한 거 아니었냐고……."
그러자 잇시키가 어리둥절한 기색으로 커다란 눈을 깜빡였다. 그러다 후다닥 몸을 사리는가 싶더니, 허둥지둥 정신없이 두 손을 내저으며 숨 돌릴 틈도 없이 대꾸했다.
"헉! 저 때문이었나요! 뭐예요 지금 절 꼬시는 건가요 특별대우라니 나쁜 기분은 아닌 데다 곤란할 때 도움을 받는 건 나름대로 좋아하지만 그것하고는 별개로 이것저것 정리한 다음에 해주시면 안 될까요 죄송해요."
그리고 마지막으로 꾸벅 정중하게 고개를 숙여 보였다. 나는 그 반응에 만족해 흠흠 고개를 끄덕였다.

"어, 그래. 전혀 다르다만 대충 비슷해."

"그 반응은 뭐예요……? 알았어요. 아니란 말이죠?"

잇시키가 토라진 듯 언짢은 기색을 내비치며 싸늘한 눈초리로 나를 가볍게 째려보았다. 아니, 하지만 그쯤 되면 이게 올바른 반응이잖아……. 내가 맥 빠져 하거나 말거나 잇시키는 집게손가락을 볼에 대고 태연자약한 얼굴로 입을 열었다.

"물론 그 이유가 저 때문이라고 해도 저는 딱히 상관없지만요~."

"상관있고 그런 말 안 했고 전혀 다르다만……."

왜곡된 발언을 정정하려고 볼멘소리를 해봤지만, 잇시키는 들은 체도 하지 않았다. 변함없이 뺨에 손가락을 댄 채로 고개를 갸웃하며 인상을 썼다.

"하지만 그런다고 유키노 선배가 납득할 거라는 생각은 솔직히 안 들어요."

"그러게…… 엉? 뭐야 이거, 무한 루프? 아니, 하지만 그러면 이로하스 네가 옆에서 잘 설득해주거나 하는 거 아니고?"

실낱같은 기대를 담아 묻자, 잇시키가 정색을 하며 손사래를 쳤다.

"네? 죽어도 싫은데요……. 그 이전에 무리예요."

"무리라니…… 심지어 즉답이냐……."

그보다 얘 방금 싫다고 하지 않았나? 내가 잘못 들은 거니……? 그렇게 생각하며 빤히 쳐다보자, 잇시키가 흠흠 헛기침을 하더니 어찌된 영문인지 가슴을 펴고 당당히 선언했다.

"무리예요. 여자는 스스로 결정한 건 바꾸지 않으니까요. ……물론 딴사람이 정해준 거라면 냅다 바꿔버리기도 하고, 상황이 불리하게 돌아간다 싶으면 깜빡한 척은 하지만요."

"최악이잖아……."

살짝 고개를 돌리며 은근슬쩍 덧붙였지만, 그건 너한테만 해당되는 이야기 아니냐? 여자라서 그런 게 아니잖아. 개인의 성향이잖아. 비단 여자뿐만 아니라 인류 전반이 평등하게 전천후로 대부분 껄끄러운 저는 그렇게 생각합니다.

돌렸던 고개를 다시 바로 한 잇시키가 눈썹을 팔(八)자로 모았다.

"……게다가 유키노 선배잖아요. 좀 어렵지 않을까요?"

"그런가? 하긴 그렇겠지……."

여자 타령이 아니라 유키노시타라 그렇다고 하면 나도 납득할 수밖에 없다. 하긴 서로 알고 지낸 그리 길지 않은 시간을 돌이켜보아도 유키노시타의 대쪽 같은 고지식함은 요소요소에서 발휘되어 왔다. 그러니 이번에도 선뜻 본인이 한 말을 철회할 리는 없을 테지.

눈을 감고 팔짱을 낀 채로 끄응 신음하자, 잇시키가 나직한 목소리로 중얼거렸다.

"전 이번에 여러모로 도움을 받았고…… 또 응원하고 싶은 마음도 있으니까요."

흘끗 시선을 주자, 잇시키의 얼굴에는 곤란한 듯한 쓴웃음이 어려 있었다.

“그래서 제가 나서기는 아무래도 좀 힘들 것 같아요. 죄송해요.”

“어, 아냐. 됐어. 나야말로 별 생각 없이 어려운 부탁을 해버렸나 보다. 미안.”

나도 쓴웃음을 지으며 신경 쓰지 말라고 이야기하자, 잇시키가 보일락 말락 고개를 끄덕였다. 상황에 맞춰 별 뜻 없이 해본 말이었건만, 잇시키는 진지하게 고민해본 눈치였다. 새삼스럽기 짝이 없는 말이지만, 잇시키 이로하는 이래 봬도 꽤나 상당히 아주 제법 괜찮은 애다. 그런 만큼 무신경하게 의지하려 한 데에도, 골치 아픈 일에 끌어들이고 만 데에도 미안한 마음이 들었다.

역시 이건 내가 알아서 해결해야 할 문제다.

……그럼 우선 어떤 식으로 이야기를 꺼내야 하나? 모르겠다. 하여튼 걔도 진짜 성가신 타입이라니까……. 하긴 성가시기는 나도 마찬가지다만. 정확히는 오히려 내가 더 성가실 정도다.

머릿속이 복잡할 때는 뇌의 혈류량을 늘리는 게 상책이다. 꾹꾹 두피 마사지를 하며 고민을 거듭하는 사이, 잇시키는 말없이 그런 내 모습을 물끄러미 바라보고 있었다.

“…….”

“왜?”

시선을 느끼고 묻자, 잇시키가 도리도리 고개를 저었다.

"아뇨, 포기 안 하시는구나 싶어서요."

"엉? 아, 어어, 뭐 그렇지."

새삼스러운 지적과 함께 빤히 쳐다보는 바람에 당황한 나머지 횡설수설 말을 더듬고 말았다. 급한 불을 끄려고 알맹이 없는 소리를 늘어놓자, 잇시키가 주먹 하나만큼 이쪽으로 쓱 다가앉았다. 아까 전과 마찬가지로 올곧은 눈빛이 나를 향했다.

"왜죠? 본인한테는 거부당했고, 하루 선배한테도 한소리 들었잖아요? 그런데도 왜 그렇게까지 하시는 거예요? 그런 거, 엄청 성가셔서 그만두고 싶어지는 게 보통 아닌가요?"

절절하게 자아낸 말들은 분명히 의문형으로 끝나는데도 대답할 틈을 주지 않았다. 설령 그럴 겨를이 있었다 한들 딱 부러지는 대답을 들려주지는 못했을 테지만 말이다.

하나씩 질문을 던질 때마다 잇시키는 슬금슬금 이쪽으로 다가왔고, 나는 그 거리만큼 벤치를 타고 뒤로 물러났다. 그러나 이윽고 벤치 끝에 몰려, 더는 달아나려야 달아날 수 없는 상황에 처하고 말았다.

"그냥, 이런저런 사정이 있다고……."

난처한 나머지 가까스로 시선을 피하자, 잇시키가 넥타이를 꽉 잡아당겼다.

"똑바로 대답해주세요."

우격다짐으로 자기 쪽을 돌아보게 하는 바람에 하는 수 없이 잇시키를 정면으로 마주보았다. 어찌나 세게 움켜쥐었는지 넥타이에는 구깃구깃 주름이 잡혔고, 잇시키의 작은 손도 가늘게 떨렸다.

외면할 수도 없고, 시선을 돌리는 것조차 마음대로 되지 않았다. 그래서 앙다문 고운 입술과 저녁노을이 일렁이는 눈동자만이 시야에 들어왔다. 그 진지한 표정 앞에서 내가 할 수 있는 일이라고는 좀처럼 떨어지지 않는 입을 힘겹게 놀리는 것뿐이었다.

"정말 이런저런 사정이 있다니까……. 그걸 제대로 설명할 자신이 없다고."

"그래도 상관없어요."

그러나 잇시키는 말재간을 부리는 것조차 용납하지 않고, 단호한 말투로 딱 잘라 대꾸했다. 뭔가 대답을 들려주지 않으면 납득하지 않을 분위기였다.

하지만 아마 어떤 말을 해도 수긍이 가지는 않겠지.

내 안에 깃든 감정과 감상은 애초에 말로 표현할 도리가 없으며, 그렇기에 오히려 마음대로 규정할 수 있는 골치 아프기 짝이 없는 물건이다. 따라서 어떻게 설명하든 공감대를 형성하는 것은 불가능하다. 그렇게 불투명하고 불명확한 부정형의 감정을 획일적인 기존의 언어에 꿰어 맞추면 그 끄트머리부터 마모되어, 이윽고 커다란 간극이 생겨난다. 무엇보다도 단 한마디로 정리되어 버린다는 점이 마음에 들지 않았다.

지금까지는 줄곧 일이니까, 동생을 위해서니까 같은 핑계를 대면서 버텨왔다. 이번에도 그런 식으로 누군가를, 무언가를 변명거리로 삼으면 그만이다. 잇시키가 도움을 청했기 때문이라는 이유를 내세우는 게 가장 빠르다.

그렇지만 잇시키 이로하는 그런 판에 박힌 대답을 원하는 게 아닐 테지. 이유도 이해도 중요하지 않다고, 그 한결같은 눈빛이 말해주었다.

어눌해도, 두서없어도 좋으니 답을 제시하라고 잇시키는 내게 요구한 것이다.

그러므로 성실하고 진지하게, 원하는 대답과는 다르다는 사실을 익히 알면서도 무거운 한숨과 더불어 천천히 입을 열었다.

"……책임이 있으니까."

"책임……이요?"

가냘픈 목소리로 읊조린 잇시키가 살짝 숨을 들이쉬더니, 내 대답의 의미를 가늠하기 힘든지 고개를 갸웃하고는 조용히 시선을 떨구었다. 그저 이쪽을 흘끗 올려다보는 눈빛만이 뒷말을 재촉해왔다.

그 눈길에 고개를 끄덕여 보이고 나는 띄엄띄엄 힘겹게 설명을 이어나갔다. 넥타이는 원래 느슨하게 매고 다니는 편인데도 잇시키가 잡고 있어서인지 지독하게 숨이 막혔고, 가슴속도 유난히 뜨거웠다.

"이야기가 꼬여버린 것도, 의존 운운하는 것도 다 내가 책임져야 할 일이니까. 굳이 원인을 따지자면 그렇다는 거지만. 아무튼 그래서 그 잘잘못의 균형을 확실하게 맞추고 싶을 뿐이야. 계속 그렇게 해왔으니까, 이제 와서 나 좋을 대로 바꿀 수는 없어. 그냥 그게 다야."

간신히 내 개인적인 결론 비슷한 것을 내놓았다. 그러자 잇시키의 손이 스르륵 내 넥타이를 놓더니 힘없이 아래로 처졌다.

"앗, 죄송해요. 뭔가 생각했던 것과 다른 대답이 돌아오는 바람에 잠깐 얼이 빠졌었나 봐요. 넥타이가 구겨져버렸네요. 죄송해요."

"됐어, 원래부터 후줄근했는데 뭐. 그냥 내버려둬라."

그렇게 말했지만, 잇시키는 그럴 수는 없다며 작은 목소리로 꺄아 어쩜 좋아 호들갑을 떨더니 허둥지둥 넥타이를 박박 문지르며 주름을 펴려고 했다. 어찌나 세게 잡아당기는지, 내 목도 덩달아 달랑달랑 흔들렸다.

그러다 그 손이 갑자기 멈칫했다.

"아까 하신 말씀이요, 유키노 선배한테 똑바로 이야기하실 거예요?"

잇시키의 시선은 늘어진 넥타이에 고정되어, 그 표정은 살필 수 없었다. 망설이는 사이, 잇시키가 얼른 대답하라고 다그치듯 또다시 넥타이를 마구 흔들어대기 시작했다. 그때마다 황갈색 머리카락이 약올리듯 찰랑찰랑 춤을 추었다. 아기 고양이가 장난치는 듯한 그 모습에 마음이 놓여 무심코 미소를 짓고 말았다.

"……그래, 일단 이야기하기는 하겠지. 전해질지는 또 별개의 문제다만."

"하여튼 진짜 피곤한 사람들이라니까."

잇시키가 고개를 들고 못 말리겠다는 듯 웃더니, 내 가슴의 넥타이를 탁 쳤다.

"제 입장에서는 봉사부가 도와주는 게 가장 편해요. 그러니까 똑바로 하세요, 알겠죠?"

읏차 기합을 넣으며 일어선 잇시키가 나를 척 가리키더니 후훗 당돌하게 웃었다. 그리고 치맛자락을 팔랑 휘날리며 빙글 몸을 돌리더니, 타박타박 걸음을 옮겼다. 그렇게 두세 발짝 걸어가다가 힐끗 이쪽을 돌아보고는 얼른 오라고 까닥까닥 손짓을 했다. 학생회실에 들여보내주겠다는 뜻이니……?

나도 무거운 몸을 일으켜 그 뒤를 따랐다.

× × ×

잇시키를 따라 학생회실로 들어서자, 향긋한 냄새가 불현듯 코끝을 간질였다. 아마도 방향제 냄새일 테지. 봉사부 부실과는 달리 싱그럽고 달콤한 과일 향이었다. 그 속에서 홍차 향기는 나지 않았다.

그다지 넓지 않은 학생회실은 오랜 역사의 산물인지 온갖 잡동사니가 널려 있어, 어수선한 인상을 풍겼다. 그중에 딱 한 군데, 유난히 깔끔하게 정돈된 공간이 있었다.

강렬한 개성을 뿜어내는 회장석 옆에 마련된 단출한 책상. 그 바로 뒤편에 놓인 화이트보드 앞에 유키노시타 유키노가 서 있었다.

다른 학생회 임원들이 없는 걸 보니 유키노시타와 잇시키

둘이서 앞으로의 방침을 논의하는 중이었나 보다.

그 흔적이 화이트보드에 생생하게 남아 있었다. 흰색 칠판을 빽빽하게 채운 알록달록한 글자들과 눈싸움을 벌이던 유키노시타가 뒤에서 나는 소리를 들었는지 우리를 돌아보았다.

"아, 히키가야. 왔니?"

"그래."

유키노시타는 내 모습을 보고도 동요한 기색이 없었고, 심지어 옅은 미소마저 지어 보였다. 분명 프롬 자숙 요청을 받았으련만 크게 개의치 않는 것처럼 보였다.

"잇시키, 잠깐 쉴까?"

그렇게 말하고는 화이트보드의 고정 장치를 풀고 칠판을 빙글 뒤집더니, 바퀴를 돌돌 굴려서 옆으로 치웠다.

그리고 유키노시타는 곧장 차를 타기 시작했다. 학생회실 기본 비품인 전기 포트를 켜더니, 물이 끓는 동안 종이컵을 착착 늘어놓고 티백을 꺼냈다.

그 익숙한 손놀림을 어딘가 그리운 심정으로 지켜보는데, 그 사실을 알아차린 유키노시타가 눈짓으로 내게 앉으라고 권했다. 마침 유키노시타의 책상 맞은편에 접이식 의자가 하나 놓여 있었다.

이윽고 보글보글 기포가 올라오기 시작했고, 그 소리 속으로 내가 의자 빼는 소음이 섞였다. 뒤이어 잇시키도 쪼르르 회장석으로 향하더니, 등받이가 달린 다소 럭셔리한 의자를 도르륵 꺼내 그 끄트머리에 살짝 걸터앉았다.

잠시 후 봉사부에서 쓰는 것과는 다른 티세트로 우린 홍차가 살며시 눈앞에 놓였다. 그것을 고맙게 받아들자, 서먹한 종이컵에서 낯선 향기가 피어올랐다.

"들었니?"

구체성이 결여된 짧은 질문이었지만, 지금 이 자리에서 유키노시타와 내가 화제로 삼을 만한 이야기는 단 하나뿐이다.

"그래, 유이가하마하고 같이 있었거든."

유키노시타는 조금 놀란 기색을 드러냈지만 그것도 잠시뿐, 이내 아까처럼 평온한 표정으로 돌아왔다.

"……그랬구나."

"자세한 사정은 히라츠카 선생님한테 들었어. 괜찮겠냐? 뭔가 내가 할 수 있는 일이 있다면 돕고 싶다만……."

"딱히 걱정할 필요는 없어. 우리도 대책을 마련하는 중이니까."

단아한 모습으로 종이컵을 입으로 가져가 살며시 입술을 축인 유키노시타가 막힘없이 대답했다.

손안에서 느껴지는 홍차의 뜨거움과는 반대로 서늘한 대화가 오갔다. 그런 분위기가 거북한지 잇시키가 몸을 꼬았다. 그리고 나를 힐끔힐끔 곁눈질하기 시작했다. 그 눈이 똑바로 이야기하라고 압박을 가해왔다.

그러나 서두르면 안 된다. 모름지기 대화에는 흐름이라든가 맥락이라든가 순서라든가 타이밍이라든가 분위기라든가, 또 용기라든가 이것저것 기타 등등이 필요하기 마련이니까. 대화란 거 너무 어렵지 않아? 방금 전만 해도 조심스럽게 반응을 살피며 이야기를 꺼내려고 했건만, 단칼에 거절당하고 말았다. 아무튼 이야기를 이어가면서 그 폭을 넓혀나가려면 우선 대화의 실마리부터 찾고 봐야 한다. 하여간 이런 쪽에는 진짜 소질이 없다니까.

종이컵을 후후 불면서 어떤 식으로 운을 떼야 하나 고민했다. 시간이 흐르며 서서히 온도가 내려가 뜨거운 음식을 잘 못 먹는 나도 겨우 마실 수 있을 정도로 식은 홍차를 홀짝이다가, 불쑥 물었다.

"어쩔 작정이냐?"

그러자 유키노시타가 내 얼굴을 가만히 응시했다. 그 시선은 어딘가 내 속내를 살피는 것처럼 느껴지기도 했다.

"……아직 검토 중이야. 이야기할 만한 단계가 못 돼."

검토 중이라……. 그만큼 화이트보드를 빼곡히 도배하다시피 해놓고 말은 잘하는구만. 같은 생각을 했는지, 잇시키의 시선이 한순간 유키노시타 쪽으로 쏠렸다.

그 화이트보드에 적혀 있었을 내용을 상상해보건대 전체적인 방향성은 이미 결정되었고, 그 내용이 내게 알려지는 것을 꺼려 적당히 둘러댄 거겠지.

의도적으로 내 시야에서 치우다시피 옮겨놓지 않았던가. 꼬치꼬치 캐묻는 것은 현명한 판단이 못 된다.

이럴 때는 우회 공략을 시도하는 게 정석이다. 이런 식으로 유키노시타와 계속 이야기해봐야 어차피 평행선만 달릴 뿐이다. 그래서 살짝 고개를 돌려 잇시키에게 말을 걸었다.

"뭐 도와줄 거 없냐?"

"……글쎄요, 지금은 특별히 생각나는 게 없네요."

잇시키는 시선을 왼쪽 위로 향하기는 했지만, 유키노시타 쪽을 돌아보지는 않고 대답했다. 그 말이 허풍인지 아닌지는 좀처럼 판단이 서지 않았다.

하지만 다른 임원들도 자리에 없고, 어딘가 느슨한 인상마저 감도는 학생회실 상태로 미루어볼 때 실제로 지금 당장 시급하게 처리해야 하는 일은 없는 눈치였다.

"그 말은 곧 아직 실제 작업에 들어갈 수는 없는 상황이라는 소리구만……."

"그야 당연하잖니. 오늘 막 자숙 권고를 받은 참이니까."

내 입에서 흘러나온 중얼거림에 유키노시타가 담담하게 응수했다. 방금 충격적인 통보를 받은 것치고는 별로 초조해하는 기색이 없었다. 아마 자숙이라는 표현의 의미를 깨달았기에 조금은 여유가 생긴 거겠지.

학교 측에서 내려온 자숙 요청. 그 의도에 대해 유키노시타와 나는 같은 생각을 가지고 있을 터였다. 공통 화제는 대화에 활기를 불어넣는 양념이다. 일단 그 점을 단서로 삼아 이야기를 풀어나가야겠다.

나는 다시 유키노시타 쪽을 돌아보며 말했다.

"하지만 대책은 있다고? 그야 그렇겠지. 위에서 내려온 건 어디까지나 자숙 요청일 뿐이니까. 최악의 경우 거부하는 것도 가능할 테고."

자숙이라는 표현은 학교 측, 그리고 나아가서는 히라츠카 선생님 나름의 양보다. 자숙이라는 용어를 쓸 경우 그 주체는 어디까지나 본인이며, 스스로 판단해서 내린 결정이라는 뉘앙스를 풍기게 된다. 다시 말해 중지 결정이 강제가 아님을 암시하는 역할을 하는 셈이다.

유키노시타 측은 취소라고 못 박지 않았다는 사실을 역이용해 그 권고의 의미를 일부러 곡해하고, 적극적으로 상황을 꼬아버릴 심산이겠지. 자숙은 어디까지나 요청에 불과하며, 최종적인 결정권은 우리에게 있다는 자세로 밀고 나가겠다는 뜻이다.

내가 지적하려는 바가 뭔지 모를 리 없다. 유키노시타가 쓴웃음을 지으며 입을 열었다.

"그런 상황은 가급적 피하고 싶지만 말이야."

"자숙이라는 표현을 역이용하는 것까지는 좋다고 쳐. 하지만 단순히 강경책을 택할 가능성을 암시한다고 해서 반대파가 넙죽 받아들일 리는 없다고 보는데."

"알아. 그 점을 전제로 계속 논의해나가야겠지."

유키노시타는 눈썹 하나 까딱하지 않고 대답했다.

물론 실제로 프롬을 강행할 리는 없다고 생각한다. 그런 식의 폭거는 딱 한 번밖에 써먹을 수 없는 자폭성 기술이니까. 내년 이후에도 계속 프롬을 열 생각이라면 경솔하게 일을 벌이지는 않을 테지.

유키노시타와 잇시키의 노림수는 실력행사에 나설 가능성

을 시사하는 벼랑 끝 전술이다.

학교 측의 감독을 받지 않는 상태로 행사를 열어버린다, 어른들의 눈이 미치지 않는 곳에서 실시해버린다, 예상보다 훨씬 심각한 사태가 벌어져도 우리는 책임 못 진다. 그래도 괜찮냐는 식으로 위협을 가하는 것이다.

실행에 옮길 생각은 없을 테지만 그렇게 해서 협상을 이끌어내려는 심산이겠지.

꽤나 무리수를 두는 셈이지만 그래도 협상의 여지 자체는 아직 남아 있다.

문제는 무엇을 협상 카드로 삼느냐다.

자리에서 일어나, 벽 쪽에 딱 붙여서 세워둔 화이트보드로 다가갔다. 유키노시타는 나직하게 한숨을 쉬었지만 딱히 제지하지는 않았다.

화이트보드를 끌어당겨 빙글 뒤집었다.

아까 얼핏 보고 예상했듯, 그 위에는 유키노시타와 잇시키가 짜냈을 대응책과 새로운 프롬의 방향성에 관한 내용이 적혀 있었다.

무척 열띤 토의가 이루어졌는지, 칠판을 남김없이 뒤덮어가며 문자상의 격론을 벌인 흔적이 고스란히 남아 있었다. 글씨체가 혼재된 것으로 보아 유키노시타와 잇시키가 각각 적어 넣은 모양이다. 어미에 물음표가 많기는 하지만 일렬로 또박또박 흐트러짐 없이 쓴 글씨가 유키노시타의 필적이고, 느낌표를 남발해가며 종횡무진으로 힘차게 휘갈겨 쓴 쪽이 잇시키의 필적인 듯했다.

적어놓은 모양새를 보니 둘이서 각자 아이디어를 내놓은 다음, 상대편의 문제점을 지적해가며 더 좋은 방안을 찾아내려고 노력한 눈치였다.

"너희 둘이 연구한 거냐?"

"그보다는 유키노 선배가 내놓은 아이디어를 제가 반박하고요, 또 제가 내놓은 아이디어에는 유키노 선배가 토를 다는 방식으로 진행한 건데요……."

"아하, 건설적이구만."

계획이 벽에 부딪친 상황에서 무엇이 됐든 일단 두 가지 아이디어를 내놓고 보는 데는 중요한 의미가 있다. 최소한 둘 중에 하나를 선택하거나 절충안을 모색할 수 있으니까. 대안도 없이 무턱대고 반대만 해본들 사태가 진전되지는 않는다.

요컨대 대립 구도를 취함으로써 논의를 진행해나가기 위한 발판이 마련되는 셈이다. 찬반만 따지다 보면 결국 찬성에 가까운 반대라는 식의 결론이 나버리니까 말이야.

아무튼 그래서 두 사람의 토론이 어떤 결론으로 수렴되었나 싶어 화이트보드를 살펴보니…… 어라, 결론이 뭐람? 뭔가 이것저것 잔뜩 써놓기는 했다만, 메모에서 흔히 볼 수 있는 현상인 쓴 사람 본인만 해독할 수 있는 상태가 되어버렸거든요?

"……그래서, 결론이 뭐냐?"

"으음…… 빨갛게 동그라미 쳐놓은 부분이요."

잇시키의 말에 흐음 하고 살펴보니 정말 그 비슷한 내용이 적힌 부분에 빨간 펜으로 겹겹이 동그라미를 쳐놓았길래, 적혀 있는 순서대로 하나하나 읽어 내려갔다.

화려, 건전, 드레스코드, 가이드라인, 공식, 업로드 금지, OK!

끝.

"오호라…… 대충 알겠…… 아니, 모르겠다만……."

이게 대체 뭐냐고. 수수께끼냐? 뭔가 이해가 될락 말락 한다만……. 요컨대 무슨 소리냐니깐? 하고 고개를 돌려 눈빛으로 설명을 요구했다.

그러자 유키노시타가 종이컵 테두리를 손가락으로 쓸더니, 잔물결 이는 수면에 시선을 고정한 채 조용히 한숨을 쉬었다.

"정리하는 도중에 네가 온 거야."

"그랬냐……. 어, 그게…… 미안하게 됐다."

나무라는 게 아니라 단순히 사실을 이야기하는 듯한 유키노시타의 말투에 잠시 말을 더듬고 말았다. 그러고 보니 내가 학생회실에 들어왔을 때 유키노시타는 화이트보드 앞에 서 있었다. 아마도 마무리 작업을 하던 중이었겠지. 괜히 훼방 놓아서 미안하다고 사과하자 유키노시타가 신경 쓰지 말라는 듯 살짝 고개를 저었다.

"그나저나 이거, 구체적으로 무슨 뜻이냐? 도통 못 알아먹겠다만."

멋쩍은 기분을 떨쳐내려고 가볍게 헛기침을 하고, 아까와는 달리 또박또박 육성으로 물었다.

그러자 이번에는 유키노시타가 난감한 듯 말문을 흐렸다.

"……아직 검토 중이라고 했잖니."

그 말을 끝으로 시선을 쓱 돌리더니 조개처럼 입을 다물어 버렸다. 하기야 내 개입을 꺼리는 유키노시타가 친절하고 정중하게 설명해주기를 기대하는 게 더 이상하다.

좋아, 그러면…… 하나 둘 셋, 이로하 양~? 하고 흘끗 시선을 향하자, 잇시키가 귀찮아 죽겠다는 표정을 지었다.

"으음……. 요점만 콕 집어 말하면 드레스코드의 가이드라인을 만든다는 느낌? 이라고 해야 하려나요?"

잇시키가 유키노시타 쪽을 돌아보며 묻자, 차마 그것까지 외면할 수는 없었는지 유키노시타가 내키지 않는 기색으로 입을 열었다.

"지나치게 요란하거나 노출이 심한 복장에는 제한을 둘 생각이야. 우리가 소개할 예정인 의상 대여업자와 사전 협의를 거쳐 라인업을 짜려고 해."

"흐음……."

옳거니, 복장에 관해 미리 일정한 기준을 마련함으로써 외견상의 건전성을 확보할 요량인가. 대부분의 학생은 대여 의상을 입을 테니 자연스럽게 학생회 측의 가이드라인을 따르는 셈이 되겠지. 하지만 그렇다고 해서 백이면 백 그 규정에 따른다는 법은 없다.

"직접 준비해오는 애들은 어쩌게?"

내 물음에 잇시키가 집게손가락을 빙글빙글 돌리며 술술

설명해주었다.

“다른 사람들이 얌전한 드레스를 고르면, 혼자 겉돌지 않도록 어느 정도는 자제하지 않을까 싶어서요.”

“아하, 동조압력 말이구만.”

“표현을 꼭 그렇게 하셔야겠어요……?”

잇시키가 맥 빠진 표정으로 못마땅한 눈초리를 보내왔다. 아니 근데 사실 그런 뜻으로 한 말 맞잖아…….

다만 문제는 모두가 눈치껏 행동하리라는 보장이 없다는 점이다. 『남들과는 다른 진정한 나, 데뷔! 인기 만발 은근 섹시 코디로 차별화된 나를 연출☆ 프롬 스타일링 일주일 플랜!!』 같은 사고방식의 뇌 속까지 청순하고 팝틴한 피치레몬 아가씨[#5]는 언제 어디에나 꼭 있기 마련이니까. 그나저나 일주일이나 프롬을 즐길 작정이라니, 그 아가씨 진짜 머리가 레몬 짱일세.

“반대로 튀려고 일부러 화려한 옷을 고르는 애도 있을 거 아냐? 빛나는 축제의 장이니까.”

“그렇겠지. 그 점에 관해서도 조치는 취할 예정이야.”

내가 제기한 의문에 유키노시타는 짤막하게 대꾸했지만, 구체적인 내용을 알려주지는 않았다. 하지만 주어진 단서를 조합하면 정답은 저절로 도출되기 마련이다.

“……SNS 업로드 금지라, 이게 과연 지켜질까?”

#5 팝틴한 피치레몬 아가씨 『팝틴』과 『피치레몬』은 일본 10대 소녀를 타깃으로 한 패션 잡지 이름.

칠판 아래쪽, 공간 부족인지 아니면 자신감 부족인지 다른 것보다 약간 작은 글씨로 적어놓은 항목을 탁탁 치며 물었다.

그러자 유키노시타가 착잡한 얼굴로 한숨을 쉬었다.

"물론 어렵겠지만, 그래도 주의를 환기하는 정도의 의미는 있지 않겠니?"

"규칙을 어긴 이상 뭔가 문제가 생기면 그건 다 본인 책임 아닌가요~? 참가자 여러분 모두 어엿한 어른이니까요~."

반면 잇시키는 의기양양한 기색으로 대뜸 그런 소리를 늘어놓았다. 하긴 법 개정으로 성인의 기준 연령을 낮출 예정이라니까 만 18세면 어른으로 간주해도 되기야 하겠다만……. 그래도 말이야, 반드시 원성을 살 거라고……. 그렇게 생각하며 끄응 신음하는데, 유키노시타가 덧붙였다.

"무조건 금지해봐야 반발을 살 뿐이겠지. 그래서 그 대신 공식적으로 프로 카메라맨을 섭외할 예정이야. 그쪽을 통해서 사진과 데이터를 구매할 수 있게 하려고 해."

"프로 카메라맨의 모델이 되는 일은 흔하지 않으니까요. 옵션으로는 괜찮을 것 같아서요."

"흐음, 그래……?"

왠지 우쭐한 기색으로 후훗 가슴을 펴는 잇시키의 반응으로 미루어볼 때, 아무래도 전문가가 귀엽고 예쁘게 찍어준다는 점에서 여자들한테는 나름대로 수요가 있는 모양이다.

카메라맨의 기용과 사진 판매도 시스템 상으로는 그다지 까다로울 게 없다. 요즘은 운동회를 비롯한 각종 학교 행사에서도 학부모의 개인 촬영이 금지되고 학교 측에서 사진을 판매하는 경우가 있다고 들었는데, 그것과 비슷한 개념으로 해석하면 되겠지.

10여 년 전까지만 해도 소풍이나 수학여행 같은 행사가 있을 때마다 사진사를 대동해서 단체 사진을 판매하는 문화가 있었던 모양이니, 학부형 측의 반응도 호의적일지 모른다. 그 기회를 틈타 좋아하는 애 사진을 구하려고 구입 희망 봉투에 번호를 썼다가 동급생에게 들켜서 「그 사진에 너 없잖아?」라고 불쑥 지적당하는 바람에 학급 전체에 소문이 쫙 퍼져 놀림감이 되고, 이튿날에는 고백도 안 했는데 다짜고짜 차이는 경우도 있었다고 들었다. 그런 경험이 있다면 사진 판매에 관해서는 따로 구구절절하게 설명하지 않아도 허락을 얻어낼 수 있겠지. 어라? 차인 경험은 필요 없나?

아무튼 그렇게 명목상의 규정을 마련해놓고 최종적으로는 자기책임론을 내세우며, 불평불만을 토로하면 이점을 제시함으로써 그 시선을 돌린다는 전략이다. 유능한 허당과 약아빠진 속물이 세운 그 계획은 그럭저럭 먹혀들어갈 것처럼 보였다.

학생들이 납득할지는 둘째 치고, 학부모 측에는 어느 정도 명분이 서겠지.

분명 두 가지 대책 모두 합리적이기는 했다. 적어도 학부모 측이 걸고넘어진 부분에 대해서는 대증요법적인 의미로나마 효과가 있을 듯했다.

"흐음…… 나쁘지 않은걸?"

나는 화이트보드를 가만히 바라보며 감탄했다. 그러자 유키노시타가 짤막하게 대꾸했다.

"고마워."

실제로 아무리 개요에 불과하다지만, 용케 단시간에 이 정도까지 생각해냈구나 싶었다.

그래도 지적할 부분이 없지는 않았다.

"근데 이거, 승산은 얼마나 되냐?"

화이트보드를 손가락 뒤로 딱딱 두드리며 묻자, 잇시키는 아픈 곳을 찔린 듯 불편한 표정을 지었다. 그러나 유키노시타는 눈썹 하나 까딱하지 않고 차분한 음성으로 입을 열었다.

"제법 높지 않겠니? 상대측의 요구사항을 전부 반영했고 실현을 위한 로드맵도 구축했으니까. 가능성은 결코 낮지 않다고 보는데."

"그거야 그렇지. 상대방의 요구를 거의 전적으로 수용했다면 통과되겠지. ……일반적인 경우라면 말이야."

하지만 그렇게 될 리 없다는 사실을 알고 있다.

이 사안은 일반적이지 않다.

상대측은 프롬 기획을 무산시킬 목적으로 꼬투리를 잡았다. 시행을 목표로, 더 나은 행사로 만들고자 개선점을 지적한 게 아니다. 따라서 이쪽이 최대한 양보한다 해도 아예 기획 자체를 인정하지 않을 가능성이 있었다. 그 난관을 극복하기에는 아무래도 뭔가 한 방이 부족하다는 인상을 지울 수 없었다.

바로 그 한 방이 유키노시타 측의 약점이다.

다시 말해 내가 개입할 여지는 거기에 있었다.

여태까지는 유키노시타의 행보를 파악하며 운을 뗄 타이밍을 살펴왔지만, 이야기를 꺼낸다면 지금이 적기겠지. 흘끗 잇시키 쪽을 곁눈질하자, 내 시선을 눈치챈 잇시키가 조용히 고개를 끄덕였다.

"유키노시타, 잠깐 할 말이 있는데."

그 말에 유키노시타가 내게 미심쩍은 시선을 보내왔다.

"아, 그럼 저는 잠시……."

잇시키가 심상치 않은 분위기를 감지한 척하며 자리를 뜨려 했다. 하지만 유키노시타가 그런 잇시키를 제지했다.

"그럴 것 없어. 프롬 이야기잖니? 그렇다면 잇시키 너도 같이 듣는 편이 나아."

"아…… 그럴, 까요?"

잇시키가 나를 흘끗 곁눈질했다. 그 시선에 상관없다는 뜻으로 고개를 끄덕여 보였다. 그러자 잇시키는 불안한 기색을 내비치면서도 슬금슬금 도로 자리에 앉았다.

유키노시타가 내 간섭을 꺼린다는 사실은 명백했다. 마음 같아서는 이렇게 마주앉아 이야기를 나누어야 하는 상황도 피하고 싶겠지. 따라서 잇시키를 사이에 두고 싶어 하는 심리는 충분히 이해가 갔다. 덤으로 제삼자가 있으면 내가 말을 꺼내기 껄끄럽다는 점도 염두에 두었으리라.

하지만 그렇다면 나 역시 마음을 단단히 먹으면 그만이다.

"……프롬, 내가 거들어도 되겠냐?"

단도직입적으로 묻자, 놀랐는지 유키노시타의 눈이 커졌다. 그러다 이윽고 시선을 떨구더니 뭔가 말하려는 듯 입술을 달싹였다.

그것을 가로막고 나는 재빨리 말을 이었다. 얌전히 기다리기만 하면 유키노시타는 틀림없이 예전과 같은 대답을 할 테지. 그런 상황을 막고자 생각나는 대로 다급하게 이런저런 구실을 덧붙였다.

"실제로 네가 세운 계획은 나쁘지 않아. 그렇지만 확실성이 떨어져. 그러니 다른 플랜도 생각해볼 필요가 있어. 부정하는 입장인 이상, 대안은 나도 생각해보마."

이야기하는 도중에 원래 전하려고 마음먹었던 말과는 다르다는 사실을 자각했다. 그렇지만 무슨 말이든 하지 않으면 숨이 막혀버릴 것만 같았다.

"상황이 여의치 않잖아. 딱히 내가 뭔가를 하겠다는 건 아냐. 그저 네 지시에 따라 움직이는 아이디어 제공용 기계라고 여기면 돼. 그런 식이면 잇시키나 다른 임원들한테 지시를 내리는 거나 다를 바 없잖아. 여태까지도 그런 경우가 많았어. 그것과 똑같다고."

유키노시타는 살짝 입술을 깨물고 묵묵히 내 이야기를 들었다. 손 언저리를 향해 내리깐 그 시선에서는 분노도 슬픔도 읽어낼 수 없었고, 의식적으로 감정을 억누르는 것처럼 보였다.

"……맞아. 분명 예전과 다를 게 없겠지."

"그럼……."

입을 열려는 나를 가로막고, 여전히 고개를 수그린 채로 유키노시타가 말을 이었다.

"그리고 결국에는 네게 전적으로 의지하게 돼……."

그 음성은 조용하고 온화했지만, 듣는 이의 가슴이 미어질 듯한 체념이 서려 있었다.

유키노시타는 고개를 들고 힘없는 미소를 지었다. 그리고는 마치 철없는 어린아이를 달래듯 다정하게, 천천히 말을 이었다.

"그러니까 그 상황을 바꾸고 싶어. 언니가 하려고 했던 말, 알지?"

"……그래."

고개를 끄덕이고 나는 그대로 눈을 내리깔았다.

공동 의존이라는 개념은 나뿐만 아니라 유키노시타도 알고 있을 테지.

그렇기에 유키노시타는 그 상태를 긍정하지 않고, 잘못된 관계를 바로잡아 자기 힘으로 일어서고자 애쓰는 중이다.

반면에 나는 시비조차도 가리지 못하고, 그저 모호하고 듣기 좋은 공허한 말이나 지껄여대며 교착 상태의 일그러진 관계에 집착해왔을 따름이다.

"하지만…… 난 그 상황에도 내가 책임져야 할 몫이 있다고 생각해. 어느 한 쪽의 일방적인 잘못이 아니잖아."

가까스로 말을 끝마치고 고개를 들자, 유키노시타와 눈이 마주쳤다. 유키노시타는 참담하게 얼굴을 일그러트렸지만, 이

내 힘없이 시선을 떨구고 고개를 수그렸다. 그 모습을 보고 나니 또 다른 말을 꺼내기가 망설여졌다.

하지만 지금이 아니면 다시는 말하지 못하리라는 예감이 들었다. 나는 내가 얼마나 피곤하고 한심하고 못난 인간인지 뼈저리게 알고 있으니까.

그래서 말하기가 힘들고 껄끄럽고 거북해서 말하고 싶지 않을지라도, 말할 수밖에 없었다.

"네 말대로 여기서 내가 그냥 가만히 있으면 그걸로 족할지도 몰라. 하지만 그건 근본적인 해결책이 못 돼. 여태껏 해온 방식에 문제가 있다면 다른 해결방식이나 다른 사고방식, 다른 형태의 관계를 찾아서……."

더 설득력 있게 표현할 방법이 없을까 궁리해보지만, 이럴 때면 늘 이성과 자의식이 송곳니를 드러낸다. 모호한 말들은 입 밖에 냄과 동시에 형태를 얻고, 그때마다 진실에서 멀어져 간다. 답답함 때문인지 나는 어느새 책상 밑에서 주먹을 불끈 움켜쥐고 있었다. 그 사실을 깨닫고 주먹을 편 다음, 바지에 손을 벅벅 문질러 땀을 닦았다.

이런 말로 전해질지는 알 수 없다.

"그래서…… 어떤 결과가 나온다 할지라도, 그 책임도 똑바로 지고 싶다고."

이딴 말, 전해지지 않아도 상관없다.

"그러니까…… 난, 너를…… 구하고 싶어."

단지 내가 털어놓고 싶을 뿐인, 토해내고 싶을 뿐인 자기만

족에 불과하다. 일방적인 바람을 강요하는 데 지나지 않는다. 그 사실을 알기에 도저히 유키노시타 쪽을 바라볼 수 없어, 나는 여전히 시선을 비낀 채였다.

"……고마워. 하지만 이제 괜찮아. ……그 말만으로 충분해."

속삭임 같은 그 목소리는 깊은 밤에 내리는 눈처럼 고요하고 스러질 듯 아름다워, 듣는 이를 반사적으로 돌아보게 하는 힘이 있었다. 유키노시타의 표정은 온화했고, 그 애처로운 미소를 눈앞에 두자 호흡도 말도 나오지 않았다.

서리가 내려앉을 듯한 정적 속에서 유키노시타가 가냘픈 목소리로 말을 이었다.

"가장 큰 원인은 나야. 항상 너와 유이가하마에게 떠맡겨버렸고…… 그래서 이렇게 어중간한 상태가 되어버렸어. 그 문제를 청산하지 않으면 아무도 앞으로 나아가지 못해. 그러니 책임을 져야 할 사람은 나야."

"……아냐, 그 책임은 나한테도 있어."

쥐어짜내듯 힘겨운 음성으로 대꾸했지만, 유키노시타는 가만히 눈을 내리깔고 살며시 고개를 저었다. 그 부정에 어떻게 대응해야 좋을지 몰라 이를 악무는데, 잇시키가 불쑥 끼어들었다.

"잠깐만요, 이게 지금 그런 이야기를 하자는 거였어요?"

짜증스러운 기색으로 말하며 유키노시타와 나를 노려보았다.

그 말에 우리는 아무런 대답도 하지 못하고 시선을 떨구었다. 십중팔구 이런 식으로 끝없이 대화를 거듭해본들 결론은 나오지 않고, 각자의 주장은 평행선을 달리겠지. 그 사실을 알기에 우리는 다른 말을 덧붙이는 대신 침묵을 선택했다.

결국 제대로 전하지 못한다.

말하지 않으면 전할 수 없고, 말한다고 해도 전해지지 않는다. 지난 일 년간의 경험을 통해 우리는 그 사실을 뼈저리게 깨달았다. 이야기하다 보면 알 수 있다는 생각, 서로를 이해할 수 있다는 생각은 오만이며, 이야기하지 않아도 알아주리라는 생각은 환상이다.

그래서 언제나 뭐라고 말할지 망설이고, 어떻게 말할지 고민한다. 어찌되든 상관없는 이야기일수록 유창하게 늘어놓는 반면, 정작 중요한 이야기는 한마디도 꺼내지 못한다.

하지만 전하고 싶은 것은 말이 아니다. 나는 말로 전하는 데에는 통 소질이 없다.

그렇다면 답은 간단하다.

나의, 우리의 해결방식은 정해져 있으니까.

"그래, 알았다. 이 이야기는 이제 안 꺼내마. 너를 돕지 않겠어."

나답지 않게 시원스럽게, 명쾌한 목소리로 선언했다. 그러자 시야 한구석에서 잇시키가 조금 놀란 기색으로 나직한 숨소리를 냈다.

유키노시타는 안도한 듯 희미한 미소를 머금고, 온화하게 고개를 끄덕였다.

유키노시타가 내놓은 답은 알고 있었다. 그래도 말할 수밖에 없었던 까닭은 확인이 필요했기 때문이다. 유키노시타와 나의 입장을 명확히 하지 않고서는 다음 단계로 넘어갈 수 없으니까.

나는 입꼬리를 씨익 끌어올렸다.

"……하지만 대립하지 않겠다는 말은 안 했다."

"네?"

듣고 있던 잇시키가 고개를 비스듬히 꼬았다.

유키노시타도 당황한 듯 말문이 막힌 표정을 지었다. 그러나 이내 내 의도를 짐작했는지, 그 눈초리가 가늘어졌다.

그 반응에 삐딱한 미소로 응수하고, 가볍게 쥔 주먹을 가슴 높이로 들어 올리며 말했다

"너와 나 사이에서 의견이 엇갈릴 경우, 어떻게 해야 할지는 뻔한 거 아니냐?"

히라츠카 선생님과 이야기하면서 막연하게나마 떠오른 방법은 이것뿐이었다.

말로 나누는 대화가 적성에 맞지 않는다면 결국 행동으로 보여주는 수밖에 없다.

"어중간하게 개입해버린 입장상, 프롬이 무산되면 나도 꿈자리가 사나울 것 같거든. 하지만 네 방식에는 찬성 못하겠고. ……그렇다면 직접 나서는 수밖에 없지 않겠어?"

"진심이니?"

유키노시타의 예리한 눈빛에 가만히 고개를 끄덕여 보였다.

일방적이기는 할지언정, 내가 프롬에 관여할 명분으로서는

앞뒤가 맞는다.

여기서 포기하고 물러난다면 우리가 쌓아온 과거의 관계를, 봉사부 본연의 모습을 부정하는 꼴이 되어버리고 만다.

그러니 나는 시도해야만 한다. 그 시간이 공동 의존이 아니라는 증명을.

그 증명이 끝난 후에야 비로소 우리의 올바른 관계를 도출해낼 수 있을 테니까.

"승부는 아직 끝나지 않았어. 그리고 봉사부 전체가 꼭 같은 방식을 취할 필요는 없지. 고로 너와 내가 다른 방식을 택해도 상관없고. 안 그래?"

언젠가 유키노시타도 내게 비슷한 말을 한 적이 있었다. 그 사실은 유키노시타 역시 기억하고 있을 테지. 눈을 내리깐 유키노시타가 입술을 잘근 깨물었다. 과거 우리가 대립했던 시기에 내세웠던 그 논법은 승부의 시스템과 기본 골자가 바뀌지 않은 이상, 지금도 유효할 터였다.

나는 잠자코 유키노시타의 대답을 기다렸다. 그러나 갈등하는 듯한 얕은 숨소리만 들려올 뿐, 명확한 답변은 돌아오지 않았다.

"그렇게 하지 그러세요?"

침묵에 잠긴 유키노시타를 곁눈질하며 잇시키가 한숨 어린 목소리로 말했다.

"저는 어느 쪽이든 상관없어요. 프롬이 성사되기만 한다면 과정은 중요하지 않아요. 유키노 선배님이 우려하는 점도 저런 식이면 문제될 게 없잖아요?"

다소 매몰찬 잇시키의 지적에 유키노시타는 할 말을 잃은 눈치였다.

긴 침묵이 이어졌다. 아니, 어쩌면 이 침묵 자체가 유키노시타의 대답인지도 모른다. 그 점에 생각이 미친 순간, 한숨이 새어나왔다.

역시 이럴 때 승부 이야기를 꺼내봤자 안 통하나……? 아무리 승부욕이 강하다지만 그 정도로 단순한 성격도 아니니까.

그러나 유키노시타가 어떤 대답을 하던, 내 입장은 달라지지 않는다.

"……어차피 네 허락을 받을 생각은 없어. 그냥 내가 내 멋대로 하겠다는 거니까. 그 사실만 알아둬라."

애초에 이 대화는 협상이 아니다. 더 정확하게 말하면 협상의 형식조차 갖추지 못했다. 그저 단순한 통보이자 선언일 뿐이다.

영리한 유키노시타가 그 사실을 깨닫지 못했을 리 없다. 나직하게 한숨을 내쉰 유키노시타가 살짝 입술을 깨물었다. 그리고 괴로운 듯 눈을 감더니, 입가에 살며시 손을 얹고 생각에 잠긴 자세를 취했다.

정적이 흐르는 가운데 유키노시타의 조용한 숨소리가 들려왔다. 하지만 방금 전의 침묵과는 조금 다른 느낌이 났다. 거절을 위한 침묵이 아니라, 다음 단계로 나아가기 위한 공백이라는 인상을 받았다.

유키노시타의 손끝이 살며시 입술 위를 쓸자, 굳게 닫혀 있던 입이 살포시 벌어졌다. 그 순간, 숨결인지 속삭임인지 모를 나직한 음성이 새어나왔다.

"이것으로……."

입에 올릴 생각조차 없었는지, 흘러나온 말은 정적에 뒤섞여 안개처럼 사그라지고 말았다.

뭐라고 했는지 물으려고 몸을 내민 순간, 유키노시타가 천천히 눈을 떴다. 딱딱했던 표정이 부드럽게 풀어지며 눈가에 온화한 기운이 되돌아왔다.

시리도록 창백한 불꽃처럼 아름답지만, 그럼에도 덧없는 얼굴. 그 강인하고도 청아한 모습에 나도 모르게 숨을 죽였다. 물어볼 것이 있었다는 사실도 잊었고, 눈길조차 돌릴 수 없었다.

"이 승부에서 이기는 쪽은 무엇이든 요구할 수 있다……. 그렇게 생각해도 되겠니?"

푸르스름한 빛이 감도는 눈동자에 총기가 어렸다. 그전까지의 어딘가 괴로운 표정과는 다르게, 망설임 없이 올곧은 눈빛이 나를 향했다.

유키노시타의 물음에 나도 그 눈을 똑바로 마주보며 고개를 끄덕였다.

"그래."

오랜만에 맛보는 감각에 소름이 쫙 돋았다. 예전에도 이런 대화가 오간 적이 있었다. 익숙한 분위기가 되돌아오자, 저절로 안도의 한숨이 새어나왔다.

팽팽하던 긴장감이 누그러들었다.

그러자 옆에 있던 잇시키가 불쑥 입을 열었다.

"읏, 그게 뭐예요? 이상해."

"야……."

가시 돋친 시선을 보내자, 잇시키는 무안한 기색으로 살짝 고개만 숙여 시선을 피했다.

"하지만 뭔가 좀 이상한 것도 사실이고, 영문을 모르겠는걸요……. 게다가 선배님, 왜 그렇게 우쭐한 표정을 지으시는 건데요……."

꿍얼꿍얼 볼멘소리를 하며 신랄하게 지적한다. 아니 얘가 진짜…… 하고 인상을 팍 쓰는데, 피식 웃는 소리가 났다.

"그러게. 정말 조금 이상한지도 모르겠구나."

돌아보자 재미있다는 듯 웃는 유키노시타가 보였다. 저렇게 그늘 없는, 꽃망울이 터지는 듯한 미소는 오랜만에 보는 느낌이 들었다. 그 반응에 잇시키도 「그렇죠~?」라고 흠흠 고개를 끄덕이며 맞장구를 쳤다. 그 바람에 나도 긴장이 탁 풀려, 그만 맥이 쭉 빠져버렸다.

"야……."

"농담이야. 하지만 그게 시작이었으니까."

유키노시타는 가볍게 헛기침을 하고 웃음을 거두었지만, 눈가에는 여전히 미소가 감돌았다. 그리고 그 어딘가 유쾌하고 도발적인 눈빛으로 다시 나를 응시했다.

"그럼 정리해볼게. 나는 내 방식대로, 너는 네 방식대로 프롬을 성사시킨다. 승부에 이기면 한 가지 요구를 할 수 있다. 맞니?"

"어, 그, 그래……."

내 얼빠진 대답에 유키노시타는 만족스럽게 고개를 끄덕였다. 그 호전적인 미소를 나는 입을 반쯤 벌린 채 멍하니 바라보았다.

그러자 아무 말이 없는 게 수상했는지, 유키노시타가 흘끗 내게 시선을 향했다.

"뭐가 잘못됐니?"

"어, 아니, 뭐랄까, 선뜻 받아들일 줄은 몰랐거든……."

뭐라고 설명해야 하나 고민하다가, 무심코 잇시키 쪽을 바라보며 그렇지? 하고 동의를 구하고 말았다. 하지만 잇시키는 승부의 내막을 모르는 탓인지 언짢은 기색으로 후우 한숨을 쉬더니, 내 알 바 아니라는 양 어깨만 으쓱해 보일 따름이었다.

"딱히 놀랄 일도 아니잖니?"

유키노시타는 어깨에 내려앉은 머리카락을 쓸어 넘기며 태연하게 대꾸했다.

하지만 내게는 꽤나 어려운 수수께끼였다. 고개를 갸우뚱하자, 유키노시타가 후훗 의기양양한 웃음을 머금었다.

"모르니? 난 지고는 못 사는 성격이거든."

그리고 장난스럽게 미소 짓더니, 놀리는 듯한 말투로 퀴즈의 정답을 발표했다.

interlude…

그쯤 되면 사실상 고백이다.

아니면 사랑싸움이나 이별통보.

사실 뭐가 됐든 상관없고, 내 알 바도 아니지만.

그래도 그런 이야기를 옆에서 듣고 있어야 했던 내가 어쩐지 바보처럼 느껴진다. 그 자리에 있었음에도 완벽한 제삼자임을 뼈저리게 통감한 느낌이라 뭔가 못마땅하다.

그러니 이상하다고 독설 한 마디쯤 내뱉고 싶어질 만도 하지 않은가.

진짜 똑바로 책임져줘야 한다.

아까 선배가 나간 문을 한 번 더 노려보았다.

설마 이렇게까지 확실하고 완벽하게, 엉망진창으로 상황을 꼬아놓고 가버릴 줄은 몰랐다.

당장이라도 득달같이 쫓아가서 항의하고픈 심정이었다.

그렇게 진지한 얼굴로 그런 소리를 하면 곤란하다.

평소에는 도통 떴는지 감았는지 모르겠는 눈에다 불만으로 가득 차서 한껏 삐뚤어진 입으로 거짓말인지 농담인지 헷갈리는 실없는 소리만 늘어놓고, 내가 살짝 자극하면 금방 동요하는 주제에 리액션은 미미하고 반응은 둔하다.

그러면서 정말 가끔, 아주아주 드물게 진심인 듯한 표정을 짓는 게 탈이다.

진짜진짜 똑바로 책임져줘야 한다.

애초에 여태까지도 책임져주지 않았으면서.

그래놓고 책임이라는 말을 변명하듯 가볍게 입에 올리지 말아줬으면 한다.

선배의 이야기를 듣는 내내 수그린 채였던 내 얼굴은 쳐다보지도 않았다고 해야 하나, 보이지 않았으리라는 걸 알지만 그래도 그럴 때는 분위기로 좀 알아차려줬으면 한다. 선배도 유키노 선배도 유이 선배도 성가신 타입이지만, 나도 나름대로 성가신 성격이니까.

진짜 성가시다.

한 번 떠올리고 나니 기껏 시작한 일에도 집중이 되지 않았다.

시계를 본다거나 아까 있었던 일을 멍하니 되새긴다거나, 슬슬 집에 가야 할 때라고 생각하는 시간이 더 길었다.

시계를 다섯 번 봤지만 2분도 채 지나지 않았고, 그 사이 한숨은 여덟 번 내쉬었다.

아홉 번째 한숨을 쉬었을 때, 유키노 선배가 모니터에서 고개를 들고 눈시울을 살짝 눌렀다. 눈의 피로를 덜어준다는 안경은 책상 옆에 오도카니 놓아둔 채, 유키노 선배는 대신 안약을 넣었다.

뺨으로 주륵 흘러내린 물방울을 훔치는 모습에 왠지 가슴이 철렁해, 나는 그만 괜한 소리를 하고 말았다.

"유키노 선배님, 슬슬 갈까요?"

유키노 선배는 눈가를 짊은 채 고개를 살짝 기울여 나를 보았다. 그 표정이 평소보다 요염한 느낌을 풍겨, 약간 움츠러들었다.

"……그래. 나는 조금 더 하다가 갈 테니까, 잇시키 너는 먼저 들어가 보렴."

"그러……실래요?"

미소라는 말이 딱 들어맞는 유키노 선배의 온화한 표정에 나는 말문을 흐렸다. 다정하게 허락해주니 왠지 면목 없는 느낌이 들어 오히려 발길이 떨어지지 않았다. 어떡해야 하나 갈피를 잡지 못하고 입을 오물거리는데, 유키노 선배가 내 귀가는 이미 기정사실이라는 듯 덧붙였다.

"그리고 학생회 멤버들은 내일부터 소집해주렴."

"네? 그, 글쎄요…… 좀 이르지 않을까요? 이제 막 방침이 결정된 참인데요?"

"내일까지는 구체화해놓을게. 그리고 프롬은 열릴 테니까, 일찌감치 준비하는 편이 낫잖니?"

당연하다는 기색으로 말하며 의아한 듯 고개를 갸웃하는 유키노 선배의 모습에 나는 어안이 벙벙해지고 말았다.

"……단언하시는군요."

"그래."

유키노 선배의 대답은 변함없었다. 하지만 내 표정에서는 아무래도 불안한 티가 난 모양이다. 그런 내 반응에 유키노 선배가 조금 난감한 표정을 지었다.

"저기……."

입을 열고, 말을 이어나가려다…… 그만두었다.

아마도 내가 할 이야기는 아닐 테니까.

유키노 선배는 뭐니? 하고 고개를 갸웃하며 이어질 말을 기다렸다. 하지만 그 말을 하는 것은 내 몫이 아닐 테기에, 그저 희미한 미소만 지어 보였다.

"……너무 무리하지는 마세요."

"고마워. 하지만 괜찮아."

그렇게 말하고 유키노 선배가 달그락 키보드를 쳤다. 백라이트에 비친 하얀 얼굴은 슬프도록 아름다워, 정말 눈처럼 사라져버릴 것만 같았다.

"이것으로 끝이니까. ……이것으로 제대로 끝낼 수 있어."

나를 향한 말 같지 않은 그 중얼거림은 아까 들은 그 작디작은 목소리가 이어간 말을 닮아서, 나는 조용히 고개를 수그렸다.

서둘러 코트와 가방을 챙겨들고 문 쪽으로 걸음을 재촉했다. 전보다 훨씬 엄격하고 한결 다정해진 유키노 선배와 계속 이야기하다가는 쓸데없는 소리를 해버리고 말 것 같았다.

하지만 그 사실을 솔직히 털어놓기는 어쩐지 좀 분하고, 또 공정하지도 않으니까.

"……그럼 전 먼저 가볼게요. 아참! 열쇠만 좀 반납해주세요."

"그래. 수고했어."

밝은 목소리로 말하자, 유키노 선배가 미소로 화답했다. 그리고는 또다시 모니터와 눈싸움을 벌이며 타닥타닥 키보드를 두드리기 시작했다.

그 모습은 전보다 훨씬 활기차고 의욕이 넘쳐 보이는 데다, 어딘가 즐거워 보이기까지 했다.

그런데도.

학생회실을 나설 때 뒤돌아본 유키노 선배는.

울고 있는 것처럼 보였다.

3

마지막까지 유이가하마 유이는 계속해서 지켜본다.

학생회실을 나온 후, 변함없이 무거운 다리를 끌며 느릿느릿 걸음을 옮겼다. 기나긴 하루의 피로가 몸과 마음 모두를 묵직하게 내리눌렀다.

현관을 나서자 날은 이미 저물어, 밤의 냉기가 뼛속으로 파고들었다.

세차게 불어오는 바람에 부르르 몸서리를 치면서 들고 나온 코트를 꿰어 입었다. 나른한 피로감이 온몸에 진득하게 달라붙어, 목덜미에 걸치기만 한 머플러를 두르려고 팔을 들어 올리는 것조차 귀찮았다. 스타일링만 보면 완전 마피아 패션이 따로 없었다.

거의 무의식적으로 자전거 주차장 쪽으로 들어서려다 불현듯 깨달았다. 맞다. 오늘은 아침에 비가 오는 바람에 전철로 등교했더랬지.

무거운 다리를 질질 끌다시피 하며 터덜터덜 다시 교문 쪽으로 되돌아갔다.

그렇게 걸어가는 도중에 잇시키 이로하가 치맛자락을 나풀거리며 경쾌하게 뛰어오는 모습이 눈에 들어왔다.

잇시키도 나를 발견했는지, 내가 말을 걸기도 전에 후다닥 잰걸음으로 이쪽을 향해 달려왔다. 그리고 곧장 내 옆구리에 벙어리장갑 펀치를 폭 꽂아 넣었다.

"아야야……."

폭신폭신한 장갑 덕분에 별로 아프지는 않았지만, 못마땅한 표정인 잇시키의 체면을 생각해 예의상 나직한 신음을 흘려주었다. 하지만 고작 그 정도로는 직성이 안 풀리는지, 잇시키가 싸늘한 눈초리로 냉랭한 시선을 보내왔다.

"선배님 혹시 바보예요? 왜 상황을 더 복잡하게 만들고 그래요?"

"야, 잠깐만. 오해라고. 그게 꼭 내 잘못만은 아니고, 유키노시타도 그 모양이다 보니까……."

변명을 시도해보았지만, 잇시키는 들은 척도 하지 않고 고개를 홱 돌리더니 성큼성큼 걸음을 옮겼다. 나도 한 발 늦게 그 뒤를 좇았다.

"저기, 끝까지 좀 들어주지 않으련? 아무튼 완전 고집불통에 무진장 피곤한 성격이잖아, 안 그러냐?"

"네네, 자기소개 감사해요."

"별말씀을…… 아니, 내 이야기가 아니라고. 하긴 나도 마찬가지다만."

실랑이를 벌이며 잇시키를 따라잡으려고 걸음을 재촉했다.

하지만 거리는 줄어들 줄 몰랐다.

"그런데 너 걸음이 너무 빠른 거 아니냐? 그 정도면 역 앞에 있는 호객꾼 형님들을 뿌리칠 때나 나오는 속도거든?"

"아, 네. 됐거든요."

잇시키는 이쪽을 거들떠보지도 않고 낮은 목소리로 쌀쌀맞게 대꾸했다.

으음, 이거 반응이 무진장 매몰찬걸? 「꿀알바, 꿀알바, 고소득!」이라고 꼬드겨봤자 따라올 리 없겠구만. 그래서 그냥 제가 따라가기로 했습니다.

내가 알기로는 잇시키도 요 앞 전철역을 이용할 터였다. 타는 방향은 반대지만, 아무튼 일단 같은 역으로 가야 했다.

그렇게 한동안 잇시키의 그림자를 밟으며 걸었다.

그 사이 우리는 둘 다 침묵을 지켰고, 오직 낙엽 차는 소리와 경쾌하게 옆으로 스쳐지나가는 자전거 벨소리, 휭휭 불어오는 북풍 소리만이 들려올 따름이었다.

잇시키가 불만을 품는 것도 당연하다. 유키노시타와 나는 끝내 의견 조율에 실패했고, 설상가상으로 대립을 선언해버리기까지 했다. 승부에 얽힌 사연을 모르는 잇시키 입장에서는 뭐가 뭔지 통 이해가 안 가겠지. 학생회실에 들어가기 전에 똑바로 하라고 신신당부를 했는데도 이 모양 이 꼴이다. 정말이지 면목이 없다.

사과하는 편이 나으려나……? 그렇게 생각한 순간, 잇시키가 난데없이 우뚝 멈춰 섰다. 공원 옆 샛길, 나란히 늘어선 자판기 두 대의 불빛을 받아 잇시키가 어깨를 축 늘어뜨리는 모습이 똑똑히 보였다.

땅이 꺼지라 한숨을 쉬나 싶더니, 잇시키가 빙글 이쪽으로 돌아섰다. 언짢아 보였던 표정은 이제 어딘가 기막혀하는 것처럼 느껴지기도 했다. 그 상태로 잇시키가 말없이 자판기 쪽을 척 가리켰다.

사달라는 뜻이니……? 하기야 그 정도로 기분이 풀린다면 싸게 먹히는 셈이다. 정확히는 얻어먹는다는 형식을 거침으로써 용서해주겠다는 의사표시일 테지. 뭐야, 착한 녀석인가……?

동전을 짤그랑짤그랑 투입하고 음료를 골랐다. HOT한 맥캔하고, 또 하나는 뭐로 한다……? 밀크 티? 아냐, 단팥죽으로 할까……? 콘 수프도 괜찮겠는데. 하긴 뭐면 어떠랴. 갈등될 때는 버튼 동시 누르기로 해결한다. 꾸욱.

그렇게 적당히 뽑은 음료를 잇시키에게 내밀었다. 오른손에는 맥캔, 왼손에는 단팥죽. 그러자 잇시키가 마음에 안 드는지 인상을 썼다.

“왜 하필 이 두 가지인 건데요…….”

툴툴거리면서도 이제 와서 거절하기는 아무래도 껄끄러운지, 잇시키가 떨떠름하게 단팥죽을 골랐다. 치바 사람, 의외로 맥캔 안 마심 가설 급부상 중…….

잇시키는 자판기를 등지고 쪼그려 앉더니, 벙어리장갑을 벗고 단팥죽 캔을 탁 따서 한 모금 마셨다. 그리고 후아, 하얀 입김을 피워 올렸다.

"……있죠, 죄송해요."

"뭐가?"

쪼그려 앉은 잇시키 옆에 서서 나도 캔을 땄다. 그리고 홀짝홀짝 마시면서 잇시키의 대답을 기다렸다. 말하기 껄끄러운 듯 입을 오물거리던 잇시키가 나직하게 중얼거렸다.

"제가 프롬 이야기를 하지 않았더라면 이렇게 꼬이지 않았으려나 해서요."

토라진 듯 설명하는 잇시키의 풀죽은 모습이 우습기도 하고 귀엽기도 해서, 나도 모르게 빤히 쳐다보고 말았다. 그러자 잇시키가 머플러를 휙 추켜올려 입가를 가리더니 「왜요……?」 하고 웅얼웅얼 물었다. 그 모습에 쓴웃음을 지으며 고개를 저었다.

"……그건 상관없어. 오히려 마침 잘됐다고 해야겠지."

"네?"

잇시키가 나를 올려다보며 고개를 갸웃했다. 캔 커피의 온기와 단맛 때문에 내 목소리가 생각보다 훨씬 부드럽게 흘러나온 탓인지도 모른다. 그 사실이 왠지 쑥스러워, 허공으로 눈길을 돌렸다.

"어디선가 매듭을 짓지 않으면 이 상태로 질질 끌었을 테니까. 일종의 목적이랄까, 종착점은 필요했거든. 프롬이 아니라 뭔가 다른 일로도 이렇게 됐을 거야."

"그런가요……?"

힘없는 목소리가 마음에 걸려 도로 시선을 향하자, 무릎을 끌어안고 고개를 수그린 잇시키가 보였다. 뭔가 생각 중인 눈치였다. 하지만 잇시키가 마음 쓸 필요는 없다.

나, 유키노시타, 유이가하마. 봉사부 세 사람의 관계는 언제부터인가 뒤틀리고 말았다. 물론 시작부터 일그러진 형태이기는 했으리라. 하지만 시간을 들여 조금씩 수정해서, 결국 아늑한 공간으로 거듭났을 터였다.

그것이 무너져버린 책임의 일부는 내게 있다. 부자연스러움을 용납하지 못하는 주제에 계속 이렇게 지낼 수 있기를 바라며, 표면만을 애매한 말로 봉합하고 못 본 척 넘기려 하는 실수를 저지르고 말았다.

그런 불안정한 상태는 아마 어떤 계기로든 와해되고 말았으리라. 그 시발점이 우연히 프롬, 또는 유키노시타 하루노가 되었을 뿐이다. 잇시키는 그 문제에 휘말려든 처지라 해도 과언이 아니다. 사과해야 할 사람은 나다.

"나야말로 미안하게 됐다. 일을 복잡하게 만들어서."

그렇게 말하자, 잇시키는 까닥까닥 몸을 흔들며 관심 없다는 듯 시큰둥한 목소리로 대답했다.

"아…… 괜찮아요. 아까도 말씀드렸지만 전 어느 쪽이든 상관없다고 할까, 프롬만 성공하면 그만이거든요."

"흐음……."

나 역시 심드렁한 목소리로 무성의하게 대꾸했고, 잠시 대화가 끊겼다.

손안에서는 캔 커피가 서서히 그 온기를 잃어갔다. 하지만 잇시키나 나나 서둘러 마셔버리는 대신 멍하니 넋을 놓고 있었다. 정신없이 흘러간 하루의 여파인지도 모른다. 내일부터는 더 바빠지겠지.

일이나 노동과는 무관한 삶을 살 작정이었건만, 정신을 차려보니 자진해서 프롬에 발을 들여놓은 꼴이 되어버렸다. 처음에는 분명 반대하는 입장이었건만, 결국 잇시키의 열의에 지고 만 셈이다. 그 열정은 과연 어디서 샘솟는 걸까.

"……근데 말이야, 너 그렇게 프롬에 집착하는 진짜 이유는 뭐냐?"

"갑자기 그건 왜요?"

잇시키가 미심쩍은 기색으로 나를 흘끗 보더니, 은근슬쩍 거리를 벌렸다.

"그냥. 자세한 이유를 못 들었으니까."

의욕은 충분히 전해졌지만 말이야. 거꾸로 말하면 의욕밖에 전해지지 않았다.

무엇보다도 우리는 잇시키에 대해 어느 정도 알고 있기에 그 의욕만으로도 협조할 마음이 든 셈이지만 말이다.

부실에 왔을 때는 프롬 퀸 운운했지만, 설마 진심으로 한 소리는 아닐 테지. 잇시키는 금방 들통날 허세도 부리고 황당무계한 농담도 하는데다 별 생각 없이 무책임한 소리를 늘어놓기도 하지만, 쓸데없이 약아빠져서 사물의 본질을 놓치지는 않는다. 그러니 프롬을 추진한 데에도 그럴 만한 이유가 있을 터였다.

반듯하게 편 집게손가락을 턱에 댄 잇시키가 으음~ 하고 생각을 가다듬으며 입을 열었다.

"글쎄요…… 역시 그거려나요? 히라츠카 선생님의 전근 이야기가 나왔기 때문이겠죠."

"……그전부터 알고 있었냐?"

"네, 뭐 그런 셈이죠. 저요, 졸업식 송사 담당이잖아요? 그래서 선생님들이랑 상의하다가 얼핏 들었거든요."

잇시키는 대수롭지 않다는 투로 설명했다. 대단한걸, 이 녀석. 다 알면서 아무한테도 발설하지 않았을 뿐 아니라 내색조차 하지 않고 조용히 프롬을 열 계획을 세웠다는 뜻인가…….

내가 감탄한 기색으로 고개를 끄덕여 맞장구를 치자, 잇시키가 살짝 수줍어하는 티를 냈다.

"그래서 생각한 거예요. 제대로 떠나보내고, 제대로 이별하지 않으면 후회할 것 같다고요."

"그 정도로 히라츠카 선생님을…… 크흡."

반사적으로 입을 틀어막고 솟구치는 오열을 삼켰다. 뭐야, 얘 역시 착한 녀석이었나. 눈물겨운 사제애……. 하루가 멀다 하고 히라츠카 선생님한테 깨지고, 그럴 때마다 위기를 모면하려고 얄팍하기 짝이 없는 막장 대응으로 일관해왔던 잇시키가……. 아아, 히라츠카 선생님. 당신의 사랑은 제자들의 가슴속 깊이 전해졌답니다…….

그렇게 훈훈한 감동에 젖은 것도 잠시뿐, 잇시키가 슬그머니 시선을 피하며 중얼거렸다.

"아, 아뇨, 그게…… 그 정도는 아닌…… 것도 아니지는 않지만요."

"엉? 뭐? 뭐라고?"

뭔가 변명 같은 느낌이 풀풀 나는 게 완전히 글러먹었다.

하지만 잇시키는 흠흠 과장된 헛기침을 해서 얼버무리더니, 생긋 애교스러운 미소를 지으며 장난기 어린 눈빛으로 나를 올려다보았다.

"그래도 선배님은 그런 타입 맞잖아요? 뭐랄까, 아무것도 해드리지 못했다며 나중에 굉장히 후회할 것 같아요."

"으음, 뭐 그렇기는 한데……."

실시간으로 그런 감정을 맛보는 중이라, 내 목소리에서는 짙은 실감이 묻어났다. 그 대답에 잇시키가 만족스러운 기색으로 고개를 끄덕였다.

"저도 그런 타입인 것 같거든요."

그 말이 조금 뜻밖이라 고개를 갸우뚱해 보였다. 그러자 잇시키가 후훗 씁쓸한 미소를 지으며 시선을 먼 곳으로 향했다.

"저요. 보기와는 다르게 친구가 없잖아요?"

"네 눈에는 네가 어떻게 보이는 거냐……."

"선배님……."

"네네 죄송합니다 계속하시지요."

이야기 도중에 맥을 끊어서 미안하다고 두어 번 고개를 까닥여 보이고 뒷말을 재촉했다. 그런 내 모습을 잇시키는 싸늘한 눈초리로 가만히 응시했지만, 이윽고 깊은 한숨과 더불어 시선을 떨구었다. 그리고 발치의 돌멩이를 로퍼 끝으로 톡톡 굴리며 다시 천천히 입을 열었다.

"선배님들뿐이에요. 그래서 선배님과 유키노 선배, 유이 선배, 하야마 선배…… 덤으로 토베 선배라든가 그 밖의 여러 선배님들도 모두 멋지게 보내드리고 싶어요."

띄엄띄엄 이어지는 다정한 음성에 내 입가도 어느새 느슨해졌다. 뭐냐고, 내 후배 최강이냐. 그렇게 장난치듯 딴소리라도 하지 않으면 눈물샘까지 느슨해져서 눈물이 핑 돌아버릴지도 모른다.

"아항, 그래. 역시 너 착한 애 맞구나?"

"제가 후회하기 싫어서거든요? 저를 위해서예요. 딱히 선배님을 위해서가 아니라고요."

에헴 가슴을 펴며 잇시키가 거듭 주장했다. 그 바람에 찰랑 흔들린 황갈색 머리칼이 자판기 불빛에 비치며 발그스름하게 물든 귓바퀴가 드러났다. 하지만 못 본 척 넘어가주기로 하자. 모든 게 철저하게 자기 자신을 위해서라고 우기는 그 자세에는 호감이 가니까.

"……그러니까 꼭 프롬을 열고 싶어요."

잇시키가 꿈꾸는 듯한 눈빛으로 밤하늘을 바라보며 갈망하듯 나직하게 중얼거렸다.

"그렇게 일부러 성가신 일을 벌여서 오랜 시간을 들여 생각하고, 고민하고, 힘겨움에 몸부림치고, 지긋지긋해지고, 정나미가 떨어지고…… 그래야만 비로소 미련이 사라진다고나 할까요? 그래서 후련한 기분으로 이별하고 싶잖아요?"

끝으로 양팔을 번쩍 치켜들며 구김살 없이 환하게 웃는 잇시키를 보고서야 마침내 납득했다.

잇시키가 말하는 그 과정은 틀림없이 내가 언젠가 거쳐 가게 될 길이다. 그렇게 마지막까지 꼴사납게 발버둥친 후에야 비로소 나는 이별을 받아들이겠지.

"……그래, 뭐 이해는 간다."

"에이, 정말요~?"

내 입에서 흘러나온 중얼거림에 잇시키가 장난스럽게 응수했다. 말투는 농담조였지만, 나를 살짝 올려다보는 그 눈동자에는 진지한 기색이 엿보였다. 그래서 나도 말재주를 부리는 대신 그저 쓴웃음만 지어 보였다.

"그러면요……."

그러자 잇시키는 어깨 밑으로 축 늘어진 내 머플러를 움켜쥐고 일어섰다. 그리고 그대로 팔을 빙글 돌려, 리듬체조 경기의 리본을 다루듯 머플러를 내 목에 한 바퀴 감았다.

좀 더 똑바로 해주세요."

얼굴에는 미소가 감돌았지만, 그 음성은 장난스럽던 아까와 달리 나를 매섭게 질타했다. 하얀 입김이 닿을 만큼 가까운 거리와 나보다 어린 여자아이한테 꾸지람을 들었다는 사실에 놀라, 그만 몸을 움찔 굳히고 말았다.

"어, 그, 그래. 미안하다……."

그렇게 말하며 밀리미터 단위로 슬금슬금 뒤로 물러나 머플러를 고쳐 맸다. 놀라움과 무안함으로 빨개졌을 얼굴을 가리기 위한 닌자 스타일이다.

"그 모습을 바라보던 잇시키가 땅이 꺼지도록 한숨을 쉬었다. 그리고 또다시 내 머플러 끝자락을 잡더니 빙글빙글 둘둘 감기 시작했다.

"똑바로 해주시지 않으면 저도 똑바로 할 수가 없잖아요. 성가시고 골치 아프고 또 성가시단 말이에요. 게다가 성가시고."

볼멘소리를 하며 머플러를 칭칭 휘감더니 아랫단을 꽈배기처럼 배배 꼬기 시작했다. 그렇게 바람 한 줄기 새어들 틈이 없을 만큼 야무지게 꽉꽉 동여맨 다음, 그 위로 폭 고양이 펀치를 날렸다.

"아야야……."

폭신폭신 장갑과 꽈배기 머플러 덕택에 조금도 아프지 않았다.

하지만 확실하게 가슴을 울렸다.

× × ×

거실 전등을 켜고 작은 목소리로 다녀왔습니다, 하고 인사했다.

하지만 그 말에 화답하는 사람은 없었고, 방 안에는 싸늘한 정적만이 흘렀다.

부모님은 퇴근 전일 테고, 코마치는 어딘가 외출한 모양이

다. 그리고 우리 집 고양이는…… 하고 생각하며 고타츠 이불을 팔락 들추었다. 그러자 어둠 속에서 번쩍☆ 빛을 발하는 물체 한 쌍이 내 시야에 들어왔다. 뒹굴 돌아눕던 카마쿠라와 눈이 딱 마주친 것이다.

그러나 카마쿠라는 내 얼굴을 빤히 쳐다볼 뿐 입도 뻥긋하지 않았고, 꼼짝할 기미도 없었다. 그저 시선으로 『바람이 새어드는구나 어여 닫아라』라고 눈치를 줄 뿐이었다. 코마치가 집에 올 때는 꼬박꼬박 마중 나가는 주제에, 나는 완전히 찬밥 취급이다. 이 녀석 혹시 날 남으로 여기는 거 아냐……? 희미한 불안감을 느끼며 다녀왔다고 인사를 건넨 후, 들추었던 이불을 도로 곱게 덮어주었다. 겸사겸사 고타츠 전원도 켜주었다. 식구들이 없을 때에는 불을 꺼버리니까 말이지……. 마음 놓고 몸을 지지려무나…….

고양이님을 위한 난방 다음으로는 인간용 난방이다. 냉난방기 리모컨 버튼을 삑 눌러 약하게 온풍을 틀었다. 차츰 미지근한 바람이 불어오기 시작하자, 그제야 숨통이 트이는 것 같았다. 꽉 졸라맸던 머플러를 풀고 깊은 한숨을 토해냈다.

평소 같으면 이대로 빈둥거리며 시간을 보낼 테지만, 지금은 그럴 만한 여유가 없다.

잽싸게 코트를 벗어던지고 소파에 벌러덩 드러누워, 손에 든 스마트폰으로 조사에 들어갔다. 검색어는 당연히 프롬이다.

프롬을 열겠다고 선언하기는 했지만, 유키노시타와 대립한다는 방침만 정해졌을 뿐 구체적인 부분은 아직 백지 상태였다.

우선 프롬에 관해 알아본 다음, 그 내용을 바탕으로 내가 할 수 있는 일을 찾아보아야 한다.

한동안 꼼지락꼼지락 조사하다가 필요한 자료를 메모장에 붙여 넣고, 그때그때 떠오른 생각을 덧붙여 적는 작업을 이어갔다.

하지만 내가 검색해서 얻은 정보는 이미 유키노시타 측에서 정리한 내용이 대부분이라, 딱히 눈에 띌 만한 진전은 없었다. 이 정보를 토대로 머리를 굴려본들 유키노시타 측의 아이디어를 능가하기는 어려울 듯했다.

대증요법에 가까운 유키노시타 측의 대응은 분명히 틀린 것은 아니지만, 확실성이 떨어진다. 학부모 측과 학교 측이 거부권을 행사하면 원점에서부터 다시 시작해야 한다. 그러니 또 하나 뭔가 다른 각도의 접근법을 찾아내야만 하는데……. 으윽, 모르겠어~ 생각이 안 나~ 도무지 영감이 안 떠오른다고~. 고뇌에 사로잡힌 나머지 그만 소파 위를 데굴데굴 구르고 말았다.

졸업식까지 남은 기간은 2주일 남짓. 실제 작업에 소요되는 시간을 고려하면 아이디어 창출에 쏟을 수 있는 시간은 길어봐야 2~3일 정도에 불과하다. 그 안에 기획안을 뽑아내야만 한다. 절대로 어길 수 없는 마감이 눈앞에 있다.

잠깐, 좌절은 금물이다. 한층 유연하게 생각할 필요가 있다.

……마감은 어길 수 없다 뿐이지, 미룰 수 없는 건 아니잖아? 아뿔싸, 편집부의 대응을 유연하게 하는 방향으로 선회해버렸나~. 그야말로 신의 한 수다. 나 혹시 천재 아냐?

그렇지만 이번에는 예전에 무가지를 발행했을 때처럼 편집자와 줄다리기를 하는 게 아니다. 일정 조정이 불가능한 이벤트가 그 대상이다. 스케줄 측면에서는 훨씬 더 빡빡하다.

한마디로 시시각각 목줄이 죄어오는 상황이라고 할 수 있다.

시점이다. 시점을 바꿔야 한다. 이럴 때는 시점을 바꾸는 게 상책이다. 그렇게 생각하며 소파에서 데구루루 굴러 내려와, 고타츠 안으로 꿈지럭꿈지럭 고개를 들이밀었다.

옆에서 보기에는 완전히 기행 그 자체지만, 다소 괴상한 짓을 해줘야 남들과는 다른 참신한 발상이 샘솟기 마련이다. 주변의 시선을 신경 써서는 안 된다.

그렇게 생각하며 고타츠에 얼굴을 쑥 집어넣자, 어슴푸레한 불빛에 비친 카마쿠라가 혼비백산했다. 내게서 가장 멀리 떨어진 대각선 반대편으로 쌩 달아나더니, 얘가 미쳤나……? 라는 표정으로 이쪽을 가만히 주시해왔다.

헉! 맞다! 지금이야말로 아주 작은 도움의 손길이 절실한 시점이잖아! 고양이의 작은 손길을 빌려 말랑한 젤리로 눈꺼풀을 꾹꾹 마사지해주면 눈의 피로가 사르르 풀리고 거칠어진 마음이 따스해지며 새는 노래하고 꽃은 피어나고 세상에는 평화가 찾아와 아머드 코어의 신작이 출시된다고![#6]

카마쿠라의 손길을 빌리고자 팔을 쑥 뻗었다. 그러자 카마쿠라가 걸음아 나 살려라 쏜살같이 고타츠 밖으로 뛰쳐나갔다.

#6 세상에는~출시된다고 평화가 오면 투쟁을 원하는 인간의 본능으로 아머드 코어를 찾는 게이머가 늘어나고, 그 결과 매출이 증가해 신작이 출시된다는 맥락에서 비롯된 인터넷 밈.

그 뒤를 쫓아 얼른 고타츠에서 빠져나오자, 언제 왔는지 정색을 하고 우두커니 서 있던 코마치와 눈이 딱 마주쳤다.

"……오빠, 뭐해?"

코마치가 싸늘한 눈빛으로 나를 내려다보았다. 카마쿠라가 그 발치로 다가가 부비부비 살갑게 머리를 비벼대자, 코마치도 쪼그려 앉아 다정하게 카마쿠라를 쓰다듬어주었다. 하지만 나를 대하는 태도는 여전히 냉담했다.

"교복 차림으로 뒹굴지 말고 옷 갈아입어. 구겨지고 털 묻잖아."

"그, 그래……."

대답과 함께 일어서서 스르륵 넥타이를 풀며 내 방으로 향했다.

잽싸게 집에서 입는 운동복으로 갈아입고 거실로 돌아가자, 마찬가지로 실내복으로 갈아입은 코마치가 부엌에 서 있었다.

"오빠, 밥은?"

"어, 아직."

"엄마가 전골 준비해놨는데, 그거 먹을래?"

"으음…… 어차피 그것밖에 없을 거 아냐?"

나도 부엌으로 들어가서 뭔가 다른 요깃거리가 없나 살펴보았다. 하지만 가스레인지 위에서 보글보글 끓어오르는 전골냄비 이외에는 딱히 눈에 띄는 게 없었다. 요즘 들어 저녁에 전골 말고 다른 반찬을 먹은 기억이 없습니다만……. 여름철 소면 투수와 겨울철 전골 투수, 연일 등판으로 올해는 불꽃 튀는 구원왕 경쟁이 예상되는군요!

약간 실망한 기색을 드러내자, 허리에 손을 얹은 코마치가 나를 향해 국자를 까닥까닥 흔들며 일침을 가했다.

"불만 있으면 직접 해먹어."

"네, 죄송합니다……."

정론이니만큼 얌전히 수긍할 수밖에 없었다. 바쁜 와중에도 꼬박꼬박 끼니를 챙겨주시는 부모님께 감사, 완전 리스펙트.

하기는 온리 직구 승부인 소면에 비하면 모둠 쇠고기 닭고기 김치 두부 등등에 마지막에 끓여먹는 죽과 칼국수에 이르기까지 다채로운 변화구가 매력인 전골 쪽이 그나마 나은가……? 다만 인터넷에 그런 글을 올렸다간 『소면도 연구하기에 따라 다양한 맛을 즐길 수 있답니다!』라는 식으로 원치도 않는 조언을 해오는 무개념 댓글이 줄줄이 달리고 만다. 시끄러, 우리는 간단하게 때우려고 소면을 먹는 거라고. 이것저것 연구해서 만드는 과정이 복잡해져버리면 주객전도잖아. 그렇게 썼다가는 『정말 맛있는 소면은 그 자체만으로도 맛있습니다. 내일 한 번 더 이곳으로 와주십시오. 정말 맛있는 소면을 맛보여드리지요』라는 무개념 댓글이 달려버린다. 시끄러, 다짜고짜 내일 와달라고 해봤자 나한테도 스케줄이라는 게 있다고. 또 저런 놈들은 대개 재료 본연의 맛 운운하며 처음에는 그냥 드셔보시라는 둥 소금만 살짝 찍어드시라는 둥 별의별 참견을 다 해댄다. 본연충, 소금충, 육수충의 잔소리는 가히 경이로운 수준이라니까.

음식을 먹을 때는 말이야, 누구에게도 방해받지 않고 자유롭게, 또 뭐랄까, 위안을 받아야만 한다고. 그 말은 곧 코마치하고 같이 먹는 게 최고라는 뜻 아닙니까? 이 오빠가 누누이 말하잖니? 여동생만 있으면 돼, 라고.

그래서 밥공기를 두 개 꺼내서 코마치와 내가 먹을 밥을 퍼 담은 다음, 고타츠로 가져갔다.

뒤이어 빠릿빠릿하게 준비를 마친 코마치가 냄비를 들고 왔다. 고타츠 위를 휙 치우고 냄비 받침을 착 깔자, 코마치가 그 위에 냄비를 척 내려놓았다. 젓가락과 앞접시도 챙겨와 세팅을 완료했다.

코마치가 앞접시 두 개에 건더기를 차곡차곡 퍼 담더니, 동시에 내 앞으로 쓱 내밀었다.

"자, 골라."

"고르나 마나 그게 그거 아니냐……?"

결과적으로 맛은 똑같잖아……. 애초에 난 전골 자체가 별로 안 당긴다고……. 내심 투덜투덜 불평을 늘어놓으면서도 무의식적으로 앞접시의 내용물을 비교해보고 말았다.

한쪽은 배추가 약간 많고 다른 한쪽은 돼지고기가 많다. 그래봤자 딱히 큰 차이도 없다.

그래도 고르라고 하면 고를 수밖에 없다. 잇시키만 해도 맥캔과 단팥죽 중 양자택일을 해야 하지 않았던가.

"옳거니……."

생각에 잠겨 앞접시를 가만히 들여다보는데, 코마치가 고개를 갸웃하며 물었다.

"뭐?"

"아, 그냥 혼잣말."

대답하며 돼지고기가 많은 쪽을 집어 들었다. 남은 접시를 자기 앞으로 끌어다놓은 코마치가 두 손을 짝 모았다.

"자, 그럼 잘 먹겠습니다."

"잘 먹겠습니다."

코마치를 따라 복창하고 우물우물 먹기 시작했다. 배추와 돼지고기를 팔팔 진득하게 끓여서 그 맛이 아주 끝내준다. 흐음, 좋은걸? 역시 이런 게 좋다니까, 이런 게. 극단적으로 말해서 남자는 고기만 먹여주면 장땡일 정도다.

한동안 묵묵히 식사에 열중하는데, 멀리 부엌 쪽에서 카마쿠라가 오독오독 사료를 씹어 먹는 소리가 들려왔다.

"그나저나 너 오늘은 일찍 들어왔네?"

지난 며칠간 둘이 같이 저녁을 먹은 기억이 없다. 식구들끼리 조촐하게 코마치의 합격 파티를 한 이후로 처음인지도 모른다. 코마치는 요즘 입시 뒤풀이니 합격 축하니 해서 친구들과 놀고 먹고 마시기에 바빠 날마다 늦게 들어왔다.

내 입에서 흘러나온 말에 코마치가 고개를 끄덕끄덕하며 오물오물 배추를 씹었다.

"응, 뭐 합격하고 나서 계속 바빴으니까."

"뭐가 그렇게 바쁜데……?"

물어보자 코마치는 으음~ 하고 천천히 기억을 더듬으면서 하나둘셋넷 이사육팔십 손가락을 꼽아나갔다.

"수고회랑 축하회랑 감사회랑 격조회랑 잘 부탁회랑……."

"무슨 회가 그렇게 많냐……."

그나저나 잘 부탁회는 뭐냐고……. 누구한테 잘 부탁하는데……? 애수? 아니면 용기? 그럼 우선 잘 가라 눈물부터 해야 되겠는걸……?[#7]

어이없어하는 사이, 코마치가 힘차게 주먹을 치켜들며 싱긋 웃었다.

"그리고 말이야, 오늘은 별다른 스케줄이 없었으니까 오빠회 날이려나~? 방금 그거, 코마치 기준으로 포인트 높았어!"

"그러십니까……."

소거법을 적용한 결과 오빠회가 잡힌 거군요, 네네, 뭐 상관은 없습니다만. 그나저나 이 녀석 대단한걸? 며칠씩 연타로 놀러갈 약속이 잡히다니, 온갖 구실로 술자리를 갖는 인싸의 소질이 다분하잖아. 그렇게 허구한 날 놀러 다니려면 힘들지 않니……? 정신적으로도 육체적으로도 경제적으로도 버거울 것 같다.

"친구가 많으면 고생이구만……."

국물을 후루룩 들이마시며 진심 어린 말투로 중얼거렸다. 나는 엄두도 못 낼 일이다. 그러나 코마치는 대수롭지 않다는 듯 태연한 표정으로 대꾸했다.

#7 누구한테~되겠는걸 고 히로미의 노래 「잘 부탁해 애수」와 특촬물 「우주형사 갸반」의 후렴구 「잘 가라 눈물, 잘 부탁해 용기」를 이용한 말장난.

"그렇기는 하지. 학교 말고도 학원이라든가 학생회라든가 이런저런 인간관계가 있으니까. 또 입학하기 전부터 SNS를 통해서 알게 되기도 하고."

아하, 그게 바로 그놈의 잘 부탁회인가 뭔가에 모여드는 떨거지들의 정체로구만. 뭐야 그거 입학하기도 전부터 그딴 굴레에 얽매여야 하다니 완전 초 하드모드잖아.

"……그거 나중에 가서 껄끄러워지는 거 아니냐? 입학하기 전에는 친한 척하다 막상 입학한 후에 서먹해지면 학교에서 얼굴 마주칠 때 거북하잖아?"

내 지적에 코마치가 젓가락을 든 채로 얼어붙었다. 그리고 경직된 미소와 꺼림칙한 눈빛으로 나를 보았다.

"오빠, 불편한 데를 찌르네……."

"그래도 사실이잖아……."

"으음, 그렇기는 한데……. 하지만 그래도 어쩔 수 없고, 원래 다 그런 법 아니겠어?"

드라이해~. 코마취 쑤퍼 드롸아이.[#8] 코마치는 팔짱을 끼고 잠시 생각하는가 싶더니, 이내 활짝 웃으며 딱 잘라 대답했다. 면도날처럼 무자비한 여동생이어요……. 내 동생이지만 장래가 걱정되어 전전긍긍하는데, 불현듯 어떤 생각이 번개처럼 뇌리를 스쳐지나갔다.

"혹시 거기 타이시도 있냐?"

#8 코마취 쑤퍼 드롸아이 아사히 슈퍼 드라이 맥주 CF 문구. 혀를 잔뜩 굴려 발음하기로 유명하다.

타이시, 즉 카와 어쩌고 양의 남동생 카와사키 타이시도 얼마 전 소부 고등학교에 합격했을 터였다. 그런데 그놈이 하필 코마치한테 마음이 있는 눈치다. 만약 타이시도 그 망할 모임의 멤버라면 코마치에게 접근하는 해충은 일찌감치 제거해버려야지! 그렇게 다소 잔인한 생각을 하며 묻자, 코마치의 반응은 한층 더 잔인했다.

"응, 아마 있었을걸?"

"기억도 못하냐……."

코마치는 내게 눈길조차 주지 않고 앞접시에 전골을 퍼 담으며 건성으로 대꾸했다. 코마치의 마음속에서 타이시 군은 영장류 인간과(科) 친구인 걸까요……. 너무 냉담하니까 동정해버릴 것 같잖아. ……물론 안 할 거지만요!

× × ×

남은 국물로 죽을 끓여 냄비 바닥까지 싹싹 긁어먹고 나니 배도 빵빵하게 불러와, 후식으로 차를 마시며 느긋한 시간을 보냈다.

코마치는 카마쿠라를 무릎에 앉히고 흥얼흥얼 콧노래를 부르며 그 털을 브러시로 빗겨주었고, 나는 나대로 벌렁 드러누워 또다시 스마트폰을 만지작거렸다.

전체적인 방향성은 어렴풋이나마 결정되었지만, 아무래도 구체성이 떨어졌다. 프롬이나 졸업 파티 등 다양한 단어로 검색해보았지만, 역시 이거다 싶은 정보나 영감은 얻지 못했다. 결국 나는 깊은 한숨을 내쉬며 뒹굴 돌아누웠다.

그러다 대각선상에 앉은 코마치와 시선이 마주쳤다. 그러자 코마치가 왜? 하고 묻듯 깜찍하게 고개를 갸웃했다.

그 모습을 보자 불현듯 떠올랐다.

"……너 곧 졸업이지?"

"응."

직설적인 내 질문에 코마치는 긴말 없이 살짝 고개를 끄덕였다.

합격 축하 무드가 무르익기도 해서 고등학교 입학에만 정신이 팔려 있었으나, 사실 코마치는 그보다 먼저 중학교 졸업식을 앞둔 상태다. 중학교와 고등학교라는 차이는 있을지언정, 새로운 시작을 축하받는 입장이라는 점은 마찬가지다.

뭔가 프롬에 관한 힌트를 얻을 수 없으려나 싶어 은근슬쩍 물어보았다.

"졸업 하면 보통 뭐지? 대개 뭘 하냐?"

"그게 뭐야? 이상한 질문이네."

코마치는 쓴웃음을 지으면서도 살짝 시선을 들어 허공을 보며 생각해주었다.

"으음, 졸업이라……. 아, 맞다. 코마치 졸업여행 가."

생각났다는 듯 코마치가 말했다. 그 순간 나는 벌떡 몸을 일으켰다.

"엉? 난 처음 듣는 소리다만. 오빠는?"

"거기서 오빠 이야기가 왜 나와? 가족 말고 친구랑 간다고."

헛소리 말라는 듯 코마치가 정색을 하고 손사래를 쳤다. 『외박 여행이라니 안 돼! 이 오빠는 그런 거 허락 못해요!』라는 말이 목구멍까지 치밀어 올랐지만, 심지어 『허락 못』 정도까지는 말해버린 듯한 느낌도 들지만, 코마치의 매서운 눈초리에 튀어나오려는 말을 꾹 눌러 삼켰다.

하긴 코마치도 이제 어린애가 아니니까……. 내가 사사건건 오빠 행세를 하며 끊임없이 잔소리를 늘어놓을 수도 없는 노릇이다. 게다가 코마치는 분별력 있는 애니까 그리 쉽게 문제가 생기지는 않을 테고, 위험한 곳에는 얼씬도 안 하겠지. 코마치, 이 오빠는 널 믿는단다! 하고 뜨거운 눈빛으로 신뢰를 어필했다. 그러자 코마치는 한순간 짜증스러운 기색을 드러냈지만, 결국 못 말리겠다는 듯 한숨을 쉬며 어깨를 늘어뜨리고 다시 본론으로 돌아갔다.

"그 밖에는 졸업 파티라든가. 그래봤자 반 전체가 다 같이 밥 먹는 것뿐이지만."

"흐음……."

건성으로 대꾸하며 스마트폰 메모장에 톡톡 적어 넣었다.

졸업여행은 몰라도 파티라면 대충 상상이 간다. 다 함께 패밀리 레스토랑이나 고깃집에 가서 수다를 떨며 식사를 즐기겠지. 아니면 양쪽의 장점을 쏙쏙 뽑아, 일본 최초라고 일컬어지는 고기구이 패밀리 레스토랑 『아카몬』에 가는 것도 나쁘지 않다. 치바에서 나고 자란 사람에게 고깃집 하면 무조건 『아카몬』일 정도니까……. 딴 동네 사람들은 고깃집 하면 아마도 센고쿠라고 대답하지 않으려나? 아님 말고.

……그나저나 반 전체가 다 같이 밥 먹는다는 거, 정말 전체가 다 같이 먹는 게 맞니~? 그럴 때 절대 초대받지 못하는 애가 있을 텐데(본인 조사). 그쪽 방면에는 내가 좀 빠삭하거든?

그러니 화제를 전환하자.

"다른 건 뭐 없냐? 이벤트 같은 거."

"뭐? 이벤트?"

내 말에 코마치가 아리송한 기색으로 고개를 갸웃했다. 하지만 이내 뭔가 떠올랐는지 아하, 하고 입을 열었다.

"……맞다. 삼송회는 좀 이벤트 같던가? 아니면 말고."

"삼송회……? 아, 3학년 송별회?"

낯선 단어라서 유추해내는데 다소 시간이 걸리기는 했지만, 요컨대 3학년을 떠나보내는 모임 같은 거겠지.

중학교 시절의 기억을 더듬어보니 정말 졸업식과는 별도로 그런 이벤트가 열리기는 했었다. 그때야말로 진짜 학급 전체가 강제로 노래를 불러야 했던 기억이 난다. 그러다가 나를 포함한 남자 테너 파트가 『야, 남자들! 제대로 좀 불러!』라고 질타를 당했고, 피아노 반주를 맡았던 여자애가 울면서 어디론가 뛰쳐나가는 바람에 오리모토를 비롯한 여학생 핵심 그룹이 그 뒤를 쫓아가서, 결국 막판에는 내가 강제로 사과를 해야 했던 것까지 다 생각나버렸다고…….

게다가 삼송회에 관한 내 기억은 그것 하나만으로도 메모리를 다 잡아먹어, 그 밖에 또 무슨 일이 있었는지는 도무지 생각이 나지 않았다.

"그게 뭐하는 행사더라? 뭔가 노래했던 거 같은데. 「궁지 탈출」이었나?"

"「둥지를 떠나며」 말이지?"

"어, 맞다 그거야. 그리고 그거던가? 그 왜 어머니 대지를, 아아~! 하는 노래."

"맞아맞아, 그런 느낌이지. 사실 『대지찬송』은 졸업식에서 부르는 노래지만. 그리고 또 뭔가 공연 같은 것도 하고."

그 대답에 고개를 갸우뚱한 순간, 기억의 문이 확 열렸다.

"공연……? 아, 그래. 뭔가 했던 것 같은데. 이거냐? 초봄의 ~ 햇살을 받으며~ 하나 둘, 우리는!"

그러자 코마치도 돌림노래처럼 따라했다.

"하나 둘, 우리는!"

"졸업합니다!"

"졸업합니다!"

남자 파트 여자 파트로 나뉘어 두 박자씩 쉬었다가 외치는 부분까지 완벽하게 재현했다……. 그런 실없는 대화가 즐거워, 무심결에 코마치를 향해 싱긋 미소 짓고 말았다.

"……이런 거 말이지?"

그러자 코마치도 화답하듯 싱긋 웃었다. 얼굴 마주보며 생긋. 그리고 코마치는 여전히 미소 띤 얼굴로 도리도리 고개를 저었다.

"아니, 전혀 달라."

"뭐야……. 신나서 열심히 했더니만……."

전혀 다르면 좀 더 빨리 알려주지 그랬니……? 살짝 원망 섞인 눈길을 보내자, 코마치가 못 말리겠다는 듯 피식 웃으며 말했다.

"애초에 그건 단체 구호[#9]고, 초등학교 졸업식 때 하는 거잖아."

"엉? 그러냐? 정말 기억이 안 나는데. 제대로 졸업한 경험이 초등학교 중학교 두 번밖에 없다 보니까 말이야. 실은 내가 별로 졸업해본 적이 없거든."

그렇게 대꾸하며 일단 스마트폰에 삼송회에 관한 메모를 추가해두었다. 그다지 참고가 될 것 같지는 않지만, 이 메모는 아이디어를 짜내기 위한 토대다. 무엇이 영감의 원천으로 작용할지 모른다. 노래와 공연, 단체 구호 등 관련된 사항도 내친 김에 죄다 덧붙여 놓았다.

이런 식으로 메모하는 행위는 일종의 1인 브레인스토밍에 해당하는지도 모른다. 타마나와도 알려주지 않았던가. 섣불리 결론을 내리면 안 된다고. 내 의견을 냉큼 기각하며…….

잠시 고인을 추모하며 그리운 추억에 잠겨 있는데, 어찌된 영문인지 갑자기 코마치의 눈빛이 촉촉해지더니 연민 어린 표정으로 나를 바라보았다.

"하긴……. 프리큐어도 아이엠스타도 여태껏 졸업 못했으니

#9 단체 구호 졸업식에서 정해진 고별사를 한 명씩 돌아가며 암송하는 것. 중간에 반 전체 또는 남녀로 나뉘어 다 함께 외치는 구절도 있음.

까…….”

“야 이 바보야, 그건 졸업이 없어. 평생학습이라고. 중도 하차한 녀석은 졸업한 게 아냐. 중퇴라고, 중퇴.”

“그럼 오빠는 유급이거든……?”

내 항변에 코마치가 체념한 듯 한숨을 쉬었다.

과연 코마치다. 정확하게 알고 있다. 지난 일 년간 전혀 성장하지 않은 나 자신을 돌이켜보면 의외로 유급이라는 표현이 딱 맞아떨어지는지도 모른다. 덕분에 무심코 자학적이고 습기 찬 웃음을 흘리고 말았다.

그런 나를 보고 코마치가 의아한 기색으로 고개를 갸웃했다. 그러나 특별히 추궁하지는 않고 다른 질문을 던져왔다.

“고등학교에는 삼송회 같은 거 없어?”

“글쎄다. 없는 것 같은데.”

적어도 작년 이맘때 그런 행사는 없었을 터였다. 어쩌면 각 동아리별로 환송회 같은 행사를 여는지도 모르지만, 당시 나는 어느 동아리에도 속하지 않았던 터라 그쪽 상황은 잘 모른다. 조만간 누군가에게 물어보는 편이 좋겠지. 그러니 메모에 『토츠카하고 이야기할 것♡』이라는 내용을 첨가해서 만사 해결!

1인 브레인스토밍 결과 그럭저럭 괜찮은 결론이 나온 데 만족해 스마트폰에서 고개를 들자, 고타츠에 턱을 괸 코마치의 옆모습이 보였다.

“그렇구나……. 하긴 고등학생이니까. 그런 건 안 하겠지.”

약간 아쉬운 기색으로 중얼거린 코마치가 콧노래를 부르면서 카마쿠라를 쓰다듬기 시작했다. 흥얼거리는 그 멜로디가 귀에 익었다. 대표적인 졸업식 노래였다.

어딘가 쓸쓸한 느낌이 감도는 그 허밍을 들으며 스마트폰 메모장을 닫았다.

"삼송회 같은 건 없지만…… 올해부터는 프롬이라는 걸 한다더라."

방금 전까지 띄워놓았던 프롬 관련 페이지를 보여주려고 브라우저를 켜고 스마트폰을 쓱 내밀었다. 그러자 코마치가 호기심 어린 눈으로 화면을 들여다보더니 이내 탄성을 질렀다.

"우와……. 이거 진짜 굉장하다. 와, 대단해……. 이걸 한다고?'

반짝반짝 눈을 빛내며 나를 바라보는 코마치에게 살짝 경직된 쓴웃음을 지으며 고개를 끄덕여 보였다. 소리 내어 대답하지는 않았지만, 나는 열린다고 단언했다.

논리적으로 설명할 수 있는 근거는 없다. 준비도 시간도 턱없이 부족하다. 적어도 무엇을 해야 할지조차 불확실하다.

하지만 프롬은 무조건 열린다.

그것 하나만큼은 정해져 있다.

× × ×

하룻밤을 꼬박 자고 나서도 피로는 가실 줄 몰랐다.

어제는 코마치와 고타츠 안에서 미적미적 꾸벅꾸벅 하는 사이 밤이 깊어, 비몽사몽간에 내 방 침대에 쓰러져 시체처럼 잠들었다.

그러다 문득 정신을 차려보니 아침이었고, 지각하기 일보 직전이었다. 아침식사와 몸단장을 후딱 끝내고 부리나케 집을 나섰지만, 수업종이 치기 전에 도착할 수 있을지 의심스러운 시각이었다.

코마치도 수면시간은 나하고 별 차이가 없으련만, 쌩쌩하게 일어나 꼼꼼하게 몸단장을 마치고 야무지게 나보다 먼저 등교했다.

그 점을 고려하면 나 역시 객관적인 수면시간 자체는 충분하련만, 내 머릿속은 여전히 몽롱한 잠기운으로 가득했다. 그러다 보니 페달을 밟는 발도 어딘가 무겁게 느껴졌다.

머리도 페달도 매끄럽게 돌아가지 않았고, 오로지 손목시계 바늘만이 빙글빙글 돌아갔다.

오늘부터 프롬 준비에 착수해야 한다.

남은 시간은 많지 않고, 취할 수 있는 수단도 한정적이다. 하지만 구체적인 방안은 아무것도 생각해둔 바 없었다. 게다가 큰소리를 떵떵 쳐놓은 탓에 얼굴을 마주하기 껄끄러운 사람들도 있었다.

그 사실을 떠올리자 다리가 물먹은 솜처럼 무거워졌다. 하지만 젖 먹던 힘을 다해 비틀비틀 자전거를 몬 끝에 가까스로 예비종과 동시에 쪽문을 통과하는 데 성공했다.

서둘러 안으로 들어가자, 수업 시작을 앞둔 현관은 아침 연습을 마치고 돌아온 운동부원들과 나처럼 간당간당하게 지각을 면한 학생들로 북적거렸다.

그 속에서 복숭앗빛 감도는 갈색 머리를 발견했다. 타박타박 부산스럽게 걸음을 옮길 때마다 등에 멘 가방과 기다란 머플러, 당고머리가 나풀나풀 춤을 추었다.

유이가하마를 보자 어제 헤어질 때 있었던 일이 생각나 말을 걸기가 망설여졌다. 그러는 사이 유이가하마는 신발장으로 다가가 실내화로 갈아 신기 시작했다.

그러다 내 모습을 보고 멈칫하더니, 어렴풋이 미소를 띠며 가슴 높이로 들어 올린 손을 살짝 흔들었다.

그 반응이 어쩐지 낯 뜨거워 두어 번 빠르게 고개를 끄덕여 보인 다음, 머플러를 코밑까지 추켜올리며 잰걸음으로 신발장으로 향했다.

유이가하마가 꼼지락꼼지락 당고머리를 만지작거리며 작은 목소리로 입을 열었다.

"안녕."

"……어, 안녕."

한순간 눈이 마주쳤지만, 내 시선은 곧바로 발치에 내려놓은 실내화를 향했다. 뒤축을 꺾어 대충 구겨 신는 동안에도 유이가하마는 옆에서 잠자코 기다려주었다.

발끝으로 바닥을 툭툭 차서 다 신었음을 어필하자, 고개를 끄덕인 유이가하마가 나를 이끌듯 앞장서서 걸음을 옮겼다.

"우와, 시간 다 됐네. 아슬아슬하게 들어가겠다."

그렇게 말하며 유이가하마가 얼른 머플러를 풀더니 돌돌

말아 품에 안았다. 그 표정과 음성은 여느 때와 다름없이 밝았다.

그랬기에 그 반응이 오히려 부자연스럽게 비쳐, 선뜻 맞장구를 치지 못했다.

유이가하마의 태도가 평소와 다를 바 없다면 어제 일은 굳이 들춰내지 않는 편이 낫다는 것을 머리로는 알지만, 그 사실을 언급하지 않는 것 또한 불성실하게 느껴졌다. 앞쪽에서 다가온 학생이 지나가고, 반경 1미터 이내에 아무도 없는 상태가 된 후에야 비로소 목소리를 낮추고 물었다.

"어제, 괜찮았냐?"

"웅?"

뜬금없는 질문에 어리둥절해졌는지, 유이가하마는 내 얼굴을 보며 고개를 갸웃했다. 하지만 금방 내 말뜻을 깨닫고 쑥스러운 기색을 감추듯 빵을 감쌌다.

"아, 응. 그럼, 괜찮구말구! 왠지 미안하네…… 아하하. 으아, 뭔가 부끄러……. 것보다 어제두 말했잖아. 그냥 흔한 일이라구."

당황해하다가 수줍어하다가 창피해하다가 토라졌다가 온갖 변화무쌍한 표정을 지어 보이는가 싶더니, 마지막에는 빙긋 웃었다. 그 미소가 이 이야기는 이제 그만하자는 신호처럼 느껴져, 나도 입가에 미소를 머금은 채 고개를 끄덕여 보였다. 뭔가 이유가 있으리라 짐작하면서도, 그것을 함부로 파헤치고 무너뜨리고 밀쳐낼 정도로 어리지는 않다. 그리 길지 않은 기간 일지언정 같은 시간을 공유해온 덕분인지, 점점 더 능숙하게 서로에게 가장 편안한 거리와 공간을 가늠할 수 있게 되었다.

계단을 오르기 시작하자 유이가하마가 경쾌하게 탁 걸음을 내딛어 나보다 반 발짝 앞서가기 시작했다. 한 박자 늦게 나도 그 뒤를 따랐다. 수업 시작이 임박한 탓에 대부분의 학생들은 이미 교실에 들어갔는지 주위에는 인적이 드물었다. 층계참에 접어들자 유이가하마가 상체만 돌려 나를 보았다.

"힛키는? 그 후에 어떻게 됐어?"

"어, 뭐 여차저차하다가…… 프롬, 한번 해보기로 했다."

"글쿠나."

안도를 닮은 미소를 짓더니, 유이가하마는 다시 앞으로 돌아섰다. 그 뒷모습을 향해 고개를 끄덕이고, 쉽사리 떨어지지 않는 입을 열었다.

"그러니까…… 오늘은 먼저 가라."

딱히 매일 같이 하교하기로 약속한 적은 없다. 그래서 구태여 이런 말을 하는 게 자의식 과잉처럼 느껴져, 나 자신이 진심으로 혐오스러워 견딜 수 없었다. 무슨 터무니없는 착각을 하는 거냐고 매섭게 질타하고 싶어졌다. 그러나 유이가하마는 조용히 고개를 끄덕여주었다.

"응, 알았어."

그 반응에 다소 마음이 가벼워져, 뒷말을 덧붙일 수 있었다.

"그리고 오늘뿐만 아니라, 당분간은 쭉 그런 식일 것 같다만."

"……응, 알아. 유키농을 도와야 하니까."

유이가하마는 발밑을 확인하듯 한 걸음 한 걸음 천천히 계단을 올라, 이윽고 우리 반 교실이 있는 3층에 들어섰다. 그 모습을 반 발짝 뒤에서 시야에 담으며 내 목덜미로 손을 가져갔다. 머플러를 스륵 풀어버리고, 뭉친 근육을 풀듯 고개를 돌렸다.

유이가하마에게는 자초지종을 제대로 설명하는 편이 낫겠지. 이해해줄지의 여부는 제쳐두고, 유이가하마는 알아두었으면 했다.

"그게 실은…… 돕기는커녕 대립하게 되어버려서 말이야."

"응. ……응? 뭐라구?"

그때까지 막힘없이 걸어가던 유이가하마가 급정지 후 급선회했다. 입을 딱 벌리고, 온몸으로 무슨 소리인지 모르겠어…… 라는 뜻을 전달해온다. 저 정도로 화끈한 반응을 보여주니 도리어 속이 시원했다. 폭탄선언을 한 보람이 느껴진다고나 할까.

"아니 그게, 걔가 어디 사람 말을 들어먹어야 말이지. 협력이라니 죽어도 무리야. 그래서 대립하기로 했어. 그것 말고는 관여할 방법이 없더라고."

"……으, 으응?"

유이가하마도 처음에는 납득이 가지 않는 눈치였지만, 점차 상황을 이해하게 됐는지 얼떨떨한 기색이던 표정이 곤혹스러움 그 자체로 변했다.

"뭐랄까…… 힛키는 가끔 엄청 바보 같아……."

"그 반대야. 가끔 엄청 똑똑한 거라고."

얼빠진 얼굴로 서 있는 유이가하마 옆을 위풍당당하게 지나

친 다음, 뒤돌아서서 에헴 과장스럽게 가슴을 폈다. 덤으로 표정에도 힘을 팍 주었다.

그러자 유이가하마가 끄응 나직하게 신음하더니, 말하기 껄끄러운 기색으로 입을 열었다.

"제대루 이야기는 해본 거야?"

"……이야기한다고 해결될 것 같냐?"

나랑 유키노시타라고. 무언으로 그렇게 덧붙이자, 유이가하마도 그 점을 깨달았는지 어깨를 축 늘어뜨렸다.

"안 되겠지……."

역시(さすが, 사스가) 유이가하마, 줄여서 사스가하마다. 훤히 꿰뚫어보고 계신다.

"안 되지. 그러니까 승부라는 방법을 택하는 수밖에 없어. 아무튼 일단 프롬을 끝내야 해. 안 그러면 죽도 밥도 안 될 테니까. ……동아리라든가, 뒷일은 그때 가서 생각하자고."

내 입으로 이야기하면서도 의구심이 들었다.

프롬을 끝낸다고 해서 뭐가 달라진단 말인가. 이미 기능을 상실한 봉사부라는 조직을 어찌할 작정인가. 우리 세 사람의 관계를 어떻게 생각하는가.

그래도 이 일을 끝내지 않으면 아무것도 앞으로 나아가지 못한다. 일단 출발점에 서는 데는 성공했다. 나머지는 어떻게 이 까다로운 문제를 해결할지 생각하는 것뿐이다.

고심을 거듭하며 걸음을 옮기는 사이, 교실 앞에 다다랐다.

터덜터덜 걸어오던 유이가하마가 교실로 들어가기 직전에

문 앞에서 우뚝 멈추어 섰다. 무슨 일인가 싶어 돌아보자, 유이가하마는 고개를 수그린 채 뭔가 생각에 잠긴 눈치였다.

그러다 이윽고 고개를 들더니, 진지한 표정으로 나를 응시했다.

"……그거, 나두 거들면 안 될까?"

유이가하마는 가방 끈을 꽉 움켜쥐고, 흔들림 없이 올곧은 눈빛으로 나를 보았다. 굳게 다문 입술과 커다란 눈동자에서는 결연한 기색이 엿보였다.

그 표정을 보고 나니 도저히 거절할 수가 없었다.

interlude…

영문을 모르겠다.

자리에 앉고 나서도, 친구들과 이야기하는 동안에도, 종이 쳤을 때도, 수업이 시작된 뒤에도 계속 생각했다.

정말 혼란스러웠다. 이제 됐다고, 제대로 끝낼 수 있다고 생각했는데. 그래서 눈물도 났는데. 그랬건만 도통 영문을 모르겠다.

하지만 맞다. 이런 애였다. 이런 애들이었다. 똑똑하지만 사실은 진짜 바보다.

늘 이런 식으로만 해 와서, 그것 말고 제대로 된 방법이 있는데도 깨닫지 못한다. 대립이니 승부니 하는 이유 없이는 다가가지조차 못한다.

그러니까 이건 핑계다.

승부에 이기면 뭐든지 요구할 수 있다.

십중팔구 그녀의 소원은 이미 정해져 있다.

나랑 같지만 나랑은 반대. 비슷하지만 전혀 다르다.

그런 그녀의 소원을 이룰 방법은 하나뿐이다.

하지만 그런 건 절대 안 된다.

어떤 형태로든 간에 반드시 관여하지 않으면, 정말로 다 엉망이 되어버리고 말 테니까.

……아니.

분명 이것도 핑계다.

아직 공책에 옮겨 적지 않은 칠판 위의 글씨들은 어느새 지워졌고, 교과서는 다음 페이지로 넘어갔다.

잡담 소리는 들려오지 않고, 분필과 샤프 놀리는 소리 사이로 한숨이 섞였다.

흘끗 시선을 돌려 늘 보는 자리를 곁눈질했다.

턱을 괴고 눈을 감은 채, 오른손만 능숙하게 움직여 펜을 돌린다. 고개를 살짝 숙여 형식적으로나마 교과서를 들여다보는 시늉을 하며……. 그래도 오늘은 그나마 나은 편인지도 모른다. 심할 때는 진짜 완전히 꿈나라 여행 중이라는 분위기로 책상에 털썩 엎어져 있다시피 하니까. 쉬는 시간에는 늘 그 상태다.

계속 지켜봐왔다.

다른 반일 때도, 눈치채지 못할 때도, 모를 때도, 알게 되고 나서도, 조금씩 친해진 후에도, 아마도 계속, 오래오래.

그러니까 조금만 더.

그렇게 핑계를 대며. 거짓말을 하며.

애써 미소를 짓는다.

정말 비겁하고 기분 나쁜 애다.

다시금
히키가야 하치만은
말을 건넨다.

교실 안으로 방과 후의 소란스러움이 퍼져나갔다.

수업시간 내내 자다 깨다 하면서 머리를 굴렸지만, 그 작업을 잠시 중단하고 돌아갈 채비를 했다. 코트를 걸치고 머플러를 한 바퀴 빙 두른 후, 텅텅 빈 가방을 어깨에 메고 쓱 자리를 떴다.

행선지는 교실 뒤편 창가 자리다. 종이 치자 학생들은 삼삼오오 교실을 떠났지만, 그쪽에는 아직 사람들이 여럿 모여 있었다.

그 중심에 자리하신 금발 롤빵머리 여왕님은 늘씬한 다리를 꼬고 돌돌 말린 머리카락을 쭉쭉 잡아당기며 스마트폰을 손톱 끝으로 따닥따닥 두드리는 중이었다. 이미 귀가할 채비를 끝낸 에비나 양과 내게 등을 보이고 서 있는 유이가하마가 그 옆을 지켰고, 동아리 연습을 하러 갈 준비를 마친 하야마와 바보 삼총사가 창문을 등지고 서 있었다.

그들은 수업이 끝난 해방감에 젖어 신나게 수다를 떠느라 바빴다. 지금부터 저 속으로 비집고 들어가야만 한다.

솔직히 말해서 저 사이로 끼어들기는 무진장 힘들다. 다가가기만 해도 상당한 심력이 소모되는데 말까지 걸어야 하다니, 생각만 해도 아찔했다.

하지만 나는 어디까지나 유이가하마에게 도움을 받는 처지다. 그러니 내가 먼저 찾아가는 게 예의다. 내 자리에 멀뚱히 앉아서 유이가하마가 부르러 오기만을 기다리다니 한심하기 짝이 없다. 구체적인 예시를 들자면 더빙 중간 휴식시간에 일부러 스튜디오 로비를 어슬렁거리며 성우 분이 말을 걸어주기를 내심 기대하는 원작자만큼이나 한심하다.

지금도 이미 꽤나 상당히 더없이 한심한 인간이지만, 한심할망정 내게도 긍지라는 게 있다. 그러니 오늘은 용기를 내어 전진이다.

살금살금…… 살금살금살금……. 쿄겐[#10] 배우도 울고 갈 만큼 살금살금 유이가하마 쪽으로 향했다. 하도 살금살금 다가간 덕분인지, 미우라 일행은 내게 신경 쓰는 기색조차 없이 다음에는 어디로 놀러갈지 의논하느라 바빴다. 이 수준이면 나도 조만간 공중 모토야 찹 정도는 구사할 수 있게 되는 거 아냐?

밀리미터 단위로 접근해서 소리 없이 유이가하마 뒤로 다가가, 나직하게 헛기침을 하고 입을 열었다.

"……난 슬슬 갈 건데, 어떡할래?"

#10 쿄겐 개그풍의 일본 전통 연극. 살금살금 연기로 유명한 쿄겐 배우 이즈미 모토야가 프로레슬링 경기에서 공중 모토야 찹(chop)이라는 기술을 선보인 적이 있음.

"아, 응. 나두 같이 가."

빙글 뒤돌아본 유이가하마가 허무할 정도로 냉큼 대답했다. 그리고 가방을 쓱 메더니 미우라 일행에게 살랑살랑 손을 흔들었다.

"응~."

"잘 가~."

미우라는 무심하게 대꾸하며 고개를 끄덕였고, 에비나 양은 싱긋 웃으며 마주 손을 흔들어주었다.

바보 삼총사 중 두 명은 예상 밖이라는 듯 얼굴을 마주보았고, 남은 하나는「엥? 허걱? 엥?!」하고 자꾸만 우리를 돌아보았다. 토베 완전 거슬려.

그리고 하야마는 흘끗 눈길을 주더니 묘하게 따스한 미소를 머금었다.

으아, 쪽팔려! 쪽팔려 미치겠다고! 이거 나중에 또 자살 충동에 시달리게 생겼는걸…….

뒤돌아봤다가는 여전히 뜨뜻미지근한 시선을 마주하게 될 것 같아 부랴부랴 교실을 나섰다. 머플러를 쓱 추켜올려 얼굴을 감추는 것도 잊지 않았다.

복도로 나와서 비로소 걸음을 늦추자, 만만치 않게 빠른 속도로 쫓아온 유이가하마가 내 옆에 서더니 폭풍처럼 불만을 쏟아냈다.

"근데 아까는 왜 그런 거야?! 그냥 평범하게 말 걸라구! 엄청 느릿느릿 다가오니까 무서워서 죽는 줄 알았잖아! 진짜 완전 확 깼다구!"

"그게 가능하겠냐……. 평범하게 죽도록 긴장된다고……."

말을 거느라 완전히 진이 빠져버린 나머지, 피죽도 못 먹은 것처럼 기운 없는 목소리를 내고 말았다.

그러자 유이가하마는 못마땅한 기색으로 어휴 한숨을 쉬었지만, 이내 못 말리겠다는 듯 피식 미소 지었다.

나란히 복도를 걷는 사이 갈림길에 접어들었다. 여기서 왼쪽으로 꺾으면 특별관, 오른쪽으로 꺾으면 아래로 내려가는 계단이다.

"어떡하지?"

"글쎄다……. 우선 뭘 할지부터 결정해야 되는데……. 일단 어디 이야기할 만한 데로 가자."

"응. 사이제로 갈까?"

"뭐 그래야겠지."

봉사부 부실로 갈 수도 있었을 테지만, 둘 다 그 이야기는 꺼내지 않았다. 거기까지 생각이 미치지 않아서가 아니라, 의도적으로 그 가능성을 배제했다. 그렇게 한 이유가 완전히 같지는 않겠지만, 틀림없이 비슷하기는 할 것이다.

그곳은 그녀가 있어야만 비로소 성립하는 장소다.

그러니 아마, 이제 그 부실에 가는 일은 없을 테지.

× × ×

학교를 나와 한동안 자전거를 끌며 걸었다.

역 앞 사이제로 들어가서 자리로 안내받자마자 무한리필 드링크 바를 2인분 주문했다. 그리고 곧장 음료를 가져와서 빨대로 쪼로록 빨아 마시며 한숨 돌렸다. 평소 같으면 밀라노풍 도리아나 버펄로 윙, 알리오 올리오 등을 추가로 시켰을 테지만, 오늘은 밥 먹으러 온 게 아니다. 그러니 지금은 음료만으로도 충분할 테지.

그렇게 결론을 내리기가 무섭게 유이가하마가 냉큼 메뉴판을 펼쳐들었다.

"왠지 출출하네~. 힛키는? 뭐 먹을 거야?"

4인석 자리 맞은편에 앉은 유이가하마가 메뉴판을 가운데 놓더니, 상체를 앞으로 쑥 내밀고 이쪽저쪽을 살펴보며 수선을 떨었다. 그럴 때마다 뭔가가 얼핏얼핏 출렁출렁하니까 부디 자제해줬으면 한다. 게다가 난 점심도 먹었고……. 그렇게 생각하다가 문득 떠올랐다.

"아참, 너 점심은?"

물어본 순간, 메뉴판을 넘기던 유이가하마의 손이 움찔 멎었다. 그리고 스슥 뒤로 물러서더니, 등받이에 찰싹 달라붙었다.

"……꼬박꼬박 제대루 챙겨먹구 있습니다만. ……그게 왜요?"

기어들어가는 목소리로 우물우물 대꾸한 유이가하마가 빨갛게 물든 얼굴을 돌리고 꼼지락 몸을 꼬았다. 몸을 옆으로 틀어서 조금이라도 더 가늘어 보이려고 애쓰는 게 느껴진다만……. 문제는 그런 자세를 취할 경우 몸매 중에서 오히려 더 부각되어버리는 부분도 있단 말이지요! 나는 흠흠 헛기침을 하고 슬그머니 시선을 피했다.

"아니, 그게 아니라…… 너 원래는 점심 부실에서 먹었잖아. 요즘은 어떤가 싶어서."

"아, 난 또……."

안심한 듯 가슴을 쓸어내린 유이가하마가 자세를 바로 했다. 그리고 잠시 생각하듯 뜸을 들이다가 천천히 입을 열었다.

"유키농, 당분간 학생회실에서 일하면서 먹을 거래. 그래서 요새는 유미코네랑 같이 먹어……. 방과 후에두 그렇구."

"그래?"

내 짤막한 대답에 유이가하마는 쓸쓸한 미소를 띠며 고개를 끄덕이고, 유리컵에 꽂은 빨대를 빙글빙글 돌렸다.

점심시간과 방과 후, 유이가하마와 유키노시타는 많은 시간을 함께 보내왔다. 게다가 유키노시타가 본가로 돌아가기 전에는 집에도 자주 놀러갔던 모양이니 밤이나 휴일에도 같이 있을 때가 많았을 터였다. 하지만 프롬 계획이 본격화된 후부터는 유키노시타도 일처리에 총력을 기울여서인지, 그럴 기회가 줄어든 눈치였다.

앞으로는 어떻게 될까. 프롬이 끝나고 우리가 3학년이 된 후에도 두 사람은 같은 시간을 보낼 수 있을까?

"……어쨌든 일단은 프롬을 끝내야 하니까."

잡념을 떨쳐내듯 그렇게 말하고 아이스커피 잔을 비웠다. 분명히 우유와 시럽을 넣었는데도 그 맛이 유독 씁쓸하게 느껴졌다.

유이가하마도 양손에 쥐고 있던 유리컵에 시선을 떨구고 빨대를 입에 물었다. 그리고 한 모금 마신 다음, 힘주어 고개를 끄덕였다.

"이제 어떡할까?"

고개를 든 유이가하마의 얼굴에는 다시 평소처럼 밝은 기운이 감돌았다. 그 모습에 나도 평상시의 내 행동거지를 떠올렸다. 그래서 뒷머리를 손으로 거칠게 빗으며, 어젯밤부터 생각해온 이야기를 주절주절 늘어놓기 시작했다.

"이것저것 생각해봤다만, 그냥 평범하게 프롬을 열려고 해도 난항에 부딪칠 가능성이 커. 한 번 꼬투리를 잡힌 기획은 여간해서는 통과되지 않으니까."

그동안 문화제와 체육대회, 크리스마스 이벤트 등등을 거치며 여러 번 행사 기획을 할 기회가 있었지만, 그때의 경험에 비추어보아도 이번 사안은 단연 까다롭다고 할 수 있었다.

여태까지 우리가 참여했던 행사는 어쨌거나 실행을 전제로 논의를 이어나갔다. 하지만 이번 일에서 학부모 측의 요구는 프롬의 중지이지 개선이 아니다.

아무리 기획을 뜯어고쳐 본들 근본적인 부분이 바뀌지 않는 이상, 상대측의 반응은 변함없을 테지.

무엇보다도 이미 한 번 부정당했다는 사실이 최대의 걸림돌이다.

말하자면 이번 기획은 진작 실패작으로 낙인찍힌 셈이다. 그 이미지는 앞으로도 꼬리표처럼 따라다닐 테고, 설령 개선안을 내놓는다 해도 그것이 정당하게 평가받으리라는 보장은 없다.

프롬 자체에 대한 부정적 인식에 이미 퇴짜를 맞았다는 사실이 더해짐으로써, 학부모 측에는 바이어스가 깔려 있는 상태다. 고로 대증요법에 가까운 땜질식 수정으로는 판세를 뒤집을 수 없다.

빨대를 잘근잘근 씹으며 생각을 가다듬고, 결론을 내렸다.

"……그러니까 새로운 바이어스를 심어줄 필요가 있어."

입을 헤 벌린 채 내 설명을 듣던 유이가하마가 긴가민가한 말투로 중얼거렸다.

"바이어스…… 아! 바이러스?"

"아냐."

왜 『아하!』라는 표정을 짓는 거냐고. 『그거라면 나도 알아!』라는 반응이라니 이상하잖아. 전혀 다르거든? 바이어스는 감염되지 않는답니다. 일단 간략하게나마 설명해두는 편이 나으려나?

"바이어스란, 으음…… 편향이랄까 편견이랄까……. 고정관념 같은 게 작용해서, 사물을 보는 시선이 한쪽으로 치우친 상태를 가리킨다고나 할까? 잘은 모른다만."

"후움……?"

유이가하마가 고개를 갸웃했다. 어째 못 알아들은 것 같은 반응이다만……. 하긴 나도 자세히 알지는 못하니까, 유이가하마는 그냥 어렴풋하게 알아두면 충분하다.

그보다는 지금부터 하려는 이야기를 정확하게 이해하는 게 중요하다.

"그래서 말인데, 새로운 바이어스를 심어주기 위해서 유키노시타 측에서 계획하는 프롬과는 별개로 또 다른 프롬을 하나 더 만들려고."

내 말에 유이가하마는 어안이 벙벙한 표정을 지었지만, 차츰 미심쩍은 눈으로 나를 보았다.

"……왜?"

"지금은 프롬 그 자체를 골칫거리로 여기는 분위기잖아. 그런데 만약 더 심각한 골칫거리가 등장하면 어떻게 되겠냐? 기존 프롬이 훨씬 나았다고 재평가되겠지?"

"아, 아하?"

대답과 달리 유이가하마는 전혀 납득하지 못한 기색이었다. 으음, 말투가 완전히 의문형이란 말이지…….

어떻게 설명해야 하나 고민하는데, 문득 메뉴판이 눈에 들어왔다. 그 페이지를 팔락팔락 넘겨 맨 마지막 장을 펼쳤다. 디저트 메뉴가 실려 있는 부분이었다.

그 부분을 가리키며 유이가하마의 눈을 똑바로 응시했다.

"……단 걸 먹으면 살쪄. 그러니까 아이스크림이나 디저트 종류는 안 먹는 게 좋겠지?"

"으, 으응. 난데없이 왜 또……."

유이가하마는 또다시 불편한 기색으로 몸을 꼬며 시선을 피했다.

"하지만 그 상황에서 새로운 후보로 칼로리를 반으로 줄인 아이스크림이 나오면 왠지 먹어도 될 것 같은 기분이 들지 않냐?"

"응, 두 개 먹어두 돼……."

"그건 아니다만……. 뭐 아무튼 그런 뜻이야."

유이가하마의 시선이 메뉴 사진에 꽂히는 바람에, 본론으로 돌아가고자 크흠 가볍게 헛기침을 하고 말을 이었다.

"들러리 격인 프롬 기획을 하나 더 짜는 거지. 양자택일 구도로 몰고 가서, 학부모 측이 어느 한 쪽을 선택해야만 하는 분위기를 조성하는 거야. 버림패 기획, 버림패 시안을 내놓음으로써 진짜 기획을 통과시키는 작전이라고."

현재 상황에서는 단지 유키노시타 측이 짠 프롬 A안의 채택 여부를 결정하기만 하면 된다.

하지만 우리가 프롬 B안을 제시할 경우, 채택하는 쪽은 심리적으로 A안과 B안 둘 중 하나를 선택해야 할 것 같은 기분이 들기 마련이다. 그렇게 해서 퇴짜라는 가능성을 원천봉쇄한다는 전략이다.

"아…… 글쿠나. 유키농하구 이로하가 추진하는 프롬이 칼로리 절반이란 소리지?"

흠흠 고개를 끄덕이던 유이가하마가 갑자기 흠칫하는가 싶더니, 휙 고개를 들었다.

"아, 그치만 애초에 프롬이 안 된다는 거였잖아? 둘 다 안 된다구 함 어떡해?"

"아차……."

그 말에 나는 이마를 탁 쳤다.

유이가하마가 지적한 부분은 이 계획의 약점 그 자체다. 이런 점을 짚어내는 걸 보면 유이가하마는 바보지만, 본질적으로는 영리한 구석이 있다. 바보지만.

이 방식은 원래 망설이는 상대를 유도할 때 가장 큰 효과를 발휘한다. 다만 이번에는 상대가 한 번 결론을 내려버린 상태이므로, 단순히 양자택일을 요구하는 것만으로는 효과가 미미할 수밖에 없다.

따라서 뒤늦게나마 새로운 전제조건을 달 필요가 있다.

"……근데 그 문제는 걱정 안 해도 될 거야."

내 말에 유이가하마가 의아한 듯 고개를 갸웃했다.

"학교 측도 딱히 프롬을 중단시킬 마음은 없을 테니까. 아니면 굳이 자숙이란 표현을 쓰지도 않았겠지. 지금까지 학생들의 자율성을 존중해온 역사가 있고, 그 점을 교풍으로 내세우기도 하잖아?"

"우움, 그런가……? 하긴 여태까지두 이것저것 많이 해왔구……."

유이가하마의 말투에서는 어딘가 회의적인 분위기가 묻어났지만, 그래도 내 말을 곱씹어보듯 나직하게 중얼거렸다.

확실히 교풍은 근거라고 치기에는 다소 빈약한 감이 있다.

하지만 유이가하마 말대로 크리스마스 이벤트 등의 선례를 생각할 때, 실제로 학생들끼리 꽤 대규모 행사를 치러온 것도 사실이다. 그 당시 학교 측이 반대하고 나서지 않았음을 감안하면 어느 정도는 학생들의 자유를 보장할 의향이 있는 게 분명하다. 게다가 히라츠카 선생님 또한 본인 입으로 학교 측은 당초 프롬을 크게 문제시하지 않았다는 이야기를 한 적이 있다.

"학교 측도 체면이라는 게 있으니까. 이제 와서 전면 불허로 방침을 바꾸자니 세간의 이목이 신경 쓰이겠지. 그러니 상대적으로 온건한 기획이라면 허용하겠다는 식으로 이쪽 편을 들어줄 가능성이 커. 그 부분은 히라츠카 선생님에게 기대를 걸어봐야겠지."

"응, 그러네!"

내 설명에 유이가하마는 조금 안심한 얼굴로 고개를 끄덕였다.

실제로 히라츠카 선생님은 『자숙』이라는 언질을 얻어내는 데까지는 성공한 바 있다. 그렇다면 양자택일 구도로 몰고 갈 경우, 학교 측의 결단, 학부모 측과의 의견 조율 과정에서 일정한 수준의 발언권과 재량이 주어질 테지. 고로 학교 측의 대응에 관해서는 어느 정도 낙관적인 전망이 가능하다.

문제는 주된 협상 대상인 학부모 쪽이다. 그 생각을 하니 저절로 마음이 무거워져, 무심결에 입에 넣은 빨대를 잘근잘근 깨물고 말았다.

"그리고 학부모 측…… 아니, 정확히는 학부모 측에 속한 유별나게 목소리 큰 양반들이라고 해야겠다만……. 우리가 양보하는 자세를 내비치고, 또 본인들이 직접 선택해서 자기 뜻대로 결정을 내렸다는 구도가 조성되면 그 사실에 만족해서 손을 뗀다……."

사실 불만이나 클레임, 이의를 제기하는 목청 큰 인간들은 상황의 해결 그 자체보다 상대를 굴복시키는 것을 목적으로 하는 경우도 많다. 그러므로 그들에게 『내가 결정했다, 내가 바꿔놓았다, 내가 사과하게 만들었다』라는 인식을 심어주고, 쌓여 있던 앙금을 해소하게 해주면 직성이 풀릴 가능성도 충분하다.

하지만 솔직히 그렇다고 단언할 만한 증거는 없다.

그래서 이번에는 내가 고개를 갸우뚱하고 말았다.

"……예상은 그렇다만, 실제로는 어떠려나……?"

한숨을 쉬며 유키노시타의 어머니를 떠올렸다.

학교로 찾아온 사람이 프롬에 우려를 품은 일부 학부모 본인이 아니라 유키노시타의 어머니였다는 점에서 한 줄기 서광이 비치는 느낌이 들기는 한다. 유키노시타의 어머니는 어디까지나 메신저일 따름이며, 그 발언은 학부모회 이사진의 일원 또는 지역 유지의 아내라는 직함에 의거한 비즈니스 토크쯤으로 간주해도 무방하겠지. 적어도 당시의 언행에서는 그런 인상을 받았다.

하지만 역시 유키노시타 자매의 어머니답게 갑론을박이 진행되는 사이 승부욕이 발동했는지, 그 논법에 쪽도 못 써보고 탈탈 털리고 말았다.

그 댁 사모님, 토론을 꽤나 즐기는 성격인지도 모른다. 잇시키가 반론하자 얼씨구나 쾌재를 부르면서 달려들었고. 정확히는 토론을 즐긴다기보다 상대방을 논파하고 무릎 꿇리는 행위를 좋아하는 거려나.

그럴 경우 유키노시타의 어머니가 순순히 물러나 줄지는 미지수다.

그렇다면 엄마노시타 용으로 뭔가 또 하나 대책이 필요해지겠는데……. 싫어라, 얽히고 싶지 않아라~. 엄마농, 진짜 살 떨리게 무섭단 말이지…….

좌우지간 현시점에서 더 나은 대안은 떠오르지 않았다.

"뭐 결국은 강행 가능성을 시사하면서, 상대적으로 통제하기 쉬운 쪽을 선택하게끔 교묘하게 유도하는 수밖에 없다는 소리지."

찌글찌글 너덜너덜해진 빨대를 퉤 뱉어낸 다음 그렇게 결론을 내렸다. 그러자 유이가하마가 후와~ 하고 감탄한 표정을 지었다.

"뭔가 대단해…… 힛키, 나중에 그런 일 하면 되겠다! 클레임 대응 같은 거! 진짜 재능 있어!"

"죽어도 싫거든……? 재능 없거든? 일도 안 할 거거든?"

초롱초롱한 눈망울로 칭찬해줘도 추호도 기쁘지 않다. 나도 모르게 인상을 팍 쓰고 말았다. 그러나 유이가하마는 생글생글 미소를 잃지 않았다. 후훗 웃는 모습이 어딘가 기뻐

보이기도 했다.

죄송한데요, 정말 재능 없거든요? 애초에 회사원 신분으로 이딴 식의 클레임 대처법을 써먹었다가는 더 큰 문제로 비화될 게 뻔하다. 이번에는 학교라는 특수한 환경에다 내가 프리랜서에 가까운 상황이니 가까스로 통용될지도 모른다는 이야기에 불과하다.

사실 이상적인 클레임 대처법은 따로 있다.

그래, 바로 상사한테 통째로 떠넘기는 거지! 아니면 콜센터로 돌려서 프로에게 맡기거나.

"그보다 이건 시작에 불과하다고. 진짜 문제는 그다음이야."

"그 말씀은……?"

내가 깊은 한숨과 함께 내뱉은 말에 유이가하마가 흐음 팔짱을 끼더니 몸을 살짝 내밀었다. 그 반응에 두 손을 깍지 끼어 겐도 포즈[#11]를 취하고, 대단히 엄숙한 목소리로 설명했다.

"착실하게 들러리 기획을 짜야 돼. 그것도 꽤나 그럴싸하고 현실감이 느껴지는 걸로. 아니면 애초에 선택을 종용하는 단계까지 갈 수도 없으니까."

"아, 아하……."

유이가하마가 약간 뒤로 물러났다. 그것을 추격하듯 몸을 불쑥 내밀며 덧붙였다.

"그렇게 치면 시간도 일손도 턱없이 부족해. 말 나온 김에

#11 겐도 포즈 『신세기 에반게리온』에 등장하는 네르프 총사령관 이카리 겐도의 자세. 깍지 낀 양손으로 입가를 가린채 진지한 표정을 짓는다.

이야기하자면 애초에 우리한테는 예산도 없다고."

"오히려 뭐가 있냐구 묻구 싶어지는데……."

유이가하마가 더욱 몸을 사리며 난처한 미소를 지었다. 그에 맞서 히죽 사악한 웃음을 지어 보였다.

"그래서 소개드리는 게 바로 이것, 시간이 남아도는 데다 공짜로 일해주기까지 하는 존재…… 우리 학교 학생들입니다. 지금 신청하시면 사실상 무료로 마음껏 부려먹을 수 있답니다!"

"완전 악덕업주잖아!"

우왕~ 하고 울상이 된 유이가하마가 머리를 감싸 안았다.

하지만 우리 학교에서도 프로페셔널한 인재를 갈갈 갈아 넣을 작정으로 혹사시키지 않고는 이 난국을 타개할 방도가 없다. 이것이야말로 소부 고등학교의 근로 방식 개혁이자 고도 프로페셔널 제도[#12]랍니다……!

힘없이 어깨를 떨군 유이가하마가 흘러내린 앞머리 사이로 나를 빼꼼 올려다보며 물었다.

"근데 그렇게 절대로 통과될 리 없는 기획을 애써 거들어줄 사람이 있어?"

"그게 문제다만……."

대답하며 천장을 올려다보았다.

참으로 지당하신 말씀이다. 이상적인 프롬을 개최하기 위해서라면 또 모를까, 들러리 야무치 희생양이 되겠다고 발 벗고

#12 근로 방식 개혁, 고도 프로페셔널 제도 일본에서 얼마 전 시행에 들어간 노동 관련 법률명. 고도 프로페셔널 제도는 일부 전문직 종사자를 근로 시간 규제 대상에서 제외해 초과 근무 시에도 수당을 지급하지 않는 것을 골자로 함.

나설 사람이 있을 리 없다. 심각한 바보나 극도의 호구, 프리미엄 급으로 삐뚤어진 인간 말고는 불가능하다.

정공법으로 사람을 모으는 길은 포기하는 수밖에 없다. 그러면 취할 수 있는 수단은 저절로 한정되기 마련이다.

"감언이설로 학생들을 살살 구슬려서 되는 데까지 긁어모아볼까……? 금전적인 부담만 주지 않는다면 막판에 손이 발이 되도록 빌어서, 어떻게든……."

석고대죄로 해결되면 감지덕지지. 팔짱을 끼며 그렇게 생각했을 때, 나직하게 억눌린 한숨소리가 들려왔다.

시선을 향하자, 입술을 살짝 깨문 채 고개를 숙인 유이가하마가 보였다. 침묵 속에서도 유이가하마가 하고픈 말은 내 가슴에 절절하게 전해져 왔다.

즉흥적인 발상으로 경솔하게 내뱉어도 될 말이 아니었다. 그것은 내가 지금껏 누차 저질러온 잘못이었으니까.

나는 심호흡을 하고 마음을 다잡았다.

"……아니, 사실대로 이야기해볼까. 이해해줄 거라는 생각은 안 든다만, 그래도 가급적 말이 통할 만한 사람들한테 부탁해보자고."

"응."

유이가하마는 살며시 고개를 끄덕이고 희미한 미소를 지어보였다.

분명 나는 이미 잘못을 저질렀다.

그러니 하다못해 더 이상은 틀리지 않도록.

예전처럼 안이한 수단에 의지하는 대신, 무언가 다른 방식을 찾아내야만 한다.

× × ×

도와줄 만한 사람들에게 연락을 돌린 후, 한동안 여유로운 시간을 보냈다. 사이제 창밖으로 내다보이는 풍경에는 어스름이 드리우기 시작했고, 아직 본격적인 퇴근길 정체는 멀었지만 역 앞을 오가는 행인의 수도 늘었다.

내가 연락한 인물은 합류하겠다는 취지의 답장을 보내왔고, 도착하기를 기다리는 중이었다. 막간을 이용해 우리는 다소 이른 저녁식사 타임에 돌입했다.

유이가하마는 눈앞에 있는 피자와 씨름하기 시작해, 후읍 기합을 넣을 때마다 섬뜩한 소리가 들려왔다. 원형 톱날이 달린 피자 커터가 영 손에 안 익는지, 커터와 쟁반이 격렬하게 마찰을 일으키며 끼릭끼릭 삐걱삐걱 단말마의 비명을 질러댔다.

그러다 가까스로 자르는 데 성공했는지 휴우 한숨을 쉬더니, 무참한 몰골로 탈바꿈한 피자를 접시에 담아 이쪽으로 내밀었다.

"자, 힛키."

"어, 땡큐."

피자의 형상은 불문에 부치기로 하자. 잘라준 걸 얌전히 받아먹기만 하는 처지에 무슨 불만이 있으리오. 사이제 피자는 뭔 짓을 해도 맛있으니까.

"타바스코 필요해?"

"어, 주라. 땡큐."

유이가하마가 테이블 가운데 놓아준 타바스코를 집어 들어 두세 번 뿌린 후, 한결 맛있어진 피자를 우물우물 먹어치웠다.

그러는 사이 추가로 시킨 도리아와 파스타, 샐러드가 나왔다. 게다가 잠시 후 고기 요리까지 가세할 예정이었다. 아무래도 예상보다 푸짐한 저녁식사가 될 듯했다. 코마치한테 저녁 먹고 들어간다고 연락해야겠군…….

스마트폰을 만지작대는 사이, 맞은편의 유이가하마가 포크와 스푼을 집게처럼 놀리며 달그락달그락 소리를 냈다.

"샐러드 줄까?"

"어, 조금만. 토마토는 빼고. 아, 새우는 너 다 먹어라. 난 고기면 충분하니까."

"진짜루?! 만세! 그치만 토마토두 먹어. 편식함 안 돼."

"그런 게 아냐. 난 토마토 먹으면 헛구역질 나거든. 그거 뭔가 막 물컹물컹하잖아. 그 식감이 소름끼친다고."

"우움, 그치만 그 맛에 먹는 건데."

샐러드 종류는 자주 덜어봐서 익숙한지, 척척 예쁘게 담아주었다. 꾸벅 고마움을 표하며 그 접시를 받아들고 감사히 먹기 시작했다.

으윽…… 양상추에 흐물거리는 토마토 속이 묻었잖아……? 눈을 질끈 감고, 그 이파리를 거의 씹지도 않고 우물꿀꺽 삼켰다.

휴우, 이제 토마토 성분은 더 없으렷다……? 안도의 한숨을 지으며 눈을 뜨자, 유이가하마가 턱을 괸 자세로 재미있다는 양 나를 빤히 쳐다보고 있었다.

"왠지 어린애 같아."

후훗 놀리듯 말하고 어른스러운 미소를 짓는다. 나이는 분명 동갑이련만 연상 같은 눈빛으로 응시하는 바람에 내 시선은 정처 없이 사방을 배회했다.

그럴 때마다 천사의 고리처럼 둥근 광택이 감도는 화사한 갈색 머리카락과 커다랗고 촉촉한 눈망울, 움푹한 쇄골과 흘러내린 머리카락을 귀 뒤로 넘기는 손끝, 웃음기 어린 입매와 윤기 나는 입술, 나긋한 곡선을 그리는 긴 속눈썹, 옅은 홍조가 서린 보드라운 뺨이 시야에 들어와, 하나같이 자꾸만 신경이 쓰였다.

"어른도 토마토 싫어하는 사람 많거든……?"

히라츠카 선생님도 토마토 싫어하고……. 그렇게 웅얼웅얼 볼멘소리를 하며 시선을 떨구었다. 어쩐지 낯간지럽다고 해야 하나 쑥스럽다고 해야 하나, 아무튼 유이가하마의 얼굴을 똑바로 바라보기 힘들었다.

그래서 여기 난방이 너무 센 거 아니냐고 불평하듯 턱을 치켜들고, 후아 커다랗게 숨소리를 냈다.

그 순간 저 멀리서 낯익은 거구가 어슬렁어슬렁 모습을 드러냈다.

트렌치코트에 반장갑, 그리고 안경. 기본적으로 이 계절에는 큰 위화감이 없을 차림새이건만, 입구에서 염탐하듯 사방을 두리번대는 그 모습은 수상쩍기 짝이 없었다. 그 수상함이 녀석의 정체를 완벽하게 대변해주었다. 말해 무엇 하랴, 그분은 바로 자칭 검호 쇼군, 자이모쿠자 요시테루 나으리셨다.

손을 들어 여기 있다고 신호를 보내자, 자이모쿠자도 나를 발견한 모양이다. 불안해 보이던 얼굴이 확 밝아지는가 싶더니, 마주 손을 흔들면서 이쪽으로 성큼성큼 다가왔다. 야생 곰을 길들여버린 것 같은 이 감각은 뭐람……?

그러자 유이가하마가 뒤를 돌아보더니, 주섬주섬 짐을 챙겨 들고 자리에서 일어나 내가 앉아 있는 쪽으로 왔다.

"흠흠."

"엉?"

가방을 안고 내 옆에 장승처럼 서 있던 유이가하마가 불만스런 기색으로 입술을 삐죽이더니, 단호하게 말했다.

"들어가."

"아, 네에……."

시키는 대로 안쪽으로 옮겨가자, 바깥쪽 빈자리에 유이가하마가 냉큼 앉았다.

뭐지……? 자이모쿠자가 옆에 앉을 가능성이 있다는 게 그렇게나 싫은가? 하긴 나도 자이모쿠자가 옆에 오면 당연히 싫으니까 그 심정이야 이해한다만. ……그나저나 너무 붙어 앉으신 것 아닙니까?! 어찌나 의식되는지 긴장돼 죽겠거든요?!

들키지 않게 어깻죽지로 숨을 몰아쉬는데, 자이모쿠자가 커흠커흠 요란한 헛기침을 하며 내 정면에 털썩 앉았다.

"하치만, 새삼 본관을 불러내다니 어인 일이냐?"

평소와 전혀 다를 바 없는 자이모쿠자의 행동거지에 본의 아니게 마음이 편해지고 말았다.

휴우, 안정된다. 숨통이 트이는 기분인걸.

"다 모이거든 이야기하마. 그때까지 틀린 그림 찾기라도 하든가."

자리에 비치된 메뉴판 가운데 아동용 메뉴를 꺼내 자이모쿠자에게 쓱 건네주었다. 이 아동용 메뉴는 언뜻 보면 앞뒤 표지에 똑같은 일러스트가 그려져 있는 것 같지만, 사실은 서로 다른 곳이 열 군데 있다. 음식이 나오기를 기다리는 동안 어린이 여러분에게 이 틀린 그림 찾기를 시켜놓으면 순한 양처럼 얌전해진다고 하여 호평이 자자하다.

"으음, 알겠다! ……이거 어려운데."

메뉴판을 받아든 자이모쿠자는 곧장 작업에 착수했다. 마구 홀대해도 괜찮은 이 느낌, 정말 편해서 좋은걸……? 그렇게 생각한 순간 저절로 입가에 웃음이 번져, 실없는 소리를 지껄이고 말았다.

"우리 일흔에도 독신이면 같은 요양시설에 입소하자고."

"실로 참신한 프러포즈로군. 아예 그냥 독신자 전용 아파트를 한 채 사버릴까 싶을 정도다. 날마다 같이 애니메이션을 보고 보드게임을 즐기자꾸나."

자이모쿠자는 내게 눈길조차 주지 않고 틀린 그림 찾기에 몰두하며 건성으로 대꾸했다.

옆에 앉은 유이가하마가 진저리를 치듯 으아…… 하고 나지막하게 신음했다.

그 순간 내 스마트폰이 부르르 떨렸다. 아마 내가 연락한 또 다른 멤버 토츠카 사이카겠지. 그렇게 생각하며 폰을 집어 들었을 때는 이미 가게에 도착한 모양이었다.

"하치만."

공공장소라서 그런지, 평소보다 다소 조심스럽게 나를 부르는 음성이 들려왔다.

고개를 돌리자, 테니스 가방을 등에 메고 다가오는 토츠카의 모습이 보였다. 애용하는 트레이닝복에 방한용 피코트를 입고, 목에는 털실 방울이 달린 손뜨개 스타일의 성글게 짠 머플러를 두른 채였다. 테니스부 연습을 마치고 급하게 온 탓인지 그 복장은 어딘가 따로 노는 느낌이 났고, 바깥 추위에 상기된 얼굴에서는 가쁜 숨결이 흘러나왔다. 그 언밸런스함이 신선해, 손을 들어 화답하는 내 얼굴에는 나도 모르게 미소가 어렸다.

그러나 그 미소는 이내 씰룩 괴상한 형태로 일그러졌다.

토츠카 바로 뒤에서 낯익은 푸르스름한 흑발의 포니테일이 흔들렸다. 까만 코트와 타탄체크 머플러, 덤으로 아낌없이 드러낸 늘씬한 다리가 인상적이지만, 큼지막한 장바구니가 전체적인 조화를 해치는 느낌이었다. 언짢은 듯 쌀쌀맞은 표정으로 고개만 까닥해 인사를 건네는 카와 어쩌고 양을 향해 나도 고개만 꾸벅해 보였다.

그리고 얼른 옆에 앉은 유이가하마에게 속닥속닥 귓속말을 했다.

"야, 말이 통할 만한 사람이라고 했잖아."

"힛키두 중2 불러놓구서 뭘!"

같이 목소리를 낮추면서도 유이가하마가 억울한 기색으로 불만을 토로했다. 그 부분을 물고 늘어지면 입이 열 개라도 할 말이 없다.

"어, 아니. 그건…… 어, 그래. 뭐 확실히 말은 안 통한다만……."

……근데요, 저는 애초에 대화 가능한 사람이 거의 없거든요?

그렇지만 내가 부른 토츠카와 자이모쿠자야 말할 필요도 없고, 카와사키도 면식이 있는 만큼 다른 사람에 비하면 이야기하기 편한 게 사실이다. 만약 미우라라도 나타났더라면 분명 찍소리도 못했을 테지.

토츠카가 뽀르르 다가와 자이모쿠자 옆에 오도카니 앉았다. 카와사키는 근처에 있던 의자를 끌고 와서 앉더니, 긴 다리를 꼬고 삐딱한 자세로 턱을 괬다.

"사키랑 사이두 와줘서 고마워. 뭐 좀 먹을래?"

유이가하마가 상냥하게 메뉴판을 내밀자, 토츠카가 쑥스러운 듯 수줍은 기색을 내비쳤다.

"아, 응. 고마워……. 사실 연습하고 와서 배고프던 참이었거든.”

“난 됐어. ……음료만 마실게.”

카와사키는 긴말 없이 사양했다. 아마 집에 가서 저녁상을 차려야 하기 때문이겠지. 눈치로 보아 막내 케이카를 데리러 가는 길에 잠깐 짬을 내 들른 모양이었다. 너무 오래 붙잡아 두면 안 되겠지.

토츠카가 한숨 돌리거든 내가 먼저 말을 꺼내야겠다. ……그런데 어째 자이모쿠자 씨만 식사 권유를 못 받으신 것 같습니다만? 그렇게 생각하며 돌아보자, 자이모쿠자는 변함없이 아동용 메뉴와 눈싸움을 벌이는 중이었다.

“끄음, 이제 일곱 개 남았는가…….”

거의 못 찾았잖아. 그거 총 열 개라고.

× × ×

돌돌 오물오물 파스타를 먹는 토츠카를 한동안 멍하니 바라보다가, 다들 한숨 돌린 시점에서 용건을 밝히기로 했다.

“우선 느닷없이 불러내서 미안하다. 와줘서 고마워, 감사하게 생각해.”

꾸벅 힘차게 고개를 숙였다. 각 잡고 인사하려니 영 쑥스러운 나머지, 세 사람의 반응을 살피기가 껄끄러웠다. 그래서 한동안 계속 고개를 숙이고 있었다.

그러자 호오 흡족해하는 숨소리, 잘했다는 듯 다정하게 고개를 끄덕이는 숨소리, 당황한 기색으로 새어나온 숨소리, 그리고 후훗 기쁜 듯 웃는 숨소리가 들려왔다. 누가 어떤 반응을 보였는지 대충 짐작이 가는 바람에 고개를 숙인 의미가 없었다.

쑥스러움을 감추려고 일부러 크게 헛기침을 하고, 더없이 진지한 어조로 입을 열었다.

"지금부터 유감스러운 소식을 전해드리고자 합니다."

"네."

자이모쿠자는 괜히 앉은 자세를 바로 하더니 얌전히 경청 모드에 들어갔다. 토츠카는 긴장한 기색으로 상체를 반듯하게 폈고, 카와사키는 여전히 턱을 괸 채로 나른하게 앉아 있었다.

"너희들, 프롬이 뭔지 아냐?"

"으음, 모른다. 고로 이제 알게 되겠지."

자이모쿠자가 스마트폰을 두들기며 검색에 들어갔다. 남에게 묻기 전에 알아서 찾아보다니, 이 녀석 제법 될성부른 떡후로구만. 만약 프롬이 뭐냐고 물어봤더라면 『직접 알아보시지요. 눈앞의 마술 상자는 뒀다 뭐에 씁니까? 조금만 찾아보면 바로 나오거든요?』라고 훈계를 늘어놓으며 우위를 점하려고 들 뻔했다.

프롬에 관한 조사가 얼추 끝났는지, 스마트폰을 들여다보는 자이모쿠자의 표정이 증오로 와락 일그러졌다.

"호오…… 인싸의 인정욕구와 일시적 쾌락 충족만을 목적으로 존재하는 이 악마의 이벤트는 대체 무엇이란 말이더냐……. 이따위 행사를 찬양하는 놈들은 대개 대학에 들어가서 이벤트 개최 동아리에 가입한 다음, 『우리 고등학교에는 프롬이란 게 있었는데~』라고 떠벌리며 마치 자기가 고등학교 때부터 잘나가는 핫피플에 핵인싸였던 것 마냥 과거를 날조하는 역사 수정주의자일 게 뻔하거늘……."

탁 거칠게 내려놓은 스마트폰을 들여다본 토츠카가 우와 감탄한 표정을 지었다. 카와 어쩌고 양은 보여 달라는 그 한 마디를 못해서 흘끔흘끔 곁눈질만 해댔다.

"바로 그 프롬이 우리 학교에서 열릴 예정인데…… 우리는 그 프롬과 대립하기로 했다."

내 말이 끝나기가 무섭게 자이모쿠자가 무릎을 탁 쳤다.

"요컨대 안티 프롬이로군!"

"……뭐 아주 틀린 말은 아니다만."

"오호라! 역시 안티 프롬이로군!"

아까 검색하다가 안티 프롬이라는 용어를 어디서 주워들었나……? 아이참, 하여간 새로 배운 말이라면 못 써서 안달을 한다니까……. 혼자 살판나서 떠들어대는 자이모쿠자와 반대로, 내 목소리는 확 가라앉고 말았다.

"으, 으음……. 그, 글쎄다, 그런 셈……인가?"

"뭐?! 그게 무슨 소리야?!"

옆에 앉은 유이가하마가 화들짝 놀랐다. 야야, 목소리 좀 낮춰. 우리 둘보다 네 목소리가 더 크다고. 그리고 이쪽으로 돌아앉지 마. 뭔가 이것저것 닿으니까. 또 팔 붙잡고 흔들지도 마.

어떻게 된 거야?! 하고 달랑달랑 흔들리며 두리번두리번 주위를 살폈다. 다행스럽게도 혼잡한 상황은 아니었다. 빈자리가 군데군데 눈에 띄었고, 때마침 옆자리 4인석도 비어 있었다. 우선 유이가하마한테 따로 좀 설명을 해야겠는데…….

"얘, 얘들아. 미안한데 잠깐만 기다려줄래?"

토츠카를 비롯한 다른 일행들에게 양해를 구했다.

"으음, 뜻대로 하여라."

뭔 소리인지는 잘 모르겠으나 자이모쿠자에게 허락을 받았으므로 유이가하마를 돌아보았다. 그리고 양손을 가슴 높이로 들어 바깥으로 밀어내는 시늉을 했다. 그 몸짓에 떠밀린 유이가하마가 떨떠름하게 자리에서 일어섰다.

나도 뒤따라 일어나 토츠카와 카와사키에게 미안하다고 고개를 숙여 보이고, 까닥까닥 손짓을 해서 유이가하마를 옆 테이블로 불러들였다.

유이가하마가 의심스러운 눈빛으로 나를 바라보며 자리에 앉더니, 내 어깻죽지를 꼭 붙들고 소곤소곤 물었다.

"어떻게 된 거야? 프롬 한다며?"

"그래, 그럴 생각이야. ……그런데 어째 그 말을 꺼내기가 껄끄러워서. 게다가 자이모쿠자가 저런 반응이니……. 의욕을 잃지 않도록 설명하기가 좀 성가시기도 하고 말이지."

흘끗 돌아보자, 자이모쿠자는 토츠카 상대로 목청 돋워 프롬의 악랄함을 성토하는 중이었다. 토츠카는 그 말에 열심히 고개를 끄덕이며 능숙하게 맞장구를 쳐주었고, 카와사키는 대놓고 무시로 일관하며 딴청을 피웠다. 그 모습이 어딘가 뒷골목의 허름한 술집 풍경을 연상시켰다.

유이가하마가 이맛살을 찌푸리며 속닥속닥 타일렀다.

"우움…… 그치만 꼭 말해야 돼."

"이제 이야기하려고……. 그러니까 상황 봐서 좀 도와주라. 부탁하마, 플리즈."

살짝 손을 모으고 고개를 숙이자, 유이가하마가 내키지 않는 기색으로 한숨을 쉬었다.

"……어휴, 아무튼 못 말린다니까."

유이가하마는 어이없다는 듯 피식 미소 짓고는 자리에서 일어섰다. 나도 같이 일어나서 원래 자리로 돌아갔다.

한바탕 불만을 토로하고 나자 다소 진정됐는지, 자이모쿠자가 돌아온 우리에게 흐음 흥미로운 시선을 보내왔다. 그 반응에 나는 또다시 헛기침을 했다.

"여러분, 지금부터 유감스러운 소식을 전해드리고자 합니다."

"네."

또다시 자이모쿠자가 자세를 바로 했다.

"그게…… 대립은 대립입니다만, 안티 프롬은 아닙니다. 프롬은 열 겁니다."

"네?"

자이모쿠자는 살짝 고개를 갸우뚱했지만, 표정에는 거의 변화가 없었다. 토츠카와 카와사키도 비슷한 반응이었다. 하긴 저게 일반적인 반응이겠지. 실제로 무슨 소리인지 잘 이해가 안 갈 테니까. 뭐라고 설명해야 좋을지 몰라 침묵하자, 유이가하마가 얼른 거들고 나섰다.

"유키농이랑 이로하가 프롬을 열려구 하는데, 학부모회하구 학교 측에서 자숙하라구 했거든. 그래서 다른 아이디어를 마련하는 중이라구 해야 하나?"

"……흐음."

흘러나온 목소리는 심드렁했지만 자숙에 관한 정보는 처음 접했는지, 카와사키가 눈을 크게 뜨며 조금 놀란 기색을 내비쳤다.

"유키노시타와 잇시키의 플랜은 이미 학부모들에게 퇴짜를 맞은 전력이 있어. 그 아이디어를 손질해서 다시 제출해봤자 도로 물 먹을 가능성이 크지. 그래서 우리가 새로운 프롬 기획을 짜려고. 기획안을 두 개 내놓으면 그중 어느 하나를 시행하는 방향으로 끌고 갈 수 있을 것 같거든."

"그거, 유키노시타도 알아?"

말투는 쌀쌀맞아도 카와사키의 시선에는 염려하는 기색이 엿보였다. 그 질문에 나는 가볍게 고개를 저었다.

"아니, 몰라. ……정확히는 말 안했다고 해야겠지. 미안하지만 이 이야기는 비밀에 붙여줬으면 좋겠다. 이 계획은 노림수가 탄로 나면 의미가 없거든."

내 대답에 카와사키가 찜찜한 표정을 지었다. 토츠카도 눈에 띄는 반응을 보이지는 않았지만 갈피를 잡지 못하는 기색이었다. 오로지 자이모쿠자만이 테이블을 손가락으로 톡톡 두들기며 흠흠 고개를 주억거렸다.

"흐음, 더블 바인드…… 오전제(誤前提) 암시인가? 복수의 선택사항을 제시함으로써 그중 하나를 고르게 하여, 제안에 응하지 않을 가능성을 원천 차단하는 심리적 기법……."

"그래, 그렇게 설명할 수도 있겠지."

학부모 측의 결론을 유도해낼 수 있는 조건이 충족되지 않았으므로 엄밀히 따지자면 그 정의에는 들어맞지 않지만, 의도 자체는 얼추 비슷하다.

정보를 정리하듯 가만히 고개를 끄덕이며 듣고 있던 토츠카가 불쑥 입을 열었다.

"아하, 그래서 프롬과 대립하기는 한다는 이야기구나."

"……그래. 그래서 그 새로운 프롬 계획을 세우는 데 힘을 보태줬으면 한다만……."

그 뒷말을 꺼내기가 힘들어, 저절로 입이 무거워졌다.

결국 말문을 흐리며 침묵을 지키자, 토츠카가 자세를 바로 하더니 정면으로 나를 응시했다. 평소의 부드러운 인상과는 달리 그 얼굴에는 결연한 빛이 감돌았다.

"하지만, 분명하게 확인해둘게. 안 그러면 전처럼 어영부영 넘어가게 될 것 같고, 그런 건 좀 싫으니까."

말끝에는 수줍은 기색을 내비쳤지만, 그 음성에는 확고한 의지가 담겨 있었다. 토츠카가 그런 느낌을 받았을 줄은 꿈에도 몰랐기에 그만 할 말을 잃고 말았다, 하지만 이내 깨달았다. 그 지적대로 나는 항상 아무한테도 무엇 하나 설명하지 않고, 아니, 애초에 설명하는 것 자체를 포기하고 제멋대로 상황을 종결시켜버리고는 했다. 토츠카가 보기에 그런 내 태도는 대단히 불성실하게 느껴졌을 테지.

긴장되는지 두어 번 심호흡을 하더니, 마침내 결심을 굳힌 듯 토츠카가 입을 열었다.

"하치만은 어떻게 하고 싶어?"

질문의 의도를 정확히 이해하기 어려워, 시선으로 무슨 뜻이냐고 되물었다. 그러자 토츠카는 조금 난감한 기색으로 볼을 긁으며 덧붙였다.

"아까 보니까 하치만, 별로 프롬을 하고 싶어 하는 기색이 아니길래 그게 좀 마음에 걸렸거든……. 또 유키노시타한테 숨기는 것도 뭔가 이상하고. 그러니까 정말 하고 싶은 일은 따로 있는 게 아닐까 싶어서."

"아, 그건……."

반사적으로 생각나는 대로 대답하려 했으나, 그 시도는 토츠카의 진지한 눈빛에 가로막히고 말았다.

"미안, 여럿이 있는 자리에서는 대답하기 힘들지도 몰라. 그렇지만 우리도 하치만의 마음을 제대로 이해하고 싶으니까."

나도 모르게 말문이 막혔다.

맞은편에 앉은 일행들이 나를 보았다. 똑바로, 혹은 삐딱한 자세로 흘끗, 또는 이런 분위기가 거북한지 곤혹스러운 얼굴로.

할 말을 찾으려 이리저리 눈을 굴리는 내 모습에 유이가하마가 걱정스러운 시선을 보내왔다.

"힛키……."

테이블 아래에서 유이가하마의 손이 살며시 내 소맷부리를 잡았다. 그 온기를 느끼며 지그시 눈을 감았다.

그래, 알고 있다. 이번에야말로 똑바로 이야기해야 한다.

예전에도 이렇게 그들에게 도움을 청한 적이 있었다. 구성원은 약간 다르지만 상황은 대동소이하다. 그때는 모든 것을 감추고 다른 이의 이유를 빌려, 오로지 그들의 온정에 의지하기만 했다.

하지만 지금은 다르다. 한심하고 못났을지언정, 최소한 거짓 없는 대답을 하자.

조리도 논리도 없을 뿐더러 그 속에 진실이 존재한다는 보장도 없지만, 차용물도 임시변통도 아닌 나의 대답을.

"솔직히 프롬 자체는 어찌되든 별 상관없어. ……유키노시타는 자기 힘으로 해내고 싶어 해. 그래서 내 도움을 원하지 않고."

천천히 눈을 떴다.

"하지만 그래도 난 그쪽 프롬을 성사시켜주고 싶다……고 생각해."

가까스로 말을 끝맺자, 만면의 미소를 띤 토츠카와 눈이 마주쳤다. 그러자 토츠카가 힘주어 고개를 끄덕였다. 그 모습에 비로소 가슴을 꽉 옭죄던 답답함에서 해방되어, 응어리진 숨결을 토해내며 말했다.

"내가 짜려는 기획은 이른바 버림패야. 진짜를 통과시키기 위한 눈속임인 셈이지. 그러니까 전부 헛고생으로 끝나겠지만, 그래도 괜찮다면 부디 협력해줘."

고개를 숙이고 대답을 기다렸다. 소맷부리를 잡은 손에 힘이 들어가는 게 느껴졌다.

정적이 내려앉은 것은 찰나에 불과했다. 그러나 희미한 숨결이 새어나오는 소리만 들려올 뿐, 다들 좀처럼 말문을 열지 않았다.

이윽고 깊은 한숨소리가 났다. 고개를 들고 그쪽으로 시선을 향하자, 카와사키가 면목 없다는 표정으로 입을 열었다.

"미안, 난 지금 유키노시타를 돕고 있거든. 그러니까 어중간하게 굴 수는 없어. 도리는 지켜야 하니까."

방금 전까지 턱을 괴고 있었건만, 어느새 두 손을 허벅지에 가지런히 모으고 허리를 반듯하게 편 채로 대답한다. 그 절도 있는 모습을 그만 홀린 듯 바라보고 말았다.

"……그래, 알았다. 유키노시타 쪽을 도와준다면 오히려 고맙지. 그쪽이 진짜 기획이니까. 잘 부탁한다."

내 말에 카와사키가 고개를 홱 돌리더니 빠른 말투로 대꾸했다.

"네가 굳이 부탁하지 않아도 그럴 거야. ……그래도 응원은 할게."

그리고 막판에 한마디 툭 덧붙였다. 그 모습을 흐뭇하게 지켜보던 토츠카가 말을 이었다.

"나도 테니스부 활동 때문에 전부 거들지는 못하겠지만…….

그래도 일손이 필요해지면 불러. 부원들하고 다 같이 협력할 테니까. 난 부장이잖아."

가슴을 탁 치며 말하는 토츠카를 보자, 내 얼굴에도 자연스럽게 미소가 번졌다.

"고맙다. 듬직한걸?"

실질적인 작업 인원이 늘어나지는 않았지만, 여차할 때 기댈 곳이 생겼다고 생각하니 솔직히 든든했다. 무엇보다도 마음 편히 의지할 수 있는 이들이 있다는 사실이 가장 큰 힘이 되었다.

남몰래 안도의 한숨을 내쉰 순간, 소맷자락을 톡톡 치는 느낌이 났다. 말로 하지 않아도 그 몸짓이 잘 됐다고 속삭여오는 게 느껴졌다. 쑥스러운 나머지 그 얼굴을 볼 수가 없어, 나는 그저 살짝 고개만 끄덕여 보였다.

극적인 진전이 있었던 건 아니다. 그래도 이것으로 조금이나마 앞으로 나아갈 수 있겠지……. 그렇게 생각하면서 고개를 들자, 줄곧 침묵을 지키던 자이모쿠자가 신음하는 건지 끙끙대는 건지 가늠하기 힘든 소리를 냈다.

"므음……."

뭔가 골똘히 생각하는가 싶더니 자이모쿠자가 벌떡 일어섰다. 그러자 카와사키와 토츠카가 눈치 빠르게 자리에서 일어나 길을 터주었다. 그 배려에 꾸벅꾸벅 고개를 숙여 보인 자이모쿠자가 손날을 세우고 좌석 앞을 지나쳤다. 그리고 마침 내 통로로 나와서, 나를 등진 채 위풍당당하게 그 자리에 떡 버티고 섰다.

"……이 시간이라면 니시치바 럭키 쪽이겠군. 아니, 누마 에이스이려나?"

중얼중얼 읊조리며 자이모쿠자가 스마트폰을 꺼냈다. 그 모습에 의아해진 유이가하마와 나는 서로 얼굴을 마주보았다. 유이가하마가 눈빛으로 왜 저러느냐고 물었지만, 모른다고 말없이 고개를 저을 수밖에 없었다. 내가 알아차린 것이라고는 자이모쿠자가 입에 담은 고유명사가 오락실 이름이란 사실뿐이었다. 그렇다고 계속 저 상태로 놔둘 수도 없는 노릇이었기에, 결국 내가 먼저 말을 걸었다.

"여보세요, 자이모쿠자 씨? 듣고 계세요?"

그러자 자이모쿠자가 호주머니에 손을 찔러 넣은 채 몸을 비스듬히 돌려 이쪽을 보며 삐딱한 미소를 지었다.

"……훗, 한번 해보는 수밖에."

허세 가득한 포즈인데도 오늘따라 이상하게 그럴싸해 보여, 나는 눈을 휘둥그레 떴다. 어라, 뭐지? 어쩐지 폼 나잖아?

"일손이 필요하다고 하였나? 내일 시간을 비워두어라. 연락하겠다."

그 말을 끝으로 자이모쿠자는 성큼성큼 걸음을 옮겨 멀어져갔다. 이유 모를 감동에 얼이 빠져 있다가 허둥지둥 일어나서 그 뒷모습을 향해 외쳤다.

"미안하다, 땡큐."

그러자 자이모쿠자가 우뚝 멈추어 섰다.

"기다려라! 그리고 희망을 가져라!"

트렌치코트를 펄럭 휘날리며 팔을 내밀고 힘차게 부르짖는 그 모습에 나는 손으로 이마를 턱 짚었다. 야 너 제정신이냐 식당에서 그러면 어떡하냐고. ……그래도 뭐 멋있기는 하다만.

어느새 엔딩 크레딧은 흐르기 시작한다.

자이모쿠자의 유별나게 폼 나는 선언이 있은 지 하루가 지나, 마침내 약속의 때가 도래했다.

종례를 끝마친 교실에서 흘낏 창가 뒤쪽을 훔쳐보았다. 그곳에는 오늘도 어김없이 미우라를 필두로 한 낯익은 멤버들이 옹기종기 모여 있었다. 물론 유이가하마도 그중 한 명이었다.

땅이 꺼지도록 한숨을 쉬고 각오를 다진 후, 자리에서 쓱 일어섰다. 그러자 힘이 너무 들어갔는지 의자 빼는 소리가 황당할 만큼 요란하게 울려 퍼졌다. 그 바람에 유이가하마가 이쪽을 돌아보았다. 더 정확히는 교실에 남아 있던 사람 전원의 이목이 이쪽으로 쏠렸다.

쪽팔린 나머지 창가 뒤쪽으로 향하다 못해 그 너머의 하늘 끝, 짙푸른 창공을 바라보며 유리창으로 다이빙하고픈 심정이었다. 그랑 블루는 고사하고, 하마터면 학교 안뜰이 레드오션이 될 뻔했다고…….

그래도 창피를 당한 보람이 있었는지, 유이가하마가 웃차 가방을 메더니 친구들을 향해 손을 흔들어 보이고 탁탁 이쪽으로 다가왔다.

"슬슬 갈까?"

"어, 그래……."

살았다! 유이가하마가 이쪽으로 와줬어……. 근데 먼저 와주는 것도 나름대로 쑥스럽답니다! 하지만, 부끄럼 많은 변덕쟁이 세븐틴! 사방에서 쏟아지고 있을 게 분명한 시선을 뿌리치듯 서둘러 교실을 나섰다. 그런 내 뒤를 유이가하마가 실내화로 찰싹찰싹 소리를 내며 펭귄처럼 따라왔다.

내가 반 발짝 앞장서서 복도를 걸었고, 이윽고 어제와 똑같은 갈림길을 앞둔 상황이 되었다. 오른쪽으로 가면 계단, 왼쪽으로 가면 특별관이다. 그러자 유이가하마가 내 등을 콕콕 찌르며 물었다.

"오늘은 어떡할까?"

"아, 그게 실은 자이모쿠자한테 연락 온 게 있거든……."

대답하며 스마트폰을 꺼내 자이모쿠자가 지정한 장소를 확인했다.

그러자 유이가하마가 고개를 빼꼼 기울이고 폴짝폴짝 뛰며 나한테도 보여 달라고 적극적으로 어필해왔다. 에잇, 걸리적거려 귀여워 성가셔 뛰지 마 뛰지 말라고. 그만해 지금 보여줄 테니 잠깐만 좀 기다려보라고……. 그렇게 생각하며 확인을 마친 스마트폰을 쓱 보여주었다.

"자, 여기서 추가 인력하고 만나기로 했다나 뭐라나."

"후움~."

내 어깨너머로 스마트폰을 들여다본 유이가하마가 두세 번 눈을 깜빡이더니, 고개를 갸웃하며 의아한 표정으로 나를 보았다.

"……근데 중2한테 불러낼 사람이 있어?"

그 물음에 나는 먼 창밖을 응시했다. 창문을 통해 보이는 하늘은 한없이 맑고 푸르기만 했다. 그 창공 위로 엄지를 척 치켜든 자이모쿠자의 환영이 어른거려, 그에 걸맞은 댄디한 미소를 지으며 말했다.

"믿어보자고……."

"우움, 그렇게 멋진 표정을 지어두 별루 설득력이……."

유이가하마의 불안한 중얼거림이 복도에 잔잔하게 울려 퍼졌다.

× × ×

얼마 후 우리는 자이모쿠자가 지정한 장소인 특별관에 도착했다.

봉사부 부실이 있는 4층이 아니라 그보다 두 층 아래인 2층이었다. 복도 한쪽에 늠름하게 서 있던 자이모쿠자가 우리를 발견하고 손을 흔들었다.

"왔는가. 이쪽이다."

그 손짓에 이끌려 어느 교실 앞에 섰다.

"여긴……."

유이가하마가 입을 헤 벌리고 그 교실을 훑어보았다. 나도 멀거니 그 문을 바라보다 불현듯 깨달았다.

……여기 전에 와본 것 같은데. 으음, 뭐였더라……? 놀이…… 놀이인 연구회, 약칭 『놀연』이었던가? 어렴풋하기는 하지만, 여기서 대부호 게임으로 즐겁게 놀아보세 했던 기억이 난다.

"게 누구 없느냐?"

자이모쿠자가 하는 둥 마는 둥 노크를 하더니, 대답이 들리기도 전에 다짜고짜 그 빈 교실로 쳐들어갔다. 멀뚱하니 서 있던 우리도 부랴부랴 그 뒤를 따라갔다.

문 안쪽에는 상자와 책, 각종 패키지가 산더미처럼 쌓여 있었다. 그것이 마치 벽처럼 사방에 우뚝 솟아 실내를 미궁으로 바꿔놓았다. 비주얼만 보면 장서광의 서재와 동네 장난감 가게를 합쳐놓은 듯한 풍경이었다.

"있잖아, 여기 유희부…… 맞지?"

유이가하마가 내 소맷자락을 잡아끌며 물었다. 그 바람에 생각났다. 맞다, 유희부였지. 그래, 그런 게 있었더랬지…….

그렇게 생각하는 사이에도 자이모쿠자는 척척 걸음을 옮겨, 책과 상자가 가장 높이 쌓여 있는 공간으로 사라져버렸다.

그 발자취를 쫓아 안쪽으로 들어가자, 나란히 놓인 긴 책상 두 개와 남학생 두 명이 시야에 들어왔다.

그들은 우리를 보자 동시에 안경을 쓱 추켜올렸다.

"안녕하세요……."

"……오랜만입니다."

전에도 본 기억이 있는 어딘가 약간 멋스러운 안경…… 근데 쟤들 이름이 뭐였더라? 기억을 더듬는데, 자이모쿠자가 바지런히 접이식 의자를 가져오더니 책상에 음료와 과자를 차렸다. 그리고 유이가하마와 내 의자를 유희부원들 앞에 놓아둔 다음, 본인은 유희부 쪽에 합류했다.

"고, 고마워……."

유이가하마가 감사를 표하자, 유희부와 자이모쿠자가 입을 모아 「앉으시죠」라고 어눌한 목소리로 자리를 권했다. 유이가하마는 머뭇머뭇 조심스럽게 앉았고, 나도 그 옆에 털썩 자리를 잡았다.

"자이모쿠자, 네가 말한 일손이라는 게…… 얘들이냐?"

"암! 하타노 씨와 사가미 씨다!"

턱짓으로 앞을 가리키자, 뭐가 그리 신나는지 자이모쿠자가 희희낙락 싱글벙글 스마일과 함께 한 명씩 소개해주었다. 너희들 어느새 친해진 거냐……. 오락실 인맥이니? 그러거나 말거나 자이모쿠자의 교우관계에는 쥐뿔도 관심이 없으니 상관없다. 문제는 쟤네들, 누가 사가미고 누가 하타노람……? 뚫어지게 쳐다봐도 정확히 구분이 안 간다.

"야, 검호 님 이야기 진짜였나 본데?"

"별일이네, 당연히 뻥인 줄 알았더니……."

하타노로 추정되는 쪽이 사가미로 짐작되는 녀석에게 귓속말을 건넸다.

소곤소곤 오가는 밀담 내용으로 미루어보아 자이모쿠자에게 대충 사정을 전해들은 눈치였다. 그렇다면 시간 끌 필요 없겠지.

"……아시다시피 제군들은 앞으로 프롬과 대립함과 동시에 그 프롬을 확실히 실행하기 위한 더미 프롬 계획의 수립을 돕게 될 겁니다."

책상 위에 팔꿈치를 턱 올려놓고 몸을 살짝 내밀어 뜨거운 의욕을 어필하며, 오늘부터 우리 열심히 해보자! 라는 어조로 선언했다. 그러자 유희부원들이 내게 싸늘한 눈초리를 보내왔다.

"저 사람 바보 아냐?"

"고작 그런 이유로 그딴 번거로운 짓을…… 실성한 게 아닐까……?"

하타노는 기막혀했고, 사가미는 딱하게 여기는 눈치였다. 그리고 자이모쿠자는 아주 기분이 째지다 못해 우쭐해진 기색으로 자못 의기양양하게 떠들어댔다.

"자아, 알겠느냐? 보아라! 저게 바로 히키가야 하치만이다! 어째서인지 밑도 끝도 없는 방식을 택하는 게 아주 일품이라지! 바보 멍청이 꼴통(へうげもの, 효게모노)! 푸흡, 키득키득."

제기랄…… 더럽게 열 받네……. 자리를 박차고 일어나 당당하게 퇴장해버릴까 했으나, 옆에 앉은 유이가하마가 재킷 자락을 잡아당기는 바람에 그럴 수도 없었다.

"힛키, 성의 있게 부탁해야지……."

어린아이를 타이르는 듯한 말투로 다독이면 아무래도 마음이 약해지기 마련이다. 또 확실히 우리가 도움을 받는 입장인 것도 사실이다. 그러니 예의를 갖추어 솔직하게 부탁하는 수밖에 없다. 나직하게 한숨을 내쉬어 불만과 짜증을 떨쳐내고, 꾸벅 고개를 숙였다.

"막말로 대가 없이 마음껏 부려먹을 수 있는 공짜 노동력으로서 너희들의 협조가 필요하다. 올림픽 자원봉사라고 여기고, 포기하고 도와다오."

"진짜 막말이네……."

"정치가도 저것보단 말을 가려서 하겠어……."

솔직함이 지나쳤는지, 하타노와 사가미가 슬쩍 몸을 뒤로 빼며 난색을 표했다. 그러자 유이가하마가 「으아~! 내가 못 살아!」 하고 답답한 듯 손을 마구 휘저으며 대화에 끼어들었다.

"미, 미안! 힛키가 워낙 저래! 원래 좀 저 모양이거든!"

변호가 맞는지 의심스러운 변호였지만, 저쪽도 유이가하마에게는 세게 나가기가 힘든지 비실 어정쩡한 억지웃음을 지어 보였다.

그리고 곧바로 안경 회의가 시작되었다. 중간 자리에 앉은 안경 콤비 중 하나가 옆사람에게 넌지시 귓속말을 했다.

"……어떡하지?"

"므음, 본관은 반대다."

어찌된 영문인지 반대편에 앉은 자이모쿠자가 냉큼 대꾸했다. 야, 네가 반대하는 거냐고……. 그러자 본래 귓속말 상대였던 안경이 성가신 기색으로 손을 들었다.

“저기요, 전 애초에 프롬 같은 거 별로 하고 싶지 않은데요…….”

그 말에 다른 두 안경도 동감이라는 듯 고개를 끄덕였다.

암, 이해한다. 이해하고말고. 그렇게 맞장구를 치고픈 심정이었지만, 이번만큼은 나도 물러설 수 없었다.

모처럼 자이모쿠자가, 저 자이모쿠자가, 오죽하면 나보다도 붙임성이 떨어지는 자이모쿠자가, 후배에다 본인을 개똥 취급한 과거가 있는 녀석들에게 연락을 취하지 않았는가. 이 실낱같은 인연을 내가 파탄 내다니 아니 될 말이다. 자이모쿠자의 숭고한 희생에 보답하기 위해서라도 어떻게든 무사히 설득해야 할 텐데……. 아니면 북망산에서 통곡하는 자이모쿠자를 볼 낯이 없다. 그 녀석은 부디 편안하게 잠들기를 바라니까.

그러니 이번에는 성심성의껏 설득에 나서도록 하자.

흠흠 헛기침을 해서 주의를 끈 다음, 몹시 비장한 어조로 입을 열었다. 동시에 목소리를 한껏 낮추어 사뭇 은밀한 분위기를 자아내는 것도 잊지 않았다.

“……이건 비밀이다만, 사실 프롬은 자숙 요청을 받았어.”

예상치 못한 정보였는지, 쓰리 안경즈가 술렁…… 술렁…… 동요한 기색을 드러냈다. 어째서 자이모쿠자까지 동요했는지는 모른다. 넌 어제 들었잖아.

하긴 아무렴 어떠랴. 그보다 설명하는 김에 살짝 뻥튀기를 해보실까?

“하지만 그 말은 어디까지나 자숙에 불과하다는 소리이기도 하지. 강행할 여지는 있어. 아니, 십중팔구 강행할걸? 그럴 경우, 지난번 프롬 리허설 같은 광경이 펼쳐질 가능성이 크고."

"그래봤자 참가 안 하면 그만이잖아요?"

재차 반론을 시도하는 사가미 또는 하타노에게 맞다고 고개를 끄덕여 공감을 표시했다. 그런 다음 끝까지 들어보라는 뜻으로 손을 들며 말을 이었다.

"그런데 말이야, 한번 잘 생각해보라고. 만약 프롬에 참여하지 않으면…… 나중에 성인식이나 동창회에도 얼굴을 내밀기 껄끄러워질걸?"

서른 살 동창회가 열리는 날, 졸업식 뒤풀이와 성인식에 나타나지 않았던 사람들의 참가율은 제로다(본인 조사). 게다가 이날 어설프게 용기를 내어 나갈 경우, 참석자 중 절반쯤은 당연하다는 듯 가정을 꾸린 데다 심지어 초등학생 자녀를 둔 사람마저 있어, 내 신세를 돌이켜보며 무참하게 상처 입을 가능성이 있다(아버지 조사). 참고로 동창회 회비는 통상 5천 엔 정도가 일반적이므로 축의금 내는 셈 치고 준비하면 된다(경조사).

하지만 그 지적에도 유희부원들의 태도는 변함없었다.

"그때도 안 갈 거니까 상관없는데요……."

"그렇게 생각했던 시절이 저에게도 있었습니다."

상정 범위 내의 대답에 주저 없이 응수하며 아련한 눈빛을 했다.

"상상해보렴(Imagine)……."

그리고 존 레논 빰칠 기세로 이야기를 풀어놓기 시작했다.

"때는 성인식 날 아침……. 요전날 몇 년 만에 아버지와 함께 쇼핑하러 갔을 때, 면접 보는 데도 필요할 거라며 사주신 새 정장을 차려입었어……."

"뜬금없이 뭐하는 거야……?"

옆에서 유이가하마가 어이없다는 듯 한숨을 쉬었다. 그 입 다물라! 하고 손짓으로 제지하며 다시 말을 이었다. 재킷 칼라를 살며시 매만지는 시늉도 곁들이며, 감정을 담아 연기해 나갔다.

"그러자 엄마가 친구들과 한 잔 해야 할 테니 챙겨가라며 만 엔짜리 지폐를 쥐어주시는 거야. 두 분 모두 아들의 성장에 눈시울을 붉히며, 일부러 현관까지 따라 나와서 다녀오라고 배웅해주셨지……."

서정적인 분위기를 자아내다가, 마지막에는 엄마 미소와 함께 따스하게 손을 흔들어 보였다. 그러자 자이모쿠자와 유희 부원들이 불편한 표정을 지었다.

"므읏, 벌써부터 괴롭군……."

역시 만년 사춘기 자이모쿠자다. 울려본 여자는 엄마뿐이라는 희대의 나쁜 남자는 그 죄책감 때문인지 묵묵히 시선을 떨구었다. 사가미와 하타노도 부모님에게는 애틋한 감정이 있는지, 나직하게 신음하며 입을 다물었다.

그 반응에 여기가 공략 포인트라는 듯 내 말투에도 열기가 실렸다.

"그렇게 집을 나선 지 한 시간 후에는 오락실에 가서 손에 꼭 움켜쥔 꼬깃꼬깃한 만 엔짜리 지폐를 잔돈으로 바꾸고, 룸 카페에서 하염없이 공짜 소프트 아이스크림을 먹다가 속이 차다 싶으면 된장국을 훌훌 들이마시면서 시간을 죽여. 그러다가 밤늦게 슬그머니 집에 들어가니 분명 불이 꺼져 있었건만 엄마가 구태여 일어나서 거실까지 나오시는 거야. 그리고 재미있었느냐고 물으셔서 『응, 뭐 그냥……』 하고 우물쭈물 말문을 흐려. 그러자 엄마가 살짝 눈가를 훔치며 말씀하시는 거지. 『……우리 요시테루도 이제 다 컸구나』."

"본관?! 본관 말인가?! 본관 이야기였어?!"

"검호 님, 힘드시겠네요……."

사가미와 하타노가 자이모쿠자의 어깨를 툭 치며 위로했다.

그 모습을 곁눈질하며 나는 힘차게 역설했다.

"그런 비극을 막기 위하여 우리는 익혀야만 해. 요령껏 세파를 헤쳐 나가는 지혜를. 그리고 프롬이라는 행사는 그 훈련에 안성맞춤이라고 할 수 있겠지."

말문을 맺자 남자들이 후어 탄식했다. 그 모습에 씨익 회심의 미소를 지으며 덧붙였다.

"하지만 지나치게 요란하거나 열광적인 프롬은 감당하기 어려워. 그러니까 이번에는 가급적 부담이 적은…… 우리가 조금이나마 편안하게 느낄 수 있는 온건한 프롬을 열어서 경험치를 쌓자는 거지."

설명을 마치자, 안경보이 3인조가 이마를 맞대고 수군수군 안경 회의에 돌입했다.

“뭔가 일리 있게 들리기 시작하는데?” “본관도 부모님 생각을 하면 마음이 아프다.” “실제로 저 사람은 잘 지내는 것 같고.” “그렇지~ 그게 영 고깝단 말이야~ 저런 놈이 아니었거늘~.” “헉, 검호 님, 얼굴 들이대지 마세요. 괴로워요.” “그 거리, 완전 시각 테러라고요.” “그나저나 어쩌지?” “글쎄…….”

분주하게 밀담을 주고받는 모습을 유이가하마가 싸늘한 눈빛으로 지켜보고 있었다. 얼굴에는 지친 기색이 역력한 게, 어쩐지 미안한 기분이 드는걸…….

이윽고 안경 회담도 막바지로 접어들었는지 세 사람 모두 끄응 생각에 잠겼다. 초반에는 딱 잘라 거부했던 걸 생각하면, 공들여 설득한 보람이 있었다고 할 수 있겠지.

“보상이라고 하기는 뭐하다만, 내년부터는 너희들의 의사가 반영된, 너희들도 납득할 수 있는 프롬을 열겠다고 약속하마. 그렇게 되도록 힘써볼게. 그러니까 도와다오.”

마지막으로 한 번 더 쐐기를 박듯, 이점이라고 할 만큼 대단한 이점은 아니지만 그들에게도 이득이 있음을 암시하고 꾸벅 고개를 숙였다.

그러자 잠시 침묵이 흐르더니, 조심스러운 목소리가 들려왔다.

“저기요, 여쭤볼 게 있는데요. ……내년이라면 선배님들이 졸업할 때 이야기지요?”

“그래. 그러니까 정확히는 내년 이후라고 해야겠지.”

고개를 드니 유희부원 중 한 명, 안경 모양으로 미루어보아

사가미겠지. 사가미가 자포자기한 표정으로 한숨을 쉬며 말했다.

"……그럼 전 할게요."

"야, 진심이야?"

사가미의 선언에 자이모쿠자와 하타노가 동요한 기색을 보였다. 그 말에 사가미가 벌레 씹은 표정으로 대꾸했다.

"그게, 가문의 수치를 미연에 방지하고 싶다고 해야 하나……."

"엉?"

예상 밖의 이유에 고개를 갸우뚱하며 설명을 요구하자, 사가미가 한 맺힌 음성으로 머뭇머뭇 사정을 털어놓았다.

"저희 누나가 그럴 때면 꼭 나서서 설쳐대는 타입이라서요……. 그러니까 내년에도 그 꼴이 날 가능성이 있거든요. 그럴 바에는 미리 개입해서 아예 싹을 뽑아버리게요."

"흐음……."

대답하는 사가미의 얼굴을 주의 깊게 관찰하다가 문득 깨달았다. 듣고 보니 확실히 닮았다. 유이가하마도 옆에서 아, 하고 나직하게 탄성을 질렀다.

"맞다, 사가미랬지? 그럼 너 걔 동생이냐?"

물어본 순간, 사가미가 인상을 팍 쓰며 치가 떨린다는 얼굴을 했다. 그런 표정을 지으니까 더 닮았는데? 으음, 하긴 걔가 누나면 힘들겠지. 아무렴, 이해하다마다.

"가문의 수치라. 이해한다. 나도 내년에 여동생이 여기 입학할 예정이다만, 오라비가 추태를 부려 걔한테 굴욕을 선사할

까봐 미안한 마음을 가눌 길이 없거든. 마음씨 착한 동생의 작은 가슴을 아프게 할지도 모른다는 생각만으로도 괴로워서 말이야……."

"이해한다는 게 그 뜻이었어……?"

눈시울을 적시며 말하자, 유이가하마가 어이없다는 듯 어깨를 축 늘어뜨렸다. 사실 코마치는 걱정할 필요 없지만 말이야! 중학교 때도 학교에서는 생판 남처럼 지냈고! 바보털 안테나가 똑같은데 말이지!

그나저나 생각지도 못했던 면에서 사가미 미나미가 도움이 되었다. 걔가 아니었으면 사가미 브라더는 아마 승낙하지 않았을 테지. 감사한다! 너를 만나게 해준 지금까지의 모든 것에!

자, 그럼 어디 또 다른 안경은……? 하고 비로소 분간할 수 있게 된 하타노 쪽을 돌아보자, 하타노는 안경을 벗어들고 렌즈를 쓱쓱 닦는 중이었다.

"솔직히 어찌되든 상관은 없는데요……. 그래도 제가 졸업할 때 괜히 주눅 드는 것도 싫고, 멋대로 착각하고 자기들이 뭐나 되는 것처럼 동정의 눈길을 보내오는 것도 싫으니……한번 해보죠."

"정말이냐?"

그만 살짝 반색을 하고 말았다. 그러자 하타노의 눈초리가 가늘어지더니 가자미눈으로 나를 보았다.

"근데 정말 가능하기는 해요? 우리도 수긍할 수 있는 프롬이라는 거요."

그나저나 이 하타노란 녀석, 말본새도 눈빛도 알맞게 썩은 게 제법 장래가 유망한걸? 엉뚱한 부분에 감탄하며, 살짝 믿음직스러운 선배 흉내를 내보았다.

"그래, 그 점은 염려 마라. 어차피 프롬을 운영하는 인원은 늘 부족할 테니까. 내년에는 너도 참여해서 직접 만들어나가면 돼. 일종의 DIY인 셈이지. 정 안 되면 잇시키 앞에 꿇어엎드려 신발이라도 핥으마."

"꿇어 엎드리다니…… 천하의 본관조차도 깨는군."

"신발 핥는 게 더 깨거든?! 그리구 이로하, 그렇게까지 안 해두 이야기하면 들어줄 거라구 생각하는데……."

자신만만하게 대답하자 자이모쿠자가 경악했다. 반면에 유이가하마는 역시 나하고 붙어 다닌 가락이 있어서인지, 기겁하기는 했지만 금방 냉정하게 본론으로 돌아갔다. 그나저나 하타노와 사가미는 여전히 충격에서 벗어나지 못한 기색이로군…… 하고 생각했으나, 그들을 두려움에 빠뜨린 요소는 따로 있었다.

"잇시키……?"

"이로하……?"

제각기 중얼거리고 둘이 얼굴을 휙 마주보더니, 뒤이어 휘휙 나를 바라보았다.

"설마 그 잇시키 이로하예요?"

"개밖에 더 있겠냐? 잘은 모른다만."

내가 아는 잇시키 이로하는 학생회장이자 축구부 매니저이며, 세상에서 제일 깜찍맹랑한 후배 잇시키 이로하뿐이다. 게다가 이 학교에 동성동명 동이로하스가 있을 것 같지도 않고 말이지.

"미치겠네……. 진짜 악마 같은 여자잖아……."

"연간 회원권이 있는 나이트 풀[#13] 죽순이잖아요……. 남친은 IT기업 사장에 인스타 사진 찍기에 목숨 건 명품 중독자이자 파티족의 왕녀 아닌가요?"

하타노는 머리를 쥐어뜯었고, 사가미는 간절한 눈빛으로 나를 바라보았다. 아휴, 이로하스도 참. 같은 반 애들한테 대체 어떤 이미지를 심어준 거냐고. 납득 그 자체다. 그 반응에는 유이가하마조차도 쓴웃음을 지었다. 그래도 어쨌거나 선배된 마당에 후배의 명예를 지키기 위해서라도 확실하게 정정해둬야겠지.

"걱정 마. 대충 맞긴 해도 이런저런 가십은 죄다 헛소문이니까. 성격은 좀 그렇다만, 그래도 제법 괜찮은 애라고."

그러나 애써 두둔한 보람도 없이 사가미와 하타노는 겁에 질려 부들부들 떨었다.

"하지만 우리를 쓰레기처럼 쳐다본다고요……."

"아니, 심지어 거들떠보지도 않아……. 투명인간 취급이에요……."

"공포 그 자체로다……. 악귀다, 악귀가 있어……."

#13 나이트 풀 야간 영업하는 풀장으로, 각종 조명으로 화려하게 장식해놓아 SNS용 사진 촬영 장소로 각광받음. 풀 파티를 열어 요란하게 노는 곳도 있음.

어찌된 영문인지 자이모쿠자까지 전율하며 중얼중얼 헛소리를 해댔다. 천만에, 걔는 악귀가 아니라 여우라고.

"……그러면 오히려 더 참여해봐야겠네. 너희들이 아직 개를 잘 몰라서 그래."

어깨를 으쓱하며 말하자, 유이가하마도 동감이라는 듯 고개를 끄덕였다. 그리고 잘 좀 알려주라는 것처럼 나를 향해 미소 지어 보였다. 그러니 나도 입가에 희미한 미소를 머금고, 자신 있는 목소리와 당당한 자세로 내가 아는 그 아이, 잇시키 이로하의 장점을 똑똑히 들려주도록 하자.

조금이나마 잇시키에 대한 오해가 풀리기를 바라며.

"……그 속물스러움에도 대책 없는 성격에도 머지않아 중독돼서, 오히려 귀엽게 보이기 시작할걸?"

그러자 이번에는 안경부 세 명도 「고수다……」, 「일리 있는데?」, 「이해는 가는군」 하고 폭풍 같은 절찬을 쏟아냈다. 새로운 진리의 문을 영접해버린 동지들과 연달아 하이파이브를 했다. 당장이라도 뜨거운 우정을 마음에 그리며 그대에게 행복 있으라[#14]고 부르짖으며 건배를 외쳐댈 기세였다.

그러나 그 순간, 갑자기 등골이 오싹해졌다.

"힛키는 이로하한테 무르구나."

"엉?"

바보털 요괴 레이더가 격렬하게 반응했지만, 무서운 나머지

#14 **뜨거운 우정을 마음에 그리며 그대에게 행복 있으라** 나가부치 츠요시가 부른 『건배』의 가사.

옆을 돌아볼 수가 없었다.

× × ×

우여곡절 끝에 무사히 두 유희부원을 포섭하는데 성공했다.

그들에게 얼마나 기대를 걸어도 좋을지는 완벽하게 미지수지만, 어쨌거나 공짜 노동력을 손에 넣은 것만 해도 매우 큰 성과라 할 수 있다. 능력 유무를 막론하고 피를 토하도록 굴리고 또 굴리면 틀림없이 든든한 전력이 되어줄 테지.

문제는 지금부터다.

우선 대안을 마련해서 논쟁의 장까지 끌고 가야만 한다.

그런 까닭에 유키노시타 측의 프롬 계획에 대항하고자 우리도 기획 입안에 착수했다.

"어, 그럼 이제부터 기획 회의를 시작하겠습니다……. 으음, 컨셉은 기존 프롬보다 성대하고 더 튀는 행사입니다……."

우중충한 분위기 속에서 내 말을 거드는 사람은 없었고, 오로지 유이가하마가 짝짝 박수치는 소리만이 공허하게 메아리쳤지만 이윽고 그마저도 잦아들고 말았다.

나 역시 운을 떼기는 했지만 이렇다 할 아이디어가 있는 것도 아니라, 그야말로 암중모색에 오리무중 상태였다. 무엇보다도 유이가하마를 빼면 여기 모인 인간들이 애초에 프롬에 별로 관심이 없다는 게 문제다.

"일단…… 뭔가 하고 싶은 게 있는 사람?"

물론 없겠지……. 기대 없이 물었지만, 아니나 다를까 반응하는 사람은 제로…… 라고 생각한 순간, 가하마 양 1인이 힘차게 손을 치켜들었다.

"저요! 저요! 저요~!"

"……네, 유이가하마 양."

"노점! 있음 좋을 거 같아!"

"어, 그러네."

반론하거나 부정하는 대신 주어진 의견을 그대로 화이트보드에 써내려갔다. 『그거 알아? 브레인스토밍이란 말이지……』 하고 내 마음속의 타마나와 선생께서 말을 걸어왔다.

"다른 의견 있으신 분……?"

"저요, 저요!"

말이 떨어지자마자 재깍 손을 든 사람은 역시나 유이가하마였다.

"……네, 유이가하마 양."

"불꽃놀이! 보는 것두 하는 것두 좋아해!"

"그거 죽이네."

동의하고 동감하는 데 전념해, 귀중한 의견을 화이트보드에 적었다. 내 마음속 오리모토가 『그거 끝내준다!』라고 외쳤다.

"또 다른 의견……."

"저요!"

"…………유이가하마."

"캠프파이어 같은 거! 뭔가 추억으로 남을 거 같잖아!"

"너 지금 무슨 여름방학의 추억 발표하냐……. 뭐 상관은 없다만."

일단 화이트보드에 적기는 했지만, 어쩐지 초등학생의 그림일기처럼 되어버렸다. 불만을 담아 끈적하게 습기 찬 시선을 보내자, 유이가하마가 꼼지락꼼지락 당고머리를 만지작거리며 살짝 눈길을 피하더니 중얼중얼 우물우물 변명을 늘어놓았다.

"……그치만 즐거웠던 일이랑 좋아하는 일이라구 하면 그런 것만 생각나는걸."

상기된 얼굴로 수줍어하는 모습을 보자 나까지 낯 뜨거워 미칠 지경이었다. 뭐가 낯 뜨겁냐면 속이 느글거린다는 표정으로 이쪽을 바라보는 남성 제군의 시선이 도통 감당이 안 된다.

일부러 한층 크게 헛기침을 하고 회의 진행을 재개했다.

"그럼 다른 의견이 있는 하타노."

"그딴 거 없고요, 애초에 프롬 반대파라는 점을 좀 감안해 주시죠……. 왜 내 앞에서 염장질을 해대는 거냐고, 망할."

하타노가 혀를 쯧 차며 못마땅한 기색으로 뭔가 중얼거렸다. 뒷부분이 안 들리거든? 소리가 작다, 다시!

"사가미 브라더, 한마디로 너희 누나가 좋아할 것 같은 거 말이야."

"생각만 해도 끔찍해……."

트라우마를 자극하는 단어가 포함된 탓인지, 사가미 브라더는 그대로 고개를 떨구고 돌처럼 굳어버렸다. 으음, 점점 구별이 가는걸? 말버릇과 태도에 문제가 있는 게 하타노고, 누나에게 문제가 있는 쪽이 사가미다.

그럼 이제 남은 사람은……. 그렇게 생각하며 시선을 향하자, 자이모쿠자가 겐도 포즈로 두 손을 깍지 낀 채 근엄하게 입을 열었다.

"코스프레는…… 해볼 만하겠군."

"아, 할로윈 같은 거? 그거 괜찮다!"

"훗."

유이가하마가 밝게 맞장구를 치자, 자이모쿠자는 어딘가 비애가 묻어나는 쓴웃음을 지었다. 으음, 아무래도 자이모쿠자와 유이가하마가 생각하는 코스프레의 개념이 약간 다른 것 같기는 하다만 그래도 의외로 나쁘지 않은 아이디어로군. 그래서 일단 화이트보드에 추가해놓았다.

하지만 정작 그 내용을 가만히 살펴보니, 역시 뭔가 아니다 싶은 생각이 들기 시작했다.

"……어째 썩 와 닿지가 않는걸?"

유이가하마가 제공한 몇몇 아이디어에다 하치만 메모에 포함된 노래, 공연, 단체 구호 등등을 덧붙여보았지만, 하나같이 파괴력이 부족하다는 느낌이었다. 게다가 과연 이걸 프롬이라고 할 수 있나? 라는 의문마저 싹텄다.

혼자 고개를 갸우뚱하는데, 뒤에서 하타노와 사가미의 냉소 어린 목소리가 들려왔다.

"기존의 프롬에 무턱대고 대항해봤자 소용없는 거 아닌가요?"

"아무도 안 하는 일에는 다 이유가 있기 마련이죠."

"너희들 너무 정곡을 팍팍 찌르는 거 아니냐……?"

그래, 생각났다. 저놈들 어중간하게 말발이 좋고 깐깐한 타입의 덕후였지. 두 사람의 지적은 나 역시 어렴풋이 인식하고 있던 사실이었기에 찍소리 못하고 끄응 신음했다.

화이트보드를 빙글 돌려 도로 백지 상태로 만든 다음, 머리를 비우고 처음부터 다시 생각해보려고 팔짱을 꼈다.

"있잖아, 힛키."

부르는 소리에 고개를 돌리자, 유이가하마가 쭈뼛쭈뼛 손을 들었다.

"네, 유이가하마 양."

"솔직히 우리는 프롬이 뭔지두 잘 모르구, 유키농네가 계획했던 걸 뛰어넘기는 어렵다구 봐."

"……그렇기는 하지."

"그니까 더 거창한 이벤트루 하면 되지 않아? 우리뿐만 아니라 다 같이 우와~ 하구."

유이가하마가 두 팔을 활짝 벌리더니, 우와~ 하는 타이밍에 맞춰 손을 파닥파닥 흔들었다.

"……옳거니."

유이가하마와 나는 우리 학교에서 동원 가능한 자원의 막연한 상한선, 소화 가능한 범주를 이미 파악하고 있다. 그 상태에서 고등학생이 실행 가능한 수준의 프롬 기획을 짜기란 대단히 어렵다. 지식과 상식이란 고약한 구석이 있어서, 한번 이해하고 나면 만사를 그 틀 안에 끼워 맞추려는 의식이 발동하기 마련이다. 그러다 보니 자꾸만 문화제와 크리스마스, 할로윈, 여름방학의 추억 등등의 연장선상에서 나온 아이디어에 그치고 마는 것이다. 게다가 유키노시타 측이 처음에 짠 기획부터가 상당히 으리으리했다. 그것을 넘어서려 하면 그야말로 황당무계한 아이디어만 쏟아져 나올 수밖에 없다.

"……관점을 바꿔볼까."

고민되거나 망설여지거나 난감할 때는 일단 원점으로 돌아가야 하는 법이다.

이 경우에는 애당초 어떤 이유로 이 계획을 세웠는가 하는 착안점으로 돌아가 봐야 할 필요가 있다. 유키노시타와의 대립도 이유 중 하나이기는 하지만, 그건 목적이 아니다.

목적은 프롬의 개최이며, 그 걸림돌이 되는 존재의 배제다.

즉 우리의 진정한 적은 학부모인 셈이다.

화이트보드에 『VS 학부모』라고 적고 손가락 뒤로 똑똑 두들겼다.

"요점은 이거지. 어떻게 해서 자연스럽게 그 일부 학부모의 눈에 띌 것인가, 그리고 어떻게 해서 적당한 선에서 제지가 들어오도록 할 것인가를 고민해볼 필요가 있어."

그렇게 치면 프롬 원안의 내용 자체는 크게 손보지 않고, 가뿐하게 스케일을 키우는 쪽으로 노선을 변경하는 편이 낫다. 그리고 규모를 늘리는 가장 손쉬운 방법은 역시 숫자의 힘이다. 유이가하마가 내놓은 타교를 끌어들이자는 의견은 좋은 아이디어다.

잠시 생각한 끝에 화이트보드에 『치바 카이힌 지역 초중고 합동 프롬 이벤트』라고 꾹꾹 눌러 썼다. 그러자 자이모쿠자가 흐흠 고개를 꼬았다.

"그런 게 가능한가?"

"아니."

"엥……?"

단칼에 부정하자, 자이모쿠자가 당황한 기색을 드러냈다. 그 반응에 집게손가락을 까닥까닥 흔들며 후훗 거만하게 웃어 보였다.

"여기서 실현 가능성은 별 문제가 안 돼. 정말 일을 벌일지도 모른다고 생각하게 만드는 게 중요하지."

이 기획은 터무니없이 황당무계한 사기극이어서는 안 된다. 즉 어디서 현실감을 심어주느냐가 관건이다.

그러므로 진실을, 또는 흡사 진실처럼 보이는 사실을 절묘하게 버무려넣어야만 한다.

"우선 인근 학교에 『문의』를 넣자고. 기정사실을 만들고 그 정보를 슬쩍 흘려서, 학부모 측에 경계심을 불러일으키는 거지."

성사되느냐 마느냐는 상관없다. 좌우간 『문의』나 『확인』이라는 형식을 빌려, 확실한 언질은 주지 않고 분위기만 그럴듯하게 조성해놓는다. 애니메이션 기획이나 마찬가지다. 제안이 들어왔다고 해서 꼭 실현된다는 보장은 없다. 애니메이션화 발표 이후로 통 소식이 없는 경우도 있다고요! 애니메이션 업계는 진정 수라장일지니.

"코마치한테는 조만간 이야기해보기로 하고, 또……."

후보를 꼽아보다가 퍼뜩 깨달았다. 달리 동원할 만한 인맥이 없잖아……? 흐음 팔짱을 끼자, 유이가하마가 손을 살랑살랑 흔들며 제안했다.

"카이힌 종합고는 어때? 전에두 이것저것 같이 했으니까 말 꺼내기두 쉬울 거 같은데."

"대화를 성립시키기는 어렵다만……. 그래도 선례가 있으니 리얼리티가 더해지겠지."

그쪽 학생회장인 타마나와하고 건설적인 대화를 진행하기는 대단히 어렵지만, 정말 합동으로 프롬을 열 생각은 아니다. 형식상으로나마 논의를 거듭했다는 사실이 입증되기만 하면 된다. 그 점을 고려하면 카이힌 종합고의 타마나와라는 인선은 오히려 최적이라고 볼 수 있다. 누가 뭐래도 알맹이 없이 겉만 번드르르한 회의에는 일가견이 있으신 분이니까.

"……그 밖에는…… 어떡하죠? 각자 출신 중학교에 연락해볼까요?"

"윽…… 진짜 싫다……."

껄끄러운 티를 팍팍 내며 사가미가 운을 떼자 하타노는 노골적으로 우거지상을 했고, 자이모쿠자는 아예 모르는 척하기로 작심한 눈치였다. 으음, 그 심정 이해해! 그러니까 연락하지 않도록 하겠습니다.

"다른 데는 실제로 찾아갈 필요 없어. 미팅을 가지는 건 카이힌 종합고 하나면 충분해. 나머지는 그냥 이름만 빌리자고."

"빌리다니, 또 그런 식으루……."

유이가하마의 시선이 약간 험악해졌다. 그 반응에 나는 쓴웃음을 지으며 정정했다.

"내가 표현을 좀 잘못했는데…… 요컨대 추후 섭외 대상자 명단에 올려놓기만 하자고. 그냥 내버려두면 정말 다른 학교에도 찾아갈지 모른다고 오해하게 만들기만 하면 되니까."

이 더미 프롬 계획의 목적은 학부모의 우려를 삼으로써 프롬의 정당성을 논할 새로운 기회를 얻는 데에 있다. 그 과정에서 우리 들러리 팀이 통제 불능이라는 인상을 심어주면, 상대방은 자연스럽게 통제 가능한 유키노시타 측의 아이디어를 소극적으로나마 지지하게 되겠지.

설명을 듣는 사이, 어느새 사가미 브라더의 표정에 진지함이 깃들었다.

"그 정보는 역시…… 인터넷으로 흘릴 건가요?"

"그래야겠지. 가성비 측면에서 그게 가장 나을 테니까."

실제로 프롬이 발목을 잡힌 원인 역시 SNS였다. 그 이야기는 거꾸로 말하면 적들이 인터넷을 체크한다는 뜻이기도 하다. 더미 프롬 계획에 한해서는 다른 학생들에게 널리 알려질 필요도 없이 일부 극성스러운 학부모들의 귀에만 들어가면 되니, 오히려 진짜 프롬보다도 홍보에는 덜 힘을 기울여도 되겠지. 상황에 따라서는 의도적으로 학부모 측에다 정보를 누설할 방법도 생각해볼 필요가 있겠으나…… 그 문제는 조금 더 뒤로 미루어도 될 터였다.

당면 과제는 기본적인 사항을 채워 넣는 것이다.

"일단 SNS 계정하고 공식 사이트는 만들어야 될 테고…… 또 단체명도 필요하겠는걸."

그렇게 말하며 화이트보드에 『이름 모집 중♡』이라고 적었다.

뜬금없이 웬 하트……? 하고 유이가하마와 유희부원 사이에서 술렁임이 일었다. 아니, 그냥 별 뜻 없이 그렸다만……. 그 와중에 자이모쿠자만은 조금도 개의치 않고, 턱을 주물럭주물럭 쓰다듬으며 고개를 갸우뚱했다.

"므흠, ○○ 제작위원회 같은 건가?"

"뭐 대충 그런 느낌이긴 하지. 아무래도 우리 쪽까지 학생회 행세를 할 수는 없으니까. 뭔가 거창한 이름을 붙이거나, 아니면 학생회 같은 조직의 간판을 빌려 그 후광을 입거나……."

더미 프롬에 진실미를 부여하는 가장 손쉬운 방법은 공신력 있는 조직을 등에 업는 것이다. 학생회 소속으로 활동할 수 없는 이상, 그 권위에 필적할 정도로 빵빵한 조직을 총괄역이나 후원단체로 삼는 게 상책이다.

"학생회를 빼면…… 아, 부장회는 어때?"

손을 탁 치며 말하는 유이가하마에게 하타노가 미심쩍은 눈길을 보냈다.

"근데 부장회에 뭔가 권한이 있어요?"

"응? 우움, 그건 잘 모르겠는데…… 그치만 뭔가 대단해보이잖아."

"……그렇죠."

아리송한 표정이던 유이가하마가 천진난만하게 대답하자, 하타노는 입가에 꿈틀 경련을 일으키면서도 반박하지 않고 얌전히 물러났다. 역시 유이가하마로구만. 그 광경을 지켜보며 나는 나대로 생각을 정리했다.

"부장회는 현행 프롬에 불만이 있다. 그래서 독자적으로 전교 동아리 합동 송별회를 구상하는 중이다……. 그 행사의 규모가 커지면 결과적으로는 프롬처럼 되겠지."

"우와, 그런 걸 계획하는 중이구나."

다과 쪽으로 손을 뻗으며 유이가하마가 감탄한 기색으로 대꾸했다. 그 말에 천연덕스럽게 응수했다.

"아니, 나야 모르지."

"뭐?"

유이가하마가 무슨 소리인지 모르겠다는 듯 입을 헤 벌렸다. 반면에 알아들은 녀석들도 있는 눈치였다.

"아하, 그런 식으로 리얼리티를 부여한다는 건가. 완전 사기꾼이 따로 없네……."

"일단 앞뒤는 맞으니까 동기로는 설득력이 있지만요……."

하타노와 사가미는 꺼림칙함과 기막힘이 반반씩 뒤섞인 표정을 짓더니 「저 사람 바보 아냐?」, 「윤리관이 잘못된 게 아닐까……?」 하고 쑥덕쑥덕 떠들어댔다. 그 옆에서 자이모쿠자가 「그러하다……」 하고 고개를 끄덕였다.

"어디까지나 외부에서 볼 때 어떤 스토리가 가미돼야 신빙성이 더해질까를 생각해본 거라고. 부장회 쪽에는 따로 허락을 받을 테니 문제될 건 없어."

부장회는 교내 동아리의 상호 협조와 통제를 목적으로 하는 조직……이 맞는지는 모르겠으나, 적어도 그 어감은 그런 인상을 풍긴다. 그 부장회가 주체가 되어 프롬을 개최한다는 각본에 현실감이 생겨나기만 하면 충분하다.

허위와 날조로 점철된 내용을 보드에 적고, 허락을 받아낼 수 있게 힘내자오! 하고 나 자신을 격려했다.

"오케이, 이 정도면 먹힐 것 같군. 부장회 임원이 누구냐?"

빙글 뒤돌아보며 묻자, 유이가하마가 냉큼 대답했다.

"하야토."

"……그러냐. ……내일 이야기해보마."

반쯤은 예상했다고 해야 하나, 예전에 그런 이야기를 들은 기억이 났지만 하야마를 설득해야 한다는 사실에 의욕이 수직 하강했다. 하야마라……. 쿠데타가 일어나 토츠카가 회장이 되어주지 않으려나?

"저기요, 전체적인 컨셉은 알겠는데요. 내용이 너무 막연해서 이 상태로는 결국 아무데도 오퍼를 못 넣는 거 아닌가요?"

가뜩이나 기분이 가라앉은 와중에 설상가상으로 하타노가 후속타를 날렸다. 괴롭다. 그래도 어쨌거나 할 일은 해야지.

"……내용은 내가 적당히 그럴싸하게 지어내보마. 그 대신 너희들은 우선 홈페이지하고 SNS 계정 생성을 맡아주지 않겠냐? 뭔가 감각적인 느낌으로."

"으음, SNS는 본관에게 맡겨라! 트위터와 인스타에서 골빈

멘트들을 팍팍 긁어다 써주마!"

파바바박! 하고 외치며 자이모쿠자가 냉큼 자원했다. 그 모습에 하타노가 짜증스러운 시선을 보냈다.

"우와, 저 인간 편해 보이는 쪽을 골랐잖아?"

"그건 상관없는데요……. 알아볼 시간을 좀 주세요."

사가미는 말이 끝나기가 무섭게 태블릿을 쓱쓱 조작하며 하타노와 상의하기 시작했다.

"……HTML로 만들면 되나?" "빌더로 템플릿을 고르면 되는 거 아냐?" "적당한 프리웨어를 찾아볼까?" "그보다 도메인하고 서버는 어떡하지?" "몰라. 일단 검색해보자."

이럴 수가, 이 녀석들 어쩌면 생각보다 유능할지도 모르겠는걸……? 모르는 게 있으면 우선 검색부터 해보는 게 상당히 유능하다. 과연 덕후의 기본 소양을 갖춘 놈들이다. 하타노는 요점을 딱딱 짚어내고, 사가미 브라더는 누나와 다르게 성실하다. 이런 게 바로 반면교사라는 걸까, 뭉클. 그렇다고 자이모쿠자가 글러먹었다는 뜻은 절대 아니고, 열심히 해줄 것 같으니 그저 고마울 따름이다만……. 그렇게 생각하며 자이모쿠자 쪽을 바라보다가 문득 떠올랐다.

"아참, 맞다. 자이모쿠자 너 혹시 DSLR 있냐?"

"으음, 갖고 있으면 폼 나지 않을까 하여 사둔 게 있다."

그래, 이해한다. 사진이 취미라고 하면 왠지 폼 날 것 같아서 부푼 꿈을 안고 사보지만, 결국 방구석에 처박아놓고 주야장천 스마트폰 카메라만 쓰게 된다니까!

"그거 내일 좀 가져와주라. 홈페이지용 컨텐츠 만들 때, 제대로 된 카메라가 있으면 도움이 되거든."

"그렇게 하마. 덤으로 같이 산 입문서도 지금이라면 새것이나 다름없이 읽을 수 있다."

그것도 이해한다. 초보자용 서적, 일단 사놓기는 하지만 절대 안 읽는단 말이지…….

어쨌거나 촬영에 쓸 거니까 참고삼아 읽어나 봐야겠다고 생각하며, 자이모쿠자의 어깨를 툭 쳐주고 이야기를 끝맺었다.

세 사람에게 일감을 나눠주고 그럼 이제 나는 어떡할까 생각하는데, 유이가하마가 내 어깨를 콕콕 찌르며 물었다.

"난?"

"넌…… 아트 디렉터랄까?"

"우와, 뭔가 멋져!"

기뻐하는 그 모습에 내 얼굴에도 저절로 미소가 어렸다.

"그래, 너의 그 뛰어난 감성으로 반짝반짝 샤방샤방 샤랄라한 게 머리 나쁜 티가 팍팍 나는 사이트 디자인을 할 수 있게 감수를 맡아주라."

"말 좀 예쁘게 하면 어디 덧나?!"

유이가하마는 발끈해서 씩씩거렸지만, 한동안 툴툴대고 나자 화가 풀렸는지 고개를 갸웃했다.

"그럼 힛키는 뭐하게?"

"행사 기획하고 디자인 시안을 짜려고. 일단 자료부터 찾아서 제출용 기획서를 작성해야지."

대답하며 재빠르게 짐을 챙겼다. 유희부 부실을 작업장으로 접수한 것까지는 좋지만, 여기는 내가 자유롭게 쓸 수 있는 컴퓨터가 없을 뿐만 아니라 자료를 찾기에도 불편하다.

내가 자리를 뜰 기미를 보이자 옆에 있던 유이가하마도 돌아갈 채비를 하기 시작했다. 뭐야, 얘는 또 왜 이러는 거람……? 의구심 어린 눈길을 보내는데, 마지막으로 웃차 가방을 멘 유이가하마가 후훗 빼기듯 웃었다.

"기획이랑 디자인 하려면 아트 디렉터두 필요하잖아. 그치?"

"……그래."

나도 미소를 지으며 동의하고, 실내를 한 바퀴 빙 둘러보았다. 자이모쿠자는 SNS상의 정보를 수집하느라 여념이 없었고, 사가미와 하타노는 아웅다웅하며 작업 방침을 논의하는 중이었다. 으음, 다들 알아서 잘 할 것 같구만.

"……그럼 뒷일은 잘 부탁하마."

"고생 많았어! 내일 봐!"

먼저 자리를 뜨려니 영 마음이 편치 않아 작은 소리로 인사하고 유이가하마와 함께 부실을 나섰다.

복도로 나오자 나란히 걷던 유이가하마가 물었다.

"일 어디서 할 거야?"

"작업 환경이 갖춰진 곳. ……아무래도 넷카페[#15]로 가는 게 낫겠지."

#15 넷카페 일본식 룸카페로 인터넷과 만화 감상, TV 시청 등이 가능함. 숙소로 쓰는 사람도 있을 만큼 조용한 분위기임.

"거기서 DVD두 볼 수 있어?"

"그럼, 플레이어만 빌리면 블루레이도 볼 수 있어. 게다가 소프트 아이스크림도 마음껏 먹을 수 있다고."

"그래? 그럼 가자!"

그 말을 끝으로 유이가하마가 탁탁 걸음을 빨리했다. 나도 뒤쳐지지 않도록 발길을 재촉했다.

× × ×

학교를 나와서 우선 역 앞 영화 대여점에 들렀다. 어슬렁어슬렁 애니메이션 코너를 둘러보는 사이, 유이가하마가 점찍어 둔 작품을 잽싸게 빌려왔다. 그리고 그길로 곧장 넷카페로 향했다. 거기까지는 매우 순조롭게 진행되었다고 해도 무방하다.

그러나 그 후 생각지도 못했던 난관에 봉착하고 말았다.

"……자리, 어떡하지?"

"어, 글쎄다…… 어, 어떡할까?"

가게 입구에서 비슷한 대화만 벌써 세 번째였다. 카운터를 지키는 점원은 더없이 친절했지만, 2분이 경과한 시점에서 마침내 그 미소가 얼어붙기 시작했다.

"난 작업을 해야 되니까, 리클라이닝 좌석으로 할까 싶다만……."

좌석 설명서를 가리키며 완곡하게 주장했다. 그 말에 유이가하마도 고개를 끄덕였다.

"응. 그치만 기획서 쓰거나 디자인 할 거면 영화 보면서 하는 편이 낫지 않아?"

유이가하마가 가리킨 커플 룸 사진 속에는 컴퓨터 이외에 TV도 있었다. 영상을 보며 작업할 수 있으니 편리하기야 하겠지.

"그렇기는 한데, 컴퓨터에 오피스가 깔려 있지 않으면 좀 불편해서……."

서류 작업에 문서 작성 프로그램은 꼭 필요하다. 그냥 심플한 문서 편집기로도 작업 자체는 할 수 있지만, 기획서를 쓰려면 아무래도 워드나 파워포인트가 있는 편이 낫다. 그 점을 지적하자, 유이가하마의 어깨가 축 늘어졌다.

"그래……?"

그 반응에 남몰래 안도의 한숨을 내쉬었다. 그러자 내내 불평 한마디 없이 우리의 실랑이를 지켜보던 GOD점원이 생긋 웃으며 입을 열었다.

"오피스를 탑재한 커플 룸도 있답니다."

마침내 빛을 발한 GOD대응에 유이가하마도 미소 띤 얼굴로 고마움을 표시했다.

"아, 그래요? 감사합니다. ……그렇대. 어떡할래?"

네네, 완벽하게 코너에 몰렸군요. GG.

"그, 그럼 이거, 좌식 커플 룸으로 할게요……."

나는 부들부들 떨리는 손끝으로 좌식 커플 룸을 가리켰다.

그러자 점원은 난방의 온기 못지않게 훈훈한 미소와 더불어 타다닥 신속하게 처리를 마치고, 자리로 향하는 우리를 배웅해주었다. 그 눈빛이 어찌나 따스한지, 쑥스러움에 못 이겨 코트 밑으로 진땀이 뻘뻘 흘렀다.

딱히 커플 룸이 싫어서는 아니다. 단순히 민망하다고 해야 하나 부담스럽다고 해야 하나, 그 좁은 공간에서 어떻게 행동해야 좋을지 전혀 자신이 없다 보니 갈피를 못 잡고 쩔쩔매는 데 불과하다.

실제로 한 평 남짓한 부스에 들어간 후에도 그런 감각은 사라지지 않아, 셀프 바에서 가져온 음료 컵을 든 채 위치 선정에 고심했다.

"일단 나무 프롬이 어떤 건지 좀 알아봤거든?"

먼저 들어간 유이가하마가 빌려온 영화 DVD를 집어넣고 재생 버튼을 삑 눌렀다. 나는 나대로 최대한 구석에 자리를 잡은 다음, 컴퓨터를 켜고 타닥타닥 작업에 착수했다. 기획서 초안을 작성하는 동안에도 흘러나오는 영상을 곁눈질하며, 흥미로운 부분이나 쓸 만한 장면이 나올 때마다 그 내용을 메모했다.

극중에서 프롬 장면이 나오면 유이가하마가 어깨를 톡톡 쳐서 알려주었다.

"우리 학교에는 이런 건물 없지? 뭐랄까, 댄스홀? 같은 거. 아, 그치만 아까 본 영화는 야외에서 했는데."

"장소가 딱 정해져 있는 게 아닌지도 모르지. 어라, 그러고 보니 여러 학교의 합동 기획이면 특정 학교의 시설이 아닌 편이 더 리얼리티가 살겠는걸?"

중얼거리며 새롭게 떠오른 아이디어를 메모했다. 그러자 유이가하마가 감탄한 기색으로 흠흠 고개를 끄덕였다.

"하긴. 아, 그럼 디스티니 랜드는 어때?!"

"예산 면에서 현실성이 없다고."

"나두 아는데…… 그냥 한번 말해봤을 뿐이거든요?"

유이가하마가 입술을 삐죽 내밀고 고개를 홱 돌리더니, 양손에 든 코코아를 입으로 가져갔다. 그 모습이 어쩐지 귀여워 보여서 키보드를 두드리던 손을 멈추고 피식 웃으며 말했다.

"뭐 그래도 확실히 치바답다면 치바답다만."

"일반적인 기준으루는 도쿄 같은 느낌두 들지만 말이야."

"디스티니는 치바 거다."

"강경해?!"

놀란 기색으로 대꾸한 유이가하마가 입을 가리고 웃었다.

장소 관계상 평소보다 목소리를 낮추고 나누는 대화는 화제와 내용에 상관없이 어딘가 밀어 같은 느낌을 풍겼다. 칸막이로 둘러싸인 어슴푸레한 공간. 그래서 평소보다 조금 더 서로의 모습이 잘 보였다.

유이가하마가 쿠션 대신 둥글게 말아서 허벅지에 얹은 무릎 담요째로 다리를 꼭 끌어안으며 말했다.

"우움, 그럼 호텔 미카즈키 용궁성!"[#16]

"치바다움의 극치기는 하네. 하지만 프롬답지는 않다고."

"아냐, 옛날에 가족들이랑 간 적이 있는데……."

#16 호텔 미카즈키 용궁성 치바에 위치한 각종 스파 시설과 수영장으로 유명한 호텔.

그렇게 말하며 유이가하마가 스마트폰을 꺼냈다. 사진이라도 찾는지 한동안 손끝으로 화면을 쓱쓱 넘기는가 싶더니, 마침내 발견한 모양이다. 읏차 몸을 들썩이며 이쪽으로 다가앉았다.

"봐!"

내민 화면에는 유이가하마의 셀카가 떠 있었다. 줌업 된 피사체는 티셔츠 차림으로 손가락을 뺨에 대고 V자를 그리는 유이가하마의 얼굴이었다. 그 배경으로 레이저와 네온사인이 빛나는 수영장 주변의 야경이 찍혀 있었다. 그리고 약간 잘려 나온 게 아쉽지만, 비치 체어에 편안한 자세로 누운 수영복 차림의 유이가하마 맘도 눈에 띄었다. 가하마맘, 완전 젊어 보이잖아……. 유전자는 위대해.

엇, 아니지, 요점은 그게 아니다. 십중팔구 수영장 쪽이다. 라이브 공연장 빰치도록 현란하고 휘황찬란한 수영장이 핵심이다. 배경으로 찍힌 수영장을 재차 주의 깊게 살폈다.

"이 수영장 뭐냐, 에로틱해……. 완전 나이트 풀이잖아……. 흥청망청 계열이잖아……."

"에로…… 에로틱이라니, 아니거든?!"

그러자 유이가하마가 얼굴이 새빨개지더니 둘둘 만 무릎담요로 내 다리를 퍽퍽 때렸다. 그리고는 무서운 기세로 스마트폰을 조작해 순식간에 용궁성 사이트를 찾아내더니, 자! 하고 내 눈앞에 들이댔다.

그 말처럼 공식 사이트에 올라온 이미지는 건전한 인상으로, 예쁘다거나 근사하다는 느낌이 앞섰다.

"아무튼 예산 측면에서는 아까보다 현실적이 됐네. ……근데 거기, 여름 말고 다른 계절에도 하냐?"

"우움~. 응, 그런가 봐."

유이가하마가 고개를 끄덕이며 다시 스마트폰을 내밀었다. 들여다보니 365일 영업이라고 쓰여 있었다. 굉장한걸, 용궁성……. 확 당기잖아?

"하지만 좀 먼 게 단점인걸. 사진 찍고 싶으니까 기왕이면 근처가 좋겠는데."

문득 생각나서 쓰다 만 기획서 파일을 열었다. 사이트 디자인을 고려하면 어딘가에 인상적인 이미지를 한 장쯤 집어넣고 싶은데, 장소 등등을 선정하는 데 시간이 걸릴 듯해서 일단 뒤로 미뤄둔 상태였다.

유이가하마도 우움 함께 생각해주었지만, 이윽고 그 목소리에 후암 하품이 섞였다.

"사진이라……. 아, 바다는?"

"바다? 어떤 바다?"

"왜 있잖아, 학교 바로 앞에 있는 거."

"그건 도쿄만이잖아……."

하물며 치바만조차도 아니라고……. 리조트 시설이나 공장 야경이라면 또 모르지만, 평범한 겨울 바다에 피사체로의 매력은 없다.

그러나 유이가하마는 생각이 다른 눈치였다. 못마땅한 듯 어깨로 어깨를 툭 치더니, 천천히 조곤조곤 설명했다.

"괜찮아. 오히려 그 바다니까 좋은 거라구. 우리 학교에서 보이잖아?"

"그렇지."

"그래서 항상 저녁이 되면 해가 바다로 저무니까……. 그걸 보면서 예쁘구나…… 하구, 오늘 하루도 참 즐거웠구나…… 하구 생각해."

유이가하마는 눈을 감고 꿈꾸듯 속삭였다.

언제인지도 어디인지도 이야기하지 않았지만, 그럼에도 그 석양이 분명하다고 생각했다.

바다 저편으로 사라지기 직전, 아주 잠시 동안만 햇살로 가득 차는 그 방.

수없이 눈에 담아온, 결코 특별하지 않은 일상적인 저녁 풍경.

너무나 당연했기에 주고받았던 말도 기억나지 않고 어떤 책을 읽었는지도 잊었지만, 막연히 떠올릴 수 있고, 무심히 흘려보내고 만 그 해질녘.

"그래서……."

속삭이는 목소리는 띄엄띄엄 가냘프게, 어깨에 닿는 무게는 확실하게 변해간다.

"이런 날이 쭉 계속되면 좋을 텐데…… 하구 생각해."

사그라질 것처럼 작은 목소리로 읊조린다. 그 말이 공기 속에 완전히 녹아들 만큼 긴 시간이 흐른 후에야 나는 비로소 고개를 끄덕였다.

"……그래, 그렇지."

대화라고 부르기에는 상당히 긴 공백이 있었기 때문인지, 대답은 돌아오지 않았다. 그 대신 쌔근쌔근 편안하고 고른 숨소리가 들려왔다. 어깨에는 폭신한 무게감이 느껴졌다.

틀어놓은 채인 영화는 이미 클라이맥스로 접어들었다.

얼마 후면 엔딩 크레딧이 시작되겠지. 되감으려 해도 어중간하게 본 탓에 어디로 되돌려야 할지조차 알지 못한다.

이대로 끝까지 볼까.

혹은 다시 처음부터 시작할까.

아니면 여태까지와 마찬가지로 계속 못 본 척할까.

고민할 틈도 없이 엔딩 크레딧은 흐르기 시작한다.

interlude…

잠든 척했다.

이대로 영원히 영화가 끝나지 않으면 좋으련만.

마지막 따위 오지 않으면 좋으련만.

뺨에 와 닿는 체온은 예상보다 훨씬 뜨거웠다. 나를 배려하느라 최대한 움직이지 않으려 한 탓에 살짝 경직된 어깨는 생각보다 더 넓었다.

이따금 반대쪽 손만 뻗어서 달그락달그락 키보드를 두드리곤 했지만, 그 움직임도 이내 멈추더니 나직한 한숨소리가 들려왔다.

무릎에만 덮고 있던 담요를 살짝 끌어올려주던 그 손이 갑자기 멈칫한다. 간질간질한 느낌에 새어나오려는 웃음을 애써 쌔근거리는 숨소리로 얼버무리는데, 또 하나 자기가 쓰던 담요를 내 어깨까지 덮어준다.

이제 곧 영화가 끝난다.

마지막으로 길고긴 엔딩 크레딧이 흐르고, 그러면 나는 잠에서 깨어난 척을 하기 위해 또 한 번 거짓말을 해야 한다.

줄곧 못 본 척했고, 줄곧 모르는 척했고, 줄곧 깨닫지 못한 척했다.

사실은 알고 있으면서도.

이런다고 해서 정해진 결말이 바뀌지는 않는다는 것을.

하지만 달리 할 수 있는 것도, 생각나는 것도 없다.

그저 함께 있고, 셋이서 보낼 수 있는 시간이 있고, 셋이 같이 있을 수 있는 장소가 있으면 그것으로 충분하니까, 그럴 수 있도록 내가 할 수 있는 일을 하자고 생각했다.

비겁하다는 것도 핑계라는 것도, 거짓말이라는 것도 사실은 다 알고 있지만.

그래도 아주 조금만 더, 이 시간을 이어가게 해주세요.

확실하게 끝맺을 테니까.

어쩌면, 하는 바람 따위는 품지 않을 테니까.

나도 모르게 흘러나올 것만 같은 눈물도 꾹 참을 테니까.

그러니 제발, 아주 조금만 더 아무도 보는 이 없는 이곳에서 울 시간을 주세요.

그러니 제발, 제가 제 자신에게 하는 거짓말이 진실이 되게 해주세요.

그러니 제발, 부디 그녀와 함께 이 관계를 제대로 끝내게 해주세요.

그러니 제발.

끝내지 말아줘.

남모르게 하야마 하야토는 후회한다.

마감과의 전쟁은 언제나 죽느냐 살해당하느냐가 걸린 진검 승부다.

따라서 인간은 살아남으려 안간힘을 쓰고, 데드라인에 맞추고자 잠잘 시간을 쪼개어 며칠씩 밤샘 작업을 거듭한다. 그래서 목에 칼날이 들어오다 못해 거죽 한 겹만 간당간당하게 붙어 있다시피 한 상태로 아슬아슬하게 일을 마무리한다.

그 결과 몸 여기저기에 골병이 든다. 구체적인 예시를 들면 목, 어깨, 허리, 위장, 몸과 마음, 인간의 전부. 내 세포가 일하는 중이니까 난 이제 일 안 해도 되는 거 아냐……?

새벽까지 일한 끝에 가까스로 기획서와 디자인 시안을 완성하고, 지각하기 직전에야 비틀비틀 등교해서 오전 수업 시간은 내내 잠으로 때우다시피 했다.

일에 몰두할 때와 내 자리에 뻗어 있을 때에는 아무것도 생각할 필요가 없고, 아무것도 보지 않아도 된다.

조금만 더 이 피곤함에 취해서, 잠기운을 핑계 삼아 눈을 감고 있고 싶었다. 방과 후가 되면 그나마 조금은 인간다운 꼴이 되겠지.

그렇게 마지막 종례시간에도 턱을 괴고 꾸벅꾸벅 졸며 몸과 마음을 잠재워두는 사이, 마침내 방과 후를 맞이했다.

책상 위에 가방과 코트, 머플러를 턱 올려놓았다. 뒤이어 딱딱하게 뭉친 어깨와 등 근육을 쭉 펴주고, 덜커덩 의자를 빼며 자리에서 일어섰다.

수면 부족으로 버석거리는 눈을 비비며, 늘 보는 교실 뒤편 창가 자리를 돌아보았다. 그러자 미우라 일행과 이야기를 나누던 유이가하마가 내 시선을 느꼈는지, 잠시 잡담을 중단하고는 서둘러 이쪽으로 다가왔다.

"가려구?"

"그래……."

낮게 잠긴 목소리로 대답하자 유이가하마가 우왓, 나직한 비명을 질렀다.

"힛키, 얼굴이 심각해……."

"그 정도냐……?"

유이가하마가 교복 호주머니에서 손거울을 쓱 꺼내서 내 얼굴을 비추었다. 크윽, 눈부셔……. 재가 되어버리겠어……. 그런 생각이 절로 들 만큼 언데드가 따로 없는 몰골이었다. 가뜩이나 썩은 동태 같은 눈이건만 수면 부족으로 부패도가 급격히 상승했다. 턱을 괸 자국도 선명하게 찍혀 있었다.

"잠깐 세수 좀 하고 오마……."

"응, 그럼 복도에서 기다릴게."

교실 밖으로 나와 흐느적흐느적 좀비랜드 치바하며 세면실로 향했다.

찬물에 어푸어푸 세수를 하고 나니 그제야 정신이 들었다. 마무리로 찰싹찰싹 뺨을 때리고 「힘내라, 나!」[#17] 하고 외쳐 2년차 여사원 놀이를 하며 전신에 기합을 불어넣었다.

교실 쪽으로 돌아가자, 미리 일러준 대로 문 앞에서 나를 기다리는 유이가하마가 보였다.

"미안, 기다렸지?"

그러자 별거 아니라는 듯 유이가하마가 도리도리 고개를 저었다. 그리고 등 뒤로 들고 있던 내 가방과 코트 등등을 자, 하고 이쪽으로 내밀었다.

"……땡큐."

짐을 받아들고 고마움을 표하자, 유이가하마는 뭐가 그리 기쁜지 얼굴에 미소를 머금더니 또다시 도리도리 고개를 저었다.

유희부 부실로 가는 길에도 띄엄띄엄 이야기를 나누었지만, 여전히 몽롱한 잠기운을 떨쳐내기 어려워 하품과 함께 졸음을 삼켰다.

그러자 그 모습을 본 유이가하마가 풀죽은 얼굴을 했다.

"아, 그리구 어제는 미안해……. 잠 못 잔 거, 나 때문이지……?"

"그 이야기는 이제 됐다니까 그러네……. 오히려 아이디어를 내줘서 도움이 됐다고."

#17 힘내라, 나! 직장여성의 애환을 그린 니시노 카나의 노래 「Have a nice day」의 가사.

유이가하마는 넷카페에서 잠들어버린 데 대해 누누이 사과했고, 딱히 실수를 만회할 의도는 아니었을 테지만 집 근처까지 바래다주는 길에 프롬의 구성과 사이트 디자인에 관해 이런저런 아이디어를 제공해주었다. 그 도움을 빌어 하룻밤 만에 어찌어찌 기획안 비슷한 것과 디자인 러프를 만드는 데 성공했으니 쌤쌤에 플러스마이너스 제로, 균형은 맞는 셈이다.

유이가하마가 죄책감을 느낄 필요는 없다. 아니, 따지고 보면 내가 무신경하게 하품이나 찍찍 해대니까 마음이 불편해지는 거다. 나는 미간에 힘을 팍 주어 눈을 부리부리하게 떴다.

"……게다가 이젠 안 졸리니까 염려 마라."

그 말에 유이가하마가 의아한 기색을 드러내더니, 이내 푭 웃음을 터뜨렸다.

"뭐야, 힛키. 얼굴이 이상해."

"이상하다니……."

살짝 상처 입었지만 별 상관은 없다. 기분 전환도 된 김에 유희부 부실로 들어갔다.

변함없이 어수선한 방 안을 헤치듯 나아가자, 두런두런 사람 목소리가 들려왔다.

"우선 php로 사이트 이동, 데이터베이스 입출력 제어……. 안 돼, 못해. 더는 모르겠어."

"그리고 js로 강화 각색, css로 디자인 설정……. 이거 마감 언제까지지?"

사이트 제작과 관련된 내용인지, 뭔가 장황하게 중얼대는 하타노와 사가미가 보였다. 그들의 표정에는 절망이 가득했다. 아무래도 자기들끼리 열심히 조사해보았고, 그 결과 현실의 벽에 부딪쳐 좌절하고 만 눈치였다.

한편 그 옆에는 실로 사악한 미소를 머금은 채 SNS 순회에 열을 올리는 자이모쿠자가 있었다.

위로와 감사의 뜻을 담아 똑바로 인사하기로 마음먹고, 소심한 목소리로 「안녕」 하고 한마디 건넸다. 그러자 세 남자로부터 제각기 「으음, 왔느냐」, 「안녕하세요」, 「수고요」 하고 활기찬 인사가 되돌아왔다. ……하긴 남자들 간의 인사라는 게 다 이렇지 뭐!

뒤이어 유이가하마도 활기차게 손을 들며 인사했다.

"야헬롱~!"

그러자 주변 공기가 쩌적 얼어붙었다.

"야, 야헬롱이라니, 뭐지……?"

"이상해, 저 사람도 역시 이상하다고……."

……하긴 대개는 저런 반응을 보이겠지! 하지만 계속 웅성웅성 떠들어대면 이야기를 진행할 수가 없다.

"방금 그건 잊어버려. 그보다 중대 발표가 있다."

나는 의자에 털썩 주저앉아 헛기침을 했다. 그러자 하타노 일행도 경청 태세에 들어갔는지, 자세를 바로 했다. 그 모습을 확인하고 엄숙하게 입을 열었다.

"오늘 이후로 이 실행위원회에서 주고받는 인사말은 야헬롱으로 통일하겠습니다. 이의는 접수하지 않겠다."

"이 사람 진짜 바보 아냐……?"

"역시 실성한 게 아닐까……?"

하타노는 진심으로 기막혀했고, 사가미는 진심으로 가엾어했다.

"돼, 됐어……. 힛키, 창피하니까 그만해……."

새빨개진 얼굴로 고개를 푹 숙인 유이가하마가 나를 만류하려고 소맷자락을 살살 잡아당겼다.

앙증맞은 그 몸짓에 사가미가 안경을 쓱 고쳐 썼고, 하타노는 안경을 벗더니 감동한 것처럼 미간을 꾹꾹 눌렀다.

"……아뇨. 야헬롱, 좋은데요?"

"야헬롱, 좋은걸……?"

"으음. 허면 다 함께……."

자이모쿠자의 주도 하에 야헬롱 제창이 시작되었다.

"야헬롱~!"

"하지 마."

유이가하마가 울상을 하고 노려보며 얼음장처럼 차가운 목소리로 내뱉었다. 썰렁한 정적이 흐르고 모두가 냉정을 되찾은 시점에서 입을 열었다. ……안 그러면 가하마 양의 분노가 사그라지지 않을 테니까!

"자, 그럼 본론으로 들어가자고."

가방에서 갓 완성된 따끈따끈한 사이트 디자인 시안을 꺼내 전원에게 돌렸다. 그리고 그것을 손가락으로 콕콕 가리켰다.

"사이트는 이미지 파일을 하나 띄우고 텍스트 삽입하고,

SNS를 끼워 넣어. 정성들여 만들 필요는 없어. 심플하고 세련된 느낌을 목표로 하자고. 참고할 만한 웹 페이지를 찾아놨으니까 디자인 구성은 이걸 통째로 베끼면 돼. 이미지 자료는 조만간 모아다 줄 테니, 일단 땜빵으로 진행한 다음 나중에 교체하도록 하고."

자료와 사이트 레이아웃을 번갈아 보던 하타노가 경악했다.

"우리의 노력은 대체 뭐였지? 이 정도면 그냥 블로그 수준이잖아……."

"됐어, 일이 쉬워졌으니까 오히려 기뻐해야지. 군소리하면 괜히 일거리만 늘어나."

투덜대는 하타노의 팔을 사가미가 아무 말 말라는 듯 덥석 잡았다. 사가미 브라더, 잘 아는군. 저 녀석에게는 사축의 재능이 있다. 그보다 오히려 하루 만에 그걸 다 조사한 너희가 더 무섭다고.

사이트 디자인과는 상관없는 입장이어서인지 혼자 속 편하게 앉아 있던 자이모쿠자가 레이아웃을 대강 훑어보더니, 므흠 팔짱을 꼈다.

"헌데 기획서는 어찌 되었는가?"

"일단 여기 있기는 하다만……. 카이힌 종합고 전용으로 만든 거라 아마 봐도 무슨 소리인지 모를걸?"

내가 내민 서류를 자이모쿠자가 쭉 읽어 내려갔다. 그리고 고개를 갸우뚱하더니 옆 사람에게 전달했다. 넘겨받은 하타노가 표지를 보자마자 인상을 썼다.

"……진짜 못 알아먹겠는데?"

"아파트 분양 광고와 비즈니스 서적을 짬뽕해놓은 것 같은 쓰레기 기획서네요……. 도대체 뭘 어떻게 하면 기획서에 조하리의 창과 매슬로우의 욕구 5단계설 도표가 들어가는 거람……?"

하타노가 책상에 툭 떨어뜨린 기획서를 사가미가 가만히 들여다보다가 팔랑 넘겼다. 그렇게 한 장씩 읽어나가던 사가미 브라더가 이내 머리를 쥐어뜯기 시작했다.

그러게 내가 뭐랬냐……. 나는 씁쓸한 심정으로 기획서를 응시했다. 그 표지에는 한껏 멋을 부린 폰트로 『블록 체인형 다이버시티 인클루전·프롬 이벤트 제안 ~오션 뉴타운에 인접한 선셋 비치……. 궁극의 트랜스루슨트 공간에서 세렌디피티한 체험을~』이라는 거창하기 그지없는 제목이 달려 있어, 작성자인 나조차도 뭐가 뭔지 통 이해가 안 갈 정도였다.

내 손으로 써놓고도 남들에게 보여주자니 뭔가 쑥스럽다. 그래서 얼버무리듯 크흠 헛기침을 했다.

"……그 부분은 그냥 허세용으로 넣은 거라고. 솔직히 상대방이 미끼를 물기만 한다면야 뭐가 됐든 상관없어."

"이런 미끼에 낚이다니, 그 사람 혹시 숭어예요……?"

천만에, 하타노. 타마나와 씨는 그런 잡식성이 아니라고. 숭어나 복어 같은 잔챙이와 똑같이 취급하면 곤란하지. 오히려 어마어마한 미식가라니까? 교양인 행세로는 그야말로 지고의 존재 오버로드라고. 이렇게 각고의 노력을 기울여야만 비로소 입질이 들어올 정도다.

하타노는 일찌감치 포기해버렸지만, 사가미 브라더는 끈기 있게 기획서를 살펴보았다. 이윽고 끝까지 다 읽은 사가미 브라더가 흐음 고개를 끄덕였다.

"그래도 내용 자체는 괜찮은데요?"

"아, 그치?"

유이가하마가 살짝 반색을 했다. 그러나 그 말이 떨어지기가 무섭게 사가미 브라더의 입매가 일그러졌다.

"저희 누나가 아주 좋아할 것 같은 느낌이네요……."

냉소적인 평가에 유이가하마는 우웃 꿀 먹은 벙어리가 되었다.

"으음, 보기만 하여도 오장육부가 뒤틀릴 만큼 끔찍한 기획이로고……."

"유일한 위안은 이게 실현되지 않는다는 점이네요."

자이모쿠자가 증오에 찬 목소리로 신음하자, 하타노가 흥 코웃음 치듯 시건방진 어조로 평가했다.

으음, 어째 유이가하마가 좀 안쓰럽기는 하다만, 반응으로 보건대 내용 자체는 나쁘지 않은 모양이구만…….

기획 회의에서 나온 인근 초등학교와 중학교, 고등학교가 합동으로 행사를 치른다는 발상을 토대로 유이가하마의 신선한 아이디어를 듬뿍 첨가한 기획안은 나조차도 공포에 떨 만큼 무시무시한 완성도를 자랑했다.

결국 프롬의 내용 자체는 유키노시타 측의 원안을 능가할 만큼 화끈한 아이디어를 떠올리지 못했으므로, 대신 무대 설정을 손보기로 했다.

노을 지는 바다에서 캠프파이어를 즐기며, 쇼난 지방의 비치 이벤트를 참고하여 해변 노점 형태의 가설 라이브하우스를 지은 다음 거기서 프롬을 개최한다는 황당하기 짝이 없는, 아니, 황홀하기 그지없는 이벤트다. 우천 시에 대비하여 호텔 미카즈키 용궁성을 대체 장소로 섭외하는 방안을 검토 중이라는 내용까지 곁들여가며 주도면밀하게 시나리오를 짰다.

두렵다. 내가 지닌 이 사기꾼의 재능이. 이 재능을 순조롭게 꽃피웠다가는 대형 광고업체에서 스카우트 제의가 와버리는 게 아닐까. 그런 생각에 전율하는데, 사가미 시스터와 동류로 취급당했다는 사실을 받아들이기 힘든지 눈살을 찌푸리고 기획서를 들여다보던 유이가하마가 불쑥 고개를 들었다.

"카이힌 쪽은 이걸루 됐다 치구, 하야토는?"

"그 녀석은…… 아마 직접 말로 하는 편이 빠를걸."

"후움……?"

씁쓸한 기분으로 대답하자, 유이가하마가 아리송한 표정으로 고개를 갸웃했다. 하지만 딱히 의아해할 만한 일도 못 된다.

그 녀석한테 잔꾀는 통용되지 않는다고 생각하는 편이 좋다. 기획서를 들고 가서 설명해봐야 십중팔구 이 계획이 들러리에 불과하다는 사실을 간파하고 말 테니까. 그럴 바에야 처음부터 더미라는 점까지 포함해서 이야기를 진행하는 게 낫다는 의미일 뿐이다.

"자, 그럼 다들 설명한 대로 잘 부탁한다."

그렇게 회의를 끝맺자, 미적지근한 대답이 돌아오며 각자 작업을 개시했다.

하타노와 사가미 브라더는 사이트 디자인을 둘러싸고 옥신각신 설전을 벌이기 시작했고, 그 모습을 유이가하마가 흠흠 고개를 끄덕이며 지켜보았다.

"에이, 그거 별루야."

"저기, 조금만 더 구체적으로 말씀해주시면……"

"우움, 그니까 좀 더 이렇게, 반짝반짝하게……."

사가미 브라더가 조심스럽게 묻자 유이가하마는 추상적인 조언을 늘어놓았고, 두 사람은 그 내용을 어떻게든 이해해보려고 열심히 머리를 쥐어짰다.

그런 대화가 반복되는 모습을 흐뭇하게 지켜보는데, 시야 끄트머리에서 자이모쿠자가 뭔가를 부스럭부스럭 꺼내들었다.

"하치만, 전에 이야기한 카메라를 가져왔다."

그렇게 말하고는 묵직한 DSLR를 책상에 척 올려놓았다. 그리고 각종 입문서도 척척 쌓아 올리기 시작했다.

"아, 땡큐. 당분간 좀 쓰마. ……일단 조작법 좀 알려주라."

"으음, 알겠다. 본관도 자세히는 모르나, 한수 가르침을 베풀겠노라."

"야, 이거 네 거잖아……."

자기 건데 왜 다룰 줄 모르는 거냐고……. 거만한 자세로 본인의 무지함을 당당하게 피력하는 자이모쿠자에게 기본적인 조작법을 배우는 한편, 입문서도 흠흠 고개를 끄덕이며 열심히 읽어 내려갔다.

그러자 심심해졌는지 자이모쿠자가 프흠프흠 헛기침을 시작했다. 뭐야 거참 성가시구만 하고 말없이 시선을 향하자, 어찌 된 영문인지 자이모쿠자가 씨익 웃었다. 그리고 왠지 살짝 얼굴을 붉히며 시선을 피했다.

"이름을, 생각해보았다……."

"어, 그러냐……."

또 쓰지도 않을 라이트노벨 이야기냐……. 그렇게 생각하며 대충 흘려 넘길 태세에 들어가자, 자이모쿠자가 코트 안주머니에서 반으로 접은 정체불명의 종이쪽지를 꺼냈다. 이거 아무래도 읽어보라는 뜻인가 본데…….

하는 수 없이 보고 있던 입문서를 잠시 내려놓고 종이쪽지를 펼쳐들었다. 그러자 그 안에는 어울리지 않는 달필로 『소부 고등학교 프롬 최고 프로젝트』라고 쓰여 있었다. 허걱…… 이게 뭐냐……? 대놓고 기겁을 하고 나서야 퍼뜩 깨달았다.

"아, 그 이름……."

어제 단체명 이야기를 하면서 화이트보드에 적은 『이름 모집 중♡』이라는 멘트를 곧이곧대로 받아들이고, 자기 딴에는 진지하게 궁리해온 모양이다. 프흠프흠 헛기침을 한 자이모쿠자가 코트 자락을 펄럭 휘날리며 외쳤다.

"그러하다! 여기서 최고란……!"

"아, 그건 대충 짐작 가니까 됐어."

"그러십니까……."

자이모쿠자의 얼굴이 눈에 띄게 시무룩해졌다. 아마도 재고

(再考, 사이코)와 최고(最高, 사이코)의 중의적인 표현이라는 점을 설명하고 싶었을 테지만, 그런 건 사실 어찌되든 상관없다. 이 경우 중요한 점은 적당히 알기 쉬우면서 적절하게 덜떨어진 느낌을 풍기는 것이다. 그런 측면에서 본다면 이 명칭은 생각보다 나쁘지 않다. 특히 이 동음이의어 부분이 아주 최고로 덜떨어진 느낌이 나는 게 딱 좋다.

"이걸로 하마. 땡큐."

"엥?"

너무나 선뜻 수락한 탓인지, 자이모쿠자가 어리둥절한 표정을 지었다. 그러거나 말거나 나는 하타노와 사가미에게 종이를 돌리며 말했다.

"단체명 결정됐으니까, 이걸로 잘 부탁한다."

"헉……."

"농담이겠지……."

하타노와 사가미는 입가를 뻣뻣하게 굳히고 메마른 웃음을 흘렸다. 오로지 그 옆에서 쪽지를 들여다본 유이가하마만이 「괜찮네!」 하고 흡족해하는 눈치였다.

"으흠, 그, 그런가……? 그토록 훌륭하단 말인가……."

마침내 상황을 파악한 자이모쿠자가 쑥스러움을 감추듯 프흠프흠 헛기침을 연발하며 기쁨을 만끽했다.

실제로 장래가 기대되는 훌륭한 타이틀이라고 생각한다. 부디 자이모쿠자 요시테루 선생님의 차기작을 기대해주세요!

× × ×

뉘엿뉘엿 해가 저물어가며 유희부 부실에도 석양이 비쳐들었다.

슬슬 다른 동아리도 활동을 마칠 시간이다.

더 이상 금속 배트 소리는 들려오지 않았고, 럭비부의 우렁찬 함성소리도 그친지 오래였다. 자리에서 일어나 창문 밖으로 흘끗 교정을 살피자, 축구부원들도 철수하려는 눈치였다.

"좋아, 오늘은 이쯤에서 끝내자고. 나머지는 각자 알아서 마무리해라."

창가에서 뒤돌아보며 말하자, 긴장이 풀린 듯 저마다 한숨을 내쉬며 고개와 어깨를 빙글빙글 돌리기 시작했다. 유이가하마도 어깨를 풀며 이쪽을 보았다.

"하야토 만나러 가려구?"

"어."

내 대답에 유이가하마가 스마트폰을 꺼내더니, 입가를 톡 쳤다.

"연락해둘까?"

"그래…… 으음, 아냐, 됐다. 그냥 직접 가서 만나는 게 더 확실하니까."

잠시 생각한 끝에 마음을 바꾸었다.

전화나 문자, 메신저 앱은 커뮤니케이션 도구로서는 지극히 불완전하다. 이런 스타일의 연락 수단은 무시당하면 그걸로 끝이다. 연락 온 줄 몰랐다거나 자느라 못 봤다거나 배터리가 나갔다거나 휴대폰을 잃어버렸다거나 곰곰이 생각해보니 라인을 안 깔았다거나 이제야 생각났는데 애초에 휴대폰 자체가 없다거나 하는 사태가 드물게 자주 일어난다. 출처는 나.

게다가 하야마가 유이가하마의 연락을 무시할 리야 없겠지만, 혹시라도 다음에 보자고 하면 일이 복잡해진다. 시간적 여유가 없는 상황이니만큼 오늘 안으로 결론을 짓는 게 바람직하다.

그런 내 속내를 짐작했는지, 유이가하마가 알겠다며 고개를 끄덕였다.

"그럴래……? 그래두 일단 라인 보내놓을 테니까, 답장 오면 연락할게."

"그래, 부탁하마."

대답하고 신속하게 짐을 챙겨 유희부 부실을 빠져나왔다.

그길로 현관을 나서 운동장 쪽으로 걸음을 옮겼다.

본관과 특별관 사이에 있는 안뜰은 건물로 가로막힌 위치상 다른 곳보다 밤이 일찍 찾아온다. 동쪽에 위치한 본관 아래쪽의 필로티 부분은 구조상 자연스럽게 특별관의 그늘에 가려져, 그 어둠은 한층 짙은 색을 띠었다.

그 어둠 속에서 불현듯 무언가가 움직였다.

유심히 보니 필로티에 설치된 자동판매기 앞에 누가 있는 듯했다. 거리가 가까워지자 차츰 그 실루엣이 눈에 들어왔다. 아무래도 여학생인 듯했다.

뭔가 음료를 샀는지 덜커덩 소리가 나며 그 소녀가 쪼그려 앉았다. 뽑아든 캔을 손에 든 채 일어서자, 길고 윤기 나는 흑발이 나부꼈다. 자동판매기에서 흘러나오는 창백하고 무기질적인 빛에 비친 희고 갸름한 얼굴에는 덧없는 미소가 감돌았다.

다른 사람과 착각할 리 없다. 유키노시타 유키노다.

유키노시타는 캔을 꼭 움켜쥐더니, 팔을 끼우지 않고 어깨에 살짝 걸치기만 한 코트 매무새를 바로하며 안뜰로 들어갔다. 그리고 그 중앙에 놓인 벤치에 앉아 가만히 하늘을 올려다보았다.

벤치를 굽어보듯 서 있는 앙상한 겨울나무가 가로등 불빛을 받아, 잎사귀를 떨군 가지 사이로 오렌지색 빛을 흩뿌렸다.

그 광경이 마치 한 폭의 그림 같아, 이대로 계속 멍하니 바라보고픈 충동이 일었다.

하지만 이곳을 지나치지 않으면 운동장으로도 자전거 주차장으로도 향할 수 없다. 그래서 이 완성되어버린 세계를 깨뜨리게 된다는 사실을 알면서도 나는 다시금 걸음을 옮겼다.

그러자 발소리를 들었는지 유키노시타도 나를 돌아보았다.

"아, 히키가야."

"……안녕."

차분한 미소를 머금는 유키노시타에게 턱을 살짝 까닥여 인사를 건넸다.

유키노시타는 손을 녹이듯 음료수 캔을 감싸 쥐고 있었지만, 이윽고 뭔가를 깨달은 기색으로 황급히 그 캔을 뒤로 감추었다. 하지만 이제 와서 숨겨본들 그 캔의 독특한 색상과 디자인을 내가 못 알아볼 리 없다.

"신기한 걸 마시는데?"

"……당분 보충에 제격이잖니."

짓궂은 미소를 지으며 지적하자, 유키노시타가 희미하게 얼굴을 붉혔다. 그리고 그러모으듯 코트 앞섶을 여미더니 그 안에 캔을 쏙 숨겨버렸다. 드디어 맥캔의 매력에 눈을 뜬 건가. 잘 됐구만.

힐끔 운동장 쪽으로 시선을 향하자, 축구부가 뒷정리를 시작하는 모습이 보였다. 나가는 길에 하야마를 만나려면 조금 더 기다릴 필요가 있겠지.

말없이 여기 앉아도 되냐는 시선을 보내자, 유키노시타가 고개를 끄덕이고는 살짝 몸을 띄워 옆으로 비켜 앉았다. 중간에 한 사람이 들어갈 정도의 간격을 두고, 그 옆에 나란히 앉았다.

"쉬러 나왔냐?"

"그래. 바깥바람 좀 쐴까 해서."

대답하며 유키노시타가 학교 건물을 흘끗 곁눈질했다. 그곳에는 아직 불이 켜져 있는 학생회실이 있었다. 물건이 적어 어딘가 한산한 느낌이 났던 봉사부실과 달리, 학생회실은 잇시키가 멋대로 히터 등등을 들여놓은 탓에 난방 효율이 높은지도 모른다.

"이해한다. 난방이 너무 세면 머릿속이 멍해지니까."

유희부 부실도 잡동사니가 많아서 그런지 방 안에 뜨뜻한 공기가 고이는 느낌이 들어, 무심코 흠흠 고개를 끄덕이며 맞장구를 쳤다. 그러자 유키노시타가 입가를 가리며 소리 내어 웃었다.

"어머, 그럼 네 주변에는 항상 난방이 나오는 모양이구나. 광열비가 걱정되는걸?"

"염려 마라. 주변의 시선이 싸늘하니까 그걸로 상쇄되거든."

"그거 참 친환경적인 삶이로구나."

어깨를 으쓱하는 유키노시타를 보며 훗 입꼬리만 휘어 웃었다.

"그럼. 매번 열탕 냉탕을 오가는 신세다 보니 사우나 못지않게 완벽하게 승천한다고."

"승천이라는 말의 쓰임새가 잘못된 것 아니니……?"

"글쎄다, 나야 모르지. 그렇지만 사우나에서 황홀경을 맛보는 걸 다들 승천한다고들 하니까. 실제로 부채질 습식[#18] 리필하고 한자리수 냉탕에 외풍 쐬기까지 해버리면 그야말로 승천한다는 말 밖에는 안 나온다고."

"듣다 보니 정신이 혼미해지는 게, 나야말로 승천해버릴 것 같구나……. 무슨 이야기인지 한 마디도 못 알아듣겠어."

왠지 자신만만하게 설명하는 나를 보고 유키노시타가 어깨를 축 늘어뜨렸다.

#18 부채질 습식 달군 돌에 물을 뿌려 수증기를 쐬는 핀란드 전통 습식 사우나에 종업원의 열풍 부채질을 가미한 것으로, 요청하면 한 번 더 부쳐주는 리필도 해줌. 마니아들은 그 후 수온 10도 미만의 냉탕에 들어갔다가 외풍을 쐬기도 함.

유키노시타는 썩 공감하는 기색이 아니지만, 찜질방은 정말이지 천국이라고! 가끔 아버지가 갈 때 슬쩍 묻어가서 공짜 목욕을 즐기곤 하는데, 어떤 데는 만화책도 들여놔서 어설픈 만화 카페에 가는 것보다도 훨씬 알찬 휴일을 만끽할 수 있다는 점이 아주 마음에 든다. 사우나는 꽤 아재도가 높은 취미지만, 아재 취미를 소재로 삼은 애니메이션이 인기를 끄는 요즘이라면 다음 타자로는 소녀들이 사우나를 즐기는 만화와 애니메이션이 흥할 거라는 예감이 후끈후끈 전해져온다고. 사우나니까…….

그렇게 영양가 없는 대화를 주고받으며 슬쩍 유키노시타의 표정을 훔쳐보았다.

유키노시타는 바로 며칠 전 학생회실에서 헤어질 때 보여주었던 당찬 눈빛을 하고, 온화한 미소를 입가에 머금은 채였다. 그것은 나에게도 낯익은 모습이었다.

익숙한 서로의 거리감에 그리움을 느끼며, 가벼운 쓴웃음과 함께 입을 열었다.

"일은 잘 돼 가냐?"

그러자 유키노시타는 약간 놀란 기색으로 나를 빤히 쳐다보았지만, 이내 장난스럽게 웃었다.

"……네가 남에게 신경을 쓰다니, 별일이구나."

"오해하지 마라. 적진 정탐은 기본이니까."

천연덕스럽게 응수하자, 유키노시타는 한순간 어안이 벙벙한 기색이었으나 이내 피식 웃으며 어깨를 으쓱했다.

"……하기는 그렇구나. 우리 쪽은 비교적 순조로워. 쌓였던 일감도 처리해나가는 중이고, 관계각처와의 조정도 진행 중이야. 남은 일은 당일 행사 운영과 관련된 부분 정도이려나?"

시선을 허공으로 향한 채 하나하나 확인하듯 유키노시타는 말했다. 그 음성으로 미루어볼 때 딱히 격무에 시달리는 상황은 아닌 눈치였다.

"그거 부럽구만……. 어쨌거나 너무 무리는 하지 마라. 정 뭐하면 잇시키를 과로사 시켜버릴 작정으로 굴리면 돼. 걔는 유능한 사축이 될 싹수가 보이거든."

"안 그래도 그럴 생각이야."

반농담조로 건넨 말에 유키노시타의 눈초리가 살짝 가늘어지며 예리한 미소를 지었다. 어째 반쯤은 진담인 것 같아서 무섭다만…….

"너희는?"

온화한 표정으로 돌아온 유키노시타의 물음에 머플러에 얼굴을 파묻고 웅얼거리는 목소리로 대꾸했다.

"뭐 순조로운 편이지. 야근은 안 하니까. 이따가 한 건 더 언제 끝날지 모르는 외근을 뛰고 나면 곧바로 현장 귀가할 거야. 나머지는 집에서 하려고."

"그건 근태 관리상으로만 순조로운 거잖니……."

두통이 이는지 관자놀이에 손을 얹은 유키노시타가 어이없다는 투로 한숨을 쉬었다. 그리고 조용히 시선을 떨구더니 발치를 물끄러미 응시했다.

"그렇게 무리하지 않아도 되는데."

하얀 입김과 함께 사라져버릴 듯 나직한 그 중얼거림에 보일락 말락 고개를 끄덕여 보이고, 잠시 뜸을 들였다. 그러면서 들려줄 말을 찾았다.

"……항상 무리해왔으니까. 나한테는 이게 보통이라고."

"그래……?"

유키노시타는 내 대답을 되새기듯 고개를 끄덕이고, 더 이상 아무 말도 하지 않았다.

그 대신 꼼지락꼼지락 코트 속으로 손을 집어넣더니, 조심스레 무언가를 내밀었다.

"마시겠니……?"

그 정체는 아까 유키노시타가 뽑은 맥캔이었다. 마시지 않고 쭉 코트 안주머니에 넣어두었기 때문인지, 만져보니 여전히 온기를 간직하고 있었다.

"그래, 고맙다. 엉? 근데 왜……?"

"넌 아직 할 일이 남았다고 하지 않았니? 나는 잠시 쉬러 나온 것뿐이니까. 들어가서 다른 걸 마시면 돼."

그 말을 끝으로 유키노시타는 벤치에서 일어서려고 했다.

가볍게 손짓해서 그 움직임을 제지하고, 반대로 내가 몸을 일으켰다.

"잠깐만 있어봐라. ……아, 뭐 마실래?"

호주머니에서 꺼낸 동전을 짤랑거리며 묻자, 유키노시타가 살짝 고개를 저었다.

"나는 됐어. 일종의 위문품으로 여기고 받아두렴."

"아냐, 나만 얻어먹을 이유가 없다고. 이게 위문품인 거라면 나도 답례를 해야 예의지. 같은 거면 되냐? 나도 맥캔 살 생각이었거든."

장황한 말로 맞서자, 유키노시타는 살짝 토라진 듯 못마땅한 얼굴로 나를 빤히 쳐다보았다. 하지만 내 굳은 의지를 느꼈는지, 결국 체념한 기색으로 한숨을 내쉬고는 피식 웃었다.

"늘 궤변만 늘어놓는다니까……."

못 말리겠다는 듯 웃으며 도로 벤치에 앉은 유키노시타가 고개를 살짝 기울인 채 나를 올려다보았다.

"……그럼 같은 걸로 부탁할게."

그 미소에 알았다고 대답하고, 후다닥 달려가서 얼른 뽑아 왔다. 가볍게 숨을 헐떡이며 아직 뜨거운 맥캔을 내밀었다.

"뜨거우니 조심해라."

그러자 유키노시타는 카디건 소매를 살짝 빼서 조심조심 넘겨받았다.

"고마워……."

나직한 답례에 고개를 저어 보이고, 다시 벤치에 앉아서 유키노시타가 준 맥캔을 땄다. 가느다랗게 피어오르는 하얀 김은 오렌지색 불빛이 닿는 족족 바람결 속으로 녹아들었다. 한 모금 마시자 입 안 가득 단맛이 퍼져나가며, 몸을 안쪽에서부터 따스하게 데워주었다.

홀짝홀짝 마시는 동안, 유키노시타는 손끝을 녹이듯 양손으로 가만히 캔을 쥐고 있었다.

피차 아무런 말도 없는 상태로 시간이 흘러갔다. 이따금 서로 말을 걸려는 기색을 보였지만, 번번이 입김만 새어나올 뿐 언어의 형태를 이루지는 못했다.

그저 나직한 숨결과 어둠 속에서도 세밀한 몸짓이 보이는 이 거리감이 아련한 그리움을 자아낼 따름이었다.

결국 대화다운 대화도 없이 침묵의 시간에 몸을 담그고 있자니, 별안간 그 속으로 무기질적인 소리가 끼어들었다. 그 소리의 근원지는 내 호주머니였다. 허벅지에서 느껴지는 진동에 손을 뻗어보니, 아무래도 전화가 걸려온 모양이었다.

"잠깐만."

짤막하게 양해를 구하자 유키노시타는 신경 쓰지 말라는 듯 살며시 고개를 저었다. 그 반응에 고개를 끄덕여 보이고 스마트폰을 꺼내자, 화면에는 유이가하마의 이름이 표시되어 있었다. 통화 버튼을 누르려 한 순간, 진동이 뚝 그쳤다.

뭐지? 고개를 갸우뚱한 순간, 로퍼 뒷굽을 살짝 끄는 듯한 발소리가 들려왔다. 유키노시타가 나보다 한발 먼저 그쪽으로 고개를 돌렸다.

"안녕, 유이가하마."

"응. ……야헬롱, 유키농."

조용한 인사에 유이가하마도 목소리를 낮추고, 가슴 높이로 든 손을 살짝 흔들면서 천천히 벤치로 다가왔다. 가로등에 비친 유이가하마는 코트에 머플러를 두르고 가방도 메어, 귀가할 채비를 마친 모습이었다.

"……무슨 일이냐? 하야마한테서 연락 왔어?"

"응, 밥 먹으면서 해두 괜찮으면 시간 내주겠대. ……그래서 힛키한테 연락한 거구."

물어보자 유이가하마가 손에 든 휴대폰을 가볍게 흔들며 말했다. 하야마와 연락이 닿았다면 더 이상 여기서 기다릴 필요가 없다. 식사를 할 예정이라면 아마 역 근처에서 만나게 되겠지.

나는 남은 커피를 쭉 들이켜고 몸을 일으켰다.

"일이니?"

"그래."

나를 올려다보며 묻는 유키노시타에게 긍정의 대답을 했다. 그러자 유키노시타도 시간을 확인하더니 맥캔을 호주머니에 집어넣고 일어섰다.

"나도 다시 일하러 가볼게."

"잠깐만."

스쳐지나가려는 순간, 유이가하마가 갑자기 유키노시타의 손을 잡았다. 예기치 못한 행동이었는지, 유키노시타가 움찔 몸을 굳히며 당황한 눈빛으로 유이가하마를 보았다.

말없이 쳐다보는 그 눈길에 유이가하마는 조금 쑥스러운 티를 내며, 반대쪽 손으로 꼬물꼬물 당고 머리를 만지작거렸다.

"왜, 왠지 오랜만인 거 같아. 이상하지? 겨우 며칠 못 봤을 뿐인데."

"그러게. ……요즘 계속 일만 하느라 따로 차분하게 이야기 할 시간을 내지 못했으니까."

쑥스러운 기색으로 웃는 유이가하마를 향해 유키노시타도 부드러운 미소를 지어 보였다. 그 미소에 유이가하마가 살며시 눈을 내리깔았다.

"우움, 그게 아닌 거 같아. ……혹시 날 피했어?"

유이가하마는 살짝 고개를 들고 반응을 살피듯 조심스럽게 물었다. 그러자 유키노시타의 눈이 헉 커지더니 조금 날선 목소리로 말했다.

"아니야, 그런 적 없어. 단지 프롬 준비로 바빴고, 중지 연락도 받았으니까…… 처리할 일이 많아서……."

갈수록 음성은 낮아지고, 시선도 내려갔다. 그 말끝이 차츰 잦아들며 습기 찬 숨결로 변했다. 입술을 살짝 깨물며 고개를 떨구는 유키노시타에게 유이가하마가 힘없이 사과했다.

"응, 알아. 미안……."

두 사람은 그대로 입을 다물어버렸다.

뭔가 말을 걸어야 하나 고민했지만, 끝내 적당한 말을 떠올리지 못한 채 나는 무작정 입을 열었다.

"저기……."

그 순간 유이가하마가 불쑥 고개를 들더니 유키노시타의 양손을 꼭 움켜쥐었다. 그러자 그 행동에 놀란 것처럼 유키노시타도 덩달아 고개를 들었다.

"나 말야, 힛키를 돕구 있어."

예상하지 못한 선언에 한순간 말문이 막혔다.
"……말, 안했었나."
나는 입속으로만 나직하게 중얼거렸다. 라인으로든 뭐로든 서로 연락은 주고받는 눈치기에, 당연히 그 이야기도 했을 줄만 알았다. 그건 내가 먼저 꺼냈어야 하는 이야기였다. 껄끄러운 분위기 속에서 유이가하마가 털어놓게 만들었다는 사실이 못내 후회스러웠다.
그러자 유키노시타가 흘끗 이쪽을 보더니 마음 쓰지 말라는 듯 고개를 저었다. 그리고 다시 유이가하마 쪽으로 돌아서서 그 손을 마주잡고 다정하게 말했다.
"괜찮아. 다 알고 있으니까."
"……아니야, 안 그래."
유이가하마의 얼굴이 구슬프게 일그러졌다.
"나 제대루 하기루 마음먹었어. 이 일이 끝나면…… 제대루 할 거야. ……그러니까 유키농의 소원은 이루어지지 않을 거라구."
유키노시타의 눈을 지그시 응시하며 유이가하마가 애절한 목소리로 말을 이었다. 그러자 유이가하마의 말이 끝났음을 확인하듯 유키노시타가 한 차례 고개를 끄덕였다.
"……그러니? 나는 네 소원이 이루어졌으면 해."
그렇게 말하는 유키노시타의 미소에는 한 점의 슬픔도 없었고, 오로지 진지한 기원만이 담겨 있는 것처럼 느껴졌다.
그럼에도 유이가하마의 표정은 밝아지지 않았다. 두어 번

얕은 숨을 쉬더니, 마치 매달리듯 간절한 눈빛으로 유키노시타를 바라보았다.

"……내 소원, 알아? 정말 이해해?"

"그래. 아마도 같을 거라고 생각하니까."

유키노시타는 주저 없이 대답했다. 사랑이 담긴 따스한 미소에서는 확연한 애정이 묻어났고, 그 청아한 눈동자에는 조금의 망설임도 없었다.

"그렇구나……. 그럼 됐어."

유이가하마는 깊디깊은 숨결을 흘리고, 살며시 유키노시타의 손을 놓으며 한 걸음 물러섰다. 유이가하마의 팔이 힘없이 아래로 처지는 모습을 유키노시타는 가냘픈 미소를 띤 채 조용히 바라보았다.

"그럼 나는 이만 가볼게."

작별인사를 건넨 유키노시타는 비어버린 손을 꼭 움켜쥐었다. 그 말에 나는 눈인사를 했지만, 유이가하마는 여전히 고개를 수그린 채였다.

유키노시타는 난감한 듯 나직하게 한숨을 쉬었지만, 곧 우리에게 등을 돌렸다. 로퍼가 벽돌 깔린 돌바닥을 자박자박 밟는 소리가 안뜰에 울려 퍼지며, 한 발짝 한 발짝 멀어져간다.

그 뒷모습을 배웅하며 실낱같은 한숨을 토해냈다. 하지만 뱃속에 묵직하게 똬리를 튼 답답한 감정은 도무지 사그라질 줄 몰랐다.

"슬슬 갈까?"

우두커니 서 있는 유이가하마를 향해 물었다. 딱히 적당한 말이라는 생각은 들지 않았지만, 한심하게도 머릿속에 떠오르는 것들 중에서는 달리 건넬 만한 말이 없었다.

유이가하마는 꺼져 들어갈 듯한 목소리로 응, 하고 고개를 끄덕였지만 걸음을 옮길 기미는 없었다.

유키노시타가 건물 그림자 안으로 발을 들여놓았다. 그 덧없는 뒷모습이 어둠속으로 흐릿하게 녹아들며 발소리가 한층 또렷하게 울려 퍼졌다.

그 소리가 잦아들기 전에 유이가하마가 휙 고개를 들더니 힘차게 땅을 박찼다.

천천히 걸어가던 유키노시타가 발소리를 듣고 뒤돌아보았다.

그 순간 유이가하마가 그 품으로 달려들어 있는 힘껏 끌어안았다.

놀라움과 당황으로 나직한 탄성을 내지른 유키노시타가 헛발을 디디자, 어깨에 걸친 코트가 떨어지려 했다. 유이가하마는 그 코트까지 그러모으듯 와락 감싸 안고, 가녀린 어깨에 살며시 얼굴을 묻었다.

"프롬 끝나면 점심 같이 먹을 거야. 그리구 유키농 집에 또 자러 갈 거야. 봄방학에는 랜드두 가구 씨두 가구, 그리구 또 우리 집에 자러 오는 거야. 그리구 4월이 되면……."

떨리는 음성으로 쉴 새 없이 말을 이어나가던 유이가하마가 한 차례 코를 훌쩍였다. 그리고 숨을 고르듯 쓱 고개를 들더니 싱긋 웃었다.

“4월이 되면 우리 뭐 할까? 같이 하구 싶은 게 진짜 많아. 밥두 먹구 쇼핑두 가구 암반욕두 하구, 뭐든 상관없지만 아무튼 진짜 많아. 몇 년, 몇십 년은 족히 걸릴 만큼.”

유키노시타의 눈동자에 오렌지색 가로등 불빛이 흐릿하게 번졌다. 꾹 움켜쥔 채였던 주먹을 편 유키노시타가 가만가만 유이가하마에게로 팔을 뻗어, 그 어깨에 조심스레 손을 얹었다. 그리고는 그대로 얼굴을 감추듯 이마를 기댔다.

“그거…… 정말 많구나. 다 할 수 있을까?”

“할 수 있어. 다 할 때까지 함께 있을 거니까. ……그러니까 괜찮아.”

꽉 부둥켜안는 바람에 유키노시타가 당황한 소리를 냈다. 하지만 유이가하마는 그 반응에도 아랑곳없이 팔에 더욱 힘을 주었다.

“알았지?”

유이가하마가 어리광 부리듯 유키노시타의 목덜미에 뺨을 비볐다. 그러자 간지러운지 유키노시타가 몸을 뒤틀었다.

“그래, 알았어. 알았으니까…….”

“진짜 똑바루 알아들었어?”

“그래, 그러니까…… 조금만 떨어져주렴…….”

유키노시타는 말은 그렇게 하면서도 거칠게 밀어내려고는 하지 않았고, 유이가하마는 거리가 생길 때마다 도로 찰싹 달라붙었다. 그런 두 사람의 모습을 보며 나는 가볍게 탄식했다.

여전히 우리는 마음을 전하는 데 서툴다. 말했다고 여기고,

안다고 여기고, 이해한다고 여겼던 일들이 쌓이고 쌓여 지금에 이르렀건만, 그럼에도 한 치도 성장하지 않은 느낌이 든다.

사실은 더 간단하게 전하는 방법이 있다는 사실을 나도 그녀도 알고 있다.

하지만 그게 옳다고는 생각되지 않으니까.

그러니 적어도 잘못된 선택만은 하지 않기를.

기도하는 심정으로 나는 두 사람을 바라보았다.

× × ×

학생회실로 돌아가는 유키노시타를 배웅하고, 유이가하마와 나는 역 앞으로 향했다.

해가 저물어 기온이 떨어지는 가운데, 휘몰아치는 거센 바람을 피하듯 주택가 사이를 뚫고 나아간다. 내가 자전거를 끼익끼익 끌고 가는 소리가 메마른 겨울바람에 휩쓸려 사라져갔다.

가는 길에 유이가하마가 옆에서 이것저것 말을 걸어주었지만, 유키노시타와 주고받은 대화는 언급하지 않았다. 의도적으로 피하는 느낌도 났다. 그것이 유이가하마의 배려라고 느꼈기에 나 역시 그 이야기는 꺼내지 않았다.

그러다 보니 화제는 자연스럽게 다른 방향으로 흘러갔다.

"축구부 말이야, 꽤 늦게까지 하네."

"뭐 그렇지. 오늘은 특히 좀 늦게 끝난 편이기도 하고."

우리 학교 운동장은 그리 넓은 편이 못 되는데도 불구하고 축구부, 야구부, 럭비부, 육상부가 한데 뒤섞여 서로 공간을 양보해가면서 활동한다. 그러다 보니 각 동아리 간의 스케줄 협의 결과에 따라 그때그때 활동 범위와 시간이 달라지곤 한다.

그런 속사정을 설명하자, 유이가하마의 입에서 후아 탄성이 새어나왔다.

"힛키, 왠지 빠삭하네?"

"이 정도 가지고 뭘……."

유이가하마의 반응 자체는 평범했지만 어쩐지 내가 축구부에 지대한 관심이 있다는 뉘앙스가 느껴져, 그만 크흠 헛기침을 하고 말았다.

"아참, 그러고 보니 내일 사진 찍을까 하는데."

얼버무리듯 화제를 돌리자, 유이가하마의 주의가 그쪽으로 쏠리며 흠흠 고개를 끄덕였다.

"아, 응. 그래, 사진 말이구나."

"바닷가에서 찍을 생각인데, 모델 좀 서주지 않겠냐?"

"뭐?! 내가?! 우움, 왠지 부끄러운데……."

유이가하마가 폭신폭신 벙어리장갑으로 당고머리를 꼬물꼬물 만지작거리며 중얼거렸다.

"뒷모습이면 돼. 사실 이런 사진을 찾았거든. 이런 느낌으로 두세 명이 함께 찍으면 어떨까 싶은데……."

자전거를 끌며 스마트폰을 쓱 꺼내 참고할 생각인 이미지를 보여주었다. 그러자 유이가하마가 쪼르르 다가와 화면을 들여다보았다.

“아하~. 하긴 뒷모습이라면 아슬아슬하게 허용 범위일지두……. 유미코랑 히나한테 물어볼게.”

줄어든 거리를 유지한 채 유이가하마가 나란히 걸음을 옮겼다. 그 거리감이 왠지 낯간지러워, 코트 앞자락을 여미고 머플러를 코밑까지 쓱 추켜올리며 걸음을 서둘렀다.

이윽고 역 앞의 인파를 헤치고 사이제에 도착했다.

자전거를 세워놓고 매장으로 들어가, 선객의 모습을 찾아 사방을 휘휘 둘러보았다.

말 그대로 며칠 만에 다시 찾은 사이제는 변한 게 없었다. 확연하게 달라진 점이 있다면 서글서글한 미소를 띤 채 우리를 향해 밝게 손을 흔들어 보이는 하야마 하야토의 존재 정도다.

하야마는 우리를 위해 일부러 자리를 옮겨 4인석 한쪽을 비워주더니, 들었던 손을 내리면서 「앉으시지요 아가씨」라는 제스처를 취했다.

저따위 오글거리는 행동도 어딘가 그럴싸해 보이는 게 열 받는단 말이지……. 하지만 그 무엇보다도 열 받는 것은 바로 그 하야마 옆에서 태평한 얼굴로 파스타를 먹어치우는 남자다.

“토벳치가 왜 여기 있어?”

자리에 앉자마자 유이가하마가 나를 제치고 그렇게 물었다. 그러자 토베가 사레들린 것처럼 쿨럭쿨럭 기침을 했다.

“허걱……. 오면 안 되는 거였냐고……. 걍 하야토가 다 같이 밥 먹는대서 따라왔더니만…….”

토베가 주눅 든 기색으로 슬쩍 유이가하마의 눈치를 살폈다. 그 반응에 유이가하마가 미소 띤 얼굴로 가볍게 손사래를 쳤다.

“아, 그건 아니구. 그냥 부른 적두 없는데 왔길래 좀 놀라서.”

“……응, 그러네. 부르는 사람도 없는데 와버렸네…….”

유이가하마에게 악의는 없는 눈치였지만, 저렇게 웃는 낯으로 망설임 없이 대답하면 의외로 상처가 되는 법이다. 토베의 입매가 경직되더니 머쓱한 기색으로 포크를 내려놓았다. 그리고 하야마와 내게 힐끔힐끔 시선을 보내왔다. 눈빛만으로『야야, 나 망한 겨? 나 걍 갈까? 가는 편이 낫겠냐고? 뜨어……』라고 물어오는 게 무진장 거슬린다.

“……뭐 있거나 말거나 별 상관은 없다만.”

그렇게 응수하고 하야마 쪽으로 시선을 돌렸다. 그러자 시야 한켠에서 토베가「심하잖어……. 말이 넘 심하잖어……」하고 혼자 꿍얼꿍얼 볼멘소리를 늘어놓기 시작했다. 그 모습에 하야마가 쓴웃음을 짓고는 우리 쪽을 돌아보았다.

“시간 내줘서 고마워.”

“그야 유이가 부탁하는데 거절할 수는 없으니까.”

살짝 두 손을 모아서 감사의 뜻을 전하는 유이가하마에게 하야마가 웃는 얼굴로 대답했다. 만약 내가 부탁했더라면 거절했을 거니……? 의구심 어린 시선을 보내는데, 하야마가 먼저 말을 꺼내주었다.

"그보다 할 이야기라는 게 뭔데?"

"프롬 이야기는 들었지?"

"그래, 대충은."

잇시키나 유이가하마에게 들었을 거라 짐작하고 묻자, 하야마가 짤막하게 대꾸했다. 그 말에 고개를 끄덕이고 다시 설명을 이어나갔다.

"바로 그 프롬이 지금 불건전하다는 이유로 일부 학부모의 반대에 부딪쳐 자숙의 위기에 처한 상황이라서 말이야. ……그래서 더 거창하고 대대적인 규모의 새로운 프롬을 기획했거든."

내 말에 후루룩 찹찹 파스타를 먹어치우던 토베의 손이 멈칫했다.

"……헐? 우째서?"

"프롬을 확실하게 열기 위해서지."

이제는 아예 토베 쪽은 싹 무시하고, 오로지 하야마만 보며 말했다. 그러자 하야마가 팔짱을 끼더니 턱에 손을 얹고 조용히 생각에 잠겼다. 그러다 이내 자기 나름의 결론에 도달했는지 불쑥 입을 열었다.

"……한마디로 들러리인가?"

그 말이 흘러나온 순간 히죽 음흉하게 입꼬리가 올라가며, 빈정대는 듯한 미소가 새어나오고 말았다.

"이해가 빨라서 좋은데?"

"아니, 솔직히 이해는 안 가."

내 미소에 하야마가 달갑지 않은 듯 어깨를 으쓱했다. 그 옆에서는 토베가 우리를 번갈아보며 필사적으로 머리를 굴리는 눈치였다. 그러다 결국 포기했는지, 테이블 위로 몸을 내밀더니 「뭔 소리래?」 하고 소곤소곤 유이가하마에게 도움을 청했다. 그러자 유이가하마도 목소리를 낮추고 「그게……」 하고 설명을 시작했다.

어차피 토베는 이해 못해도 상관없다. 내가 담판을 지어야 할 상대는 하야마니까. 속닥속닥 이야기를 나누는 두 사람을 내버려두고 곧장 본론으로 들어갔다.

"그래서 부장회의 협조가 필요해."

"딱히 해줄 수 있는 일이 없을 것 같은데. 부장회에 큰 권한은 없어."

"알아. 그냥 제안을 하나 하고 싶은 것뿐이라고."

냉담하게 선을 긋는 하야마의 말에 손을 들어 끝까지 들어보라는 신호를 보내며 덧붙였다.

"너희들, 송별회 하잖아? 그걸 전교 합동으로 해볼 생각은 없냐? 그 기획에 편승하는 형태로 새로운 프롬 계획을 짜볼까 하거든."

"송별회……?"

파스타에 이어 도리아로 향하던 토베의 손이 주춤했다. 그리고 얼라리오? 하고 고개를 갸우뚱하며 하야마를 돌아보았다. 그 시선에 하야마가 쓴웃음을 지으며 말했다.

"어디선가 들어본 이야기인걸?"

무슨 소리냐고 시선으로 묻자, 하야마가 커피잔으로 손을 뻗어 한 모금 마셨다. 그리고 에스프레소인데도 씁쓸해하는 티조차 내지 않고 태연하게 대답했다.

"합동 송별회에 관해서는 학생회 측에서 이미 의향을 타진해왔어."

오히려 듣고 있는 내 표정이 더 씁쓸했을 테지. 그러나 하야마는 그런 내 반응에도 눈썹 하나 까닥하지 않고 말을 이었다.

"그리고 부장회는 학생회에 협력할 생각이야. 따지고 보면 순수하게 그 하부조직인 셈이니까. 그러니 네 제안에는 응할 수 없어."

그 거절에 그만 끄응, 말문이 막히고 말았다.

역시 일처리가 빠르다. 이쪽에서 떠올릴 정도의 아이디어는 진작 실행에 옮겼다는 건가……. 유키노시타도 본인의 플랜을 보강할 목적으로 부장회를 이용해보자는 생각을 한 거겠지.

이유는 모르겠으나 세간에서 운동부는 건전한 집단이라는 이미지가 강하다. 잘못을 하더라도 경범죄 정도면 철없는 장난쯤으로 치부해버리는 기성세대도 많을 테지. 아무튼 그런 식으로 싱그러운 땀을 흘리는 혈기왕성한 청년들에게 유별나게 관대한 경향이 있다. 하지만 그 인간들이 실제로 건전하냐 하면 딱히 그렇지도 않아서, 해마다 뭔가 물의를 일으키고는 자숙이니 자발적 출전 정지니 해서 사죄하느라 바쁜 데다 요새는 성희롱에 직권남용, 폭력에 약물까지 이것저것 몽땅 까발려지는 추세지만 말이야!

하지만 그냥 얌전히 물러서자니 배알이 꼴린다. 부질없는 저항임을 알면서도 협상은 끝까지 해봐야만 한다. 안 할 거면 의미 없지.[#19] 하야마 매직으로 치바 판정[#20]이 떨어지기를 바라며 입을 열었다.

"……그럼 개인적으로는 어때? 직함을 뗀 하야마 하야토 개인으로라면 협력해줄 거냐?"

"너한테 개인적으로 협력하는 게 제일 싫어."

하야마는 치가 떨린다는 듯 인상을 찌푸렸다. 마치 리버 블로를 얻어맞은 권투선수 같은 표정이었다. 옳거니, 여기가 약점이로구나!

"그냥 이름만 빌려줘도 되거든?"

"너한테 빌려줬다가는 돌려받지 못할 것 같은데?"

"으음, 하긴……."

바람을 가르며 예리한 카운터펀치가 작렬하는 바람에 커헉 신음을 토하며 항복 선언을 하고 말았다. 하긴 내가 하야마 이름을 빌렸다가는 오만 군데에 다 써먹을 테지. 심지어 인감까지 빌려다가 멋대로 주택마련 대출까지 받아버릴 기세다. 해냈다, 자이모쿠자! 우리 아파트 장만할 수 있겠어!

흠흠 고개를 끄덕이는 내게 하야마가 싸늘한 눈길을 보내왔다.

#19 안 할 거면 의미 없지 상대팀 선수에게 과격한 태클을 하도록 지시했다는 의혹을 받는 니혼대학 미식축구팀 감독이 한 것으로 알려진 말.

#20 치바 판정 일본 복싱 연맹의 야마네 회장이 나라(奈良) 지역 선수에게 유리한 판정을 하도록 지시했다는 의혹이 불거지며 나온 「야마네 매직으로 나라 판정」이라는 말의 패러디.

"납득하지 말아주겠어……? 너 남한테 빌린 게임에 자기 이름 쓰는 것도 모자라서 팔아치우기까지 하는 타입이지? 죽어도 싫어."

"천만에, 사람 잘못 봤다. 그딴 짓은 안 한다고. 애초에 나한테 게임 빌려주는 친구 같은 게 있었을 리 없잖아."

당당하게 선언하자 하야마가 깊은 한숨을 쉬었다. 그 옆에서는 토베가 「맞아, 있었지~. 매직으로 이름 써놨는데 대여점에 팔러 가는 애들……. 앗 군, 잘 지내려나?」 하고 아련한 추억을 되새기느라 바빴다.

유일하게 유이가하마만이 입을 헤 벌리고서 놀란 기색을 드러냈다. 말없이 우리를 뚫어지게 응시하는 그 모습에 의아함을 느꼈는지, 하야마가 부드러운 미소를 지으며 물었다.

"왜 그래?"

"아, 그냥 좀 의외라서."

유이가하마는 하야마와 나를 번갈아보더니 에헤헤 어딘가 기쁜 듯 웃었다. 그러자 하야마가 멋쩍은 기색으로 입을 다물었다. 그리고 앉은 자세를 고치는 시늉을 하며 몸을 비스듬히 틀어 나와의 거리를 벌렸다.

하긴 친절한 하야마 하야토 군밖에 모르는 입장에서는 나한테 가시 돋친 말을 내뱉는 모습이 조금 신기하게 비쳤을지도 모른다. 그런데 하야마 군, 알고 보면 한 성격 하시거든요……?

그렇게 생각했을 때, 나보다 하야마를 더 잘 알 터인 토베가 살짝 으스대는 기색으로 후훗 뒷머리를 쓸어 올렸다.

“하야토, 사실 가끔 까칠한 소리도 하걸랑.”

맞지? 하고 동의를 구하는 얼굴로 토베가 씨익 웃어 보이자, 하야마는 딴청 피우듯 헛기침을 하며 나를 보았다.

“애초에 어쩌다 일이 그렇게 된 거야? 유키노시타는 들러리 계획 이야기는 안 했는데.”

“그야 그렇겠지. 내가 멋대로 벌인 일이니까.”

하야마가 보일락 말락 고개를 갸웃하더니, 눈빛으로 무슨 뜻이냐고 물어왔다. 하지만 애초에 설명하기가 싫었으므로 일부러 말을 아끼고 짤막하게 대꾸한 거다. 나는 그 이상 아무 말도 하지 않고 턱을 괸 채로 침묵을 지켰다.

“같이 하는 게 아니었나……. 무슨 일 있었어?”

내가 설명하기를 꺼린다는 사실쯤은 태도로 짐작했으련만, 하야마는 거듭 캐물었다. 그리고 내게서 눈길을 떼지 않고 테이블에 팔꿈치를 얹더니 양손을 깍지 꼈다. 대답할 때까지 기다리겠다고 선언하는 듯한 그 자세에 나는 나직하게 한숨을 쉬었다.

“우리 쪽 사정이라고. 네가 신경 쓸 일이 아냐.”

대답한 순간, 하야마의 눈 속에서 검은 불길이 일렁 피어올랐다. 노려보는 듯한 그 눈빛에 말문이 턱 막혔지만, 그래도 가까스로 어깨를 으쓱해 보였다.

하야마의 시선은 누그러질 줄 몰랐고, 공기가 말라붙으며 따끔따끔 피부를 찌르는 게 여실히 느껴졌다. 그 여파는 주위 사람에게도 미치는지 토베가 불편한 기색으로 몸을 뒤틀었다.

유이가하마는 착잡한 듯 눈을 내리깔았지만, 이윽고 조용히 입을 열었다.

"유키농은…… 자기 힘으루 해낼 수 있다는 사실을 증명하고 싶은 걸 거야. 이대로 가면 의존해버릴 테니까, 나나…… 힛키한테는 기대지 않겠다구…… 그렇게 마음먹었어."

"……유키노시타가, 그렇게 말했어?"

하야마가 약간 동요한 기색으로 살짝 숨을 들이키더니, 확인하듯 천천히 물었다. 그 질문에 유이가하마는 고개를 들지 않고 끄덕 긍정의 몸짓을 했다.

"그래……?"

하야마는 깊은 한숨을 흘리며 눈을 감았다. 그 무거운 숨결 속에 어떤 의미가 담겨 있는지는 모른다. 다만 입술을 지그시 깨무는 표정에서는 고뇌가 엿보였다.

숨 막힐 정도의 침묵이 흐르자, 반작용으로 실내의 웅성거림이 한층 커진 것처럼 느껴졌다. 유이가하마와 나는 조개처럼 입을 굳게 다물고 아래만 내려다보았다.

"어…… 것보다 늬들, 밥 먹었어? 배 안 고파? 뭐 좀 시킬래?"

어색한 분위기를 못 이긴 건지 아니면 마음을 써준 건지, 토베가 애써 밝게 웃으며 메뉴판을 펼쳤다. 어떡할까? 하고 이쪽을 돌아보는 유이가하마를 향해 가볍게 고개를 저어 보였다.

"아, 괜찮아. 슬슬 가봐야 하니까."

직접 말로 하기가 껄끄러워, 말투와 눈빛만으로 고마움을 표시했다. 그런 내 의도가 제대로 전달됐는지는 미지수지만, 토베는「어, 그, 그래……?」하고 조금 당황한 기색을 내비쳤다.

그렇게 침묵이 깨지자, 하야마가 나직하게 한숨을 쉬었다.

"프롬 자체에는 전폭적으로 협력할 생각이야. 그렇지만 부장회 차원에서도, 나 개인적으로도 네게 협력할 수는 없어. ……다만 다른 부원이 개인적으로 돕겠다고 하면 말리지도 않겠어. ……이 정도가 타협점이야."

이쪽을 보는 대신 하야마는 눈앞의 커피잔에 시선을 고정했다. 그 눈동자에는 시커멓게 소용돌이치는 수면이 비쳤고, 그 속에 빛은 보이지 않았다.

"……뭐 그렇겠지. 그거면 됐어."

그렇게 말하자, 유이가하마가 다소 불안한 표정으로 나를 보았다.

"힛키, 괜찮겠어?"

"그래."

부장회가 유키노시타 측에 가세한다면 그것도 상관없다. 하야마 본인에게 그 언질을 얻어낸 것만으로도 충분하다. 내 목적은 어디까지나 유키노시타 측이 계획한 프롬을 성사시키는 데 있다. 이번 건은 저쪽이 먼저 카드를 뽑아들었을 뿐, 효과 자체에는 큰 차이가 없다.

그렇다면 나는 나대로 또 다른 카드를 준비하면 그만이다.

"밥값은 내가 내마. 시간 뺏어서 미안했다."

신속하게 계산서를 챙겨들고 자리를 떴다. 유이가하마도 황급히 뒤따라왔다.

우리가 자리에서 일어서자 하야마는 어떡할까 고민하는 눈치였지만, 결국 체념한 듯 한숨을 내쉬고서 몸을 일으켰다. 홀로 남은 토베는 서둘러 도리아를 입에 욱여넣고 콜라를 꿀꺽꿀꺽 들이켠 다음, 허둥지둥 우리를 따라나섰다.

× × ×

계산을 마치고 가게를 나서자, 바깥은 저녁 분위기가 완연했다.

퇴근 시간이 됐는지 역 앞을 오가는 행인들도 늘어났고, 그 흐름에 편승하듯 누가 먼저랄 것 없이 자연스레 걸음을 옮겼다. 일단 역 쪽으로 가려나……? 그렇게 생각하고 자전거를 끌며 앞장서가는 유이가하마와 토베를 따라가기로 했다.

그때 뒤에서 부르는 소리가 났다.

"잠깐 시간 있어?"

"엉?"

뒤돌아보니 하야마가 장승처럼 멀뚱하게 서 있었다. 우리가 뒤따라오지 않는 게 이상했는지, 유이가하마와 토베가 의아한 기색으로 이쪽의 눈치를 살피며 되돌아왔다.

하야마가 힐끗 토베 쪽을 보더니 살짝 고개를 끄덕였다. 그 동작만으로도 뭔가 눈치챘는지 토베가 뒷머리를 거칠게 빗으며 대답했다.

"아, 그럼 난 유이 바래다주고 갈게."

그러자 유이가하마가 어리둥절한 표정을 지었다.

"웅? 왜?"

"엥?! 왜, 왜냐니?! 도리어 내가 왜냐고 묻고 싶걸랑?"

토베가 당황해서 되묻자, 유이가하마가 살랑살랑 손사래를 쳤다.

"그치만 토벳치랑은 가는 방향두 다르구. 게다가 우리 집 여기서 가까우니까 그냥 혼자서두 갈 수 있구."

"허걱, 완전 착하잖어?! 아니, 그래도 이럴 땐 바래다주는 게 일반적이랄까……."

"에이, 아냐. 됐어, 진짜루. 정말 괜찮아."

"뜨어…… 목소리가 진심이야……."

예상하지 못한 반응이었는지 토베가 좌절한 기색을 드러냈다. 그러거나 말거나 유이가하마는 이쪽으로 폴짝 한 걸음 내딛더니, 살짝 손을 들어 작별 인사를 했다.

"그럼 힛키, 내일 봐. 하야토두."

"그래, 내일 보자."

내가 고개를 끄덕이며 화답하자 하야마도 잘 들어가라며 가볍게 손을 흔들었다.

유이가하마가 타박타박 멀어져가자 토베도 연신 고개를 갸우뚱거리며 뒤따라갔다. 두 사람을 배웅하고 나니 하야마와 나만이 인파 속에 덩그러니 남겨졌다.

두 사람의 뒷모습이 완전히 시야에서 사라지고 나서야 비로소 하야마 쪽을 돌아보았다.

"……뭐냐?"

"잠깐 걷지 않을래?"

하야마는 내 질문에 대답하는 대신 그렇게 말하고, 내가 뭔가 반응을 보이기도 전에 걸음을 옮겼다. 행선지조차 밝히지 않았지만, 그 뒷모습이 따라오라는 뜻을 전해왔다.

하야마를 따라 한동안 자전거를 끌며 걸었다.

번화가에서 길 하나 건너에 있는 뒷골목을 따라 나아가자 가로수로 둘러싸인 공터가 나왔다. 그리 익숙하지 않은 곳이지만, 그네와 미끄럼틀이 갖추어져 있는 걸 보니 놀이터 같았다.

놀이기구 옆을 지나쳐 정자로 들어서자, 하야마가 걸음을 멈추었다.

"여기서 잠깐 기다려."

"엇, 야……."

불러 세우려고 했지만, 하야마는 잰걸음으로 뛰어가 버렸다. 하는 수 없이 자전거를 세우고 정자에 놓인 벤치에 앉았다.

나 말고는 인적을 찾아볼 수 없는 놀이터는 쥐죽은 듯 고요했다. 휑한 놀이터는 가로막는 것 없이 사방이 탁 트여 있어 찬바람이 쌩쌩 불어왔다. 코트 옷깃을 여미고 머플러를 칭칭 감은 다음, 주머니에 손을 찔러 넣은 채 다리를 달달 떨며 하야마가 돌아오기를 기다렸다.

몇 번인가 하얀 입김을 피워 올렸을 때, 뒤쪽에서 사박 모래 밟는 소리가 들려왔다. 고개를 돌리자 캔 커피를 들고 돌아오는 하야마가 보였다.

"받아."

말이 끝나기가 무섭게 하야마가 캔 커피를 이쪽으로 휙 던졌다. 황급히 주머니에서 손을 빼 아슬아슬하게 받아냈다.

"위험하잖아……. 그냥 와서 주면 어디 덧나냐……."

투덜거리며 안도의 한숨을 내쉰 것도 잠시뿐, 이내 손바닥에 뜨끈한 열기가 전해져왔다. 앗 뜨거……. 입속으로만 신음하며 살짝 던졌다 받았다 하다가, 적당히 식은 시점에 캔을 따서 홀짝홀짝 마시기 시작했다.

하야마는 그런 내 모습에 만족한 기색으로 웃고는 하나 떨어진 옆 벤치에 앉았다. 처음에는 손을 녹이듯 캔 커피를 감싸 쥐고 있었지만, 이윽고 나처럼 커피를 꿀꺽 들이켜더니 가만히 한숨지으며 불쑥 입을 열었다.

"옛날 생각이 나더라."

"뜬금없이 뭔 소리야?"

흘끗 곁눈질하며 물었다. 그러자 하야마는 상체를 약간 숙여 캔 커피를 쥔 자기 손을 묵묵히 응시했다. 가로등에 비친 그 옆얼굴에 그늘이 드리웠다.

"……말했잖아, 옛날이야기라고. 초등학교 때 그 애가 고립됐었다는 거 알아? 그때도 비슷한 말을 했거든. ……나 혼자서도 할 수 있다고, 너에게는 의지하지 않겠다고…… 도움은 필요 없다고."

"흐음…… 어디선가 들어본 듯한 이야기구만."

"맞아, 그래서 생각난 거지."

분위기를 깨듯 추임새를 넣자, 하야마가 살짝 고개를 들고 미소 띤 얼굴로 대답했다. 하지만 그 밝은 목소리도 이내 가라앉고 말았다.

"……그때 나는 아무것도 해주지 못했어."

음성과 더불어 하야마의 시선도 아래를 향했다.

"아니, 그 정도가 아냐. 결과만으로 따지면 오히려 더 지독한 꼴이 됐지. 어중간하게 관여해서 공연히 상처만 더 키워놓은 셈이 됐으니까. 가능한 범위 내에서 어떻게든 해보겠다…… 그딴 소리나 늘어놓으며."

하야마가 나를 향해 자학적인 미소를 지어 보였다. 그 시선이 거슬려 어깨를 으쓱해 보였다.

"지금 뭐하자는 거냐? 참회? 그딴 건 벽에다 대고 해라."

"어차피 크게 다를 것도 없잖아?"

능청스러운 대꾸와는 달리 미안한 듯 눈썹 끝이 살짝 처진 얼굴이 가로등 불빛에 드러났다. 하지만 그 표정과는 반대로 하야마가 움켜쥔 스틸 캔은 가늘게 떨리고 있었다. 다시 찬바람이 불어오기 시작한 참이기는 하지만, 아마도 그게 이유는 아닐 테지.

아직도 하야마의 내면에는 후회가, 또는 분노가 자리 잡고 있는 것이다.

지난여름, 하야마와 유키노시타가 그들의 과거에 대해 몇

마디 짧은 대화를 나누었던 기억이 난다. 전후사정을 직접 듣지는 못했기에 내 추측이 다분히 포함되어 있기는 하지만, 십중팔구 그때 츠루미 루미가 겪은 상황은 그들이 거쳐 온 길의 복사판이었던 게 아닐까.

유소년기부터 유키노시타 유키노의 미모와 기질, 총명함이 빛을 발했으리라는 사실은 충분히 예상이 간다. 그리고 그렇게 특이하고 남다른 아이가 또래 집단에서 어떤 취급을 당했을지도 어렵지 않게 상상해볼 수 있다.

그런 상황에서 소꿉친구인 하야마 하야토가 취한 행동은 분명 떠올릴 수 있는 것 중 최악의 선택이었으리라. 한마디로 유키노시타가 집단과, 다른 여학생들과 잘 지낼 수 있도록 중재자 역할을 하려고 한 셈이다.

하지만 그 시도가 더욱 큰 반감을 불러일으켰다. 당연하다. 하야마 하야토가 나선다는 것은 그런 의미니까. 하물며 감정에 휘둘리기 쉬운 어린 시절의 이야기 아닌가. 자제를 촉구해봐야 씨알도 안 먹혔겠지.

당시의 하야마가 얼마나 영리한 아이였는지는 알 도리가 없으나, 최소한 지금의 하야마는 그 어리석음을 똑똑히 이해하고 있다.

"그때 나는 온힘을 다해 도왔어야 했어. 그랬더라면……."

그랬더라면 뭐가 어쨌다는 말인가.

그 말투가 비위에 거슬려, 나는 삐딱하게 눈살을 찌푸렸다.

"그딴 가정에 무슨 의미가 있는데?"

"적어도 지금처럼 되고 싶지는 않다고 생각할 수는 있잖아?"

내 시선을 받아넘기듯 하야마가 자조적으로 웃었다. 그 미소에서 평소의 서글서글한 분위기는 전혀 찾아볼 수 없었고, 어둡게 그늘진 눈동자 속에는 시커멓고 혼탁한 감정이 소용돌이쳤다.

"넌 어정쩡하게 굴면 안 돼. 진심으로, 전력으로 마주해야 해. 나한테는 그럴 각오도 동기도 없었지만…… 너는 다르잖아?"

이루어질 수 없는 미래를 논하는 말이, 간절한 눈빛이, 내가 알지 못하는 과거를 이야기하는 입이 하나같이 짜증을 돋워, 빠득 이를 악물었다.

"그 후회는 네 몫이잖아. 멋대로 나한테 떠넘기지 말라고."

저도 모르게 거칠어진 말투로 대꾸하며 하야마를 쏘아보았다. 그러자 하야마는 조용히 눈을 내리깔았다.

"그래…… 내 후회지. 그때부터 줄곧 품어온 후회. 떨쳐낼 수도, 잊을 수도 없어. 항상 뒤돌아보게 되고…… 그래서 아무리 시간이 흘러도 앞으로 나아가지 못해."

쥐어뜯듯 가슴을 움켜쥐며 하야마는 고통스럽게 신음했다. 단정한 그 이목구비가 비통하게 일그러지고, 피를 토할 것처럼 힘겹게 목소리를 쥐어짜낸다.

평소의 하야마 하야토를 아는 사람이 이 모습을 본다면 어떻게 생각할까. 실망할까, 아니면 동정할까. 어쩌면 경멸할지도 모른다.

그러나 나는 질투했다. 후회하는 그 모습을 보며 부럽다는 생각마저 들었다.

저토록 선열하게 새겨 넣을 수 있다면, 평생 보물처럼 고이 간직할 수 있다면, 죽을 때까지 잊지 못할 만큼 단 하나만을 끊임없이 마음에 그리며 살아갈 수 있다면.

나는 진실로 여한이 없을 테지.

고뇌하는 그 모습이 눈부신 나머지, 그만 시선을 피하고 싶어졌다. 그러나 하야마는 버스럭 모래를 밟으며 이쪽으로 몸을 틀어, 내가 고개를 돌리도록 내버려두지 않았다.

"히키가야……. 네 방식은 잘못됐어. 네가 해야 할 일은 그런 게 아니잖아."

시선을 피하지도 고개를 돌리지도 못하고, 나는 그저 눈을 감았다.

너뿐이다.

너만이 그렇게 말해준다.

어찌할 수 없을 만큼 올바르고, 어떤 식으로든 해석할 수 있을 만큼 모호하고, 어찌되든 상관없는 말들.

네가 하야마 하야토라서 정말 다행이다.

누군가가 상처 입는 것을 간과하지 못하고, 누군가를 상처 입히는 인간을 용서하지 않는다. 그런 까닭에 너는 지금도 너 자신을 용서하지 못한다.

누구에게도 상처 주지 않으려다 소중한 사람을 상처 입히고도 본인과 타인이 만들어낸 자기 자신을 저버리지 못해 끝내 막다른 골목에 몰리고, 그토록 괴로운 표정으로 무의미한 정론을 입에 담으며 또다시 스스로를 상처 입힌다.

자기가 할 수 없는 일임을 알면서도, 내가 할 수 없는 일임을 이해하면서도, 그럼에도 말하지 않고는 못 배긴다.

이 녀석의 이런 면이 진심으로 거슬린다.

정말이지 딱 질색이다.

그렇기에 나도 말할 수 있다.

다른 사람 앞에서라면 분명 이런 말은 하지 않을 테지.

지독하게 공감하지만 전혀 이해할 수 없는 너이기에 말할 수 있다. 똑같은 점이라고는 하나도 없건만 비슷한 구석이 너무 많아, 다른 부분을 용납할 수 없는 너이기에 말할 수 있다. 결코 잘못된 길을 가지 않고, 언제나 올바르기만 한 너이기에.

어금니를 꽉 사려 물고 주먹을 불끈 움켜쥔 채, 가늘고 나직한 숨결을 흘렸다.

"시끄러. ……나도 안다고."

어긋난 방식임은 안다. 하지만 달리 방법이 없다. 다른 방식 따위 모른다.

결국 그런 식으로밖에 전하지 못하는 셈이다, 우리는.

내가 할 수 있는 일은 오직 하나다.

오직 하나뿐이다.

"다 알아. 알면서 이러는 거라고. 그것 말고는 증명할 방법이 없으니까."

천천히 눈을 뜨자, 내 입에서 새어나온 입김이 하얗게 너울

거리며 흩어져가는 광경이 보였다. 흘러나오자마자 사라져가는 그 모습이 꼭 내가 하는 말 같았다.

"……뭘 증명하는데?"

하야마가 마치 노려보는 듯한 눈빛으로 나를 보았다. 저렇게 진지하게 물어오면 대답이 궁해진다. 딱히 대단한 이유를 준비해 두지는 않았으니까.

대충 지어낼까 아니면 적당히 둘러댈까, 혹은 허세를 부릴까. 한순간 생각한 끝에, 결국 가슴속에 응어리진 말을 하얀 입김과 함께 내뱉기로 마음먹었다.

"걔가 도움을 필요로 하지 않는데, 그럼에도 내가 돕기를 원한다면…… 그건 공동 의존 같은 게 아냐. 그 사실을 증명할 수 있으면 돼."

말을 마친 내 얼굴에는 지극히 자연스러운 미소가 어렸다.

내 대답이 뜻밖이었는지 아니면 내 미소에 놀랐는지, 하야마가 눈을 깜빡였다. 그러다 이내 어깨에서 힘을 빼고 희미하게 쓴웃음을 지었다.

"히키가야……. 그런 감정을 뭐라고 하는지 알아?"

"그럼. 남자의 오기라고 하지."

비아냥거리듯 한쪽 입꼬리를 삐뚜름하게 끌어올리며, 그렇게 시치미를 뗐다.

interlude…

그가 가버린 후에도 나는 놀이터 벤치를 떠나지 못했다.

그런 얼굴로 새빨간 거짓말을 늘어놓으면 이쪽도 뭐라고 할 말이 없지 않은가.

결국 그 뒤로 대화는 끊겼고, 그는 내가 사준 것으로 멋대로 결론 내린 캔 커피를 비우더니 바람에 묻혀버릴 만큼 작은 목소리로 「간다」라는 한마디만을 남기고 쌩하니 돌아가 버렸다. 어쩌면 단순히 민망함에 못 이겨 꽁무니를 뺀 것뿐인지도 모른다.

그 바람에 홀로 놀이터에 남겨지고 말았다.

역시 나는 그가 싫다. 정말이지 그런 말에 한순간이나마 흔들리고 만 나 자신을 용서할 수가 없다.

벌써 몇 번째인지 모를 깊은 한숨을 내쉬고, 계속 들고 있던 휴대폰에 다시 눈길을 주었다. 솔직히 말하면 내 쪽에서 먼저 연락하기는 꺼려졌다.

그렇지만 확인하지 않으면 나도 그도 그녀도 더 이상 앞으로 나아갈 수 없다. 그의 주특기인 허풍을 빌리자면 내게도 남자의 오기라는 게 있다.

오랫동안 찬바람을 쐰 탓에 딱딱하게 곱은 손끝으로 통화 버튼을 눌렀다. 차라리 받지 않기를 바라며.

하지만 그녀는 그럴 때만큼은 반드시 전화를 받는다. 확신하는 것과 동시에 신호음이 끊기며 느슨하게 꼬리를 끄는 목소리가 들려왔다.

『네~.』

그 음성에 준비해둔 말을 꺼냈다.

"지금 잠깐 볼 수 있어?"

『……응, 좋아.』

잠시 침묵하는 사이, 그녀는 무언가를 감지한 모양이었다. 변함없이 눈치가 빠른 사람이라 정말이지 골치 아프다. 옛날부터 무엇 하나 숨길 수가 없었다. 이번에도 틀림없이 그렇게 될 테지.

여느 때와 다름없는 불길한 예감 속에서 사무적인 대화를 두어 마디 주고받고 나자, 전화는 곧바로 끊어져버렸다.

× × ×

만나기로 한 장소는 그녀가 과거 애용했던 카페다.

고등학생 신분에는 절대 만만하지 않은 가격으로 판매하는 블루 마운틴을 비우고, 한 잔 더 시킨 다음 손목시계를 보았다.

약속 시간은 이미 지난 지 오래였다. 하지만 따로 연락 온 것은 없었다.

자기가 느닷없이 불러낼 때는 내가 조금이라도 늦으면 끊임없이 전화를 걸어 닦달해대면서, 본인이 늦을 때면 늘 이런 식이다. 익숙한 패턴인지라 나도 구태여 연락을 취하지는 않는다.

전에 한 번 다른 사람들한테도 이러냐고 물어본 적이 있다. 그러자 그녀는 삐기듯 그렇다고 대답했지만, 사실은 다르다. 의외로 시간과 약속은 철저하게 지키는 타입이다. 친구와 약속한 자리에는 지나치게 일찍 나가는 경우도 있거니와, 상대가 지각하더라도 무턱대고 채근하지는 않는다.

단지 특정인에 한해서는 꽤 털털하게 구는 경향이 있는 눈치였다.

그러한 차이를 애정이나 신뢰의 표현으로 해석할 수도 있다. 실제로 그나 여동생을 대할 때는 그런 분위기가 엿보인다. 사냥감을 가지고 노는 고양이처럼 일종의 천진난만함을 드러낸다.

다만 예외도 존재한다. 장난감조차도 못 되는 존재에게는 말 그대로 발톱 스크래처 정도의 가치밖에 두지 않는다.

상념에 잠긴 사이, 추가 주문한 블루 마운틴이 나왔다. 입으로 가져가자 아까보다도 쓴맛이 강해진 느낌이 들었다.

이윽고 은은하게 흐르던 재즈 스탠더드 넘버 속으로 딸랑딸랑 종소리가 끼어들었다. 문으로 시선을 돌리자, 느와르(noir) 톤 위주의 매장에 루즈(rouge)가 불쑥 들어왔다.

그녀는 코트를 벗으며 카운터로 다가가 주문을 마치고, 내 모습을 찾는 기색조차 없이 곧장 이쪽으로 걸어와 맞은편 자리에 앉았다.

"무슨 일 있었어?"

그 질문에 가볍게 고개를 젓고, 그녀가 주문했을 터인 과테말라가 나오기를 기다렸다. 그녀가 컵을 들고 한숨 돌린 후에야 나는 이야기를 꺼냈다.

"공동 의존……. 그에게 그렇게 이야기했어?"

갑작스런 질문에 그녀는 조금 놀란 눈치였다. 그런 표정을 보여주는 일은 흔치 않기에, 나도 모르게 미소를 짓고 말았다. 그에 호응하듯 그녀도 웃었다.

"……들었어? 놀라운데? 하야토한테 그런 이야기도 하는구나."

그 웃음의 의미를 어떤 식으로 해석해야 할지 생각하게 된다. 순수하게 그 행동의 의외성에 재미를 느끼는 걸까, 아니면 고작 나 같은 인간에게 털어놓았다는 데 대한 멸시가 담긴 걸까.

어느 쪽이든 간에, 설령 양쪽 다일지라도 관심사는 내가 아니라 그다.

그러니 내가 아니라 그에 관해서 이야기해야 했다.

"아니, 다른 일로 그가 입에 올린 것뿐이야. ……단지 일부러 그런 표현을 써서 그를 부추길 만한 사람이 누구일지 대충 짐작이 갔으니까."

"제법인걸? 명탐정. 족집게네."

농담조로 받아친 데 비해 그녀의 눈동자는 차갑기 그지없었다. 그 눈빛에는 내 간섭을 꺼리는 기색이 노골적으로 드러났다. 장난으로 넘어갈 수 있을 때 알아서 물러나라는 신호다. 그것을 일부러 못 본 척하고, 테이블에 놓인 커피잔에 시선을 떨구었다.

"왜 그런 짓을……."

"그야 사실이니까."

그녀는 위축된 기색조차 없이 밝은 음성으로, 심지어 유쾌하기까지 한 것처럼 대꾸했다. 가느다란 손가락을 교차시키는 그 모습을 시야 끄트머리에 담으며, 나는 조용히 한숨을 내쉬었다.

"그들은 그 상태로 충분했어. 그렇게 해서, 조금씩……."

"그런 건 가짜잖아. 내가 보고 싶은 건 진짜뿐이야."

내 말을 가로막은 목소리는 분명 차가웠으리라. 그 속에서 어딘가 토라진 듯한 분위기를 감지해내는 사람은 아마도 나뿐이겠지. 함께 해온 시간이 길었던 탓에 멋대로 그렇게 해석하는데 불과하지만, 그래도 나만이 알고 있다.

그 실감이 가슴을 따스하게 해주는 사이, 고개를 들고 그녀의 눈을 응시했다.

"거기서부터 성장하는 감정도 있다고 생각해."

"불가능해. 그랬잖아?"

그녀의 눈초리가 서서히 가늘어지며 얼음장 같은 시선이 나를 꿰뚫었다. 그 말투가 그 여름날 밤의 대화와 겹쳐졌다.

그 눈빛이, 그 목소리가 늘 나를 옭아맨다. 그래서 결국 앞으로 나아가지 못하고, 그녀 또한 그곳에 머물러 있다.

결코 변하지 않는다. 그녀는 자신이 소중하게 여기는 존재가 더 이상 누구에게도 상처 입지 않도록 본인이 먼저 상처 입힌다. 그리고 상처 입힌 사람은 어느 누구도 용서하지 않는다.

"그렇게…… 미워?"

누구 이야기냐고 되물어오지는 않았다.

그녀는 허를 찔린 것처럼 눈을 깜빡였지만, 이내 납득한 기색으로 생긋 웃었다.

"아니, 아주 좋아해."

턱을 괴고 촉촉한 눈동자로 나를 올려다보며, 옅게 칠한 입술로 고혹적인 미소를 그려낸다.

이것은 저주다.

나는 끝내 속죄의 기회를 얻지 못했다.

그래서 그에게 떠넘긴 것이다. 하다못해 그들만이라도, 하는 심정으로.

아아, 진심으로 질투가 난다.

서로에게 없어서는 안 될 존재로서 함께 지옥에 떨어질 수 있다면, 그보다 더 행복한 일은 없으리라.

설령 그것이 모조품이라 할지라도 이 세상에 단 하나뿐인 일그러진 위작이라면, 그 누구도 가짜라고는 부르지 못할 테지.

만약 내가 그것을 손에 넣었더라면, 분명 이 일그러진 형태에 하나의 이름을 붙일 수 있었으련만.

그래서 나는 지금도 후회한다.

그때 온힘을 다해 도왔더라면.

그랬더라면…….

당신은 나를 용서해주었을까요?

7

렌즈 너머로 에비나 히나가 보는 풍경은.

등교하기가 끔찍하게 싫었다.

더 정확히는 교실에 들어가기가 지독하게 싫었다.

보다 정직하게 말하면 하야마 하야토를 만나기가 죽도록 싫었다.

한층 구체적으로 설명하자면 하야마와 얼굴을 마주했을 때 나는 반사적으로 어색해하는데, 하야마는 태연한 표정으로 평소와 다름없이 지낼 거라는 사실이 견딜 수 없이 싫었다.

아니다.

진실하고 솔직한 심경을 고백하자면 평상시와 똑같은 표정으로 앉아 있다가도 불현듯 어딘가 상처 입은 옆얼굴을 내비치고, 내가 그 사실을 깨닫고 마는 게 싫었다.

어젯밤에는 반쯤 도망치다시피 헤어진 탓에 하야마의 반응을 제대로 확인할 기회가 없었다. 하야마가 뭔가 희한한 생물이라도 보듯 입을 딱 벌리고 놀라움인지 기막힘인지 모를 표정을 짓는 바람에, 또 뭔가 성가시기 짝이 없는 소리를 해댈

것 같은 예감이 들어 후다닥 내빼고 말았다.

이른 아침의 교실 창가에서 여느 때처럼 담소를 나누는 하야마 일행의 모습을 슬쩍 훔쳐보고, 곧바로 책상에 털썩 엎드렸다.

눈에 비친 풍경은 평소와 다름없었다.

아침햇살이 부서지는 창가, 화기애애한 대화와 밝은 미소.

그럼에도 아주 짧은 순간, 그 얼굴에 감도는 미소 속에서 희미한 그늘을 읽어내고 말았다.

어쩌면 그 미소에 깊은 의미는 없었는지도 모른다. 정말로 그저 평소와 다름없는 서글서글한 미소를 지었을 따름인지도 모른다.

그렇다면 그 그늘은 내가 자의적으로 읽어내 억지 해석을 가져다붙인 것에 불과하고, 어쩌면 나 자신의 내면 심리가 투영된 결과일지도 몰랐다.

이래서 하야마와 진지한 대화를 나누기 싫었던 거다.

보고도 못 본 척해온 것들을 억지로 눈앞에 들이미는 느낌이 들어 혐오감만 끓어오른다. 그 점은 하야마도 마찬가지겠지.

하야마 하야토와 나는 결국 거울상조차 되지 못하고, 피차 틀린 그림 찾기를 계속하며 서로를 향해 이기적인 분노를 표출해대는 관계에 불과하다.

그 사실을 자각하고 있기에 나는 일부러 하야마 쪽을 보지 않으려 애썼다.

그래도 꼭 나쁜 점만 있었던 것은 아니다. 그 덕분에 단 하나 확신하게 된 사실이 있었다. 언어화를 통해 내 목적의식은 더욱 공고해졌다.

남자의 오기라고 큰소리를 친 보람이 있었다고 해야겠지.

결국 그 후로는 하야마 쪽을 돌아보는 일 없이, 산만하고 공허한 시간이 흘러갔다.

책상에서 고개를 들어 벽걸이 시계를 노려보았다. 벌써 몇 번째인지 헤아리기도 힘든 한숨을 내쉬고, 평소보다 훨씬 느리게 가는 시곗바늘을 응시했다.

내 자리인데도 어쩐지 가시방석처럼 느껴져, 빨리 방과 후가 되기만을 바랄 뿐이었다.

× × ×

빨리 방과 후가 되기를.

분명히 그렇게 바랐건만, 정작 종례를 마치고 교실을 나와 유희부 부실에 도착하니 이번에도 역시 깊은 한숨이 새어나왔다.

문제의 발단은 내 보고였다.

"어…… 아무튼 그래서, 하야마의 협력은 기대할 수 없게 되었습니다."

어젯밤 일이 떠오르는 바람에 그만 인상을 쓰고 말았다. 하지만 다른 멤버들은 아예 오만상을 찌푸렸다.

"아……."

"망했네……."

"이젠 다 끝장이로군……."

하타노와 사가미는 동시에 낙담한 얼굴을 했고, 자이모쿠자는 땅이 꺼지도록 한숨을 쉬었다. 오로지 유이가하마만이 쓴웃음을 지으며 일동을 달랬다.

"괘, 괜찮아……. 아직 카이힌 종합고 쪽이랑두 이야기해봐야 하구. 그치? 힛키."

"그래. 그러니까 일단 카이힌 종합고에 연락해봐야겠지."

그렇게 말하며 흘끗 유이가하마를 곁눈질했다.

그러나 유이가하마는 태평하게 손을 테이블 밑에 둔 채로 고개만 갸웃해 보일 따름이었다.

"웅? 왜 날 봐?"

"어, 아니, 연락처……."

"……웅? 나 말야? 힛키가 아는 거 아니었어?"

고개를 비스듬히 꼬았던 유이가하마가 다시 반대쪽으로 고개를 갸웃했다.

뒤이어 침묵이 내려앉았다.

순간적으로 시선이 뒤얽혔다. 힐끗 자이모쿠자를 보자 자이모쿠자는 사가미 쪽을 돌아보았고, 사가미는 하타노에게 고개를 끄덕여 보였다. 그리고 하타노는 가자미눈으로 나를 째려보았다. 한 바퀴 돌아온 시점에서 나는 다시 유이가하마에게로 시선을 향했다.

"모르는구나……. 우움, 내가 연락하는 거 좀 껄끄러운데…….

뜬금없이 연락한다구 이상하게 여김 어쩌지……?"

유이가하마는 다소 피곤한 기색으로 한숨을 쉬더니, 호주머니에서 스마트폰을 꺼냈다.

걱정 마, 그런 고민은 남자라면 누구나 한 번쯤 거쳐 가는 길이라고. 어차피 무조건 이상하게 보이게 돼 있어. 여자애들은 다들 「얘는 왜 갑자기 숙제 범위를 물어보고 난리람……?」 하고 생각하는 법이거든. 그렇게 생각하며 뜨뜻미지근한 시선을 보내자, 유이가하마가 흘끔 이쪽을 곁눈질했다.

"근데 힛키야말루 몰라? ……그 왜, 오리모토 연락처."

"지웠어."

"지, 지워……?"

서슴없이 대꾸하자, 유이가하마가 말문이 턱 막힌 기색으로 스마트폰을 손에 든 채 쩌적 얼어붙었다.

"그야 졸업하고 나면 단칼에 삭제하는 게 보통이잖아. 어차피 평생 안 볼 놈들인데, 메모리 낭비라고."

"보통이라니, 그거 보통 아니거든?!"

까칠하게 응수하자 유이가하마가 즉각 부정했다. 하지만 주변 반응은 시큰둥했고, 오히려 내 대답에 응응 맞아맞아 그렇지 하고 공감한 기색으로 고개를 끄덕이는 분위기였다. 그 모습에 유이가하마가 일동을 좌우로 두리번두리번 둘러보았다.

"어라?! 내가 이상한 거야?!"

유이가하마가 우웃 머리를 감싸 쥐었다.

"그보다 너, 오리모토랑 연락처 교환했었냐?"

“……응, 일단은. 크리스마스 이벤트 때 잠깐 연락 담당두 맡았으니까. 이야기는 별루 해본 적 없지만…….”

대답하는 유이가하마의 목소리가 차츰 작아지는가 싶더니, 어깨도 덩달아 시무룩하게 처지고 말았다.

하기는 돌이켜보면 당시 유이가하마는 주로 우리가 친 사고의 뒷수습과 각종 연락 업무, 돈 관리를 중점적으로 수행했다. 그렇지만 카이힌 종합고 남학생들은 하나같이 말이 안 통한다. 그러다 보니 아무래도 오리모토를 비롯한 여학생들과 상의하는 경우가 많았을 테지.

유이가하마와 오리모토가 얼굴을 마주한 경우는 몇 번 있었지만, 둘이서 사이좋게 이야기를 나누는 모습은 본 기억이 없다. 오히려 긴장감이 흐를 때가 더 많았던 것 같다.

유이가하마는 친화력의 화신이고 오리모토는 맞장구 몬스터지만, 둘의 성격은 의외로 잘 안 맞는지도 모른다. 하긴 첫 만남부터가 다소 특수한 상황이었으니까……. 어쩔 수 없다면 어쩔 수 없는 일이다. ……노노, 따지고 보면 하야마 탓이지요! 맞아, 그거 죽인다! 아니, 그야 물론 나하고 전혀 상관없다고 할 수는 없다만……. 그런 죄책감도 작용해, 소심한 목소리로 제안해보았다.

“연락처 알려주면 내가 보내마.”

그러자 유이가하마는 아직 한 글자도 못 쓴 스마트폰에서 눈을 들어 나를 흘낏 보더니, 뺨을 볼록 부풀렸다.

“힛키는 라인 안 하잖아.”

그 핀잔에 그만 크윽 말문이 막혀버리고 말았다. 과연 요즘 애들답게 연락 수단도 최첨단을 달리는구만……. 아니 그게요, 제게도 물론 프리큐어 이모티콘을 써보고 싶다는 욕구 정도는 있거든요? 하지만 현재 연락하는 사람이 워낙 극소수이다 보니, 라인을 안 써도 사는 데 별 지장이 없단 말이지…….

아무튼 결국 유이가하마에게 연락을 일임해버린 꼴이 되어 미안할 따름이다. 끙끙거리면서도 라인 창에 뭔가를 톡톡 입력해나가는 유이가하마 님께 감사의 합장을 올리는데, 맞은편에서 나직하게 쑥덕대는 소리가 들려왔다.

"저 사람, 라인도 안 쓰고 평소에 대체 어떻게 생활하는 거지?"

"원시인 아닌가……? 치바 원인(原人)……."

"저놈은 치바 사랑이 극진한 나머지 치바니안[#21]에서 한 치도 진화하지 못한 상태라서 말이다. 지구 자기장이 반전된 상태라 라인 같은 메신저 앱은 쓰지 못하는 모양이더군. 여전히 SMS 단문 메시지로 우가우가하는 신세라지."

"아니거든? 평범하게 장문 메시지하고 멀티미디어 메시지도 쓴다고."

어쩐지 약이 올라 반론하자, 세 사람이 떨떠름한 표정을 지었다.

"요새 문자 메시지 쓰는 사람도 있나……?"

"신석기인 아냐……? 혹시 고향이 카소리(加曾利) 조개더미

#21 치바니안 77만 년 전, 지구 자기장이 지금과는 반대였다고 알려진 시대. 치바에서 당시의 지층이 발견되어 「치바 시대」를 뜻하는 치바니안이라고 명명함.

예요?”

“프흠, 조금은 현대에 가까워졌나. 하지만, 삐삐 장만해라, 삐삐.”

안경 3인방은 푸훕 웃음을 참아가며 희희낙락 제멋대로 떠들어댔다. 하타노가 입이 험하다는 거야 알았다만, 사가미도 얕잡아 볼 게 아닌데? 차라리 누나 쪽이 더 귀염성이 있겠다고……. 뻥이지만!

정신 차리자. 지금은 저놈들한테 신경 쓸 때가 아니다.

어디 연락은 잘 되어가니? 하고 옆을 돌아보자, 유이가하마는 끙끙 신음하면서도 콕콕 샤샤 말칸을 채워나가는 중이었다.

“우움…… 그럼 이제 뭘 물어봄 돼?”

“일단 프롬 기획서를 파일 첨부해. 그리고 이 건으로 가급적 빠른 시일 내에 미팅을 가지고 싶으니까 오늘 내일 모레 중에 일정 잡아서 알려달라고 해봐.”

“파일 처, 첨부…… 첨부……?”

유이가하마는 파일 첨부(ファイル添付, 파이루 텐푸)를 영창했다! 유이가하마는 혼란에 빠졌다! 하긴 어감이 드래곤○스트 주문인 파루푼테하고 좀 비슷하긴 하지! 보아하니 유이가하마 양은 파일을 첨부하는 법을 잘 모르시는 눈치였다. 심지어 첨부라는 단어를 아는지조차 의심스러울 지경이다만…….

그러자 보다 못한 사가미 브라더가 안경을 척 고쳐 쓰며 약간 정중한 말투로 물었다.

“아, 일단 클라우드에 올려야겠네요. 스토리지 뭐 쓰세요?”

"스토리, 지……?"

유이가하마가 좌우로 고개를 갸웃하자, 하타노가 에휴 요란한 한숨을 쉬며 고개를 절레절레 저었다.

"이거 안 되겠는데. 전혀 못 알아듣는 눈치잖아……. 드롭박스 같은 데 넣을까요?"

"므흠……. 파일 전송 쪽이 더 이해하기 쉽지 않겠나? URL만 보내면 되니."

자이모쿠자가 팔짱을 끼고 고개를 비스듬히 꼬며 말했다.

"아, 그러네. 잠깐 노트북 좀 쓰마."

그 의견에 손가락을 딱 튕기고, 긴 책상에 놓여 있던 유희부 노트북을 내 앞으로 끌고 와서 타다닥 파일 전송 서비스에 기획서를 올린 다음 URL을 땄다. 하는 김에 일정 문의글도 작성해서 함께 유이가하마에게 보냈다.

"자, 그거 그냥 복붙하면 돼."

"아, 응……. 복붙은 알아……."

안도한 기색으로 미소 지은 유이가하마가 다시 톡톡 스마트폰을 조작하기 시작했다. 우리는 그 모습을 말똥말똥 응시했다. 이윽고 유이가하마가 후우 다소 지친 듯한 한숨을 내쉬었다.

"보냈냐?"

"응, 일단은……."

유이가하마가 당고머리를 꼼지락꼼지락 만지며 쑥스러운 기색으로 웃자, 전원이 잘했다는 듯 고개를 끄덕이며 흐뭇한 미소를 교환했다. 이거 완전 덕후들의 프린세스가 따로 없구만……. 오죽하면 아까는 저 자이모쿠자마저도 아이디어를 짜내 도움을 주려고 했다고……. 가마하 양, 무서운 아이……!

어쨌거나 이로서 당분간은 연락 대기 상태다.

막간을 이용해 하타노와 사가미가 제작 중인 홈페이지를 체크하며『아주 환상적입니다! 아주 환상적이지만, 그래도 세 가지쯤 시안을 더 보고 싶기도 하군요! 월요일까지만 제출해 주시면 됩니다!』하고 깐죽대는 진상 클라이언트 놀이로 시간을 때웠다.

그러는 사이 유이가하마의 휴대폰이 부르르 진동했다.

"답장 왔냐?"

"우움, 아니. 유미코. 오늘 몇 시부터냐구."

유이가하마가 스마트폰을 입가에 톡 대면서 나를 보았다. 지난번에 부탁했던 사진 촬영 모델 이야기인가…….

"일몰이 다섯 시 반쯤이랬으니까 네 시 반에 집합하면 되겠지. 이것저것 준비한 다음, 거기서 노을이 지기를 기다리면서 촬영하자고."

"응, 알았어."

내 설명에 유이가하마가 손가락을 꼬물꼬물 놀리면서 자판을 치기 시작했다. 그 모습을 시야 한구석에 담으며 흘끗 창밖을 곁눈질했다.

어제 알아본 대로 오늘 날씨는 맑음이다.

약간 구름이 끼기는 했지만, 그게 오히려 아름다운 저녁노을을 빚어낼 테지.

기울어가는 저녁 해를 바라보며 나는 촬영 준비에 돌입했다.

× × ×

해가 저물기 시작하자 바닷바람은 더욱 차가워졌고, 바다 내음도 한층 짙게 풍겨왔다. 은은한 잔물결이 밀려왔다 밀려나갈 때마다 수면이 반짝반짝 눈부시게 빛났다.

붉게 타오르는 석양에 실눈을 뜬 채, 들고 온 짐을 모래밭에 털썩 내려놓았다. 약간 후미진 곳에 위치한 정자를 대기실로 삼고, 곧바로 촬영 준비에 들어갔다.

학교에서 슬쩍해온 대야와 휴대용 보온 포트 몇 개, 그리고 천원 샵에서 왕창 사들인 핫팩을 잔뜩 쌓아놓았다. 이 인근 해변은 여름철이면 해수욕장으로 변신하므로 샤워 시설도 갖추어져 있지만, 그렇다고 이 계절에 그쪽을 이용할 수는 없다. 그런 사정상 몸이 젖거나 지저분해질 경우에 대비해 간단히 바닷물과 모래를 씻어낼 수 있게 대야와 온수를 챙겨왔다. 온수는 모델 분들께 따뜻한 음료를 대접할 때도 필요하므로 꽤 많은 양을 준비해왔다.

그러자 여기까지 짐을 날라다준 자이모쿠자가 어딘가 떨떠름한 시선을 보내왔다.

"프로 조연출 뺨치는 준비성이로다……."

"그 정도는 아냐. 능력만 되면 담요나 낙낙한 롱패딩도 준비하고 싶었다고."

아니면 텐트와 화로라든가……. 이러다가 나도 슬슬 나홀로 캠핑족 대열에 합류하고 마는 거 아냐? 하지만 따지고 보면 찬바람이 쌩쌩 휘몰아치는 와중에 여자애들을 불러낸 입장 아닌가. 그 정도 장비는 갖춰야 마땅하다. 방한 대책은 완벽하게 세워두고 싶었으나, 불행히도 주어진 시간과 자금에는 한계가 있었다. 그런 아쉬움을 담아서 한 말에 자이모쿠자가 다급하게 자기 코트 옷깃을 거머쥐며 외쳤다.

"이, 이건 못 내준다!"

"필요 없거든……?"

나조차도 솔직히 거부감이 들 정도다. 그러니 여자애들이야 더 말해서 뭐하겠는가. 말 나온 김에 그 모델 분들은 어떡하고 계신가 싶어 조금 떨어진 벤치 쪽으로 시선을 향하자, 양팔로 자기 몸을 부둥켜안고 팔뚝을 격렬하게 비비며 오들오들 떠는 미우라 유미코가 보였다.

"아훗! 추워추워추워! 유이, 핫팩핫팩핫팩!"

"등? 아님 배?"

"둘 다!"

미우라가 재킷 뒷자락을 팔락 들쳐 블라우스를 입은 등을 내보였다. 그 위에다 유이가하마가 핫팩을 찰싹찰싹 붙여나갔다. 그 광경이 기묘한 배덕감을 불러일으켜, 어쩐지 봐서는 안 될 것을 봐버린 기분이 드는걸……? 물론 눈에 불을 켜고 볼 겁니다만!

아무튼 저쪽도 준비는 끝난 모양이다.

자이모쿠자에게 짐을 맡겨놓고, 카메라를 챙겨 유이가하마 일행 쪽으로 향했다.

"협조해줘서 고맙다. 잘 부탁해."

"……뭐어~?"

가볍게 고개를 숙이면서 말하자, 미우라가 무진장 황당해하는 표정을 지었다. 그러더니 마치 시내에서 아기사슴(キョン, 쿈)[#22]과 마주치기라도 한 것 같은 눈빛으로 나를 빤히 쳐다보았다. 아니, 그렇게 놀랄 것까지는 없잖아. 요즘 치바는 아기사슴이 늘어나는 추세고. 폭발적으로 늘어난 나머지 아예 쿈 군 쿈 군 입에 달고 살 정도다.

"잘 부탁해~."

옆에 있는 에비나 양은 밝게 웃으며 살랑살랑 손을 흔들어 보였다. 그 목소리에 한동안 굳어 있던 미우라가 퍼뜩 정신을 차렸다.

"……아아, 응, 뭐…… 그냥 유이 부탁이라 온 거거든?"

고개를 홱 돌려 유이가하마 쪽을 흘끗 곁눈질하는가 싶더니, 돌돌 말린 머리카락을 쭉쭉 잡아당기며 통명스레 대꾸했다. 석양을 받아서인지 그 뺨이 발그스름한 빛으로 물들었다. 어머나, 그러고 있으니까 꼭 쑥스러움을 타는 것처럼 보이는구나, 우후훗…….

그나저나 이렇게 흐뭇하게 지켜보고 있을 때가 아니다. 저녁

#22 아기사슴 사슴과 동물. 대만문착이라고도 하며 최근 치바 교외에서 급증하여 농가의 피해가 심하다고 함.

놀이 타오르는 시간은 한정되어 있다.

"그럼 슬슬 시작해도 되겠냐?"

"아, 응."

나를 향해 고개를 끄덕여 보인 유이가하마가 미우라와 에비나 양에게 가자는 시선을 보내고 잠시 해변을 걸었다. 나도 신발 바닥이 사박사박 모래를 밟는 감촉을 되새기며 뒤따라갔다.

파도가 밀려드는 곳까지 왔을 때 잠깐 멈추라고 지시하고, 몇 걸음 물러나 카메라를 들었다.

일단은 대강 프레임을 잡고 구도 확인부터 해야 한다.

렌즈는 광각. 석양을 크게 잡고, 그 햇살을 반사해 빛나는 하늘과 바다의 아스라한 경계선, 즉 수평선 조금 위에 초점을 맞췄다. 그러자 앞에서부터 땅거미가 드리운 백사장, 오렌지색으로 물든 바닷가, 붉은 빛이 녹아든 구름층 순서로 그러데이션이 생겨났다. 화면 오른쪽 끝에는 약간 흐릿하게 미우라와 유이가하마의 뒷모습이 담겼다.

노을을 배경으로 나란히 서 있는 두 소녀는 그 분위기도 제각각이었다.

미우라는 코트 주머니에 양손을 찔러 넣은 채 우와~ 하고 감탄하는 기색으로 노을빛 바다를 바라보았고, 유이가하마는 이쪽이 신경 쓰이는지 자꾸만 흘끔흘끔 뒤돌아보았다.

나는 중간중간 셔터를 눌러가며 손짓으로 모델들의 위치를 조정하는 한편, 내 포지션을 잡는 데도 힘을 기울였다. 그러는 사이 아무래도 추운지라 두 사람에게는 코트를 단단히 껴입도록 했지만, 그 정도로는 모자란지 치마 밑에다 체육복까지 받쳐 입고 있었다. ……이것도 나름 괜찮은데? 뭔가 여고에 잘못 들어와 버린 느낌이 난단 말이지!

그렇게 생각하며 파인더를 들여다보는데, 미우라가 여봐란 듯 「우웃, 추워~」라고 중얼대고는 고개를 돌려 흘끗 나를 째려보았다.

"히키오, 얼른 찍어."

"네……."

다시 카메라를 겨냥했다.

밀려드는 황혼이 구름 속으로 번진다.

시험 삼아 몇 장 찍어보았지만, 성에 차지 않았다.

분명 참고 사진과 동일한 구도를 연출한다고 했건만, 프레임에 담긴 결과물은 어딘지 모르게 시원찮았다.

노을 지는 바닷가에 교복 차림의 소녀들이 나란히 서 있다는 심플하기 그지없는 구성인데도, 어째 영 느낌이 살지 않았다. 한마디로 확 돋보이는 감각이 없다. 『졸업여행 IN 하와이』 같은 여행사 팸플릿에 실려 있을 것 같은 분위기랄까, 『우리들이 있었다』의 표지처럼 찍고 싶은데 말이야…….

고민하며 카메라를 든 채 고개를 갸우뚱한 순간, 뒤에서 에비나 양이 불쑥 나타났다.

"줘보시게."

그리고는 대뜸 내 손에서 카메라를 빼앗아갔다.

"이걸 이렇게 해서, 이렇게 찍어야지."

셔터를 찰칵찰칵 누르는가 싶더니 에비나 양이 카메라를 돌려주었다. 프리뷰 화면을 확인해보자, 그 속에는 정말 내가 상상했던 구도가 고스란히 담겨 있었다.

"이야, 꼭 프로 같은데?"

"그렇지?"

반사적으로 탄성을 흘리자 에비나 양이 뻐기듯 후훗 가슴을 폈다.

"그·리·고~."

신바람이 났는지 콧노래를 흥얼대며 그렇게 중얼거린 에비나 양이 쏜살같이 유이가하마 일행 쪽으로 달려갔다. 그리고 두 사람을 와락 덮쳐 코트와 체육복 바지를 벗겨냈다.

"듀후후후후, 수청을 들어라, 수청을~!"

"자자자자잠깐! 에비나, 너어 진짜!"

에비나 양은 저항하는 미우라에게 재차 달려들어 신발을 벗기고 양말도 벗겨내려 했다. 뭐지? 탈의파[#23]인가? 눈앞에서 펼쳐지는 광경은 그야말로 라쇼몽[#24]을 방불케 했다.

"내가 벗을게! 내가 벗는다구!"

유이가하마는 황급히 달아나 후다닥 신발과 양말을 벗어던졌다. 미우라는 애써 저항한 보람도 없이 에비나 양에게 제압당해, 양말이 홀랑 벗겨지고 말았다.

#23 탈의파 삼도천에서 망자의 옷을 벗긴다는 노파 형상의 귀신.
#24 라쇼몽 아쿠타가와 류노스케의 소설. 주인공이 노파가 입은 옷을 강탈해감.

그러자 미우라의 고운 발이 드러났다. 치마 안쪽도 얼핏 드러난 느낌이 들었지만, 나는 얼른 고개를 돌리고 번개같이 셔터를 눌렀다. 오해라고. 이건 뭐랄까, 반사적으로 움직이다가 우연히 손가락에 찰칵찰칵 힘이 들어간 것뿐이라고.

"추워!"

"추, 추워! 헉, 모래 차가워~!"

유이가하마는 제자리에서 발을 동동 굴렀고, 미우라는 사시나무처럼 떨며 신선한 감각에 놀라 혼란스러워하는 기색이었다.

"후후후, 교복에 바다라면 역시 맨발이 제격이지."

에비나 양이 므흣 만족스러운 미소를 띤 채 탁탁 뛰어 이쪽으로 되돌아왔다. 역시 배우신 분…… 하고 고개를 끄덕이는데, 에비나 양이 나를 향해 손을 척 내밀었다. 아무래도 에비나 양이 찍어주려나 보다. 나야 대환영이다. 이런 일은 센스 있는 분께 맡기는 게 최고라고!

순순히 카메라를 넘겨주자, 에비나 양은 스트로브의 주간 동조가 어떻다느니 피사체 심도가 저렇다느니 뭔가 중얼중얼 혼잣말을 하며 카메라를 겨누었다.

"자, 그럼 찍는다~."

에비나 양이 신호를 보내자 두 사람이 물가에 나란히 섰다. 추위 때문인지 자연스럽게 서로 바싹 붙어서더니, 불현듯 유이가하마가 미우라의 손을 잡았다. 무언가 나직하게 이야기하는 눈치였지만 거리와 바람소리 탓에 그 내용은 들리지 않았다.

그저 비밀스런 미소를 주고받는 그 모습이 눈부시게 아름다워, 가슴이 메어왔다.

낮이 끝나고 밤이 시작되기 직전의 아주 짧은 순간. 우리가 속한 지금 이 시간은 의외로 그런 찰나의 순간에 불과한지도 모른다.

홀린 듯 바라보는 사이, 에비나 양이 휴우 나직한 한숨을 쉬며 카메라를 내렸다.

“나머지는 적당히 찍을 테니까, 마음껏 놀아봐!”

두 사람을 향해서 큰 소리로 외친 에비나 양이 내게 카메라를 돌려주었다. 이제부터는 내가 알아서 찍으라는 소리인 모양이다. 「카메라를 멈추면 안 돼!」라는 지시가 떨어진 이상 얌전히 따를 수밖에 없는 노릇이라, 신나게 노는 두 사람을 찰칵찰칵 찍었다.

“유이, 젖어! 젖는다니까! 꺄아~ 어떡해, 어떡해!”

“기다려, 같이 가!”

미우라와 유이가하마는 일단 물가까지 달려갔다가, 파도가 밀려오면 꺅꺅거리며 달아나기를 반복했다.

“으음, 그림이 좀 나오는데……?”

분주하게 찍는 사이, 에비나 양도 어느새 내 옆에서 스마트폰으로 촬영을 하고 있었다.

“원래는 댁도 피사체로 삼을 생각으로 모셔온 겁니다만……?”

내 말에 에비나 양은 스마트폰에서 눈길을 떼지 않고 대꾸했다.

"에이, 그거야 저 아리따운 두 소녀로 충분하잖아? 난 부(腐)적합하지."

"아, 그러냐……."

"사실 피사체로는 히키타니와 하야토도 괜찮다고 생각하지만 말이야. 부(腐)후후……. 저기서 하야토하고……."

부담(腐擔)…… 아니, 부담(負擔)스러운 웃음소리와 더불어 흘끗 나를 곁눈질한 에비나 양의 입이 헤벌쭉 벌어졌다.

"그거 성희롱 아닙니까?"

정확히 세 발짝 물러나 이의를 제기하자, 에비나 양이 에헴 가슴을 펴고 뽐내듯 대꾸했다.

"괜찮아. 난 별로 섹시한 편이 아니니까. 성적 매력이 없는 인간에 의한 성희롱이 대체 어떤 것인지 저는 모르겠습니다."#25

"어, 저기, 뭐라고 대꾸해야 할지 모르겠다만……. 그것도 성희롱 아닙니까?"

에비나 양을 그런 쪽으로 의식해본 적이 없다 보니 대답하기가 몹시 난감했다. 아니, 반대로 방금 막 의식하게 돼버렸거든요?! 곤란하거든요?!

그보다 여자들의 『난 예쁜 편이 아니니까』라는 발언에 대한 이상적인 대응이 뭔지는 여전히 감을 못 잡겠단 말이지요. 대부분은 『에이, 아냐~』라는 반응을 뜯어내려는 답정너일 테지만, 적어도 에비나 히나는 그런 부류는 아니라는 느낌이 들었다.

#25 성적 매력이~모르겠습니다 레슬링 선수 이쵸 카오리가 협회 간부에게 갑질을 당했다고 고발하자, 관계자가 간부를 감싸려고 한 멘트인 「갑이 아닌 인간에 의한 갑질이 대체 어떤 것인지 저는 모르겠습니다.」의 패러디.

대답이 궁해 쩔쩔매는 사이, 에비나 양이 수평선으로 시선을 돌렸다. 그리고 다소곳이 치맛자락을 누르며 그 자리에 쪼그려 앉더니, 무릎에 턱을 괴고 불쑥 중얼거렸다.

"……귀찮지, 그런 거."

"어떤 거?"

"사랑이니 연애니 성이니 하는 것들."

"아아, 그야 뭐……. 그보다 왠지 엄청 낯 뜨거우니까 그런 이야기는 안 하면 안 되겠냐?"

나는 반사적으로 고개를 돌리고 말았다. 진지한 분위기로 저렇게 노골적인 소리를 내뱉으면 민망하고 겸연쩍은 기분이 들기 마련이다. 더구나 단순한 관념론이 아니라 내게는 어설프게 현실감이 느껴지는 이야기이기도 했다. 고로 썩 끌리는 화젯거리는 아니었다.

그러나 에비나 양은 내 대답에 살짝 어깨를 흔들며 웃었다.

"서로 전혀 관심이 없으니까 할 수 있는 이야기도 있는 법이잖아?"

"……그렇기는 하지."

그렇게 주장한다면야 내게도 이의는 없다.

어떤 의미에서 나는 에비나 히나의 그 거리 두는 법을 신뢰했다. 타인이라고 할 만큼 멀지는 않지만 친구라고 부를 만큼 가깝지도 않은 사이, 즉 지인 또는 이웃이라는 위치를 고수하는 에비나 양의 태도는 내 마음을 편하게 해주었다.

결코 줄어드는 일 없는 거리감을 유지한 채, 에비나 양은 자유분방하게 말을 이었다.

"그래도 뭐 어떻게든 되지 않겠어?"

"뭐가?"

모호하고 종잡을 수 없는 그 말을 무시하기도 껄끄러워, 짤막하게 대꾸했다.

"결국 히키가야는 나하고 다르니까."

그 서늘한 목소리는 예전에도 들어본 기억이 있었다. 친구들 쪽으로 시선을 향하는 그 눈은 보이지 않았지만, 렌즈 너머에는 틀림없이 그 심해 같은 눈동자가 자리하고 있을 테지.

"……뭔가, 들었냐?"

물어보자 마침내 에비나 양이 나를 흘끗 돌아보았다.

"누구한테? 뭘?"

석양이 담기지 않은 그 눈빛은 싸늘했다. 하지만 입매는 조롱하듯 살짝 휘어져, 보고 있기가 약간 거북했다. 그래서 가볍게 어깨를 으쓱해 보이고, 손에 든 카메라로 시선을 떨구었다.

"아니, 됐다. 그냥 해본 소리야."

얼버무리듯 대답하자, 에비나 양은 다시 물가 쪽으로 고개를 돌려 강아지처럼 뛰노는 유이가하마와 미우라를 바라보았다.

"……그냥 보면 알아. 나도 여러모로 꽤 얽혀 있는 편이라고 생각하니까. 그리고 뭐 또 유이한테 간접적으로 좀 듣기도 했고."

역시 들으신 거 맞잖습니까…….

그래서 이렇게 일부러 나하고 이야기할 마음이 생긴 걸까. 어떤 말을 들었는지는 모르지만, 딱히 깊이 파고들 마음은 나지 않았다.

다만 그냥 보면 안다는 말은 조금 마음에 걸렸다. 그렇게 단순한 인간은 아니라고 생각해온 데다, 이 상황을 그렇게 쉽게 파악했다고 이야기하는 것도 왠지 거슬렸다. 이쪽은 나름대로 고심한 끝에 취한 행동이건만, 다 안다는 얼굴로 한소리 하는 게 썩 유쾌하지는 않았다.

하지만 등잔 밑이 어둡다는 속담도 있지 않은가. 의외로 당사자인 우리보다 제삼자가 상황을 더 정확하게 꿰뚫어보는 경우도 있기는 할 테지. 더구나 그 외부인이 에비나 히나라면 더더욱 그렇다.

하지만 그렇다고 흥미진진하게 물어보기도 껄끄러워, 슬쩍 포커페이스를 가장하고 카메라를 만지작거리는 시늉을 하며 넌지시 떠보았다.

"……그런 건 다들 알게 되는 법인가?"

"하야토는 아무래도 그렇지 않을까? 토벳치야 워낙에 그 모양이고, 나머지는 애초에 관심이 없다는 느낌이려나? 유미코는…… 으음, 이건 말 안할래."

"엇, 갑자기 뭔데? 뭔가 무섭잖아……."

포커페이스를 가장하자는 다짐도 까맣게 잊고 무심코 에비나 양을 돌아보고 말았다. 에비나 양의 얼굴에는 살짝 의미심장한 미소가 감돌았지만, 이내 웃음기를 거두고 나를 곁눈질했다.

"왜 이렇게 됐는지는 모르고 내가 할 소리도 아니기는 하지만, 더 간단한 방법도 있었던 거 아니야?"

그 지적에 나도 모르게 쓴웃음이 새어나왔다.

누군가에게, 또는 모두에게 누누이 들어온 이야기다.

분명 말 한마디면 족하고, 그것으로 끝날 문제겠지.

하지만 그런 간단한 해결책을 나는 용납할 수가 없다.

"간단한 게 제일 어렵다고. 나한테는 이게 제일 간단했을 뿐이야."

그 대답에 에비나 양이 고개를 돌려 나를 빤히 쳐다보았다.

"흐음…… 기분 나빠."

"……아, 네에."

무심한 음성으로 가차 없이 응수하는 바람에 어깨를 축 늘어뜨렸다. 뭐 스스로도 기분 나쁜 소리를 했다는 자각은 있으니 그 평가에 딱히 불만은 없습니다만.

그러나 에비나 양의 얼굴에는 혹평에 걸맞은 혐오감은 없었고, 희미한 미소마저 감돌았다.

"하긴 아주 이해가 안 가는 건 아니지만. 그런 식의 비관주의(Pessimism)? 같은 사고방식, 싫어하지 않으니까."

그 말에 잠자코 고개를 끄덕여 보이고, 석양에 찬란하게 빛나는 수면을 응시했다.

확실히 우리의 가치관에는 닮은 부분이 있다. 썩었다느니 하는 핑계 같은 말을 자기 주위에 겹겹이 둘러 견고한 갑옷으로 삼아버린 듯한 에비나 양의 모습에는 분명히 공감 가는 구석이 있었다.

내 행동을 에비나 양 입장에서 해석해보면 비관주의와 유사하다는 결론이 나오는 거겠지. 그 결론이 옳다고는 하지 않겠지만, 그렇다고 크게 어긋난 것도 아니다. 다만 그 미묘한 차이가 확신을 안겨주었다.

역시 에비나 히나와 나는 다르다. 공감은 할지언정 최종적인 결론은 같지 않다. 그 거리감은 어떤 의미에서는 하야마 하야토와 나 사이의 거리감과도 일맥상통하는 바가 있었다.

비슷하고 흡사하고 같은 것처럼 보인다 할지라도 실제로는 각자 다르며, 나는 지난 일 년간 그 사실을 계속 확인해온 셈이라고 할 수 있다.

그리고 십중팔구, 나와 그녀 또한 마찬가지일 테지.

에비나 양의 말을 굳이 정정하는 대신 침묵을 선택했다. 이제 와서 애써 바로잡을 만한 일도 못 된다.

파도 소리에 섞여 쾌활한 목소리가 울려 퍼졌다.

"에비나~! 사진~!"

"같이 찍자~!"

미우라와 유이가하마가 물가에서 힘차게 손을 흔들며 에비나 양을 불렀다. 꺅꺅대며 뛰어다닌 탓인지 흘러나오는 입김은 희고 뺨도 발그레하게 물들었지만 추워하는 인상은 전혀 없었고, 도리어 그곳에만 따스한 온기가 감도는 것처럼 보이기까지 했다.

"그래~."

부르는 소리에 에비나 양이 쓱 몸을 일으키고, 나와 내 손안의 카메라를 흘끗 곁눈질했다. 그런 다음 어깨 길이로 가지런히 자른 머리카락을 귀 뒤로 쓸어 넘기더니 잘 부탁한다는 듯 미소 지어 보인 후, 탁탁 서둘러 친구들 곁으로 뛰어갔다.

그 뒷모습을 바라보며, 나는 살며시 카메라를 들었다.

× × ×

촬영을 마친 이튿날 아침은 전날인 어제와 다름없이 화창했다.

제법 높이 떠오른 햇살이 커튼 틈새로 새어들어 내 눈꺼풀을 지글지글 달구었다.

오늘은 졸업식을 열흘 앞둔 3월 3일, 토요일이다.

그리고 세계의 여동생·히키가야 코마치의 생일이기도 하다.

그럼에도 불구하고 나는 아침부터 밤까지 일정이 빽빽하게 잡혀 있었다.

마음 같아서는 코마치를 위해 넘치는 애정과 조촐한 예산을 담은 선물을 마련해서 성대하게 축하해주고 싶었지만, 지난 며칠간 더미 프롬과 관련된 잡다한 일들을 처리하느라 이것저것 죄다 뒷전으로 밀리고 말았다. 밉다, 일이 미워……. 여느 때처럼 한바탕 원망을 쏟아내고픈 심정이었으나 이번만큼은 내가 자발적으로 선택한 일이기에 불만을 꾹 눌러 삼키고, 반대로 자신을 질타해 침대에서 벌떡 몸을 일으켰다. 시킨 사람도 없는데 멋대로 하겠다고 나서놓고 불평이라니, 번지수를 잘못 찾았다. 내가 나 자신의 고용주인 이상, 아무리 징징대고 한탄하고 우는소리를 해본들 결국 고스란히 내게로 되돌아올 뿐이다. 자영업자의 비애구만.

연일 누적된 피로 탓인지, 묵직하게 안개가 낀 듯한 머리를 흔들며 세면실로 향했다. 달력이 넘어가도 여전히 따듯해질 기미가 없는 수돗물을 얼굴에 끼얹어 억지로 정신을 차렸다.

흘끗 시계를 보니 아침 아홉 시가 조금 넘은 시각이었다. 부지런을 떨지 않으면 약속 시간에 못 맞춘다. 후다닥 계단을 올라가 내 방으로 뛰어든 다음, 옷걸이에 걸린 교복을 꿰어입고 짐을 챙겨 도로 부리나케 계단을 내려갔다.

집을 나서기 전에 한마디 해둬야겠다 싶어 거실을 들여다보니, 잠옷 차림의 코마치가 고타츠 속에 들어앉아 멍하니 TV를 보고 있었다.

보아하니 부모님은 아직 세상모르고 주무시는 중인지, 거실에는 코마치를 제외하면 양지바른 창가에서 쌕쌕 콧소리를 내며 잠든 카마쿠라밖에 없었다.

"저기, 난 이제 나갈 거다만……."

"응, 다녀와~."

코트를 입으며 말을 걸었다. 그러자 코마치는 이쪽을 보지도 않고 살랑살랑 손만 흔들었고, 카마쿠라는 꼬리로 바닥을 탁 쳤다.

평소와 조금도 다를 바 없는 주말 풍경이었다. 생일을 맞이한 당사자치고 코마치 본인은 별 감흥이 없는 눈치였다. 나는 감개무량하다 못해 이렇게 감개에 젖으면 논밭이 엄청 비옥해질 것 같은 느낌인데 말이야! 그건 감개(感慨, 칸가이)가 아니라 관개(灌漑, 칸가이)지만!

하지만 내가 아무리 감개무량해도 코마치의 생일을 축하해주기에는 준비가 턱없이 부족했다. 요즘은 저녁식사 시간의 화젯거리마저도 일에 침식당한 상태인지라, 코마치 생일 선물에 대해 유이가하마에게 상담하는 것조차 뜻대로 되지 않았다.

나중에 돌아와서 축하해주려 해도 시간적 금전적 정신적 모든 면에서 여유가 없었다. 코마치 본인은 크게 신경 쓰지 않을지도 모르지만, 내 입장에서는 인사 한마디라도 해두지 않으면 영 마음이 편치 않을 것 같았다.

"어…… 코마치, 생일 축하한다."

흠흠 헛기침을 하고서 소심한 목소리로 말했다. 마주보고 이야기하려면 좀 쑥스러웠을 텐데, 코마치가 딴 데를 보고 있어서 다행이다……. 안도한 순간, 코마치가 몸을 젖혀 바닥에 뒹굴 드러누웠다.

그리고 데굴 몸을 굴려 엎드린 자세로 턱을 괴더니, 배시시 웃었다.

"응, 오빠. 고마워~."

방금 전까지만 해도 등을 돌리고 앉아 내가 무슨 이야기를 하는지 관심조차 없는 눈치였건만, 막상 축하의 말을 건네자 코마치는 기쁜 듯 수줍은 기색을 내비쳤다. 그 사랑스러운 모습에 저절로 입가에 미소가 번졌다. 그러자 코마치도 흐흥 콧소리를 내며 웃었다. ……엉? 콧소리? 미심쩍은 시선을 보내자, 코마치가 술술 설명을 늘어놓았다.

“평정을 가장하며 평소처럼 지내다가도 오빠가 챙겨주면 기뻐한다……. 아까 그 반응, 코마치 기준으로 포인트 높았어.”

그래……. 그 의도만 밝히지 않았어도 더 많은 포인트를 땄을 텐데 말이야……. 하지만 이게 코마치 특유의 쑥스러움 감추기라는 사실을 모를 리 없다. 그런 까닭에 좀처럼 입이 떨어지지 않았다.

“저기, 오늘 말인데…….”

“응, 다 아니까 걱정 마.”

내 말에 코마치는 살짝 고개를 끄덕이고 후훗 웃었다.

“유이 언니랑 만나기로 했다며? 얼른 가봐.”

“……어떻게 알았다니?”

코마치한테는 오늘 일정에 관해서 입도 벙긋한 적 없습니다만……? 약간 꺼림칙한 기분으로 묻자, 코마치가 스마트폰을 자기 쪽으로 끌어와서 살랑살랑 흔들어 보였다.

“자정에 생축 메시지가 와서, 수다 떨다 보니까.”

“그, 그래……?”

코마치는 대수롭지 않다는 기색으로 설명했지만, 나는 살짝 쫄았다. 내 행동이 다른 경로로 동생에게 전해지다니 어쩐지 무섭잖아. 안 그래? 엇, 그보다 가하마 양, 코마치한테 뭔가 이것저것 이야기하고 그러는 걸까요? 그 네트워크, 대체 어디서부터 어디까지 연결되어 있는 건지 한번 확인해보고 싶습니다만……. 하지만 괜히 물어봤다가 긁어 부스럼만 만드는 건 아닐까 걱정되는 게 또 복잡한 남자의 심리라지요!

끄응 신음하자, 코마치가 가슴을 펴고 손가락을 척 치켜세우며 후훗 웃었다.

"축하해주는 것도 선물 받는 것도 물론 기쁘지만요, 그런 건 다음에 모두가 모였을 때 해도 된답니다."

"……그래, 그렇지."

짤막하게 대답하며 불현듯 생각에 잠기고 말았다.

모두. 그 말이 누구를 가리키는지는 막연하게나마 상상이 갔다. 다만 그 바람을 이루어줄 수 있으리라는 자신은 전혀 없었다.

저절로 낮아진 내 목소리에 의아함을 느꼈는지, 코마치가 턱을 괴고 나를 바라보았다. 올려다보는 듯한 그 눈빛에서는 어딘가 살피는 듯한 기색이 묻어났다. 문득 눈이 마주치는 바람에 나는 그만 처량한 쓴웃음을 짓고 말았다. 그러자 코마치가 살짝 어깨를 으쓱하더니, 나직하게 중얼거렸다.

"……뭐 꼭 다 모이지 않아도 괜찮아. 최악의 경우 오빠만 있어도 간당간당하게 합격이니까."

따스함이 묻어나는 그 음성 덕택에 마음이 한결 가벼워져, 나는 살짝 웃음기 어린 목소리로 대꾸했다.

"최악이라니……. 엉? 간당간당?"

"아무래도 상관없다고. 그보다 유이 언니를 기다리게 하면 못써."

얼른 가보라고 재촉하듯 손을 휘휘 내젓더니, 코마치가 도로 뒹굴 드러누웠다. 그리고 소리 죽여 옅은 한숨을 흘렸다. 그 모습을 시야 한켠에 담으며 거실을 나섰다.

× × ×

출발이 늦었으므로 자전거는 포기하고, 전철과 버스로 이동하기로 했다. 가는 길에도 부스럭부스럭 자료를 살피며 미팅에 대비했다.

유이가하마가 중간에서 힘써준 것도 한몫하여 다행히도 빠르게 약속이 잡혔다. 타마나와하고 이야기할 생각을 하니 마음이 무거웠지만 이것도 다 일이라고 마음을 다잡고, 타마나와와의 공통 어휘를 늘리고자 비즈니스 용어 해설집을 팔락팔락 훑어보았다.

이윽고 목적지 인근 역에 도착해, 회의 장소인 커뮤니티 센터로 걸음을 재촉했다.

우리 학교에서 보면 가장 편했을 테지만, 소부고는 원칙적으로 외부인 출입 금지다. 필요한 절차를 밟으면 들어올 수 있지만, 학생회 소속도 아닌 내가 그런 신청을 하기는 아무래도 좀 어렵다. 그렇다고 근처 카페에서 보자니 너무 캐주얼한 느낌이다. 미팅 장면을 SNS에 올릴 예정임을 고려하면 다소 공식적인 느낌을 풍기는 장소가 바람직하다. 조금이나마 더미프롬 계획에 현실감이 더해지면 좋으련만……. 그렇게 생각하며 걸음을 옮기는데 스마트폰이 부르르 떨렸다.

확인해보니 유이가하마가 보낸 문자였다. 내용은 짤막하게 『얼마나 더 걸릴 것 같아?』라고만 되어 있어, 평소에 문자를 약간 길게 쓰는 편인 유이가하마치고는 드문 일이라고 생각하며 『다 왔어』라고 답장했다.

실제로 코앞까지는 온 상태였다. 두리번두리번 입구 쪽을 살펴보았지만, 유이가하마의 모습은 눈에 띄지 않았다. 아무래도 먼저 안으로 들어간 모양이었다.

그래서 나도 탁탁 서둘러 계단을 올라가서 미리 예약해둔 소회의실로 향했다.

목적지로 추정되는 방에서는 어렴풋이 오리모토의 목소리가 새어나와, 구태여 문패를 확인할 필요도 없이 여기가 소회의실임을 알 수 있었다. 노크도 하는 둥 마는 둥 바로 문을 열었다.

그러자 안에는 이미 유이가하마가 와서 앉아 있었고, 그 맞은편으로 타마나와와 오리모토의 모습이 보였다.

"아, 히키가야~. 오랜만~."

오리모토는 한없이 속편한 분위기로 생각 없이 살랑살랑 손을 흔들었고, 그 옆의 타마나와는 팔짱을 낀 채 앞머리에 훅훅 입김을 불면서 내게 힐끗 시선을 주었다.

그 반응에 짧은 인사와 함께 까닥 고개를 숙여 보이고, 유이가하마 옆에 놓인 의자를 뺐다. 그러자 유이가하마가 소리 없이 입모양만으로 야헬롱, 하고 인사를 건네 왔다. 아무래도 남들 앞에서 대놓고 말하기는 조금 부끄러웠던 걸까요, 네네. 하지만 남들 앞에서 그런 비밀스런 인사를 나누는 것도 부끄럽기는 마찬가지거든요!

쑥스러움을 감추듯 나는 소곤소곤 유이가하마에게 귓속말을 건넸다.

"같이 들어가기로 한 거 아니었냐?"

"우움…… 그게, 입구에서 만났거든. 그랬더니 추우니까 안에서 기다리자구 해서……."

유이가하마는 난처한 기색으로 꼼지락꼼지락 당고머리를 매만지며 희미한 쓴웃음을 지었다. 아마도 오리모토가 특유의 허물없는 태도로 유이가하마에게 말을 붙였을 테고, 어영부영하는 사이 분위기에 휩쓸려 안으로 끌려 들어오고 만 거겠지. 그리고 내가 도착하기 전까지 별로 친하지도 않은 두 사람과 마주앉아 다소 어색한 시간을 보냈다는 소리인가……. 어쩜 좋아, 왠지 미안하잖아!

"아, 그랬냐……. 미안하게 됐다."

머리 숙여 사과하자, 유이가하마가 도리도리 고개를 젓더니 살며시 미소 지었다. 그런 우리의 모습을 지켜보고 있었는지, 오리모토가 짝 소리를 내며 과장되게 두 손을 모았다.

"앗, 미안! 유이가하마는 네가 올 때까지 기다리려고 했는데, 내가 같이 들어가자고 했거든. 바깥은 추우니까 그래도 되지 않을까 싶어서."

그렇게 거리낌 없이 사과하는 게 오리모토답다면 오리모토

다웠다. 옛날부터 서로의 거리감에 구애되지 않는다고 해야 하나, 인식은 하고 있으면서도 일부러 좁히려 드는 버릇이 있었다.

"어, 그, 그래……? 아니 뭐 미안해할 필요는 없다만."

내 대답에 유이가하마도 고개를 끄덕여 동의하고, 오리모토를 향해 생긋 미소 지었다.

"마, 맞아맞아! 나두 춥던 참이었구, 진짜 괜찮아!"

"그래? 그럼 다행이지만……."

오리모토도 어색한 웃음을 머금더니, 곱슬곱슬 컬이 들어간 머리를 구불구불 쓰다듬었다.

뭐, 뭐지……? 이 거북한 분위기……. 그냥 오리모토 개인과 마주쳐도 「으게겍……」 상태가 되어버리는데, 지금처럼 유이가하마가 같이 있는 상황에서는 그야말로 「게게게……」라는 느낌이라 요괴가 되어버릴 것 같잖습니까…….

유이가하마와 오리모토는 둘 다 아하핫 어정쩡한 미소를 머금었지만, 그 속에 숨겨진 표정까지는 엿볼 수 없었다.

묘하게 불편한 침묵이 이어지는가 싶었으나, 이윽고 오리모토가 후우 짧은 한숨과 함께 입을 열었다.

"아, 그보다 왜 히키가야가 연락 안 하는 건데? 유이가하마한테서 연락 오는 바람에 나 엄청 쫄았잖아~."

가느다란 눈으로 흘겨보는 오리모토의 음성은 불만스러운 기색이었지만, 그 말 자체가 농담이라는 사실은 확실하게 느껴졌다. 그 덕분에 분위기가 한결 가벼워지며, 무겁게 닫혀 있던 내 입도 천천히 열렸다.

“어, 그게 실은, 옛날에 휴대폰 바꿀 때 여차저차하다 보니…….”

아무리 그래도 본인 면전에서 네 연락처 삭제했다고 할 수는 없는 노릇이라 어물어물 적당히 뭉뚱그려서 대꾸하자, 뭔가 저 좋을 대로 해석한 듯 오리모토가 아하 맞장구를 쳤다.

“아, 하긴 나 연락처 바꿨으니까. 라인 알려줄까?”

“나 라인 안 하는데.”

“뭐야, 대박 웃겨. 그거 여자들이 쓰는 변명이잖아.”

“아니, 안 웃기거든? 그나저나 여자들 거절법, 좀 너무한 거 아니냐…….”

예시로 든 걸 보니 오리모토 주변에서는 흔한 일인 걸까요…….
아하, 그래! 하야마하고 같이 있을 때 본 그 여자애냐! 나카마치 양이냐! 응응, 알 거 같아~. 걔 그럴 것 같은 느낌이더라~. 실례되는 생각을 하며 제풀에 납득하는데, 오리모토도 왠지 고개를 비스듬히 꼬았다.

“으음, 그럼 어쩌지?”

엉뚱한 방향에 시선을 고정한 오리모토가 스마트폰으로 자기 뺨을 톡톡 치며 생각에 잠겼다. 한편 그즈음 옆자리의 타마나와 씨께서는 앞머리를 끊임없이 훅훅 불어대며 이따금 크흠크흠 헛기침을 하시는가 싶더니만, 예상대로 나를 향해 지그시 매서운 눈빛을 보내왔다. 그 무언의 압력을 감지하고 나도 마주 헛기침을 한 다음, 오리모토와의 대화를 대충 마무리하고 부스럭부스럭 가방을 뒤졌다.

"아무튼 그 문제는 나중에 생각하기로 하고……. 오늘은 우리 회장을 대신하는 입장이랄까, 대리인 자격으로 온 거다."

설명을 곁들이며 진상한 물건은 오늘 이 귀한 자리를 마련한 주목적, 더미 프롬 기획서였다. 타마나와와 오리모토에게는 이미 파일로 보냈지만, 미팅을 할 때는 인쇄물도 챙겨간다. 이건 사축의 철칙이라고! 페이퍼리스 오피스란 대체 뭐였을까…….

"현재 우리 학교에서는 프롬을 계획 중인데, 장기적으로 그 규모를 확대해나갈 예정이거든. 지금 당장은 아니지만, 내년 이후를 내다보고 말이야……."

그렇게 말하자 옆에 앉은 유이가하마가 한순간 놀란 듯한 시선을 보내왔다. 그 눈길에 말없이 고개를 끄덕여 보였다.

우리에게 이 더미 프롬은 금년도 졸업식 타이밍에 맞추어 진행 중인 계획이지만, 그건 어디까지나 소부고에 한정된 이야기다. 실제로 지금 제작 중인 사이트에도 올해라든가 내년 같은 구체적인 시기는 명기하지 않았다. 오로지 『새로운 프롬』이라는 타이틀을 내걸었을 뿐이다.

타마나와 측에서도 이토록 황당무계한 기획을 설마 올해 실행에 옮기리라고는 생각하지 않을 테지. 시간적 유예가 있으면 계획에 찬성하기도 쉬워진다. 구태여 모든 속사정을 밝힐 필요는 없다.

그러나 일부 깐깐한 소부고 학부모들의 머릿속에는 올해 열릴 프롬 생각뿐이다. 고로 새로운 프롬 계획이라고 하면 당연히 그쪽으로 연결 지어 생각하기 마련이다. 가뜩이나 눈엣가시인 프롬을 더욱 성대하게 열겠다고 하면 어떻게든 막으려고 혈안이 될 테지.

실제로 내가 언급한 시기 문제에 관해서는 오리모토와 타마나와 모두 크게 신경 쓰는 기색이 없었고, 처음부터 당연히 내년 이후의 이야기라고 여겼던 눈치였다.

오리모토가 기획서를 집어 들더니 후아 맥 빠진 소리를 냈다.

"아, 그래. 이거 말이지?"

오리모토가 팔랑팔랑 넘기는 기획서 표지에는 유별나게 멋들어진 폰트로 의미 불명의 제목이 적혀 있었다. 그래도 타마나와 씨라면! 타마나와 씨라면 틀림없이 알아주실 거야! 그렇게 한 가닥 희망을 걸고 우리의 호프 타마나와 씨 쪽을 돌아보았다.

그러자 타마나와는 그 기획서를 한 장씩 꼼꼼하게 살펴보는가 싶더니, 뭔가 신경 쓰이는 부분이라도 발견했는지 이따금 페이지를 넘기던 손을 멈추고 복잡한 표정을 지었다. 그리고 후우 깊은 한숨을 내쉬었다.

이윽고 다 읽었는지 타마나와가 점잖게 기획서를 덮더니, 고개를 들고 나를 가만히 응시했다.

"……기획서는 잘 봤어."

그렇게 운을 뗀 타마나와가 손가락으로 테이블을 톡톡 느릿하게 두들기기 시작했다. 그리고 훅 입김을 불어 앞머리를 띄웠다.

"다양성을 추구하는 건 좋아. 하지만 그 밖의 부분이 지나치게 추상적인 것 같은데? 불필요한 요소가 너무 많아서 기획 의도의 초점이 흐려진 느낌이야."

그 평가를 들은 순간, 극심한 충격에 얼이 빠진 나머지 나는 그만 입을 떡 벌리고 말았다.

"뭐……라고……?"

타마나와가 교오양 넘치는 외국어를 쓰지 않는다……라고……? 경악을 금치 못하는 사이에도 타마나와는 계속 말을 이었다.

"전달력을 조금 더 의식해야 할 필요가 있다고 봐. 말하자면 기획의 가시화라고나 할까? 물론 체험형 이벤트의 성장 가능성이 크다는 내용에는 공감하는 바지만, 그 실현에 이르기까지의 과정이 구체적이지 못해."

마치 태극권이라도 하듯 너울너울 느릿하고 크게 손을 놀리며 한마디 한마디 가르침을 주듯 설명한 타마나와가 마지막으로 앞머리를 오른손으로 스륵 쓸어 넘겼다.

"그러니 네 기획은 불합격이야."

그렇게 선언하는 타마나와의 눈빛에서는 「넌 아직도 그 스테이지를 벗어나지 못했구나」 하고 애잔해하는 듯한 기색이 묻어났다.

이게 어떻게 된 일이지……? 반사적으로 유이가하마와 눈을 마주치며 「이 녀석 원래 이런 놈이었냐……?」 하고 당혹스러운 기색을 드러내자, 「애초부터 관심이 없어서 모르겠어」라고 살짝 고개를 저어 답해왔다.

난감한 나머지 조심스럽게 시선을 보내자, 오리모토가 쓴웃음을 머금으며 뺨을 긁적였다. 그 반응으로 미루어보건대 아무래도 타마나와 씨, 요즘은 항상 이런 분위기인 모양이다.

하긴 그러고 보면 소위 지성인을 조롱하는 풍조가 생겨난 지도 한참 됐다. 천하의 타마나와 씨도 그런 시류를 감지하고 변화를 모색하는 중인지도 모른다. 어떤 의미에서는 성장했다고 보아도 무방하겠지. 사내대장부는 사흘만 못 봐도 딴사람이 된다는 말이 있는데, 이 녀석이 바로 그 좋은 예시로군……. 하지만 이대로 타마나와의 페이스에 끌려 다니다가는 크어어어어어억! 하고 호쾌한 비명을 내지르며 패배하는 신세가 되고 만다.

아니, 감탄이나 하고 있을 때가 아니다. 타마나와가 이 제안에 응하지 않으면 내 노림수는 다 틀어져버린다.

이제 어쩐다……? 전전긍긍하다가 무심코 다리를 달달 떨기 시작했다. 타마나와는 내 대답을 기다리듯 느긋하게 톡톡 테이블을 두들겼다. 유이가하마는 불안한 기색으로 흘끔흘끔 양쪽의 눈치를 살피며 나직하게 한숨을 쉬었고, 오리모토는 쿡쿡 소리 죽여 웃었다.

각자가 내는 잡음이 어우러져 불협화음 같은 트랙이 형성되었다. 리듬과 비트가 내 초조함을 부추겨, 무슨 말이든 해야겠다는 생각에 무작정 입을 열었다.

"네가 걱정하는 건 버짓? 버트 예산 없는 건 예사. 그럼 써

먹어야지 가제트. 규모 고려해서 어저스트, 이건 널 위한 서제스트."

생각나는 대로 주절주절 늘어놓은 그 말은 프리스타일 랩을 방불케 했다. 역시 교오양 넘치는 단어와 일본어 랩은 그야말로 찰떡같이 어울린다니까.

벌스고 플로우고 나발이고 깡그리 무시하고 되는 대로 읊어댄 말에 타마나와가 리드미컬하게 고개를 끄덕여 보였다. 그리고 손을 휘릭 돌리더니 지체 없이 맞받아쳤다.

"네 주장은 순전 엉터리, 기획 내용도 숫제 쭉정이. 함께 추진 시 구체성 없으면 우리 쪽도 덤터기. 방향성이 불명확해? 답 없으면 기획은 공중분해, 그것도 함께 생각해볼 문제."

여유로운 기색으로 술술 응수하는 바람에 말문이 막혔지만, 그래도 애써 반박을 시도했다.

"우리도 했다고 드래프트 검토, 필요한 건 지역의 간판. 아직 방향성은 모호하지만 컨셉트는 에이브러햄 링컨, 우리 자신이 주체가 되는 에브리원의 졸업 이벤트. 단 군자금 없이는 전부 다 홀딩. 예산이라면 크라우드 펀딩, 계산에 넣으면 마련은 간단."

이마의 땀을 쓱 훔치며 시선을 향하자, 타마나와는 눈썹을 휙 추켜세운 채 여유로운 태도로 듣고 있었다. 그리고 내 이야기가 끝났음을 확인하듯 한 박자 쉬었다가, 기획서를 팔랑팔랑 넘기며 내가 타마나와를 꼬드기려고 한껏 허세를 부려놓은 부분을 탁탁 쳤다.

"확실히 관심이 가기는 해. 다만 신경 쓰이는 건 이 문체야. 이 기획서에서 중요한 내용은 극히 일부에 불과해. 나머지는 그야말로 빈정거림의 향연이야. 함께 일하려면 우리는 한 팀이 되어야 해. 그런데 지금의 우리는 물과 기름이야."

아까보다도 한층 빠른 속도로 손을 빙글빙글 돌리는가 싶더니, 마지막으로 마치 권총을 겨누듯 손가락으로 나를 척 가리켰다.

장난스러운 포즈와는 달리 날카로운 타마나와의 시선에 나는 그만 할 말을 잃고 말았다. 그 지적대로 이 기획서에는 타마나와를 깔보는 마음이 담겨 있었다. 유행하는 비즈니스 용어를 남발하면 알아서 넘어오겠거니 하고 깊은 생각 없이 써 버리고 말았다.

그러나 사람은 변하는 법이다. 지난 크리스마스 이벤트 때 유키노시타에게도 대놓고 쓴소리를 들은 적이 있는 타마나와이니만큼 변화할 여지는 있었던 거겠지.

"어, 아니, 그건……."

변명하려다 그만두었다. 이젠 됐다고, 할 말 없다고, 이 녀석 역시 세다고. 이젠 틀렸어, 너무 세…….[#26] 깊은 한숨을 내쉬며 패배를 인정하자, 타마나와가 우월감에 찬 미소를 지었다.

"그러니 네 기획은 불합격이야."

재차 단단히 못을 박는 바람에 크윽 신음을 삼켰다. 여덟

#26 이젠 됐다고~너무 세 랩 배틀 형식의 예능 프로그램 「프리스타일 던전」의 참가자가 강적 상대로 패배를 인정하며 한 말. 해당 프로그램은 여덟 마디 2턴, 3라운드제로 승부를 가리며 실력 차가 크면 크리티컬 히트라는 예외 규정이 적용됨.

마디 2턴, 3라운드제로 승부를 낼 필요도 없이 크리티컬 히트로 나의 완패다.

"우움…… 어떡할까……?"

내가 힘없이 고개를 떨구자 더는 보고만 있을 수가 없었는지, 한동안 추이를 지켜보던 유이가하마가 난처함과 기막힘이 반씩 섞인 목소리로 조심스레 입을 열었다. 그러자 우리가 아웅다웅하는 모습을 보며 내내 푸풉 웃음을 참던 오리모토가 눈꼬리에 맺힌 눈물을 쓱 훔치더니, 후우 크게 숨을 내쉬었다. 그리고 기획서를 쓱 집어 들었다.

"그래도 이거 꽤 재미있을 것 같은데? 안 그래?"

"아, 그치그치?"

오리모토가 유이가하마를 향해 말하자, 유이가하마가 반색을 했다. 오리모토는 별 생각 없이 그저 흥미본위로 해본 소리인 눈치였지만, 그 말을 들은 타마나와 씨는 대뜸 남자다운 미소를 지었다. 그리고 덤으로 손가락을 딱 튕기며 윙크를 날렸다.

"맞아. 그렇기는 하지."

"엉……?"

지금까지 그토록 가차 없이 까댔으면서 손바닥 뒤집듯 홀라당 태도를 바꾸기냐……. 무언의 항의를 담아서 타마나와를 뚫어지게 쳐다보았다. 그러자 다소 무안해졌는지, 타마나와 씨가 나직하게 헛기침을 하더니 다시 기획서로 시선을 떨구었다.

"물론 우리도 이 기획에 반대하는 건 아니야. 다만 초반에

합의가 제대로 이루어지지 않으면 꼭 서로 엇갈리는 부분이 생기기 마련이니까. 우선은 그 점을 명확히 해둬야 한다고 보거든."

말을 마친 타마나와가 나를 흘끗 보았다. 그 시선에 가볍게 고개를 끄덕여 보였다.

"이 기획서는 초안이라고 여겨라. 뭔가 좀 그럴싸하게 보이고 싶었을 뿐이야. 이해하기 힘들었다면 미안하다. 그러니 현실성 여부는 제쳐두고, 원점에서부터 다시 논의할 수 없을까?"

무릎에 손을 얹고 살며시 고개를 숙여 보였다. 그러자 옆에서 유이가하마도 따라했다.

"부, 부탁합니다……."

그러자 타마나와는 흐음, 하고 흥미로운 기색으로 우리를 바라보았고, 오리모토는 놀란 토끼처럼 눈을 깜빡였다. 미묘한 침묵이 싹터 낯간지러운 느낌에 슬쩍 몸을 뒤트는데, 오리모토가 후훗 희미한 미소를 담은 숨결을 흘렸다.

"……괜찮을 거 같은데? 회장, 한번 해보자."

그리고 오리모토가 타마나와의 팔을 팔꿈치로 쿡쿡 찔러댔다. 그럴 때마다 타마나와는 우훗 우웃 기묘한 숨소리를 냈다. 으음, 그 심정 알지. 나도 중학교 때 저런 식의 스킨십을 당해서 죽을 뻔한 적이 있거든……. 타마나와는 한동안 꿈틀꿈틀 몸부림쳤지만, 이윽고 조금 진정이 되었는지 찔린 부분을 살살 어루만지며 결론을 내렸다.

"……그래. 다행히도 아직 시간은 있으니까, 검토해볼 여지는 충분해. 그러니 그 사이에 계획 실현을 위한 목적의식의 통일에 힘써야겠지."

"응! 그거 죽인다!"

오리모토가 엄지를 척 치켜세웠다. 그 칭찬에 우쭐해졌는지 타마나와가 훗 웃으며 턱을 살짝 쓰다듬더니, 두 손을 깍지 끼고 몸을 앞으로 내밀었다.

"목적이라고 하니까 생각났는데, 이런 이야기가 있어. 옛날 어느 마을에 벽돌공이 세 명 살았는데…… 그들에게 지금 뭘 하는 중이냐고 물었더니 뭐라고 대답했을 것 같아?"

타마나와가 손가락을 딱 튕기더니 나를 가리켰다. 아무래도 목에 힘이 팍 들어간 눈치였다. 어디선가 주워들은 경영론을 설파하여 지식을 과시함과 동시에 내가 대답하도록 만들 심산인 듯했다. 그렇지만 안타깝게도 나는 이번 기획서를 쓰면서 비즈니스 관련 일화는 대충 섭렵한 상태였다.

"후세에 길이 남을 훌륭한 대성당을 짓는 중이다."

싱겁게 맞춰버려서 미안하다고 생각하면서도 정답을 입에 담았다. 그러자 타마나와는 흠흠 느긋하게 고개를 끄덕였다.

"맞아, 벽돌을 쌓는 중이라고 대답했지. 그리고 또 다른 사람에게 묻자 뭐라고 대답했을 것 같아?"

재차 질문한 타마나와가 이번에는 양손으로 딱딱 손가락을 튕기며 나를 지목했다. 타마나와의 말에 유이가하마가 의아한 표정을 지었다. 그 반응에 나는 신경 끄라고 고개를 저어 보였다. 신경 써봤자 나만 손해다.

무슨 말을 하던 어차피 타마나와에게 전해질 리 없다는 사실을 알면서도 나는 똑같은 대답을 반복했다.

"……후세에 길이 남을 훌륭한 대성당을 짓는 중이다."

"그래, 일하는 중이라고 대답했지……. 그리고 마지막 한 명은……."

타마나와는 우리 세 사람을 빙 둘러보며 잔뜩 뜸을 들인 후에야 엄숙하게 입을 열었다.

"……후세에 길이 남을 훌륭한 대성당을 짓는 중이라고 대답했어."

"어, 응……."

눈을 반짝 빛내는 타마나와 앞에서 내가 할 수 있는 일이라고는 그저 떨떠름하게 경악하는 것뿐이었다. 그런 내 반응을 어떻게 해석했는지, 타마나와의 입에서 몹시 만족스러운 숨결이 흘러나왔다.

"이처럼 우리의 목적이 무엇인지를 진지하게 생각해볼 필요가 있다는 이야기야."

덜컹 의자를 빼며 일어선 타마나와가 우리를 돌아보며 말했다.

"디스티니 랜드를 무찌르는 법, 알아?"

내 대답을 기다리지도 않고 타마나와는 뚜벅뚜벅 요란한 발소리를 내가며 방 안을 서성이기 시작했다.

"일반적으로 생각할 때 우리는 디스티니 랜드를 이길 수 없어. 왜냐하면 디스티니는 한없이 완성에 가까운 존재니까. 따라서 역발상이 필요해. 미완성인 것을 함께 만들어나가는 과정, 그 속에 재미와 즐거움이 숨어 있다는 이야기지."

회의실 안을 도합 두 바퀴쯤 돌더니, 타마나와가 화이트보드를 향해 다가갔다. 그리고 뭔가 정체불명의 그래프를 그리기 시작했다.

"시험에서 매번 90점을 맞는 경우와 예전에는 빵점이었는데 50점을 맞은 경우, 어느 쪽이 더 행복할까를 생각해보면 돼. 우리가 고민해봐야 할 문제는 어떻게 하면 만 명을 불러들일 수 있느냐가 아니라, 어떻게 하면 만 명이서 만들어낼 수 있느냐라고."

타마나와가 화이트보드를 탕 때리자, 그 기세에 넘어갔는지 유이가하마가 짝짝 박수를 치며 탄성을 질렀다.

"우와~ 뭔가 알 것 같아! 우움, 느낌상…… 어, 어쩐지……."

내가 의혹 어린 눈으로 게슴츠레 쏘아보자, 유이가하마가 슬그머니 시선을 피하며 우물쭈물 덧붙였다. 반면 오리모토는 스마트폰을 만지작거리며 끄덕끄덕 동의를 표했다.

"맞아맞아! 그거 죽인다!"

전혀 안 들은 티가 팍팍 나잖아……. 하지만 따지고 보면 타마나와의 주장이 아주 틀린 것은 아니다. 하는 말 자체에 일리가 없지는 않으니까 분명 맞는 소리라고도 할 수 있겠다만……. 그래도 네가 할 말은 아니란 생각을 떨쳐버릴 수가 없거든……? 의식 있는 지성인이 성장할 경우 그 최종 진화형은 IT 쪽인지도 모른다. IT 기업 사장 가챠를 돌렸더니 ☆1이 나와 버린 느낌인걸?

이 녀석, 골치 아픈 외래어를 남발하는 버릇이 고쳐졌다 뿐이지 결국 근본적으로는 변한 게 없구만…….

이나게 해안에서 듣는 익숙한 이야기. 내가 신선미를 느끼지 못하는 게 성장의 증거일 테지.[#27]

그렇게 시답잖은 생각을 하는데, 열변을 토하던 타마나와가 화이트보드를 바라보며 나직하게 중얼거렸다.

"……내년 이후를 내다보고 지금부터 본격적인 준비에 들어가자. 하나하나 차근차근 성과를 쌓아나가야 하니까."

그렇게 말하며 돌아본 얼굴에는 살짝 남자답고 진지한 미소가 감돌았다.

타마나와 본인도 자기가 한 말의 공허함을 자각하고 있는 거겠지. 그래서 여전히 다른 이의 말을 빌리면서도 언젠가는 달라지고 싶다고 끊임없이 염원하는 것이다. 거기에 행동과 결과가 수반될 때, 그 입에서 나오는 말은 분명 진정한 타마나와의 이야기가 될 테지. 장래성에 기대해보자고!

지난번에는 정말 개고생을 했지만, 이번만큼은 타마나와와 한 팀이 되어 다행이다. 더미 프롬 계획의 중요 요소로서뿐만 아니라, 내년 이후 잇시키가 실제로 추진할 프롬의 파트너로서도 든든한 아군이 되어줄 테지. 역시 a.k.a 카이힌 종합고 회장! 그 넘치는 스웩으로 스트리트를 후끈 달구는 동지로서,

---

#27 이나게~테지 미국 서해안에 사는 IT 저널리스트가 그 지역 카페의 일본 지점에서 커피를 마시고 「서해안에서 마시는 익숙한 맛. 내가 신선미를 느끼지 못하는 게 성공의 증거일 테지」라고 트위터에 올렸다가 허세라고 조롱당한 것의 패러디.

이제는 어엿한 마이 브로라고! 그런 마이 브로의 사진을 찍어 둬야지!

"……회의하는 모습 좀 찍어도 되겠냐? 가능하면 홈페이지에도 올리고 싶은데."

"그럼, 물론이지. 아, 그럼 좀 더 알기 쉽게 쓰는 편이 나으려나?"

타마나와는 흔쾌히 허락해주었다. 그리고는 화이트보드에 몇 가지 내용을 덧붙인 다음, 마치 도자기를 빚듯 현란하게 손을 놀리며 이것저것 이야기해주었다. 그 모습을 찰칵찰칵 찍었다.

그리고 회의실 사용시간을 아슬아슬하게 꽉 채우다 못해 살짝 넘기다시피 했을 무렵, 마침내 타마나와의 강연회가 끝났다. 커뮤니티 센터를 나설 즈음에는 이미 해가 중천에 떠올라, 거리에는 한낮의 활기가 넘쳐흘렀다.

역 앞의 인파 속으로 걸음을 내딛은 오리모토가 빙글 우리를 돌아보았다.

"이제 어떡하지? 집에 가? 아니면 밥 먹으러 갈까?"

"아, 우린 지금부터 학교 가서 해야 할 일이 좀 있어서……."

"그래? 그럼 밥은 다음에 먹어야겠네."

유이가하마가 미안한 기색으로 대답하자 오리모토의 눈썹 끝이 아쉬운 듯 처졌다. 그 표정에 유이가하마가 두 손을 모으고 고개를 숙였다. 그에 맞추어 나도 덩달아 꾸벅 고개를 숙였다. 그러자 옆에 있던 타마나와가 흠흠 목청을 가다듬듯 헛기침을 하더니, 한 발짝 쓱 내딛어 오리모토와 나란히 섰다.
"아쉽지만 오늘은 여기서 헤어져야겠네. 그럼 나랑 오리모토는 지금부터 잠시 시간이 비는 셈인데, 괜찮으면……."
희미하게 얼굴을 붉히고 흘끔흘끔 옆사람의 눈치를 살피며, 타마나와가 우물쭈물 제안했다. 처음에는 호기롭게 말을 꺼냈으나 그 목소리는 갈수록 점점 작아져갔다. 그 말을 들었는지 못 들었는지, 오리모토가 천연덕스러운 얼굴로 고개를 끄덕였다.
"응, 집에 가자."
"그, 그래……."
타마나와는 경직된 입매로 간신히 그렇게만 대꾸했다. 하지만 금방 마음을 추슬렀는지, 성큼성큼 나를 향해 걸어오더니 앞머리를 훅 불었다.
"……다음 일정이 잡히거든 알려줘."
솔직히 그럴 일은 없겠지만, 그 박력에 눌려 끄덕끄덕 알겠다는 신호를 보낼 수밖에 없었다.
뭔가 잘은 모르겠다만…… 파이팅, 타마나와 씨!

× × ×

주말의 학교 안은 한산해, 모든 소리가 공허하게 반향을 일으키는 듯했다.
운동장을 비롯한 바깥은 온갖 소음으로 가득하건만, 건물 안으로 들어서면 그곳에는 차가운 거부감이 자리하고 있었다.

다만 유희부 부실만은 도박장 빰치게 치열하고 긴장된 분위기가 감돌았다.

"……흐아, 끝났다~."

"일단 테스트 업로드 했습니다……."

엔터키를 탁! 내리친 것을 끝으로 하타노는 책상에 털푸덕 쓰러졌고, 사가미 브라더가 기진맥진한 기색으로 나를 향해 노트북을 쓱 밀어주었다.

어디 보자, 하고 모니터를 들여다보니 거의 내가 요구한 사양 그대로 완성된 공식 사이트가 보였다. 메인 이미지에 해당하는 감각적인 사진이 두둥 떠 있고, 그 밖에는 작게 삽입된 텍스트와 SNS 계정창이 전부다. 티저 사이트나 다름없는 상태지만, 고작 며칠 사이에 이걸 몽땅 만들어냈다고 생각하면 그저 감탄스러울 따름이다.

"자이모쿠자, 아무거나 좀 올려봐라."

"으음, ……완료!"

내 지시에 자이모쿠자가 해시태그로 도배된 흥겨운 글을 올렸다. 페이지를 새로고침하자, SNS 창 부분에 허공에서 에어 도자기를 빚는 타마나와의 따끈따끈한 신상 사진과 더불어 『카이힌 종합고와 프롬에 관한 의견 교환을 했습니다! 앞으로도 인근 학교와 연계해나갈 예정입니다!』라는 내용의 멘트가 표시되었다.

"우와, 뭔가 굉장해! 멋지다!"

내 뒤에서 화면을 넘어다보던 유이가하마가 흥분한 기색으로 내 어깨를 찰싹찰싹 때렸다. 그 밀착된 거리가 당혹감을 불러일으켜, 사가미 브라더에게 노트북을 돌려주는 김에 슬그머니 유이가하마의 손길을 피했다.

"오케이, 실제 사용 환경으로 전환해. 자이모쿠자는 당분간 SNS 갱신에 힘써주고."

"알겠습니다."

"맡겨두어라."

사가미 브라더와 자이모쿠자가 수긍하는 가운데, 유일하게 하타노만 화면을 바라보며 얼굴을 찌푸렸다.

"이 정도로 될까요?"

"그래. 내용 면에서는 충분하겠지."

타마나와 측과의 미팅을 성과로 제시하고 다른 학교를 방문할 예정이라는 암시를 줌으로써, 그냥 내버려두면 안 되겠다는 분위기를 조성하는 데는 성공했을 터였다. 카이힌 종합고와의 미팅도 의견 교환이라는 완곡한 표현에 그쳤으니, 더미 프롬이 무산된 후 발뺌하는 것도 그리 어렵지는 않을 테지. 즉 오로지 프롬에 이의를 제기한 이들만이 과민반응을 보일 만한 구도가 형성된 셈이다.

그렇게 설명하려 한 순간, 하타노가 고개를 삐딱하게 꺾으며 나를 흘겨보았다.

"……그게 아니라 정보 발신 효과가 약한 것 아니냐는 뜻인데요."

"뭐 그렇기는 한데…… 어차피 일부 학부모 눈에만 띄면 되니까. 오히려 너무 널리 알려지면 뒤처리가 성가시다고. 이 정도가 딱 적당해. 그리고 일단 보험용으로 학부모 측에도 정보를 흘릴 거니까 금방 반응이 오겠지."

무엇보다도 그 정보를 흘릴 상대가 골치 아프다만……. 이제부터 처리해야 할 일을 떠올리자 저절로 표정이 씁쓸해졌다. 자연스럽게 한숨이 새어나와, 유이가하마가 의아한 기색으로 나를 바라보았다. 그 시선에 얼버무리듯 말을 이었다.

"미안하지만 별 탈 없이 돌아가는지 오늘 내일만 좀 주의 깊게 지켜봐주라."

하타노는 가볍게 고개를 끄덕이고 다시 노트북을 들여다보며 사가미와 앞으로의 계획을 의논하기 시작했다.

그런 일동의 모습을 잠시 바라보다가 나직하게 한숨을 쉬었다.

이제 기초 작업은 대강 마무리되었다. 임시변통으로 급하게 진행한 일이라 미흡하고 엉성한 구석이 눈에 띄기는 해도 어쨌거나 최선을 다했다. 아니, 모두가 최선을 다해주었다. 덕분에 이번 주말만 잘 넘기면 나머지는 어떻게든 된다. 자이모쿠자와 유희부원들에게는 그저 고마운 마음뿐이다.

"잘 풀리면 다음 주 초에는 결과가 나올 거다. ……아무튼 고맙다. 큰 도움이 됐어."

작은 소리로밖에 말 못하는 게 스스로도 한심했지만, 그래도 양쪽 무릎에 손을 짚고 깍듯이 고개를 숙여 보였다.

그러자 자이모쿠자와 유희부원들이 꼭 뭔가 희한한 생물이라도 바라보는 듯한 눈빛으로 나를 쳐다보았다. 오직 유이가하마만이 흐뭇한 미소를 지었다. 말똥말똥 쳐다보는 그 시선이 부담스러워, 나는 가볍게 헛기침을 했다.

"답례는 조만간 하마. 주말인데 시간 뺏어서 미안하다. 적당한 선에서 정리하고 들어가라. ……아무튼 고생 많았다."

말이 끝나기가 무섭게 짐을 챙겨들고 쓱 자리에서 일어섰다. 상사가 먼저 퇴근해주지 않으면 다들 눈치가 보여 퇴근 못 할 테니까! 이 얼마나 인정 넘치고 센스 있는 배려란 말인가. 세상 모든 상사들이 본받아 마땅하다.

"앗, 잠깐만, 같이 가……! 다, 다들 고마워! 다음에 뒤풀이 하자!"

유이가하마도 나를 따라 벌떡 몸을 일으키더니, 다른 멤버들을 향해 힘차게 손을 치켜들며 외쳤다. 그러자 하타노와 사가미 브라더가 징긋 애매한 미소를 지으며 대답했다.

"아뇨, 그건……."

"생각은 해볼게요……."

"므음, 갈 수 있으면 가겠다고만 해두겠다."

자이모쿠자만이 유일하게 적극적으로 대답했다. 저건 보통 갈 마음이 없을 때 하는 말 아닌가 싶지만, 이상하게도 자이모쿠자라면 태연하게 참석할 것 같단 말이야…….

세 사람이 일을 마친 해방감과 뿌듯함에 젖어 한가로이 잡담을 나누는 모습을 뒤로하고, 유이가하마와 나는 유희부 부실을 나섰다.

그러나 유감스럽게도 내 일은 아직 끝나지 않았다. 그래서 호주머니에서 스마트폰을 꺼내서 톡톡 두드리며 걸음을 옮겼다. 옆에 있는 유이가하마도 휴대폰을 만지작거리며 나를 보았다.

"힛키, 이제 어떡할 거야? 집에 가?"

"아니……. 일단 전화를 한 통 하고, 그 결과에 따르려고."

대답은 그렇게 했지만, 나는 여전히 스마트폰을 손에 든 채 망설이고 있었다. 화면에 표시된 연락처를 보자 또다시 깊은 한숨이 새어나왔다.

사실은 진작 연락하는 편이 좋았을 테지.

하지만 내키지 않는 전화나 메일은 차일피일 뒤로 미루게 되기 마련이다. 예컨대 진척 상황 보고라든가 지각 통보처럼 스트레스와 죄책감을 수반하는 연락은 가급적 미루고 싶어지는 게 글러먹은 인간의 심리다. 그러다 결국 막판에 몰려 사태 수습에 급급한 나머지 막대한 피해를 초래하고야 만다. 다 아는데도 못 고친단 말이지…….

그러나 이번만큼은 아무리 껄끄러워도 다른 선택의 여지가 없는 이상, 내게 남은 길은 하나뿐이다.

이맛살을 찌푸리고 화면을 노려보는 내 모습이 수상쩍었는지, 유이가하마가 스마트폰과 나를 번갈아보았다.

"전화라니…… 누구한테?"

"……뭐, 정보를 흘릴 상대한테지."

특별관에서 본관으로 이어지는 공중 연결통로까지 와서야 비로소 결심이 섰다. 유이가하마가 계속 저렇게 걱정스러운 눈길로 바라보는 데야 각오를 다질 수밖에 없지 않은가.

장탄식을 하고 유이가하마를 흘끗 돌아보았다.

"미안한데, 잠깐 전화 좀 해야 되니까……."

"응."

먼저 가라는 속뜻을 담아 한 말이었으나, 유이가하마는 그 자리에 오도카니 서서 나를 기다릴 태세를 취했다. 저런 반응을 보이면 이제 와서 먼저 가라고 할 수도 없는 노릇이잖아…….

하는 수 없이 통로에 놓인 벤치를 가리키며 유이가하마에게 앉아서 기다리라는 눈짓을 보낸 다음, 스마트폰을 쥔 손으로 통화 버튼을 눌렀다.

두어 번 신호음이 가는가 싶더니, 상대방이 재깍 전화를 받았다.

『핫헬롱~. 잘 지냈어?』

"……덕분에요."

통화 상대…… 유키노시타 하루노는 지난번에 나눈 대화가 착각이기라도 한 것처럼 태연하게 굴었다. 그 음성을 듣자마자 뺨이 씰룩 굳어지는 게 여실히 느껴졌다. 그 바람에 내 목소리가 갈라지기라도 했는지, 스피커를 통해 유쾌한 웃음소리가 들려왔다.

속마음을 들킨 데서 오는 불쾌감을 떨쳐내고자, 나는 빠르게 말을 이었다.

"상담 드릴 게 좀 있는데요, 잠깐 뵐 수 있을까요?"

『그야 물론이지. 대환영이야.』

"갑자기 이런 말씀 드려서 죄송하지만, 혹시 오늘 밤은 어려울까요?"

내 말에 전화기 너머에서 잠시 생각을 가다듬는 듯한 숨소리가 들려왔다.

『으음…… 정말 갑작스럽네. 뭐 상관은 없지만. 그러면 대신 이쪽으로 와줄래? 아울렛 있는 쪽으로 들어오면 바로 앞에 카페가 하나 있거든?』

"아, 네. 그쪽이요……."

하루노를 난처하게 한 것도 잠시뿐, 이내 대답이 돌아왔다는 사실에 다소 불만을 느끼면서도 설명해준 장소의 위치를 어렴풋이 머릿속에 그려보며 건성으로 대꾸했다.

그때 벤치에 앉아 있던 유이가하마가 내 옆에 와서 서더니, 마치 몸을 기대듯 내 스마트폰에 살며시 귀를 가져다댔다. 예상치 못한 접근에 화들짝 놀라 가슴이 철렁 내려앉았다. 그렇다고 뿌리칠 수도 없는 노릇이라 후다닥 뒤로 헛걸음질을 쳐 거리를 벌렸다. 그러자 유이가하마는 울컥한 기색으로 못마땅한 표정을 짓더니, 다시 이쪽으로 다가왔다.

우리의 소리 없는 공방에 의아해졌는지, 하루노가 전화기 너머에서 물어왔다.

『무슨 일 있어?』

"아뇨, 아무것도 아니에요."

재빨리 대답하고 마이크 쪽을 손으로 덮은 후, 조용히 유이가하마를 타일렀다.

"……왜 그래? 지금 통화 중이니까……."

"하루노 언니랑 만나게?"

이야기하는 도중에 유이가하마가 내 말을 가로막았다. 그 음성은 평소보다 약간 날카로웠고, 표정은 어딘가 절박해 보였다. 그런 얼굴을 보고 나니 너스레를 떨거나 적당히 둘러댈 수도 없어, 그저 짤막하게 설명하는 게 고작이었다.

"……그래. 그쪽을 통해서 자연스럽게 사이트 정보를 흘리려고."

"나두 같이 가면 안 될까?"

그렇게 물어오는 유이가하마의 목소리는 평소에 비해 조금 날선 느낌이었고, 표정은 딱딱한 인상을 풍겼다.

"왜……?"

물어보았지만 유이가하마는 입을 굳게 다물고 침묵을 지켰다. 다만 내가 거절하더라도 따라올 작정임을 그 결연한 눈빛이 말해주었다.

솔직한 심정으로는 썩 내키지 않았다. 여태까지 유키노시타 하루노를 만나서 좋은 꼴을 본 기억이 없다. 그 속으로 유이가하마를 끌어들이자니 영 마음이 편치 않았다. 하지만 망설이는 사이에도 스피커에서는『듣고 있어~?』라고 짜증스레 재촉하는 소리가 들려왔다. 나는 황급히 전화를 귀에 가져다댔다.

"아, 죄송해요. ……그럼 유이가하마하고 같이 갈게요."

『가하마? 응, 알았어~.』

하루노는 고민하는 기색조차 없이 냉큼 수락했다. 그리고 시간과 장소가 정해지자 자기 멋대로 전화를 뚝 끊어버렸다.

힘없이 휴대폰을 축 늘어뜨리고 옆을 흘끗 보았다. 그곳에는 입술을 깨물고 등에 맨 가방끈을 꼭 움켜쥔 유이가하마가 있었다.

"갈까……?"

짤막하게 말을 걸자, 유이가하마는 미소 띤 얼굴로 힘 있게 고개를 끄덕였다. 하지만 뒤이은 발소리는 평소처럼 탁탁 활기차지 않고 나직한 느낌을 풍겼다.

천천히, 조용하게. 깨닫지 못할 만큼.

그 소리는 아마도 끝이 다가오는 소리를 닮았을 테지.

× × ×

해는 바다 너머로 저물고, 서쪽 하늘에는 낙조만이 넘실거렸다. 뉘엿뉘엿 땅거미가 내려앉는 거리를 비추는 것은 가로등과 빌딩 불빛뿐으로, 행인들의 그림자를 사방으로 번지게 했다.

약속 장소인 카페에는 사람이 제법 있었지만, 유럽풍의 세련된 인테리어와 잔잔하게 흐르는 음악 덕분에 실내에는 차분한 분위기가 감돌았다.

먼저 온 일행이 있음을 밝히자 오픈 테라스로 안내받았다.

아직은 소슬한 바람이 부는 이른 봄, 밤의 문턱으로 접어들면서 기온도 한층 떨어졌지만 그래도 군데군데 앉아 있는 손님들의 모습이 눈에 띄었다.

다만 구석진 안쪽 자리, 유키노시타 하루노 근처만은 마치 공백지대처럼 휑뎅그렁하게 비어 있었다.

하루노는 연지색 코트를 어깨에 걸치고 롱스커트에 앵클부츠를 신은 모습이었다. 무릎에는 카페 물건으로 보이는 담요를 살포시 덮고, 파라솔 히터 아래에서 조용히 책을 읽고 있었다. 그러다 이따금 손을 녹이듯 내열 유리잔을 살며시 감싸 쥐고, 한 모금씩 홀짝이듯 마셨다.

그 모습에 나는 한순간 걸음을 멈추고 눈을 가늘게 떴다. 하루노가 풍기는 분위기가 꽤 오랫동안 보지 못한 과거의 풍경과 겹쳐졌다.

그러나 그런 환상에 현혹된 것도 잠시뿐, 우리를 발견한 하루노가 생긋 웃으며 손을 흔들었다.

그 모습에 까닥 고개를 숙여 보인 후, 손짓하는 대로 유이가하마와 나란히 하루노 맞은편에 앉았다.

"뭐 좀 마실래? 여기 빵도 맛있는데."

가급적 빨리 끝내고 싶었으므로, 같은 걸로……라고 대답하려다 그만두었다. 하루노가 들고 있는 내열 유리잔의 내용물은 글루바인(glühwein)인 듯, 자줏빛 액체가 찰랑일 때마다 짙은 시나몬 향이 피어올랐다.

"커피 주세요."

"아…… 전 홍차루 할게요."

신속하게 주문을 마치고 음료가 나오기를 기다렸다. 그 사이 하루노는 읽다만 책에 책갈피를 끼우고 살며시 가방에 집어넣었다.

"말해봐. 상담이라니, 뭔데?"

몸을 살짝 앞으로 내밀고 턱을 괸 하루노가 내 얼굴을 지그시 응시했다. 그 눈이 원치 않아도 지난번 만남을 떠올리게 했다. 윤기 나는 입술에는 미소가 감돌았고, 커다란 눈동자는 초승달처럼 휘어지며 나를 바라보았다. 테이블 밑에서 꼰 날씬한 다리의 발끝이 내 무릎을 가볍게 건드렸다.

내뱉으려던 말이 한숨으로 변해 목에 엉겨 붙으며, 기묘한 갈증이 일었다.

솔직히 말하면 하루노와는 이야기하고 싶지 않다. 딱히 개인적으로 악감정이 있는 건 아니며, 거북한 걸로 치면 여자는 웬만해서는 다 거북하다. 단순한 요소 하나하나로 따지자면 특별히 혐오하는 구석도 없고, 오히려 외견과 내면을 통틀어 호감 가는 부분도 적지 않았다.

다만 나는 두려웠다. 한밤중에 보는 거울이나 어두운 방에서 발견한 가느다란 문틈, 샤워할 때 등 뒤에서 느껴지는 기척처럼 정체를 확인하는 것조차 꺼려지는 타입의 공포가 느껴졌다.

내가 뭔가 입 밖에 내면 그걸 전부 옭아매서, 또다시 외면하고픈 사실을 눈앞에 들이대는 게 아닐까 하는 불안감이 밀려왔다.

"그게요, 프롬에 관한…… 이야긴데요."

내가 좀처럼 말을 꺼내지 못하자, 보다 못한 유이가하마가 대신 입을 열었다.

"뭐야, 그거였어?"

그때까지 하루노의 표정에 감돌던 들뜬 분위기가 거짓말처럼 사라졌다. 노골적으로 김샜다는 표정을 지은 하루노가 의자 등받이에 몸을 기댔다.

"상담이라고 하면 보통 연애 문제 아니야?"

너스레를 떨듯 과장스럽게 어깨를 으쓱하며 어이없는 척을 해 보이는 하루노의 모습에 나직한 숨결과 함께 입을 열었다.

"상담 드릴 게 있다고 하면 보통 부탁이 있다는 뜻이죠."

갓 나온 커피로 가볍게 목을 축이자, 적당한 농담조의 대꾸가 나와 주었다. 그러자 하루노도 웃으며 응수했다.

"사무적인데?"

"일은 딱 질색이지만요."

한쪽 입꼬리를 끌어올리며 빈정거리듯 대꾸하자, 분위기가 느슨해지는 게 피부로 느껴졌다. 옆에 앉은 유이가하마도 안도하듯 한숨을 내쉬었다. 스스로도 한심하다고 생각하지만, 솔직히 유이가하마가 따라와 줘서 다행이었다. 나 혼자였더라면 시종일관 하루노의 페이스에서 헤어 나오지 못했을 테니까. 겉으로는 잘 대처하는 것처럼 보여도 마음속 깊은 곳에서는 벗어나지 못한다.

유이가하마에게 이제 괜찮다는 뜻으로 살짝 고개를 끄덕여 보였다. 하루노에 대한 거부감이 그리 쉽게 가실 리 만무하지만, 그래도 너무 꼴사나운 모습은 보이고 싶지 않았다.

커피를 한 모금 더 마시고 스마트폰을 꺼내들었다.

"이 정보를 슬쩍 좀 흘려주시면 좋겠는데요."

그 말과 함께 이제 막 완성된 더미 프롬의 공식 사이트를 보여주었다.

하루노는 한동안 화면을 들여다보는가 싶더니, 이내 작은 소리로 중얼거렸다.

"흐음……. 이해가 안 가네……."

"우움, 그게요…… 프롬이 반대에 부딪쳤잖아요? 그러니까 다른 계획을 새로 세움……."

유이가하마가 설명하려 하자, 하루노가 생긋 상냥한 미소와 함께 그 말을 가로막았다.

"아, 그건 이해했으니까 됐어."

아무래도 하루노는 사이트에 적힌 내용을 보고 한눈에 전체적인 상황을 파악한 모양이었다. 눈치가 빨라서 좋다.

사정을 구구절절이 설명하지 않아도 된다는 사실에 안도의 한숨을 내쉬려 한 찰나, 숨통이 턱 막혔다.

말없이 나를 응시하는 유키노시타 하루노의 냉랭한 눈빛을 마주하자, 숨을 쉴 수가 없었다.

"이해가 안 가는 건 네가 이런 짓을 하는 이유야……. 똑똑히 알려줬을 텐데? 너희 세 사람의 관계."

웃음기 어린 음성에서는 조롱하는 듯한 분위기가 묻어났지만, 한편으로는 견딜 수 없을 만큼 슬프게 들렸다. 잘못을 꾸짖듯, 과오를 한탄하듯 하루노가 자아내는 말 한마디 한마디가 마치 신경에 얼음물을 들이붓듯 나를 꽁꽁 얼어붙게 만들었다.

"이게 정말 그 애를 위하는 길이라고 생각해?"

"……유키노시타하고는 상관없어요. 부탁받은 것도 아니고, 제가 멋대로 저지른 일이니까요. 한마디로 그냥 제 자기만족을 위한 거죠."

미리 준비했던 대답을 꺼내놓았다.

유키노시타 하루노에게 정보 누설을 부탁할 경우 이 질문에서 자유로울 수 없다는 사실쯤은 알고 있었다. 그래서 가장 명확하고 오류가 발생할 여지가 적은 답변을 선택했다. 절대적인 정답과는 거리가 멀지만 그래도 결코 틀리지는 않을 터였다. 적어도 내 안에 존재하는 진리의 일부이기는 했다.

다만 그 논리가 유키노시타 하루노에게 통용되리라는 생각은 전혀 들지 않았다. 하루노와의 만남을 최대한 뒤로 미루었던 까닭도 바로 그것이었다.

피식 웃은 하루노가 데운 와인을 꿀꺽 들이켰다. 그리고 유리잔 가장자리를 매만지며 천천히, 마치 내 주장의 시비를 가리듯 말했다.

"유키노는 도움을 청한 적이 없다, 네가 멋대로 저지른 일이다……. 그러니 이건 공동 의존이 아니다……. 그런 건 형식적인 이야기에 불과하잖아? 결과적으로는 아무것도 달라지지 않아."

그 지적을 바로 부정하지 못하고 말문이 막혀버렸다. 유이가하마가 걱정스러운 눈길을 내게, 그리고 하루노에게 향했다.

잇시키도, 하야마도, 그리고 십중팔구 유이가하마도 대놓고 말하지는 않았지만 분명히 같은 생각을 했으리라. 내게도 그것이 말장난 식의 회피에 불과하다는 자각은 있었다.

"유키노는 자립하는 길을 선택해서 지금의 관계를 끝내고 싶은 거야. 히키가야, 네가 할 수 있는 일은 지켜봐주는 게 아닐까?"

더없이 다정한 음성으로 어린아이를 타이르듯 하루노가 말했다.

차마 그 눈을 계속 마주볼 수가 없어 시선을 내리깔았다. 분명 하루노 말이 옳으리라. 그런 실감이 가슴을 채우고 만다. 깨닫고 보니 코트 자락을 꽉 움켜쥔 채였다.

"……그건 아니라구 생각해요."

유이가하마가 중얼거렸다. 그 목소리는 바람 속으로 사라져버릴 듯 작았지만 또렷이 들렸다. 감정을 억누르는 듯한 음성에서는 그 표정을 짐작할 수 없어, 유이가하마의 얼굴을 보았다.

그 눈동자에는 나도, 하루노도 담겨 있지 않았다. 유이가하마는 허리를 곧게 펴고, 테이블의 한 지점을 지그시 바라보고 있었다.

줄곧 내게 고정되어 있던 하루노의 시선이 쓱 유이가하마 쪽을 향했다. 그리고 고개를 비스듬하게 기울여 뒷말을 재촉했다. 그 눈빛에 유이가하마가 띄엄띄엄 말을 이었다.

"지켜본다구 하면 뭔가 좋은 말처럼 들리지만, 그건 결국 거리를 둔다는 소리일 뿐이잖아요. 피하구, 멀리 떨어지구…… 그렇게 아무것두 안 하구 있음 아무것두 달라지지 않아요. 그래서 그대루 다 엉망이 돼서 끝나버리구 말 거예요. 우리두, 프롬두……."

평소보다도 훨씬 어른스러워 보이는 옆모습이 카페의 레트로 풍 조명을 받아 덧없는 음영을 만들어냈다. 그 정갈한 분위기와 쓸쓸한 표정에 가슴이 저릿하게 아파왔다. 어쩌면 유이가하마가 이야기한 마지막의 풍경이 너무나 생생하게 머릿속에 그려졌기 때문인지도 모른다.

"그러니까 조금이라두 가까운 곳에 있으면서 관여하지 않음 안 돼요. 그게 제대루 끝내는 데 필요한 일이니까. 그러니까……."

어눌하고 두서없이 이어져가던 말은 이윽고 나직한 숨결로 바뀌었다. 유이가하마가 그 후에 무슨 말을 하려고 했는지는 모른다. 시선을 내리깐 표정에서도 읽어낼 수 없었다.

그럼에도 알게 된 점이 있었다. 아니, 사실은 이미 한참 전부터 알고 있었다.

"……그래. 제대로 끝내야겠지……."

누군가를 향한 것이 아닌, 나 자신을 설득하는 듯한 중얼거림에 유이가하마가 조용히 고개를 끄덕여주었다.

아마 제대로 끝내고 싶다는 것은 우리가 줄곧 간직해온 공통된 소망이리라. 그 사실을 재확인하고 나서야 나는 비로소 고개를 들 수 있었다.

시선이 마주치자, 하루노는 부드럽게 미소 짓더니 살짝 고개를 기울이고 눈을 가늘게 떴다.

"그 끝이 어떤 형태라 해도 상관없어? 유키노도…… 아무도 바라지 않는 끝이라 해도?"

"그래도 상관없어요."

주저 없이 매끄러운 대답이 흘러나왔다. 그렇게 말하는 내 얼굴을 보고 하루노가 허를 찔린 것처럼 살짝 숨을 들이키더니, 미소를 거두고 아까보다도 서늘한 음성으로 물어왔다.

"……있잖아, 히키가야 넌 왜 그렇게까지 하는 거야?"

그 질문에 이번에는 바로 대답하지 못했다. 딱히 망설임이 있어서는 아니다. 이미 답은 나와 있다. 다만 그동안 비슷한 질문을 여러 차례 받아왔기에 어떤 식으로 설명해야 좋을지 조금 고민하고 말았다. 옆에서는 유이가하마가 긴장한 듯 몸을 굳히고 조용히 귀를 기울였다.

그래서 가급적 거짓 없이, 그러면서도 이전의 발언과 모순되지 않도록, 내 나름의 일관성을 가지고 대답하기로 했다.

"봉사정신……이려나요? 상부상조의 마음가짐이요. 누군가를 돕는데 꼭 이유가 필요합니까?"

뻔뻔하게 대꾸하자, 옆자리 의자가 흔들리며 유이가하마의 어깨에서 힘이 쭉 빠져나가는 게 느껴졌다. 하루노는 아핫 짧은 탄성을 흘리며 하늘을 바라보았다.

"너 진짜 웃긴다."

"그런 이야기는 최소한 웃으면서 해주시죠."

본인에게 자각이 있는지는 모르겠으나, 하루노의 표정 그 어디에서도 웃음기라곤 찾아볼 수 없었다. 단지 그 목소리만이 가식적인 명랑함을 드러낼 뿐이었다. 내 지적에 하루노가 생각났다는 듯 생긋 웃었다.

"늘 거짓말만 하고…… 본심은 털어놓지 않는구나."

"본심이고 자시고, 딱히 할 말도 없어요. 설령 있다 할지라도……."

내뱉으려던 말을 삼키고, 다른 말을 입에 담았다.

"그 말을 할 상대는 당신이 아냐."

하루노의 눈이 아주 잠시 눈부신 것을 보듯 가늘어졌지만, 미소를 거두지는 않고 장난기 어린 말투로 대꾸했다.

"……그건 그렇지."

하지만 그 음성에는 어딘가 차가운 울림이 담겨 있었고, 뒤이어 흘러나온 나직한 숨결도 메마른 느낌을 주었다. 본인도 그 사실을 깨달았는지, 하루노가 와인 잔으로 손을 뻗어 이미 싸늘하게 식어버렸을 술잔의 내용물을 들이켰다. 그리고는 손끝으로 입술을 살며시 훔치고, 생각을 정리하듯 한 차례 고개를 끄덕였다. 다시 우리를 보았을 때, 하루노의 얼굴에는 밝은 미소가 감돌았다.

"아까 말한 정보 건은 잘 전달해줄게."

"네, 잘 부탁드려요."

유이가하마와 함께 살짝 고개를 숙여 보이자, 하루노가 턱을 괸 채 스마트폰을 만지작거리기 시작했다.

"근데 이것만 가지고는 좀 어렵지 않을까?"

갑작스러운 말에 어리둥절해하는데, 하루노가 씨익 심술궂은 미소를 지었다.

"필요한 요소는 갖춰져 있지만, 정상적인 논법이 통할 사람들이 아니잖아? 게다가 상대해야 할 사람은 우리 엄마고."

"아…… 하긴……."

유키노시타 자매의 어머니를 떠올린 순간, 유이가하마와 나는 무심코 서로 얼굴을 마주보고 쓴웃음을 짓고 말았다.

내 계산대로 일부 학부모들이 더미 프롬을 물고 늘어질 경우, 그 소통 창구는 역시 유키노시타의 어머니가 되겠지. 그렇다면 학생 측 책임자인 내가 상대해야 한다.

지난번에 오갔던 대화를 생각하면, 솔직히 내 능력으로는 로지컬로도 리리컬로도 승산이 안 보인다.

이맛살을 찌푸리며 신음하는 사이, 하루노는 관심 없다는 투로 후암 하품을 하더니 입을 연 김에 이야기한다는 듯 덧붙였다.

"하지만 그 문제는 이야기를 풀어나가는 방식에 따라 어떻게든 되지 않겠어? ……우리 엄마, 프롬 자체는 어찌되든 상관없다고 여길 테니까."

나직하게 중얼거린 그 말의 의도를 파악하기 힘들어 고개를 갸우뚱해보였지만, 하루노는 더 이상 설명해줄 마음이 없는지 콧노래를 흥얼거리며 음료 메뉴판을 훑어보기 시작했다.

"……네, 뭐 최선을 다해볼게요."

"응, 잘해봐."

이쪽에는 눈길조차 주지 않고 말하는 하루노의 무성의한 격려를 받고 나니, 화젯거리가 바닥나고 말았다.

시간대를 고려하면 귀가하기에 딱 적절한 타이밍이겠지. 유이가하마에게 슬슬 나갈까? 하는 시선을 보내자, 동의의 끄덕임이 돌아왔다.

"……그럼 저희는 이만 가볼게요. 시간 내주셔서 감사합니다."

"가, 감사합니다!"

"응, 또 봐."

자리에서 일어서는 우리에게 하루노가 살짝 손을 흔들어 보였다. 음료 메뉴판을 앞으로 끌어다놓은 걸 보니 아무래도 한동안 여기 머물 생각인 모양이다.

마지막으로 꾸벅 고개를 숙여 보이고 가게를 나섰다.

카페에서 역까지는 엎어지면 코 닿을 거리다. 평일이라면 퇴근 시간으로 접어들 무렵이지만, 오늘은 특별한 행사도 없는 토요일이라 크게 혼잡하지는 않았다.

로터리형 버스 정류장을 겸하는 역 앞 광장에 이르러, 이제 어떡할까? 하고 옆에 있는 유이가하마를 돌아보았다.

카페를 나선 뒤로 유이가하마는 입을 꾹 다문 채 계속 뭔가를 곰곰이 생각하는 분위기였다. 그 침묵이 마음에 걸려 흘끗 눈치를 살피자, 유이가하마가 힘없이 미소 지었다.

그리고 불현듯 걸음을 멈추더니, 말하기 껄끄럽다는 기색으로 입을 열었다.

"……있지, 아까 하루노 언니가 이야기한 공동 의존이란 게 뭐야?"

난감한 듯 웃는 얼굴과는 달리 그 목소리는 몹시 진지했다. 그래서 농담으로 얼버무리지도 못하고 근처에 있는 벤치에 앉아 신중하게 말을 골랐다. 유이가하마도 가방을 품에 안고 내 옆에 앉았다.

"설명하기가 힘든데……. ……의존은 대충 알지?"

내 말에 유이가하마가 안고 있는 가방에 얼굴을 폭 파묻듯 고개를 끄덕였다. 그 반응에 희미하게 미소 지어 보이고 말을 이었다. 최대한 풀어서 설명하고, 전문 용어와 지엽적인 내용은 생략했다.

"공동 의존이란 한마디로 의존의 대상이 되는 측도 그걸 원하는 상태라고 해야 하나? 남이 나를 필요로 한다는 데서 자신의 존재 가치를 발견하고, 만족감과 안도감을 얻어서…… 둘 다 그 상태에서 빠져나오지 못하게 되는 거야."

설명하는 사이, 목소리가 낮게 가라앉았음을 깨달았다. 생각하면 할수록 내게 딱 들어맞는 표현처럼 느껴져 입맛이 썼다.

유이가하마도 짚이는 구석이 있는지, 입술을 살짝 깨물었다.

"그거 말이야……. 안 좋은 거지……?"

"……글쎄, 뭐 건전하지는 않겠지."

―그러니 그건 역시 잘못된 것이겠지.

내 나직한 대답에 유이가하마의 표정이 어두워졌다. 그런 모습을 보는 게 가슴 아파, 침울한 분위기를 떨쳐내듯 힘차게 벤치에서 일어났다.

"……그 사람이 하는 말이 다 옳은 건 아냐. 그냥 그런 관점도 있다는 거지."

그러니 마음에 담아둘 필요는 없다고, 그런 의미를 담아서 어설프게나마 웃어 보였다.

그러자 유이가하마도 어딘가 슬픈 듯한 미소를 지으며 고개를 끄덕이고는 몸을 일으켰다.

누가 먼저랄 것 없이 걸음을 옮겨 개찰구에 다다르자, 유이가하마가 빼꼼 손을 들었다.

"그럼 난 전철 타구 갈게."

"그래. 조심해서 들어가라."

"응, 학교에서 봐. ……잘 가, 힛키."

가슴께에서 살랑살랑 손을 흔드는 유이가하마의 배웅을 받으며 걸음을 옮겼다.

잠시 걸어가다가 돌아보니 유이가하마는 여전히 개찰구 앞에 서 있었다. 눈이 마주치자 유이가하마가 한층 더 크게 손을 흔들었다. 살짝 손을 들어 화답하기는 했지만, 쑥스러운 마음에 나는 잰걸음으로 역을 뒤로했다.

혼자가 되어 밤바람을 맞으며 귀갓길을 서둘렀다.

이것으로 오늘 스케줄은 전부 다 소화했다. 가능한 모든 준비도 끝마쳤다.

남은 일은 제대로 끝내는 것뿐이다.

interlude…

오늘밤도 취할 수 있을 것 같지 않다. 데운 와인은 몸을 녹여줄지언정 마음속 깊은 곳까지는 스며들지 못했다. 그 뒤로 연거푸 술잔을 비워도 감정은 고양되지 않고, 그저 역겨운 기분만 더해갔다. 이것으로 다섯 잔째인 글라스를 돌리며, 한 병 더 시킬까 하고 와인 리스트로 손을 뻗으려다 그만두었다.

4인용 테이블은 유난히 휑해서 어떤 와인을 시켜도, 아무리 술잔을 늘어놓아도, 어느 누구를 불러내더라도 그 여백을 채우기는 불가능해 보였다.

무료함을 달래려고 읽다 만 책을 다시 펼쳐보았지만, 한 장도 넘어가지 않아 책갈피는 같은 자리에 머물렀다. 수도 없이 읽고 또 읽어서 이야기의 결말까지 전부 알고 있건만, 찍혀 있는 엔드 마크 이후를, 진정한 결말을 늘 끊임없이 갈구하기에 아무리 시간이 흘러도 끝날 줄을 모른다.

거짓 없는 단 하나의 올바른 결말. 설령 나 자신이 손에 넣지 못한다고 할지라도, 그런 것이 실제로 존재한다는 사실을 누군가 증명해준다면 그것으로 족하다.

그런 공상을 안주삼아 술잔을 비우고, 굴곡진 유리로 앞자리를 비춰보았다. 하지만 그곳에는 아무도 없었고, 유리 속에서는 그저 성격 고약해 보이는 미인이 자조적인 미소를 짓고 있을 따름이었다.

그러다 불현듯 그 유리에 사람 형상이 비치는 바람에 움찔했다. 고개를 드니 먼저 돌아갔을 터인 그녀가 보였다. 뛰어왔는지 어깨를 들썩이며 가쁜 숨을 몰아쉰다.

"뭐 놓고 간 거라도 있어?"

말을 걸면서 무릎 담요를 건네주고 자리를 권하자, 그녀는 순순히 원래 있던 자리에 앉았다. 무슨 일인가 싶어 턱을 괴고 가만히 쳐다보자, 무릎에 덮은 담요를 치맛자락째로 꼭 움켜쥔 그녀가 비장한 기색으로 입을 열었다.

"저기요…… 역시 아까 그 말, 틀린 것 같아요. ……공동 의존이라는 거요."

갑작스러운 말에 그만 눈을 휘둥그레 뜨고 말았다. 고작 그 이야기를 하려고 일부러 돌아왔단 말인가. 그렇게 생각한 순간 납득했다. 옳거니, 오늘 이 애는 내게서 그를 지킬 작정으로 여기 왔던 것이다. 그게 독점욕에서 비롯된 행동이라면 차라리 귀엽기라도 하련만, 이건 그보다는 오히려 보호본능에 가까운 느낌도 든다.

그 마음가짐이 가상해서 솔직하게 칭찬해주고 싶지만, 이렇게 정면으로 대항해오면 나도 정면으로 대응하는 수밖에 없다. 유전을 탓할 생각은 없지만, 영 마음에 안 드는 부분이 엄마를 닮아버리고 말았다.

사실 이런 말은 별로 하고 싶지 않다. 성가시고 그렇게 한가하지도 않고 관심도 없는 데다, 예뻐하는 아이한테 미움을 사는 것도 썩 유쾌하지는 않다.

하지만 잘못된 걸 잘못된 채로 내버려두는 건 불쾌하다 못해 역겨운 기분이 드니까.

역겨움만 더해질 뿐임을 알면서도 나는 술병의 내용물을 글라스에 모조리 쏟아 부었다.

× × ×

피처럼 검고 새빨간 파도가 물보라를 일으킨다. 거품이 터지며 출렁출렁 흔들리는 게 꼭 내 심장 같았다. 역에서부터 급하게 뛰어온 탓에 지금도 쿵쿵거리는 고동소리가 귓가를 울렸다.

"나한테는 그렇게 보이거든. ……너희들 셋의 관계가."

공동 의존이라는 말은 낯설다. 자세한 의미도 모른다. 난 어려운 건 모르니까, 모르는 척해왔으니까. 정말로 전혀 모를 때도 있지만.

그런데도 이 사람의 말은 무척 이해하기 쉬워서, 금방 깨닫고 만다.

"저두, 포함인가요……?"

간신히 진정되려던 심장이 또다시 쿵쿵 뛰기 시작했다. 부탁한 적도 없고 바란 적도 없건만, 멋대로 서둘러서 순식간에 결론에 도달하고 만다.

그러자 그 사람은 생긋 웃었고…… 그리고 몹시 슬퍼 보이는 얼굴을 했다.

"히키가야는 가하마한테 의존하지. 그리고 가하마 넌 그게 기뻐서, 뭐든 다 해줄 마음이 드는 거야. ……사실은 이쪽이 가장 중증이라고 봐야겠지."

"……아니에요, 그런 게 아니……."

입술이 떨려 목소리가 잘 나오지 않았다. 수없이 도리질을 쳤다. 아냐, 아니야 아니야 아니야, 절대 아니야.

"그 애들이 그런 성격이니까, 네가 가장 어른이 될 수밖에 없는 거겠지."

다정한 음성으로 뭔가 말을 건네 왔지만, 이미 내 귀에는 들어오지 않았다.

"뭔가 해주고 싶은 건, 당연하구…… 힘들어 보이거나 애쓰고 있음, 응원하구 싶구……. 계속 함께 있구 싶으니까, 그러니까…… 그런 게 아니에요."

아마도 정말 화가 나서, 진심으로 사람을 노려보기는 이번이 처음일 거다. 몸속에 가득 찼던 공기가 멋대로 새어나가서 목이 말랐다. 소매로 얼굴을 쓱 훔치고, 정면을 노려보았다.

그런 나를 어른스러운 표정으로 지켜보던 그 사람이 불현듯 눈을 감았다. 그리고 기도하듯, 신을 향해 묻듯 조용한 목소리로 나직하게 뇌까렸다.

"있잖아……. 그건 진짜라고 할 수 있을까?"

"그런 건 몰라요."

줄곧 고민해왔다. 진짜란 뭘까 하고. 하지만 역시 알 수가 없어서, 대답하는 목소리는 저절로 작아지고 만다. 눈앞은 눈물로 얼룩지고, 시선도 아래를 향한다.

"……그치만 공동 의존 같은 건 아니에요."

고개를 들자 그녀를 꼭 닮은 얼굴이 어째서? 하고 고개를 갸웃했다. 그 모습에 욱씬 아파오는 가슴을 부여잡자, 벌써 말라버린 줄만 알았던 눈물이 멋대로 흘러나왔다.

분명 내가 알 수 있는 것은 이것, 이것 하나뿐이다. 이것이 있기에 내 마음을 믿을 수 있다.

"왜냐하면, 이렇게 아프니까……."

가슴뿐만이 아니다. 마음뿐만이 아니다. 전부, 전부 다 아프다.

—내 전부가, 아플 만큼 좋아한다고 비명을 지른다.

적어도 더는 틀리지 않기를 바라며.

지금껏 살아오면서 겨울의 끝이 언제 찾아오는지 스스로 명확하게 선을 그어본 경험은 별로 없다. 그 말은 곧 매일 나타나는 온도 변화를 막연한 형태로밖에 파악하지 못한다는 증거인 셈이지만, 그럼에도 신기하게 그 경계를 의식하게 되는 까닭은 아마도 그 길목에 설 때마다 뭔가 그럴 만한 사건이 생기기 때문이 아닐까 한다.

그러니 내게 겨울이 끝나는 날은 아마도 오늘일 테지.

어제는 하루 종일 방에 틀어박혀 자이모쿠자와 연락을 주고받으며 수시로 SNS를 갱신하고, 홈페이지에 문제는 없는지 꼼꼼하게 체크하는 등 정신적으로는 한시도 쉴 틈이 없는 분주한 휴일을 보냈다.

한 주의 시작인 월요일. 모두가 치를 떠는 월요일. 주말에 생긴 문제들이 보고되는 월요일.

등교하니 교실은 학년말 특유의 분위기로 가득했다. 바깥세상도 졸업 시즌을 맞이해 떠들썩한 상황이라 그런지, 잡담의 화제도 진로와 봄방학 스케줄, 기말고사 이야기 등이 주를 이루었다. 그런 담소의 장 바깥에 있는 나는 홀로 내 자리에서 차분하게 귀를 기울였다.

기다리는 것은 방과 후를 알리는 종소리다.

유키노시타 하루노를 통해서 미끼는 뿌려놓았다. 자숙으로 몰아넣은 프롬이 한층 거창해져서 돌아온다니, 반대했던 일부 학부모 입장에서 볼 때는 간과할 수 없는 정보일 터였다. 게다가 이미 의사 전달 창구가 확립된 상태이므로 그전보다도 행동이 빨라지기 마련이다. 아마 오늘 내일 안으로 뭔가 움직임이 있을 테지.

그리고 그 예상은 크게 빗나가지 않은 눈치였다.

오후 수업이 끝나고 교실 분위기가 느슨해지기 시작했을 무렵, 약간 서두르는 느낌을 풍기며 히라츠카 선생님이 모습을 드러냈다. 앞문으로 얼굴을 내민 히라츠카 선생님은 나와 시선이 마주치자 지친 기색으로 웃었다.

"히키가야, 잠깐 따라오도록. ……네게 호출이 들어왔다."

히라츠카 선생님이 농담조로 그렇게 말하자, 아직 교실에 남아 있던 학생들 사이에서 가벼운 술렁임이 일었다.

그 말에 미리 싸놓은 짐을 챙겨들고 지체 없이 앞문 쪽으로 향했다. 그런 내 신속한 대응에 히라츠카 선생님이 쓴웃음을 지었다.

"호출 받은 이유는…… 아는 눈치로군."

"글쎄요, 짚이는 구석이 어디 한둘이어야 말이죠. 예전에는 틈만 나면 불려갔으니까요."

"그러게나 말이다."

어깨를 으쓱하며 대꾸하는 히라츠카 선생님의 쓴웃음이 쓸쓸해 보여, 덩달아 쓴웃음을 짓는 척하며 눈길을 돌렸다.

그 결과 자연스레 시선이 향한 교실 안에서는 나와 히라츠카 선생님이라는 조합을 수상쩍게 여기는 분위기가 느껴졌다.

몇몇 학생들이 기이한 시선을 보내오는 가운데, 평소와 다름없는 교실 뒤쪽 멤버들도 각자의 스타일대로 반응을 보였다.

미우라는 우리에게 전혀 관심이 없는지 머리카락을 빙글빙글 꼬며 따분한 기색을 드러냈고, 에비나 양은 나를 보고 그럴 만하다는 듯 고개를 끄덕였다. 그리고 토베 일당은「뜨어~. 히키타니, 사고 쳤나벼~」하고 목소리를 낮추고 유쾌한 기색으로 낄낄거리며 수다를 떨었다. 토베 이 자식을 확…….

반면 일동의 중심에 위치한 하야마는 조각상처럼 차가운 미소를 띠고 나를 가만히 응시했다. 그 속내야 알 방도도 없을 뿐더러 관심도 없지만, 그 모습에서는 희미하게 측은해하는 기색이 엿보였다.

그리고 유이가하마는 히라츠카 선생님의 등장으로 즉시 상황을 파악했는지, 가방도 제대로 못 챙기고 근처에 있던 코트만 얼른 낚아채서 허둥지둥 우리 쪽으로 뛰어왔다.

복도로 나서자 유이가하마가 우리를 따라잡았다. 아마 나하고 같이 가주려는 거겠지. 그러나 오늘만큼은 유이가하마에게 의지할 수 없다. 그동안 내내 의지해오지 않았던가. 끝마무리로 조리돌림을 당하는 것 정도는 나 혼자 해내고 싶었다.
"지명 받은 사람은 저뿐인가요?"
"그래. ……아니, 지명이라고 해도 될지는 잘 모르겠군. 책임자를 불러오라고 했거든."
"아, 그럼 됐어요. 그거 제 업소용 닉네임이거든요."
농담조로 대꾸하자, 히라츠카 선생님이 인상을 찌푸리며 어이없다는 듯 한숨을 쉬었다.
"고객 지명 넘버원은 따 놓은 당상인 근사한 닉네임이로군."
그런 우리의 대화를 어두운 표정으로 듣고 있던 유이가하마가 불안한 기색으로 입을 열었다.
"……나두 가는 편이 나을 거 같은데."
"괜찮아. 잘 하고 올 테니까."
가벼운 말투로 다독이자, 유이가하마가 뭔가 할 말이 있는 것처럼 입술을 달싹였다. 하지만 직전에 나직하게 숨을 들이쉬더니, 하려던 말도 함께 삼켜버렸다. 그리고는 입을 꾹 다물고 살짝 고개를 끄덕였다.
그 기묘한 반응과 침묵이 마음에 걸려 의아한 시선을 보내는데, 히라츠카 선생님이 내 어깨를 툭 쳤다.
"걱정 마라. 나도 붙어 있으니까. 큰 문제가 생기지는 않을 거다."
히라츠카 선생님이 안심시키려는 듯 말하자, 유이가하마도 네 하고 고개를 끄덕이고 희미한 미소를 지어 보였다.
"그럼 잠깐 다녀오마."

"응. ……무슨 일 생김 연락해."

유이가하마의 말에 알겠다는 뜻으로 살짝 손을 들어 화답하고, 다시 히라츠카 선생님과 함께 걸음을 옮겼다.

주머니에 손을 찔러 넣은 채 걸어가는 흰 가운 차림의 뒷모습을 망막에 새겨 넣듯 바라보며, 한 발짝 뒤에서 선생님을 따라갔다.

"이 상황은 네 의도대로인가?"

창문이 길게 늘어선 복도에서 히라츠카 선생님이 고개를 살짝 돌려, 유리창에 비친 내 모습을 향해 물었다.

"……뭐 대체로 그런 셈이죠."

솔직히 모든 일이 다 계획대로 돌아가 주지는 않았지만, 그래도 최소한의 목표는 달성했다. 나 치고는 잘한 편이라고 할 수 있겠지. 내 대답에 히라츠카 선생님이 쓴웃음을 짓는 게 등 뒤에서도 느껴졌다.

"그래, 너다운 방식이로군. 승산은 있나?"

"없어도 상관없어요. 어차피 달리 방법도 없으니까요."

계속 이어지던 유리창이 벽으로 바뀐 탓에 히라츠카 선생님의 표정은 살필 수 없었다. 그저 나직하게 탄식하듯 새어나온 목소리만이 들려왔다.

"……나쁘지 않은 대답이다. 개인적으로는 좋아하거든, 그런 자세."

그렇게 대꾸한 히라츠카 선생님의 모습이 별안간 시야에서 사라졌다. 단순히 모퉁이를 돌아 계단을 내려가고 있을 뿐임을 알면서도 무심코 걸음을 서두르고 말았다. 그 사실을 자각하자 쓴웃음이 나왔다.

머지않아 무슨 노래 가사처럼 틈날 때마다 그 모습을 찾게 되는 것일까. 불현듯 그런 생각이 머릿속을 스쳐간 탓에 발걸음이 무거워졌다. 한 계단 한 계단 천천히 내려가는 사이, 조금씩 히라츠카 선생님과의 거리가 생겨나기 시작했다. 분명 나는 이런 식으로 선생님과의 이별을 끝마치게 되겠지.

피차 말이 없었고, 조용한 발소리만이 복도에 울려 퍼졌다.

층계참에 접어들자, 히라츠카 선생님이 흰 가운을 펄럭이며 몸을 비스듬히 돌려 나를 보았다.

"히키가야, 조만간 시간 되나? 꼭 오늘이 아니라도 상관없다. 내일이든, 그 이후든."

그 질문에 잠시 내 스케줄을 떠올려보았다. 오늘까지는 뒷정리다 뭐다 해서 이래저래 시간을 빼앗길 테지만, 내일부터는 정말 아무것도 할 일이 없다.

십중팔구 이제는 동아리 활동도 없다. 프롬의 결과와는 상관없이, 그럴 테지.

문득 그런 생각이 드는 바람에 대답이 늦어졌다. 그 공백을 메우듯 발소리가 울려 퍼졌다.

"……네, 뭐 대개는 한가하니까요."

"그래? 그럼……."

앞서가는 히라츠카 선생님 역시 천천히 생각을 더듬듯 이야기하다가, 잠시 말을 끊었다.

"……그럼, 라면이라도 먹으러 갈까!"

고개만 이쪽으로 돌리면서 말하자, 긴 머리카락이 찰랑 나부끼며 히라츠카 선생님의 호쾌한 미소가 드러났다.

그 모습에 나는 쓴웃음을 지으며 고개를 끄덕였다.

× × ×

이윽고 목적지로 짐작되는 응접실에 이르러 히라츠카 선생님이 똑똑, 노크를 했다. 대답하는 맑고 청량한 목소리는 나도 들어본 기억이 있었다. 예상대로 방문객은 유키노시타의 어머니인 모양이었다.

히라츠카 선생님을 따라 안으로 들어가자, 창가에 서 있던 그 인물이 우아한 자세로 우리를 돌아보았다. 복숭아꽃 무늬가 은은하게 들어간 연보랏빛 기모노와 조화를 이루어, 그 모습은 실로 뒤돌아보는 미인 그 자체였다.

상석에는 이미 커피잔이 놓여 있었다. 그쪽에 앉은 유키노시타의 어머니가 친절한 목소리로 앉으라며 내게 맞은편 자리를 권했다. 순순히 그 권유에 따르자, 히라츠카 선생님이 내 옆에 와서 앉았다.

"우리 지난번에도 봤지?

"네……. 그때는 실례가 많았습니다."

상냥한 미소에 경직된 웃음으로 응수했다. 그 고상한 미소가 하루노의 얼굴과 오버랩 되어, 솔직히 조금 거북했다. 그런 내 반응을 긴장으로 해석했는지, 유키노시타의 어머니는 입가를 가리고 작은 동물을 귀엽게 바라보는 듯한 눈빛으로 웃었다.

"자, 그럼 정식으로…… 오늘 찾아오신 이유를 말씀해주시겠습니까?"

히라츠카 선생님이 운을 떼자, 유키노시타의 어머니는 온화한 미소를 거두고 스마트폰을 꺼내들었다.

"아참, 그랬지요. 그러면 거두절미하고 묻겠는데…… 이건 네가 생각한 거니?"

탁자 위로 내민 스마트폰 화면에는 더미 프롬 공식 사이트가 떠 있었다.

여기가 승부처라고 판단하고 나는 씨익 웃었다. 벼랑 끝 전술을 쓸 때는 뻔뻔함이 생명이다. 정말 사고를 쳐버릴 수도 있다는 위기감을 심어줌으로써 상대방의 양보를 이끌어내야만 한다.

"글쎄요, 뭐 일부 학생의 의견이라고나 할까요? 요즘 고등학생다운 화려한 스타일을 선호하는 애들도 있으니까 말이죠."

어디선가 들어본 적 있는 논리에 빈정거림을 섞어 대꾸하자, 히라츠카 선생님이 팔꿈치로 내 옆구리를 쿡 찔렀다. 그 모습을 흐뭇한 눈길로 바라보던 유키노시타의 어머니가 웃음기 어린 음성으로 한마디 했다.

"그래……?"

말을 마친 유키노시타의 어머니가 관자놀이에 손을 얹고 커다란 눈을 가늘게 떴다. 그 몸짓과 사냥에 나선 고양잇과 대형동물 같은 눈초리에서 기시감이 느껴졌다.

불길한 예감이 엄습하며 두피에 땀이 축축하게 배어나왔다. 자랑은 아니지만 내 이런 예감은 빗나간 적이 없었다.

불현듯 유키노시타의 어머니가 입가에 미소를 머금었다.

“들러리를 세우는 건 나쁘지 않은 전략이지만, 조금 엉성한 부분이 눈에 띄더구나. 게다가 선택지가 늘어난다 해도 근본적인 문제가 해결되지 않는 한 달라질 것은 없다고 보는데, 그 점에 관해서는 어떻게 생각하니?”

그 시선과 음성 모두 아까와는 딴판으로 소름끼치게 차가운 분위기를 풍겼다. 섬뜩한 냉기가 등골을 타고 흘러내렸다. 마지막 부분은 나에게 던진 질문 같았지만, 그 대답까지는 생각할 겨를이 없었다.

유키노시타의 어머니는 우리가 짠 더미 프롬 계획을 들러리라고 단정했다. 하루노가 사전에 뭔가 귀띔을 해준 걸까. 아니, 하루노가 지난번에 보여준 태도를 감안하면 미묘하게 갈등이 있는 눈치인 모친에게 그런 친절을 베풀었을 리 만무하다.

그렇다면 결론은 단순히 우리의 속셈 정도는 훤히 꿰뚫어 보고 있다는 거겠지. 게다가 첫수에 바로 지적함으로써 이쪽의 기선까지 제압해버렸다. 말 그대로 역량의 차이를 극명하게 보여준 느낌이었다.

나는 할 말을 잃고 그저 멍하니 유키노시타의 어머니를 바라보았다.

유키노시타의 어머니는 여유만만한 태도로 접은 부채를 입가에 대고 즐거운 듯 미소 지었다. 그 모습은 꼭 내가 다음에 어떤 패를 내놓을지 설레는 마음으로 기다리는 것처럼 보이기까지 했다.

그렇게 기대감 어린 얼굴로 바라봐도 내가 할 수 있는 일이라고는 쓴웃음을 짓는 것뿐이었다. 미리 생각해왔던 협상 시나리오는 깨끗이 날아가 버렸다. 초장에 바로 들러리라고 지적당한 이상, 그 어떤 말을 늘어놓아도 큰 의미가 없다. 애초에 더미 프롬은 하야마와 하루노에게도 단번에 간파당한 기획이다. 유키노시타의 어머니를 상대로 그딴 잔꾀가 통용되리라 믿은 시점에서 이미 패배는 기정사실이나 다름없었다.

"실제로 프롬의 자숙 문제를 놓고 일부 학생들의 반발이 예상되는 것은 사실입니다. 저희의 시선이 미치지 않는 곳에서 강행할 위험성은 여전히 존재합니다."

말문이 막혀버린 나를 보고 히라츠카 선생님이 재빨리 끼어들었다.

"그렇다면 어느 정도 관리 감독이 가능한 상황을 택하는 편이 현명할지도 모릅니다. 학생회 측에서도 학부모 여러분의 양해를 얻을 수 있도록 계획 수정에 힘쓰는 중입니다."

히라츠카 선생님이 협탁에 놓여 있던 서류를 유키노시타의 어머니 쪽으로 쓱 내밀며, 내게도 한 부 건네주었다. 팔랑 넘겨보니, 지난번에 유키노시타 측에서 이야기했던 수정안이 반영된 기획서인 듯했다. 유키노시타의 어머니도 서류를 살펴보았지만, 그 반응은 시큰둥했고 표정도 떨떠름했다.

히라츠카 선생님의 지원사격 자체는 내 각본과 맞아떨어졌다. 다만 본디 실질적인 위협으로 존재할 예정이었던 더미 프롬이 눈속임에 불과하다는 사실이 탄로나버린 상황에서는 아무래도 리얼리티가 떨어지고, 설득도 뒷북을 치는 느낌이 강했다. 유키노시타의 어머니 역시 난감한 표정으로 고개를 갸웃할 따름이었다.

"글쎄요……. 설득에 필요한 요소는 갖추어졌다고 생각하지만, 양해를 얻을 수 있을지는……. 아무래도 완고하신 분들도 계시니까요."

유키노시타의 어머니가 쓴웃음을 지으며 한 그 말은 표현 방식은 다를지언정, 분명 어디선가 들어본 적이 있는 이야기였다.

"이대로 말씀드린다 해도 다른 분들의 마음을 돌려놓기에는 다소 부족하지 않을는지요?"

탁자 저편에서 이어지는 말을 적당히 흘려들으며, 조용히 눈을 감고 기억을 더듬었다. 그래, 그 이야기를 한 사람은 분명 유키노시타 하루노였다. 프롬 자체는 어찌되든 상관없다고 여길 거라고, 그렇게 이야기했었다.

그렇다면 유키노시타의 어머니는 무엇 때문에, 어떤 이유로 이 자리에 나오게 되었는가.

간단하다. 트러블이 생겼기 때문이다.

유키노시타의 어머니는 그 말썽을 해결하기 위한 수단이자 하나의 도구로 이곳에 존재한다. 그 존재 의의는 다름 아닌 문제 해결과 갈등 해소이며, 본인의 견해와 행동은 관계가 없다. 문제시되는 것, 논란이 되는 것은 일단 피하고 보는 습성이 있기에 그 기준에 따라 행동하는 것뿐이다.

그렇기에 우리는 상대적으로 온건한 쪽을 선택하게끔 유도하고자 더미 프롬 작전을 세웠다. 그 방침 자체는 잘못되지 않았다.

다만 선을 잘못 그었을 뿐이다. 수단은 수단, 도구는 도구다. 그 자체에 적과 아군의 개념은 없다.

이번 일에서 유키노시타의 어머니는 메신저, 즉 상대측의 의향을 대변하는 협상가에 지나지 않는다.

이 게임의 적은 유키노시타의 어머니가 아니다. 그녀는 어디까지나 반상 위의 말이자 최강의 여왕, 즉 퀸이다.

그렇다면 내게도 아직 써먹을 수 있는 패가 있다.

아마도 이 세상에서 유일하게 나만이 쓸 수 있지만, 설령 단 한 번으로 그친다 해도 써서는 안 될 최저이자 최악의 수단.

그러나 수중에 있는 패가 그것 하나뿐이라면, 그 카드로 승부를 내는 수밖에 없다.

"……그 『다른 분들』을 설득하는 걸 도와주시면 안 될까요?"

내 발언이 의외였는지, 유키노시타의 어머니가 고개를 갸웃했다. 나이에 맞지 않는 그 앳된 몸짓에 나도 모르게 미소가 새어나왔다. 예상하지 못한 말을 들었을 때의 반응은 정말 많이 닮았다.

"설득할 만한 요소 자체는 있다는 말씀이시지요? 그렇다면 누가 이야기하느냐에 따라 결과가 달라질 것 같은데요."

중요한 것은 『무슨 말을 하느냐』가 아니라 『누가 말하느냐』라고들 한다. 식상한 이야기기는 해도 사실이다. 내가 아니라 유키노시타의 어머니가 나서준다면 완고한 일부 학부모들도 승복하게 만들 수 있겠지. 그들 역시 자기보다 거물임을 알기에 도움을 청한 거니까.

요컨대 이 게임의 본질은 퀸 쟁탈전이나 마찬가지다.

"……실제로 저처럼 듣도 보도 못한 어린애가 하는 말에는 설득력이 없었으니까요."

메마른 웃음과 처량한 목소리로 나는 생면부지의 블랙 킹에게 체크를 선언했다.

"그렇게 생각할 필요 없단다. 오히려 짧은 시간 안에 용케 이만큼 해냈다 싶더구나. 누가 한 일인지 궁금했을 정도로."

유키노시타의 어머니는 진심으로 감탄했다는 듯 미소 띤 얼굴로 말하고는 의아한 듯 고개를 갸웃했다.

"……미안하구나. 그러고 보니 내가 이름을 물어봤던가?"

그리고 면목 없다는 듯 눈썹 끝을 내리더니, 나를 향해 그렇게 물었다.

그 순간 히라츠카 선생님이 나를 제지하려고 소맷자락을 붙들었다. 여기서 내 이름이 언급될 경우 이 상황에 어떠한 의미가 생겨날지를 잘 알기 때문이리라.

그러나 상대방으로부터 그 질문을 이끌어낸 시점에서 대국자로서의 내 소임은 끝난 셈이다. 남은 일은 장기말로서의 역할을 수행하는 것뿐이다.

이 말은 평소에는 아무짝에도 쓸모가 없는 데다가 심지어 발붙일 곳조차도 없는 하찮은 밥벌레에 지나지 않는다.

하지만 어떤 일정한 조건 하에서는 퀸을 잡을 수도 있다.

"히키가야 하치만입니다."

이름을 대자, 히라츠카 선생님이 체념한 듯 조용히 한숨을 쉬더니 내 소매를 놓아주었다.

"히키가야……?"

입가에 손을 얹은 유키노시타의 어머니가 나직한 목소리로 천천히 뇌까리며 시선을 아래로 향했다. 그러다 마침내 생각났는지, 놀란 얼굴로 고개를 들었다.

"그래……. 네가……."

그 눈길에 가식적인 대외용 미소를 지어 보였다. 하야마나 하루노처럼 완벽하지는 못하겠지만 그래도 최대한 노력은 했다. 애쓴 보람이 있었는지, 시야 끄트머리에서 히라츠카 선생님이 얼떨떨한 표정을 지었다.

문제는 지금부터다. 이름을 밝힌 이상, 내 언행에 트집 잡힐 만한 구석이 있어서는 안 된다. 위압적이거나 불손하게 굴 경우, 또는 반대로 지나치게 비굴하게 굴 경우에는 협박으로 해석될 여지가 있다.

그리고 그렇게 해석될 경우, 이번에는 반대로 이쪽의 과실이 되어 상대방이 파고들 틈을 주고 만다. 그러니 성실하고 진지한 태도를 보임으로써, 그런 저의는 전혀 없다는 사실을 어필할 필요가 있다.

"그때는 본의 아니게 누를 끼쳤습니다. 사후 처리를 부모님께 일임한 탓에 직접 인사드리지 못한 점 죄송하게 생각합니다."

어조는 가급적 담담하게. 그리고 고개를 숙이는 각도 역시 너무 얕지도, 깊지도 않게. 오로지 요구되는 기능을 수행할 뿐인 장기말로서 행동할 것을 마음에 새긴다. 그 과정에서 불필요한 감정은 배제한다.

이건 일종의 외교 의례다. 과하다 싶을 만큼 격식을 차리는 느낌이 나는 정도가 딱 좋다.

그러한 태도에 담긴 메시지는 정확하게 전달되었는지, 유키노시타의 어머니도 같은 방식으로 답인사를 해왔다.

"나야말로 우리 식구가 폐를 끼쳐서 면목이 없구나. 다리는 이제 괜찮니? 여러모로 불편했을 텐데, 정말 미안하다."

정중하게 고개를 숙이는 유키노시타의 어머니에게 나는 짐짓 쾌활한 말투로 대꾸했다.

"염려해주신 덕분에 깨끗이 나았습니다. 전보다 더 튼튼해졌을 정도에요. 프롬에 오시면 제 댄스 실력을 보여 드리지요."

그리고 즉석에서 다리만 놀려 타다닥 발을 구르며 엉터리 스텝을 밟았다. 그 모습에 유키노시타의 어머니가 어머나, 하고 입가를 가리고 유쾌한 듯 소리 내어 웃었다.

"어허, 버르장머리 없게."

히라츠카 선생님이 내 허벅지를 찰싹 때려준 덕분에 간신히 그 촌극에서 벗어날 수 있었다. 어울리지도 않는 익살에 자기 혐오가 밀려들어, 깊은 한숨이 새어나오려 하는 것을 필사적으로 참았다.

그 모습을 지켜보던 유키노시타의 어머니가 입가에 미소를 머금은 채로 눈을 가늘게 뜨더니 나직하게 중얼거렸다.

"……배짱이 대단하구나."

그 눈빛에는 내 가치를 가늠해보는 듯한 차가움이 깃들어, 시선이 휘감기는 곳부터 서서히 얼어붙는 것처럼 느껴졌다. 바닥까지 전부 꿰뚫어보는 듯한 그 눈동자에 속이 울렁대는 기분마저 들었다.

그러다 그 시선이 별안간 누그러졌다. 유키노시타의 어머니는 부채를 펼쳐 입가를 가리고서 쿡쿡 웃더니 나를 향해 생긋 미소 지어 보였다. 저게 저 사람의 진짜 모습인가 하는 착각을 불러일으킬 만큼 꾸밈없는 느낌의 웃음이었다.

"제법이구나."

"감사합니다."

마지막까지 여유로운 분위기를 유지하고자 앞머리를 쓸어 넘기는 척하며 이마의 땀을 닦았다. 식은땀에 흠뻑 젖은 와이셔츠가 몸에 찰싹 달라붙었다. 타는 듯한 갈증이 일어, 숨만 쉬어도 목구멍이 쌕쌕 아파왔다.

옆에서 보기에는 그저 이름을 대고, 과거에 있었던 일에 대해 몇 마디 대화를 나눈 데 불과하다. 이름도 대화도 그 자체로는 별 의미가 없다.

그러니 듣는 이가 임의로 의미를 부여하면 그만이다.

유키노시타의 어머니는 한동안 미소를 짓다가 부채를 착 접으며 웃음을 거두었다.

"……좋습니다. 학부모 여러분께는 제가 잘 말씀드려보도록 하지요. 가능하면 선생님께서도 그 자리에 동석해주실 수 있을는지요?"

"시간 되시는 날을 알려주시면 그에 맞춰 일정을 조율해보겠습니다."

어른들 사이에서 사무적인 대화가 오가는 것을 나는 옆에서 멍하니 듣고 있었다. 긴장이 확 풀린 탓인지 피로가 물밀 듯 밀려왔다. 반사적으로 천장을 올려다보며 깊은 한숨을 짓고, 반쯤 얼이 빠진 상태로 멀거니 앉아 있었다.

"히키가야, 하나만 부탁해도 되겠나?"

"엇, 네."

불쑥 말을 걸어오는 바람에 급히 자세를 바로 했다. 내가 넋이 나가 있는 사이, 상황에는 큰 진전이 있었던 모양이다. 히라츠카 선생님은 서류뭉치를 탁탁 쳐서 정리하며 퇴장할 준비를 하는 중이었다. 맞은편을 흘끗 보니 유키노시타의 어머니 역시 돌아갈 채비를 마친 후였다.

"나는 이제 나가봐야 해서 말이다. 유키노시타에게 수정안을 토대로 프롬을 진행하게 됐다고 전해주지 않겠나? 어떤 식으로 설명할지는 네게 맡기마."

"아, 네……. 그러죠 뭐……."

이야기의 맥락을 제대로 이해하지 못한 상태로 그렇게 대답하자, 히라츠카 선생님이 고개를 끄덕였다. 그 눈빛이 어서 가보라는 뜻을 전해왔다. 하긴 그렇다. 프롬이 열리기까지는 이제 시간적인 여유가 별로 없다. 결정사항은 신속하게 전달해야 한다.

그럼 가보겠다며 몸을 일으키자, 맞은편에 앉은 유키노시타의 어머니가 생긋 웃으며 말했다.

"히키가야, 또 보자꾸나."

"하하하……. 그럼 실례하겠습니다."

긍정도 부정도 하지 않고 건조한 웃음으로 얼버무린 후, 꾸벅 고개를 숙여 보이고 응접실을 나섰다.

가능하면 다시는 안 보고 싶다…….

× × ×

황혼이 다가오는 학교 복도를 홀로 조용히 걸어 이윽고 학생회실에 도착했다.

문 앞에 서서 노크를 했다. 대답이 돌아오기까지의 짧은 시간 동안, 나는 깊은 한숨을 쉬었다.

잠시 후 발소리도 없이 끼익, 조용하게 문이 열렸다. 난방을 상당히 세게 틀어놓았는지, 좁은 문틈으로 후텁지근한 공기가 새어나왔다.

문고리를 잡은 사람은 머리를 양 갈래로 땋아 내린 안경 소녀였다. 내 기억이 맞다면 서기 양이었던 것 같다. 내 얼굴을 알아봤는지, 서기 양이 조금 머뭇거리며 「들어오세요……」 하고 문을 열어주었다.

고맙다고 살짝 고개를 숙여 보이고 안으로 들어가자, 바로 눈앞에 있는 책상에서 부회장이 「시간이 없어…… 시간이 없어……」라고 질질 짜며 일하는 중이었다. 그래그래 잘한다 잘해, 더더욱 괴로워해라.

실내를 한 바퀴 빙 둘러봤지만 유키노시타의 모습은 눈에 띄지 않았다. 단지 안쪽 책상에서 오물오물 과자를 먹던 잇시키가 어리둥절한 기색으로 이쪽을 보며 고개를 갸웃할 따름이었다.

"……부른 적 없는데요?"

부른 적 없으면 오면 안 되는 거냐. 안 되지 그럼. 어쨌거나 방문 목적을 전할까 싶어 입을 열려는 찰나, 잇시키가 손뼉을 짝 쳤다.

"아, 도우미인가요? 노예 지망생? 공짜 노동력?"

그건 또 무슨 초진화 이론이냐. 대체 어디까지 비약할 셈이냐고. 변함없이 이로하스다운 그 태도에 다소 맥이 빠져 나는 힘없이 어깨를 늘어뜨렸다.

"그건 내년을 기대해다오. 전도유망한 루키를 소개할 테니까. 그보다 유키노시타는?"

익숙한 망언을 실없는 소리로 받아치고 묻자, 잇시키가 의아한 듯 고개를 갸웃하더니 유키노시타의 자리일 터인 간소한 책상을 흘끗 곁눈질했다.

"어라? 그러고 보니 안 계시네요."

잇시키가 그제야 깨달았다는 투로 나직하게 신음했다. 그 반응으로 미루어보건대 학생회실을 떠난 지 얼마 안 된 눈치였다. 혹시 난방이 답답해서 또 어디론가 피신이라도 한 건가. 좌우지간 유키노시타가 없다면 내가 여기 머무를 이유도 없다.

"그럼 됐다. 잘 있어라."

"앗, 잠깐만요! 대체 뭐예요? 뭔가 용건이 있어서 오신 거 아니었어요?!"

미련 없이 학생회실을 나서려는 나를 잇시키가 불러 세웠다. 용건이라는 말에 문득 깨달았다. 따로 부탁받은 적은 없지만, 잇시키한테도 말해두는 편이 낫겠지. 나는 걸음을 멈추고 뒤돌아보았다.

"어, 그래. 프롬 말이다만, 너희 쪽 기획으로 결정됐다. 개최할 수 있게 됐다고. 잘해봐라."

"네……? 네에?"

잇시키가 입을 딱 벌리더니, 고개뿐만 아니라 상체까지 갸우뚱했다. 자세한 경위를 묻기라도 하면 설명하기가 번거롭다. 그래서 잇시키가 혼란에 빠진 틈을 타 얼른 내빼기로 했다.

× × ×

행선지를 정해놓은 것도 아니건만, 내 발걸음은 주저 없이 그곳으로 향했다. 틀림없이 거기 있을 거라는 생각이 들었다.

특별관 복도에는 아무도 없었다. 이 길을 지나 부실에 드나들게 된 지도 벌써 일 년 가까운 시간이 흘렀다. 아마 이제는 눈 감고도 찾아갈 수 있겠지.

이윽고 걸어온 길 끝에 그 문이 보였다. 그 앞에 서서, 살며시 어루만지듯 손잡이에 손가락을 얹었다. 재질은 분명 다른 교실과 마찬가지이련만, 이 차가움도 딱딱함도 잊지 못할 거라는 생각이 들었다.

손에 힘을 주자, 한 번 덜컹 소리가 나는가 싶더니 그 후에는 스르륵 매끄럽게 열렸다.

눈앞에 펼쳐진 것은 특이한 구석이라곤 없는, 지극히 평범한 교실이었다.

하지만 그곳이 너무도 이질적으로 느껴진 것은 바로 한 소녀의 존재 탓이었다.

저녁노을 속에서 불어오는 바람을 맞으며, 유키노시타 유키노는 창가에 서서 바깥을 내다보고 있었다.

한동안 쓰는 이 없었던 부실을 환기라도 하는 건지, 활짝 열어놓은 창문에서 커튼이 살랑 나부꼈다.

세상이 멸망한 후에도 그녀는 분명 이곳에 저렇게 서 있으리라. 그런 착각에 사로잡힐 만큼, 그 광경은 마치 한 폭의 그림 같았다.

그 모습을 본 순간, 내 육체와 정신이 동시에 정지했다.

—얼떨결에 시선을 빼앗기고 말았다.

방문객의 등장을 깨달은 유키노시타가 바람에 휘날리는 머리카락을 누르면서 뒤돌아보았다. 그리고 한순간 놀란 것처럼 눈을 커다랗게 떴지만, 이내 미소를 지으며 말했다.

"안녕."

"……그래."

내 대답에 유키노시타가 창문을 닫았다. 펄럭이던 커튼도 사륵 내려앉아, 방 안에서 소리가 사라졌다. 차분한 정적이 감도는 공간은 붉게 타오르는 석양으로 가득했다. 그 눈부신 빛에 눈을 가늘게 뜨자, 맞은편 유리창을 등지고 선 유키노시타가 어깨에 내려앉은 윤기 나는 검은 머리카락을 사락 쓸어 넘겼다.

"여기는 무슨 일이니?"

"아, 너한테 업무상 연락 사항이 있어서."

"그랬구나. 미안해, 일부러 여기까지 오게 해서. 공연히 번거롭게 만든 것 같구나."

"신경 쓸 거 없어. 딱히 번거로운 일도 아니고."

대답하며 입구에서 가장 가까이 있는 의자를 뺐다. 익숙한 지정석에 앉아 살짝 손을 내밀어 유키노시타에게도 앉으라고 권했다. 유키노시타는 잠시 망설이는 기색이었으나, 내가 묵묵히 기다릴 태세를 보이자 이윽고 포기한 듯 한숨을 쉬더니 창가에서 가장 가까운 의자에 앉았다.

“프롬 말인데, 최종적으로는 너희 측의 수정안이 무사히 통과됐어. 반대했던 일부 학부모는 잘 설득해서 승낙을 받아내기로 했고.”

분명 처음 접하는 소식이련만 유키노시타는 놀란 기색조차 없이, 눈썹 하나 까딱하지 않고 조용히 내 이야기를 들었다. 그 사실을 의아하게 여기면서도 끝으로 한마디 덧붙였다.

“그러니까…… 내 패배인 셈이지.”

“그래……. 네 승리로구나.”

이윽고 깊은 한숨을 내쉬며 유키노시타가 중얼거렸다.

“……어째서?”

“또 네 방식에 휘둘려서 이렇게 된 거니까. 실질적으로는 네 승리잖니.”

자조적인 미소를 짓는 그 모습에 찜찜함을 느끼고, 가슴속을 맴돌던 의문을 털어놓았다.

“……설령 그렇다 해도 이런 결과를 예상했던 거잖아? 내가 어떤 식으로 나올지도 어렴풋이 짐작했던 거 아냐? 그럼 역시 네 승리지.”

하야마 하야토와 유키노시타 하루노는 더미 프롬 계획을 접하자마자 내 노림수를 간파했다. 그것도 모자라 유키노시타의 어머니에게는 하마터면 체크메이트마저 당할 뻔했다. 그렇다면 그들과 동등한 스펙을 소유한 유키노시타 유키노가 히키가야 하치만의 얕은꾀를 눈치챘다고 해도 전혀 이상할 게 없다.

애초에 유키노시타와 잇시키가 아이디어를 창출하는 방식 자체가 이미 오전제 암시를 연상케 하는 측면이 있었다. 두 가지 방안을 내놓고 그것을 비판해가며 정답을 도출하고자 하는 그 방식은 내가 전략의 방향성을 결정하는 실마리가 되어주기까지 했다. 영감의 원천을 제공해준 만큼, 유키노시타가 나와 동일한 결론에 이르렀을 여지는 충분했다.

내 물음에 유키노시타는 시선을 내리깔고 고개를 저었다.

“꼭 그렇지도 않아. 프롬이라는 행사 자체를 반대한다는 최초의 전제가 깨지지 않는 이상, 그 논법은 성립하지 않으니까. …… 하지만 너라면 어떻게든 해내고야 말 거라는 느낌이 들었어.”

예상했다는 사실 자체는 부정하지 않는 게 역시 대단하다는 말이 절로 나왔다. 다만 말끝에 덧붙인 미소에는 그늘이 있었다. 그 사실을 부정하고픈 충동에 나는 한쪽 입꼬리를 삐딱하게 끌어올리며 능청을 떨었다.

“거참 부담스러울 정도의 신뢰구만……. 깜짝 놀랐다고.”

“나도 놀랐어. 자연스럽게 그런 생각이 들었으니까.”

짐짓 딴소리를 하는 내게 유키노시타가 수줍음 어린 쓴웃음을 지어 보였다. 그 모습에서 그 또래 소녀다운 구석이 엿보여 숨이 턱 막혔다. 뭐라고 말해야 할지 고민하는데, 유키노시타가 가냘픈 목소리로 덧붙였다.

“그렇게 생각할 정도로…… 네게 의존했던 거야.”

나를 바라보는 그 눈동자에서 후회와 애절함이 스며 나왔다. 그런 눈빛으로 응시해오는 것을 견디기 힘들어, 시선을 피하며 빠르게 대꾸했다.

"……설령 그렇다 할지라도 네 승리라는 점은 변함없어. 승리 조건은 각자의 방식으로 프롬을 성사시키는 거였으니까. 실제로 성사된 건 네 기획, 네 방식이고."

"……내 승리로 봐도, 되겠니?"

물어오는 음성은 가녀렸고, 나는 얼른 이야기를 끝내고픈 마음에 시선을 피한 채로 두어 번 고개를 끄덕였다.

"그럼…… 승부는 이것으로 끝이구나. 이제 내 요구를 들어주겠니?"

되돌아온 그 말을 그냥 흘려 넘길 수는 없었다. 휙 돌아보자, 유키노시타는 방금 전까지의 연약함을 떨쳐내려는 듯 주먹을 꼭 움켜쥐고 입술을 굳게 다문 채였다. 내 대답을 기다리는 그 눈동자는 절박한 결의로 흔들렸다.

"……아니, 그건 아니지. 확실히 이번 대결은 네가 이겼어. 하지만 그게 전체 승부의 승패와 직결되는 건 아니잖아. 총점은 어떻게 되는데?"

"승리 조건을 따지자면, 이번 승부에 이기면 내 승리라고, 한 가지 요구를 들어주겠다고…… 분명히 그렇게 말했어."

담담하게 설명하고 단언하는 그 모습에 나는 입술이 바짝 타들어가는 것을 느꼈다. 저 말은 들어본 적이 있다고, 날카로운 기억이 머릿속을 스쳐지나갔다. 내심 초조해하며, 상황을 무마하고자 힘겹게 입을 열었다.

"……그건 표현의 문제라고나 할까, 일종의 견해 차이지."

그러자 유키노시타는 떨리는 숨결을 흘리고, 마치 밀어를 속삭이듯 달콤하게 애원하는 듯한 음성으로 말했다.

"그럼…… 네가 정하렴."

그 투명하고 덧없는 미소에 나는 내 패배를 깨달았다. 그렇게 말하면 내가 뭐라고 대답할지, 유키노시타는 너무도 잘 알고 있을 터였다.

그 주체성을 보장하고 그 결단을 존중하기로 마음먹은 이상, 나는 유키노시타 유키노가 누군가에게 결정권을 넘기는 것을 용납할 수 없다. 설령 그 누군가가 나라고 할지라도.

그런 까닭에 유키노시타는 이 승부를 받아들인 것이다. 오로지 이 한순간을 위해, 이 문답을 위해, 일부러 엇갈림도 어긋남도 착각도 전부 그대로 내버려두고, 묵인했다.

이 승부를, 이 관계를…… 제대로 끝맺기 위해서.

"그럴 수는 없어. ……이건 너와 내가 멋대로 결정할 문제가 아니잖아. 유이가하마도 승부에 참여했으니까. 게다가 판정의 기준은 히라츠카 선생님의 독단과 편견이라고. 게다가, 게다가 애초에……."

하지만 그 끝맺음을 인정할 수는 없다. 이대로 끝내버려서는 안 된다고, 나는 다급하게 말을 이어갔다. 조금만 기다려 달라고, 어떻게 제지해야 할지도 모르면서 허공으로 손을 뻗으며. 숨 쉬는 것마저도 잊은 채.

"……솔직하게 말할게."

하지만 내 목소리가 끊어지자, 유키노시타는 쓸쓸한 미소를 지으며 물기 어린 눈동자로 나를 바라보았다.

"즐거웠어. 처음이었어. 함께 보내는 시간이 편안하게 느껴져서, 기뻤어……."

그렇게 눈물을 쏟을 듯한 얼굴로 정말 행복하다는 듯 말해오면, 더 이상 부정도 제지도 할 수 없다. 내가 힘없이 팔을 늘어뜨리자, 유키노시타가 고맙다는 듯 고개를 끄덕이고 말을 이었다.

"그렇게 언쟁을 벌이고, 싸우고…… 남 앞에서 울어본 적도 없었어. 둘이서 외출할 때도 무척 긴장했고, 처음이라 모르는 것투성이어서……. 누군가에게 의지해도 괜찮다는 것조차 몰랐어. 그래서, 어디선가 실수를 저질러서……."

떨리는 음성으로 혼잣말처럼 빠르게 이어지는 그 이야기를 들으며 천장을 올려다보았다. 먼 곳의 석양이 아프도록 동공을 찔러왔지만 그럼에도 눈을 감을 수는 없어, 그저 습기 찬 숨결만을 토해냈다.

"이런 모조품 같은 관계는 잘못됐어. 네가 원했던 것과는 분명 달라."

독백은 그렇게 끝을 맺었고, 엔드 마크가 찍혔음을 깨달은 나는 비로소 유키노시타의 얼굴을 바라보았다.

"나는 괜찮아. 이제…… 괜찮아. 네가 구해줬으니까."

빛나는 물방울을 손끝으로 훔치고, 유키노시타 유키노는 눈부시게 웃었다.

“그러니 이 승부도, 이 관계도…… 이것으로 끝내자.”

그것이 유키노시타가 선택한 해답이라면 내가 이의를 제기할 까닭은 없다.

구한다는 목표는 달성했다. 관계 종료를 통해 공동 의존은 해소되며, 남자의 오기도 관철했다. 봉사 정신 따위는 애초부터 없었다. 동아리도 의뢰도 이것으로 전부 끝이다.

그러니 이제는 아무것도 없다. 내가 유키노시타에게 관여할 이유는 모조리 사라졌다.

“그래. ……내가 졌다.”

모든 감정을 토해내듯 깊은 한숨과 더불어 그렇게 선언하고, 마지막으로 내게 남은 책임을 다하고자 물었다.

“네가 원하는 걸 말해봐. 뭘 하면 돼? ……내가 할 수 있는 거라면 뭐든지 들어주마.”

무슨 일이 있어도 그것만은 반드시 이루어주겠다고, 진심을 담아 맹세했다.

유키노시타는 안도를 닮은 한숨을 내쉬고, 애틋한 기색으로 분명 소중하게 간직해왔을 터인 소망을 밝혔다.

“유이가하마의 소원을 이루어주렴.”

“그게 네 소원이란 말이지?”

“그래. 그게 내 소원이야.”

조용히 눈을 감고 마치 누군가의 임종을 지키듯 고개를 끄덕이는 유키노시타에게 최대한 부드러운 미소를 지으며 대답했다.

"……알았다."

마지막 대화를 끝마치고 몸을 일으켰다. 유키노시타는 그 자리에서 움직이지 않았고, 발소리만큼 피아의 거리는 점점 멀어져 이윽고 복도에 다다랐다.

그리고 살며시, 부드럽게 그러안듯 문을 닫았다.

interlude…

굳게 닫은 문이 다시는 열리지 않도록, 단단히 자물쇠를 잠갔다.

마지막으로 한 번만.

그 문을 쓰다듬으며 감촉을 피부에 새겨 넣는다.

그것이 차가우면 차가울수록.

그것이 아프면 아플수록.

선택한 해답이 진짜임을 믿을 수 있다.

달리 확인할 방도를 모르기에 결국 올바른 해답을 알지 못하는 채, 틀린 부분 찾기는 끝없이 계속된다.

단 하나뿐인 진짜를 애타게 동경했기에 애끓을 만큼 뒤틀려버려, 울지도 못하는 채로 그저 이 육신이 하염없이 타들어 간다.

전부 타버린 후에 남은 것은 형편없이 일그러져버린 모조품뿐.

그래도 내게는 그 무엇과도 바꿀 수 없는, 대체 불가능한 가짜이기에.

하다못해 망가지는 일은 없도록, 살며시 소중하게 간직해두고 이것으로 모든 것을 끝내자.

―부디 이것이 올바른 끝맺음이기를.

그렇게 기도하며 문에서 손을 뗐다.

그리고 한 발짝 두 발짝 멀어져, 손을 뻗어도 더는 닿을 수 없는 곳으로 가서.

이제는 더 이상, 뒤돌아보지 않는다.

역시 내 청춘 러브코메디는 잘못됐다. 13

초판 1쇄 발행 2019년 3월 10일

지은이_ 와타리 와타루
일러스트_ 퐁칸⑧
옮긴이_ 박정원
일본판 오리지널 디자인_ numata rina

발행인_ 신현호
편집국장_ 김은주
편집진행_ 최은진 · 김기준 · 김승신 · 원현선 · 권세라
편집디자인_ 양우연
국제업무_ 정아라
관리 · 영업_ 김민원 · 조인희

펴낸곳_ (주)디앤씨미디어
등록_ 2002년 4월 25일 제20-260호
주소_ 서울시 구로구 디지털로 26길 111 JnK디지털타워 503호
전화_ 02-333-2513(대표)
팩시밀리_ 02-333-2514
이메일_ lnovelpiya@naver.com
L노벨 공식 카페_ http://cafe.naver.com/lnovel11

ISBN 979-11-278-4929-0 04830
ISBN 979-11-278-4350-2 (세트)

값 7,200원